Lyn Yeowart

LES ENFANTS DU SILENCE

Traduit de l'anglais (Australie)
par Nathalie Peronny

Les Presses de la Cité

Publié en Australie sous le titre original The Silent Listener par Viking, une marque de Penguin Random House, en 2021.

Cet ouvrage a été publié avec l'accord de l'agence Jacinta di Mase Management et de Marotte et Compagnie, agence littéraire à Paris.

Les Presses de la Cité, un département Place des Éditeurs
92, avenue de France 75013 Paris

ISBN 978-2-258-19611-7
Dépôt légal : mars 2023

À tous les enfants privés de l'amour,
de la sécurité et de la paix
qu'un foyer est censé leur apporter,
en particulier John et Ken

Prologue

Joy et George

1983

À la seconde où il meurt, la vie jaillit dans la pièce.

Je bondis et j'ouvre les tiroirs, fouillant de mes doigts fébriles parmi les sous-vêtements et les chaussettes.

Je vais peut-être un peu vite en besogne, mais… au diable. Tant pis.

Je me demande pourquoi je ne l'ai pas fait plus tôt, pourquoi j'ai attendu jusqu'à la fin.

Impossible de mettre la main dessus.

J'ai envie d'appeler Mark (bien sûr, c'est impossible) et de lui crier : « Il est mort ! Mort ! Tu sais où il la cachait ?

— Il l'accrochait au clou, me répondrait-il.

— Quel clou ?

— Dans sa penderie. »

Je me rue sur la porte de la vieille armoire et me retrouve face à des rangées de vêtements sur leurs cintres. Treize tenues au total, suspendues avec un soin maniaque et portées tant de fois qu'elles ont conservé la forme de son corps.

Je les sors une par une pour les jeter par terre.

Papa, membre vénérable du conseil paroissial.

Papa dans le potager.

Papa sur son trente et un pour impressionner le banquier.

Papa le joueur de boules anglaises.

Papa en tenue pour aller à la pêche.

Papa qui répare les clôtures.

Papa qui tranche la tête des Ruth – je me fige net. Il y a eu tant de poules, durant tant d'années, toutes baptisées Ruth et décapitées d'un geste précis sur le billot. Je balance le « papa qui tranche la tête des Ruth » par terre avec les autres, et je continue.

Papa qui prie avec Mr et Mrs Boscombe après la disparition de Wendy Boscombe. Pauvre Wendy. Ruth avait raison de dire qu'on ne les retrouverait jamais, ni elle ni sa poupée.

Papa le musicien.

Papa le membre du comité de la salle polyvalente.

Papa à la sortie du cours d'étude biblique.

Papa qui va traire les vaches.

Papa l'arbitre assistant de football – pantalon blanc, chemise blanche, long manteau assorti, tel un ange des temps modernes. (Rangé tout au fond, je note.)

Je plonge la main à l'aveuglette dans l'armoire jusqu'à palper un objet pointu. Je plisse les yeux pour mieux voir. Oui, le voilà. Un clou solitaire planté dans le bois. Un clou auquel pend une ceinture.

Une ceinture et dix mille cris magenta.

J'imagine mon père écartant ses déguisements pour s'en emparer, indifférent à l'écho des hurlements passés. Puis, plus tard, la remettant à sa place d'un geste délicat et monomaniaque. Indifférent aux hurlements du présent.

Je la prends pour l'observer.

Il s'agit d'une simple ceinture de fermier. Attendez, je me dois d'être plus précise. Non pas la ceinture d'un simple fermier, mais une simple ceinture appartenant à un fermier. Ou plutôt : qui *appartenait*. Ce verbe au passé est d'une saveur inouïe dans ma bouche.

Une sangle de cuir noire munie d'une boucle et terminée par une pointe en argent.

C'est la description qu'on en ferait, disons, devant un tribunal. Mais cela ne concerne que son apparence. L'avocat de la défense affirmerait avec emphase, silences éloquents et gesticulations à l'appui : « Certes, mesdames et messieurs les jurés, une ceinture de paysan tout ce qu'il y a de plus ordinaire. Mais permettez-moi de vous révéler ce que vos yeux ne voient pas. Cette ceinture mesure trente-cinq années de long sur deux enfants de large, et de très vieilles gouttes de sang s'écoulent par chacun de ses crans. Le sang de ces pauvres enfants. Si vous passez vos doigts dessus, ce n'est pas du cuir que vous toucherez, mais de la souffrance. Si vous la reniflez, ce n'est pas l'odeur du cuir que vous sentirez, mais celle de la peur. Si vous la pliez en deux, ce n'est pas le craquement du cuir que vous entendrez, mais des cris d'enfants. »

L'assistance lâcherait des hoquets de stupeur et les membres du jury secoueraient la tête d'un air consterné.

S'il y avait un procès.

C'est la première fois que je la tiens dans ma main. Je l'ai déjà vue, bien sûr. Entendue des centaines de fois fendre l'air au-dessus de moi. Et chaque fois aussi je l'ai sentie. À présent, c'est moi qui la tiens. Et c'est lui qui est couché sur son lit, silencieux et terrifié.

Car il a peur, n'est-ce pas ? Maintenant que c'est son tour.

J'approche le cuir de mon visage. L'avocat de la défense aurait raison. L'odeur de la peur envahit mes narines.

Je m'avance vers le lit. Son teint est terne.

J'observe le désordrc sur la table de nuit : les flacons de cachets vides, le gant de toilette bleu souillé de mucus et de sang, la tasse pour enfant qu'il était incapable de tenir lui-même ces derniers jours, un fond de bouteille de Passiona qu'il m'avait demandé de lui apporter parce que ça lui rappelait Noël et la chaleur de l'été, et aussi parce qu'il détestait sentir sa langue sèche coller à son palais.

Je m'étais rendue en ville exprès pour lui en acheter huit bouteilles, moi, l'immonde pécheresse.

Au bout du lit se trouve le journal local acheté par mes soins. Des jours et des jours qu'il relisait la même page, meurtri chaque fois, dans sa démence sénile, de reconnaître le nom des défunts de la semaine précédente. Pour être tout à fait honnête, c'est moi qui lui en faisais la lecture à voix haute.

— Papa, je t'ai rapporté le journal. Tu veux qu'on lise la rubrique nécrologique ?

Je soulève la couverture orange pour examiner le corps étendu devant moi, frêle et solitaire, néanmoins protégé, anobli par l'écrin bleu de son pyjama. Je n'avais pas cette chance.

Le temps de la vengeance est venu.

Je brandis la pointe en argent dans ma main droite.

Le ruban de cuir pend derrière moi et la boucle gratte le haut de ma cuisse. Ça n'ira pas. Je change de main et la lève un peu plus haut, jusqu'à ce que la boucle m'arrive au creux du dos. Voilà qui est mieux. Les yeux écarquillés, je fends l'air d'un geste sec et j'abats la ceinture – en comptant les coups, comme il en avait l'habitude.

— *Un* – crois-moi –, *deux* – ça me fait plus –, *trois* – de mal –, *quatre* – à moi –, *cinq* – qu'à toi –, *six*.

Il ne crie pas « Arrête, arrête, je t'en supplie », pour la bonne raison qu'il n'a pas le droit de parler.

Je compte jusqu'à quinze en récitant les mots que je connais encore par cœur.

À la fin, je m'écroule sur la chaise près du lit. Qui aurait cru que cela puisse être aussi épuisant ?

La rubrique nécrologique du journal gît devant moi, en lambeaux. Tous les noms de famille, les prénoms, les « mari/épouse/fils/fille/mère/père de » ont été réduits en charpie alors que son cadavre est resté intact. Je m'étais juré de faire subir à son corps mort ce qu'il avait infligé aux nôtres, bien vivants, mais au temps pour moi. Il avait raison : je ne suis qu'une bonne à rien.

Ma seule consolation, c'est que j'aurai une nuée de faire-part de condoléances à lire dans le journal de demain. Et tous commenceront par HENDERSON, George.

J'en ferai publier moi-même dans tous les journaux d'Australie, histoire d'être sûre que Mark soit prévenu et vienne assister aux obsèques. Nous serons enfin réunis.

Je tiens toujours la ceinture dans ma main.

Il est 8 heures précises quand je sors de la chambre pour me rendre dans la cuisine où Ruth m'attendra, comme toujours. Quand je lui annoncerai sa mort, ce sera le signal. Elle partira. J'ai toujours su qu'elle resterait uniquement tant qu'il serait en vie.

Sauf que je ne la vois pas.

Interloquée, je me force à garder mon calme et j'entre dans le salon pour passer les coups de fil de rigueur. Je fais glisser l'onglet du vieux répertoire téléphonique jusqu'à la lettre *H*. L'hôpital m'informe que je dois prévenir son médecin personnel.

Je referme le répertoire et déplace l'onglet jusqu'à la lettre *D*. La voilà : « Dr COOPER, Vicki ». Elle me dit qu'elle se met en route tout de suite et qu'elle sera là à 9 heures. « Aucune urgence », ai-je envie de lui répondre, mais je me contente d'un « Merci » larmoyant.

Du *D*, je repasse au *H*. Cette fois pour « HENDERSON ». La veuve de son frère éclate en sanglots. *Ne pleure pas, tante Rose, c'est le plus beau jour de ma vie*, pensé-je très fort. Elle insiste pour venir dès demain.

— Oh non, ne t'inquiète pas, je m'occupe de tout et je te tiendrai au courant pour les obsèques… Oui, je l'ai trouvé ce matin à mon réveil, il y a moins d'une demi-heure… Non, je suis sûre qu'il n'a pas souffert, il avait des antalgiques très efficaces… Au revoir, tante Rose… Oui, c'est promis, à bientôt.

L'onglet sur le *B*, j'appelle ensuite la *Blackhunt Gazette* et dicte par téléphone l'avis de décès de HENDERSON, George. Derek, mon interlocuteur, me conseille une formulation différente.

— Non merci.

Il insiste et suggère autre chose. Je marque un temps avant de répondre.

— Non. Je sais ce que je fais, OK ?

Il grimace et lève les yeux au ciel. Je l'imagine tout à fait. Il relit mon texte à haute voix et déclare, un peu trop lentement à mon goût :

— *Soittt*, nous avons presque deux lignes, à 2,21 dollars la ligne complète ou entamée, ce qui nous fait la somme totale de 4,42 dollars, à régler sous vingt-huit jours. Vous nous avez appelés juste à temps pour passer dans l'édition de demain. Merci, miss Henderson, et mes sincères condoléances.

Tu parles.

À son arrivée, Vicki arbore une mine grave et me sort elle aussi les formules d'usage. Contrairement à Derek, elle sait feindre la sincérité. Elle enjambe les lambeaux de journal qui jonchent le sol, intriguée, palpe le poignet glacé de mon père et prononce officiellement son décès.

Dire qu'il faut un diplôme pour ça.

Dans la cuisine, on s'assoit toutes les deux autour de la vieille table. Elle m'interroge et note mes réponses dans la partie supérieure d'un formulaire. Puis elle plonge son regard dans le mien.

— Bien, bien, déclare-t-elle d'un ton sirupeux.

Je suis sûre qu'elle va me demander de lui rendre les médicaments qui restent, et lance mentalement à Ruth : *Tu vois !* Mais sa question me prend totalement au dépourvu.

— Mark et Ruth seront-ils en mesure de venir vous aider ?

Ma réponse sort malgré moi :

— Non, pas Ruth. Elle est partie, on dirait. Je ne l'ai pas vue de la matinée.

À peine les ai-je prononcées que je regrette ces paroles.

Elles ne vont rien arranger. Alors je fonds en larmes. Après tout, je viens de perdre mon père et je suis désemparée par l'abandon de ma sœur.

— Bien, bien, répète-t-elle, cette fois d'une voix moins mielleuse.

J'essaie en vain de déchiffrer ce qu'elle a noté sur son formulaire.

— J'ignore si vous êtes au courant de la procédure, poursuit-elle, mais votre père étant mort… de manière inopinée, à son domicile, et en raison du départ… inopiné, lui aussi, de votre sœur, la police doit être informée du décès. Je peux m'en charger, si vous voulez.

Traduction : que ça vous plaise ou non. Je lui désigne le salon, où se trouve le téléphone. Pendant qu'elle va passer son coup de fil, je reste assise dans la cuisine à me demander où est passée Ruth. Merde, elle n'était quand même pas obligée de filer comme une voleuse !

Vicki revient et s'affale sur la chaise à côté de moi.

— Un policier va arriver. Un type très bien. Alex Shepherd. En poste ici depuis la nuit des temps, apparemment.

Je fais comme si ce nom ne me disait rien. Mais je suis un peu sous le choc, pour être honnête.

— J'ai aussi pris la liberté d'appeler Dunne's. La meilleure entreprise de pompes funèbres à la ronde… Ça tombe bien, c'est la seule ! s'exclame-t-elle, s'amusant de son propre trait d'humour tandis que je me fends d'un petit sourire. En attendant, vous devriez peut-être prévenir un pasteur, ma belle.

Je reprends le répertoire téléphonique, fais glisser l'onglet sur le *B* (rien), puis sur le *R*, où je trouve les coordonnées de BRAITHWAITE, Alistair (Révérend). Je lui propose mardi après-midi pour la cérémonie suivie d'un thé avec des scones. Et une ou deux rondelles de citron. Il me répond que c'est trop tôt, qu'il y aura beaucoup de monde aux obsèques et que l'Association des femmes rurales aura besoin de davantage de temps pour organiser tout ça, même s'il s'agit uniquement d'un thé avec des scones. Sans oublier les rondelles de citron, dis-je.

Il se lance ensuite dans une discussion à sens unique sur les prières et les psaumes qui seront lus pendant la messe, mais une seule pensée tourne en rond dans ma tête : *il y aura beaucoup de monde*, car nous savons lui et moi que la cérémonie risque d'attirer 2 000 personnes. Eh ouais, des centaines de gens vont s'entasser dans l'Église pleine à craquer et dans la salle attenante où j'assistais aux cours d'étude biblique avec Felicity.

Comme s'il lisait dans mes pensées, BRAITHWAITE, Alister (Révérend) m'explique qu'il compte installer des haut-parleurs et un écran dans la salle polyvalente afin que tout le monde puisse suivre la cérémonie, et que c'est là que l'Association des femmes rurales servira le thé et les scones – et les rondelles de citron. J'ai soudain la vision de tous ces gens qui vont venir me serrer la main avec un air tragique, un par un, et me présenter leurs plus sincères condoléances pour cette perte si douloureuse.

Je parie qu'aucun d'eux n'évoquera Mark. Ni Ruth.

Enfin, le bon révérend raccroche et je peux à nouveau réfléchir posément. La police va bientôt arriver, je dois rester concentrée. Ce qui veut dire brider mon imagination. *Brider*. En voilà un mot sensationnel ! À l'instant où je le formule pour moi-même, l'image d'une sphère orange et amputée d'un quartier apparaît dans ma tête.

Je m'abandonne à l'extase de ce moment avant de revenir à mes moutons. Je suis vraiment d'un sang-froid exceptionnel, ces jours-ci, comme je ne manquerai pas de le rappeler à Ruth. Puis je me souviens qu'elle est partie.

Pendant que nous attendons l'arrivée de la police, je prépare du thé en me répétant que ce calvaire sera bientôt fini, qu'il me suffit de serrer les dents quelques jours, après quoi… je connaîtrai enfin la paix. Je n'aurai plus jamais à parler à Ruth, ni à supporter de la voir assise sur cette chaise. Je reprendrai le cours de ma vie – pour de bon cette fois – et je ne remettrai plus jamais les pieds dans ce trou à rats infesté de mauvais souvenirs.

Tandis que je verse le thé, Vicki m'explique par le menu les problèmes de santé d'un de ses patients, croyant sans doute me distraire. J'acquiesce et je fronce les sourcils à intervalles réguliers, tout en me disant que *l'employé* des pompes funèbres va *s'employer* à emporter le corps de mon père pour l'enterrer six pieds sous terre. En imaginant le corbillard (quoique j'ignore s'il s'agira d'un « corbillard » à ce stade des opérations) rouler au pas le long de l'allée, je me décide pour une crémation. Histoire de mieux préparer mon père à sa prochaine et ultime destination.

Et, pendant que Vicki continue à bavasser toute seule tout en trempant un sablé de Mrs Larsen dans sa tasse entre deux bruyantes gorgées de thé, j'imagine la conversation que je pourrais avoir avec Mr Dunne dans quelques jours : « Mr Dunne, lui dirais-je, j'ai un objet personnel à déposer dans le cercueil de mon père. »

Je lui tendrais le sac en jute par-dessus son bureau. Il le regarderait fixement.

« S'il vous plaît, poursuivrais-je de mon ton le plus larmoyant. Il… y tenait beaucoup… »

Du revers de la main, j'essuierais une larme à mon œil gauche, puis à mon œil droit.

« Hélas, c'est trop tard, répondrait-il. Tout est déjà prêt. Sans compter que… cela n'entre pas dans nos habitudes. »

Ha ! Il me prendrait pour une faible. Une gentille gamine docile à qui on peut faire la leçon. Il connaissait sûrement mon père. Si ça se trouve, ils ont même joué aux boules anglaises ensemble. Prié ensemble. Voire les deux.

L'ancienne Joy présenterait ses excuses et repartirait sans bruit avec le sac contenant la ceinture de son père. Parce que l'ancienne Joy laissait toujours son père et les individus comme Mr Dunne lui donner des ordres, la rabaisser et la réduire au silence, pendant que les anguilles qui grouillaient dans son ventre devenaient de plus en plus grasses, noires et luisantes à chaque seconde.

Mais l'ancienne Joy, la témoin silencieuse, appartient au passé. C'est la nouvelle Joy qui soutiendrait le regard de cet homme en lui rétorquant : « Il vous suffit de soulever le couvercle pour glisser ça à l'intérieur. Ça ne vous prendra pas trente secondes. Ce serait trop tard seulement si la crémation avait déjà eu lieu, non ? »

Et, sur ces mots, elle poserait le sac sur son bureau en souriant.

Il le soupèserait comme s'il calculait les frais d'excédent de bagages à payer à saint Pierre. Ou à Cerbère.

« Mais bien sûr. C'est d'accord. Tout ce que vous voudrez pour honorer la mémoire de votre cher père. »

Je verrais des gouttes blanches de sarcasme lui dégouliner au coin des lèvres, mais ça me serait égal.

« Et maintenant, poursuivrait-il en se levant, si vous voulez bien m'excuser, miss Henderson, j'ai plusieurs affaires importantes à régler. »

Il tiendrait le sac à bout de bras comme s'il était rempli de furets survoltés.

« Celle-ci en fait partie, préciserait-il en se tournant vers la porte.

— Un instant, Mr Dunne. Ce n'est pas tout. »

Il pivoterait lentement sur ses talons, un sourire mielleux déjà gravé sur les traits.

« Oui ?

— Je souhaite ajouter autre chose. »

Je sortirais le petit objet de ma poche et le poserais sur son sous-main en cuir.

« Qu'est-ce que c'est ? »

Je prendrais un air étonné, comme s'il aurait dû le savoir.

« Ça ? C'est le dernier clou pour son cercueil. »

PARTIE I

1

George et Gwen

Juin 1942

Il marcha droit vers Gwen avant même la première danse de la soirée, pendant que ses amies et elle arrangeaient fébrilement leurs ceintures, leurs gants et leurs chapeaux.

— Excusez-moi, mesdemoiselles, dit-il en allant se planter juste devant elle.

Toutes levèrent les yeux vers lui et se rapprochèrent les unes des autres en gloussant.

Il sourit à Gwen et la salua d'un bref mouvement de tête.

— George Henderson. Me ferez-vous l'honneur de cette danse ?

— Mais… les musiciens n'ont pas encore commencé à jouer, répondit-elle en désignant l'orchestre, qui se préparait sur l'estrade.

— Lorsqu'ils auront commencé, dans ce cas ?

Il lui sourit encore plus, le regard insistant.

— Alors oui, c'est d'accord.

Elle ne put s'empêcher de lui sourire à son tour. Il opina, la mine ravie.

— Merci. Mesdames… ajouta-t-il en reculant d'un pas.

Il les salua avant de regagner sa chaise, quelques mètres plus loin.

Les filles le regardèrent partir en pouffant de plus belle.

— *Me ferez-vous l'honneur de cette danse* ? chuchotèrent-elles. *Lorsqu'ils auront commencé, dans ce cas ?*

— Chut, protesta Gwen, qui riait autant que ses amies, mais pas peu fière qu'il l'ait choisie entre toutes.

— Il est beau garçon, commenta Jean.

Gwen jeta de furtifs coups d'œil appréciateurs en direction de son épaisse chevelure noire, savamment peignée vers l'arrière. Il avait le regard franc, les traits bien proportionnés. Il devait mesurer 1,80 m au bas mot et était plutôt bien habillé, en dépit des restrictions. Elle se demanda pourquoi il n'était pas dans l'armée, mais cette question aurait pu s'appliquer à tous les hommes présents dans la salle.

Quand l'orchestre commença à jouer, il se releva pour l'inviter, un large sourire aux lèvres, et la guida par la main jusqu'à la piste de danse pendant que Gwen sentait son cœur battre la chamade.

Dès l'instant où ils se mirent à danser, George Henderson sut sans l'ombre d'un doute qu'il allait l'épouser.

2

Joy et Ruth

Décembre 1960

Dieu avait décoré le chemin de terre battue reliant Wishart Road à l'école primaire Kingfisher avec des ronces, des serpents et des fourmis bouledogues. Puis Il avait ajouté la boue et la pluie. Ça vous donnait presque envie de rentrer à la maison plus vite.

C'était la dernière fois que Joy empruntait ce chemin. L'année suivante, c'est-à-dire quelques semaines plus tard, après Noël et le mois de janvier, quand ces interminables vacances seraient enfin terminées, elle prendrait le bus avec Mark pour se rendre au lycée. Elle ferait 72 kilomètres chaque matin et chaque soir, quitterait la maison très tôt et rentrerait bien plus tard.

Dire au revoir à Mr Plummer et à ses 13 camarades de l'école l'avait rendue un peu triste, surtout qu'elle devait rentrer seule ce jour-là. D'habitude, elle faisait le trajet avec Wendy Boscombe. Wendy n'avait que 9 ans, donc elles n'étaient pas vraiment amies, mais elles marchaient ensemble tous les après-midi jusqu'au croisement avec Wishart Road. Là, Wendy retrouvait sa mère, qui l'attendait toujours en souriant et la prenait dans ses bras, parfois même avec une pâtisserie sortie du four, comme un biscuit à la confiture ou un sablé à la noix de coco. Puis elles s'éloignaient en voiture le long de Wishart Road pour rejoindre leur ferme, située 5 kilomètres plus loin, tandis que Joy traversait la route et remontait la piste du tracteur jusqu'à la propriété familiale, sur Bullock Road.

Mais, cet après-midi-là, Mrs Boscombe était venue chercher Wendy directement à la sortie de l'école, parce que c'était la veille des vacances et qu'elles allaient boire un milk-shake au chocolat en ville avant de passer quelques jours à Lakes Entrance, au bord de la mer. Wendy s'était vantée de ses projets durant toute la semaine et, chaque fois, Joy avait senti ses anguilles lui mordiller l'intérieur du ventre. Quand Wendy était montée en voiture, les anguilles s'étaient mises à grossir et à tourbillonner. Et, quand elle avait baissé sa vitre pour lui faire coucou de la main en s'écriant « Au revoir, Joy, tu vas me manquer l'année prochaine ! », les anguilles s'en étaient donné à cœur joie.

Seule sous le crachin gris, Joy se concentra sur l'image plaisante de bulles bleu pâle que le mot *nostalgie* avait fait naître dans son esprit. Quel mot merveilleux ! Elle l'avait découvert deux jours auparavant, dans le petit dictionnaire vert que tante Rose lui avait envoyé à Noël. L'image des bulles bleu lavande était déjà l'une de ses préférées.

Même si elle ne buvait pas un milk-shake en ville avec sa mère et que ces sept longues semaines et demie de vacances à venir lui faisaient l'effet d'un calvaire, elle n'allait pas se laisser gâcher son plaisir. Parce que, après, tout serait différent.

Elle entrerait en sixième. Mark, lui, ferait partie des 16 inscrits en seconde. La plupart des élèves quittaient l'école à l'âge de 15 ans, mais le lycée avait adressé un courrier à leurs parents à la fin de l'année précédente pour qu'ils laissent Mark poursuivre ses études en raison de son « excellence académique » et de sa « contribution inestimable aux résultats sportifs de l'établissement ». Leur père emportait la lettre partout avec lui et la lisait à tout le monde pour montrer à quel point son fils était brillant et intelligent. Il avait accepté de le laisser jouer au football et officié lui-même en tant qu'arbitre de ligne à chaque match. Joy avait savouré ces samedis après-midi sans son frère et son père à la maison. Sa mère lui permettait de finir ses corvées plus vite pour qu'elle puisse rester dans sa chambre à lire et papoter avec Ruth.

D'après Mark, il y avait plus de 200 élèves au lycée de Blackhunt. Joy était donc certaine d'y côtoyer des filles de son âge, contrairement à l'école primaire, et de s'y faire des Amies – avec un grand *A*. Elle savait aussi que la bibliothèque y occupait une pièce entière et ne se limitait pas à un meuble de cinq étagères à côté de l'endroit où on entreposait le matériel de cricket.

Oui, l'année à venir s'annonçait pleine de promesses, à l'image d'une vache de plus en plus grosse avant son premier vêlage.

Ses futurs manuels scolaires étaient déjà empilés sur la table du salon. Ils étaient là depuis trois semaines, à attendre stoïquement que la note de l'épicier baisse juste assez pour que sa mère puisse acheter du plastique couvre-livre. Ainsi, ils demeureraient en bon état et pourraient être revendus à un élève de sixième l'année suivante. Joy adorait leur côté neuf et pimpant, et elle voulait qu'ils restent aussi beaux pour toujours. *Pimpant* était un autre de ses mots préférés, et son image d'un rouleau de soie argentée qui se déroulait à l'infini comptait aussi parmi ses favorites.

Mais la note d'épicerie ne cessait jamais de croître, comme les chardons autour de l'étang, à cause du gouvernement et de cette sempiternelle pluie grisâtre, alors que le prix auquel son père vendait son lait ne cessait de diminuer, à cause du gouvernement et de tous ces vautours de la coopérative de beurre. Joy savait déjà que ses livres ne seraient sans doute jamais recouverts de plastique, qu'ils deviendraient sales, tristes et écornés. Elle ferait de son mieux, oui, elle ferait tout son possible pour les conserver en bon état… pour qu'ils soient contents… et son père aussi.

Mais, chaque fois que le regard de son père se posait sur elle, chaque fois qu'il observait avec mépris ses traits hideux d'immonde pécheresse, elle savait que ses efforts ne serviraient jamais à rien.

Lorsqu'elle atteignit la porte du porche de derrière, elle aperçut au loin les silhouettes de ses parents sur le chemin de l'étang. Elle plissa les yeux et vit que son père faisait rouler devant lui l'énorme fût de 200 litres contenant les graines pour les poules. Il avait découvert un trou dans sa paroi, ce qui signifiait que les souris et les rats avaient davantage festoyé que les poules. Suivant la tradition familiale, on brûlait la plupart des déchets dans l'énorme cuve située près de l'enclos des chevaux, à quelques mètres de la maison. Mais l'« étang », comme on appelait dans la famille la retenue d'eau située à bonne distance de la ferme, était la destination finale de tout le bric-à-brac trop gros pour être jeté dans cette cuve ou impossible à brûler, comme les pièges à lapins rouillés, ou les socs de charrues usagés que sa mère exhumait parfois en creusant de nouvelles plates-bandes pour ses fleurs. Son père n'allait certainement pas gaspiller de l'essence pour se rendre à la déchetterie de l'autre côté de la ville, et encore moins payer le droit d'accès pour y déposer ses ordures.

Parfois, en cas de gros encombrant de type vieux pneu de tracteur, ils le laissaient au bord de l'étang, comme si l'effort de le porter ou de le pousser à travers trois enclos leur avait suffi pour la journée. Puis, quelques jours plus tard, si quelqu'un retournait à l'étang pour cueillir des nénuphars, il ou elle pouvait décider – ou non – de faire rouler le vieux machin dans l'eau.

Mais Joy jamais. Parce que l'étang, comme disait son père, faisait « 30 centimètres au premier pas, puis 15 mètres pour toujours ». Elle savait nager, mais elle était effrayée par la profondeur et la noirceur de l'eau. Et, si elle avait le malheur de trop s'enfoncer, elle était certaine que la centaine d'anguilles qui vivaient là-dedans viendraient s'enrouler autour d'elle pour l'entraîner vers le fond.

De loin, Joy vit que sa mère avait emporté la binette qui leur servait à éloigner les serpents ainsi qu'à cueillir les nénuphars. Son père leur faisait toujours la leçon à propos des reptiles qui se cachaient dans l'herbe et nageaient à la surface de l'eau.

— N'allez jamais là-bas sans un grand bâton, compris ? Une morsure de serpent, par ici, c'est la mort. Les serpents adorent l'eau.

Et, au cas où cette mise en garde ne les aurait pas assez terrifiés, il ajoutait chaque fois :

— Et les enfants.

Joy savait que ses parents ne seraient pas de retour avant une bonne vingtaine de minutes, voire davantage s'ils en profitaient pour cueillir des nénuphars, et que le bus ne déposerait pas Mark avant une heure. Elle traversa donc la cuisine et passa devant sa chambre en feignant d'ignorer la présence de Ruth, assise sur sa chaise à l'attendre, comme tous les jours. Puis, sentant rentrer dans son nez et descendre dans sa gorge une vague de peur noire comme de la tôle ondulée, elle pénétra sans bruit dans le salon. Les enfants n'avaient pas le droit d'y aller sans adulte, et encore moins le droit d'entrer dans la chambre de leurs parents, mais elle avait envie de sentir à nouveau la promesse éclatante et neuve qui se dégageait de ses livres. Elle salivait rien que de les regarder.

Le titre du troisième livre à partir du haut dans la pile de Mark avait attiré son attention lorsqu'ils l'avaient aidé à défaire ses bagages, trois semaines auparavant. « Orgueil », elle connaissait : c'était l'un des sept péchés capitaux. Mais « Préjugés », c'était un mot nouveau. Le soir même, elle l'avait cherché dans le dictionnaire de tante Rose. « Rejet illogique d'une ou de plusieurs personnes en raison de certains attributs tels que la race ou la couleur de peau. Croyance illogique selon laquelle la ou les personnes dotées de ces attributs sont de moindre valeur ou de moindre aptitude. Origine : vieux français, du latin *praejudicium* (*prae* : « à l'avance » + *judicium* : « jugement »).

Bien que l'image qui naissait dans sa tête à la lecture de ce mot soit absolument saisissante (un dragon vert aux griffes noires et aux écailles scintillantes}, le préjugé devait forcément être un péché puisque Dieu nous ordonnait d'aimer tous Ses enfants.

Elle ôta les deux ouvrages du haut de la pile, prit celui-ci pour l'ouvrir à la première page et commença à lire.

— C'est une vérité universellement reconn…

D'un claquement sec, elle referma le livre et le remit à sa place, terrifiée à l'idée que ses parents rentrent à l'improviste et la surprennent dans cette pièce. Mais, au moment de s'éloigner, son regard fut attiré par la couverture. Le nom de l'auteur y était inscrit en lettres tourbillonnantes qui lui évoquèrent aussitôt un mur ensoleillé recouvert de lierre, faisant le tour d'un grand jardin et dissimulant une porte secrète. Celle-ci aurait ouvert sur un sentier tortueux menant à un château à tourelle, où aurait vécu une vieille femme aux longs cheveux noirs et hirsutes vêtue d'une robe de velours pourpre. La pièce au sommet de la plus haute tourelle aurait abrité des centaines de boîtes de toutes les tailles, de toutes les formes et de toutes les couleurs, éparpillées aux quatre coins tels des pétales tombés d'un camélia. Conçues dans tous les matériaux connus, comme le marbre, la soie, la porcelaine, l'acajou, l'osier, l'écorce parfumée à la cannelle, l'étain sculpté et le verre peint, toutes seraient provenues d'un endroit différent du monde, d'un autre temps, et auraient contenu un sortilège enfermé là par la vieille femme des siècles auparavant et, si vous aviez eu le courage de lui rendre visite, elle aurait promené son long doigt noueux au-dessus des boîtes avant de déclarer : « Voilà, celle-ci est pour toi », et elle l'aurait déposée entre vos mains tremblantes, et quand vous auriez soulevé le couvercle…

La fillette entendit la porte de sa chambre s'ouvrir et sa mère appeler :

— Joy ! Où es-tu ?

La vieille enchanteresse et ses boîtes mystérieuses se volatilisèrent tandis que Joy pivotait sur ses talons.

Elle posa une main sur son ventre pour calmer ses anguilles. Elles étaient toujours là. Son père les pêchait dans l'étang et sa mère les débitait en tronçons pour en faire du ragoût. C'était un plat bon marché, et il leur disait toujours qu'ils devraient se réjouir d'avoir de quoi manger alors que des millions de gens mouraient de faim partout dans le monde et auraient été bien contents d'avoir la même chose dans leur assiette. Joy mâchait chaque bouchée plus que les seize fois recommandées en s'efforçant de se sentir reconnaissante et de ne pas vomir. Mais, à 8 ans, alors qu'elle souffrait de maux d'estomac terribles et que le Dr Merriweather ne lui avait rien trouvé, elle avait compris que toutes les anguilles qu'elle avait avalées s'étaient reconstituées dans son ventre. Au début, elles étaient fines et inoffensives, mais elles avaient fini par devenir grosses et méchantes. Cinq, elles étaient au nombre de cinq, chacune aussi grasse que les mottes de beurre que sa mère moulait le samedi.

À présent, Joy les sentait tourbillonner au fond d'elle.

Sa mère se tenait sur le pas de la porte, les yeux rivés sur l'exemplaire d'*Orgueil et Préjugés* qu'elle tenait à la main.

— Qu'est-ce que tu fais là ? Tu as de la chance que ton père ne t'ait pas surprise en flagrant délit ! Va commencer à préparer le dîner, ajouta-t-elle en désignant la cuisine. J'ai des couronnes à terminer.

Sur ces mots, sa mère s'éloigna vers l'atelier, où elle confectionnait des couronnes funéraires et des bouquets de mariage. Joy sentit le soulagement l'envahir, mais se reprocha de ne pas avoir pensé à s'inventer une excuse pour justifier sa présence dans le salon. Elle aurait pu dire qu'elle faisait la poussière, par exemple, ou qu'elle voulait lire ses manuels scolaires avant la rentrée. Mais, chaque fois qu'elle se sentait nerveuse ou se faisait sermonner, sa langue restait plaquée contre son palais, ses lèvres se collaient l'une à l'autre et les paroles de son père la réduisaient au silence. *Tais-toi. Ne réponds pas. Est-ce que je t'ai autorisée à parler ?*

Elle faisait de son mieux pour être une gentille fille et ne pas finir comme Mark, qui était souvent puni par leur père à cause de ses grosses bêtises. Pendant les vacances, les week-ends, et après la classe, Mark devait l'aider à emmener les vaches à la traite, planter les piquets de la clôture et réparer le fil barbelé, ôter les bouses de la laiterie, faire tourner le moulin, récurer les abreuvoirs, nettoyer et affûter les outils, décrasser le tracteur et la camionnette, apporter des bottes de foin aux vaches, charger les litres de lait sur la charrette et la pousser jusqu'à la route, où le camion-citerne venait récupérer les bidons, qu'il fallait ensuite ramener vides. Et il s'agissait seulement des corvées que Joy connaissait. Elle remerciait le Seigneur tous les jours de n'avoir que la cuisine et le ménage à faire, sous la supervision de sa mère. Et aussi cueillir les fleurs – en prenant soin de ne pas les abîmer, bien sûr.

Colin, le jeune homme de la ferme d'à côté, venait aussi leur prêter main-forte. Toute la famille l'appréciait, même son père. Colin ne savait pas bien lire ni écrire, mais il connaissait tout des travaux de la ferme. Une fois, Joy l'avait vu renverser sans faire exprès un bidon de lait sous les yeux de son père, et les anguilles dans son ventre s'étaient réveillées brutalement, car la colère de ce dernier était pire que des coups de couteau. Il avait levé la main mais, au lieu de gifler Colin, l'avait posée avec gentillesse sur son épaule : « Ce n'est rien, mon garçon. Va me chercher le tuyau et nettoyons tout ça. Tu ne vas pas pleurer pour un peu de lait, hein ? »

Pendant que le jeune homme passait le jet d'eau, il lui avait à nouveau tapoté l'épaule en disant : « Bravo, Colin, beau travail. Je me demande ce que je ferais sans toi. »

Et, comme à son habitude, le garçon avait répété : « Bravo, Colin. »

Son père ne punissait jamais Ruth non plus. Mais il faut dire qu'elle était irréprochable. Elle n'avait jamais commis la moindre bêtise, et ce n'était pas près d'arriver. Oh, ça non, leur père ne se mettait jamais en colère contre Ruth ! Tout ça à cause de l'accident. Le jour de ses 10 ans, Joy avait même entendu son père prier dans sa chambre et demander à Dieu de bien vouloir veiller sur Ruth. Un éclair de jalousie lui avait enflammé le creux de la nuque. Il était incapable de prier pour elle, pas même le jour de son anniversaire.

Tout en épluchant les patates pour le dîner, elle repoussa l'irritation rouge et acérée comme du fil barbelé que lui inspirait Ruth jusqu'au fond de son ventre, où vivaient les anguilles, et elle essaya de s'imaginer comment seraient les choses s'il n'y avait pas eu le terrible accident.

Pauvre Ruth, se dit-elle, comme souvent. *Coincée sur sa chaise à cause du terrible accident. Pauvre Ruth, coincée à la maison sans pouvoir aller à l'école, au travail ou à la messe à cause du terrible accident.* Chaque fois que Joy entrait dans leur chambre après avoir fini ses corvées, ou bien après l'école ou l'Église (Joy mettait toujours un *É* majuscule à ce mot dans sa tête), elle trouvait Ruth assise sur sa chaise. Toujours souriante et impatiente qu'elle lui raconte ce qu'elle venait de faire, même si Joy était juste allée au poulailler chercher les œufs. Toujours prête à donner son avis. Malgré la peine immense qu'elle ressentait pour sa grande sœur, Joy aurait aimé pouvoir, rien qu'une fois, pénétrer dans sa chambre sans voir le visage souriant de Ruth, sans devoir répondre à ses questions ou écouter ses conseils.

Elle mit les pommes de terre dans l'eau et sortit la viande et les petits pois du réfrigérateur. Elle entendit bientôt Mark entrer dans sa chambre pour ôter son uniforme scolaire puis ressortir aider leur père.

Tandis qu'elle allumait le feu sous la marmite, déballait les côtelettes et écossait les petits pois, elle repensa à *Orgueil et Préjugés* et à la vieille femme dans son château avec les boîtes magiques.

L'eau se mettait juste à bouillir lorsqu'elle entendit la porte de derrière s'ouvrir et Mark retourner dans sa chambre. Au fond de son ventre, Joy sentit ses anguilles se dresser tels des cobras sifflants et hostiles.

Elle se leva et regarda les grosses bulles {des camélias roses} crever la surface de l'eau dans la casserole tout en guettant l'arrivée de son père. Alors que les patates commençaient à s'attendrir, elle entendit de nouveau claquer la porte de derrière. Il traversa la cuisine d'un pas lourd, indifférent à sa présence, puis entra dans le salon pour gagner sa propre chambre. Joy garda la tête baissée pendant tout ce temps, les yeux rivés sur la marmite, sans dire un mot. Quelques instants plus tard, il repassa derrière elle et entra dans la chambre de Mark.

Les cris retentirent moins d'une minute après. Pendant que l'eau continuait à bouillir, les pommes de terre à ramollir, elle ferma les yeux et visualisa son père en train de trancher les bras de Mark dans des geysers de sang dignes de la fontaine qu'elle avait vue dans *Rome : la plus belle ville au monde*, son livre de géographie préféré sur les rayonnages de l'école primaire.

Elle savait que son frère n'avait pas les bras amputés, mais cette vision était si vivace qu'elle sentait presque l'odeur du sang.

Son père reparut dans la cuisine. Joy demeura immobile, le dos tourné, la langue pressée contre le palais tandis que les anguilles enflaient dans son ventre.

Je t'en prie, Seigneur, aide-moi à devenir meilleure. Aide-moi à éviter les ennuis.

Il traversa la pièce en trombe pour repartir dans sa chambre.

Car c'est à toi qu'appartiennent le règne, la puissance et la gloire…

Puis il refit le chemin inverse pendant que Joy respirait enfin et vidait l'eau de la casserole.

… pour l'éternité, amen.

Plus tard, alors que Joy et sa mère servaient la viande, les petits pois et la purée, Mark entra en boitillant et s'assit très lentement sur sa chaise. Sa mère apporta les assiettes et Joy se chargea des condiments. Mark regardait fixement la nappe. On l'aurait cru en pleine prière, la tête penchée, les mains sous la table. Il dit « merci » tout bas quand sa mère posa son assiette devant lui. « Bénédicité », lui lança son père avec la dureté d'un pic à glace. Mark récita les grâces, et le repas commença. Tous mangèrent en silence.

Une bouchée de purée dans la bouche, Joy lut les mots grossièrement brodés sur le carré de tissu bleu foncé accroché au mur derrière son frère. L'unique élément décoratif de la maison. Elle l'avait connu toute sa vie.

Le Christ est le Maître en cette maison
L'invité invisible à chaque repas
Le témoin silencieux de chaque conversation

Plus jeune, elle croyait que l'invité invisible flottait réellement au-dessus de la table, se frottant la barbe et retenant les pans de sa tunique pour éviter qu'ils trempent dans la soupe ou la purée, et qu'il les observait pour voir si quelqu'un s'étouffait avec un morceau de viande, oubliait de dire « merci », « pardon » ou « s'il vous plaît », si quelqu'un mettait trop de sauce tomate ou de sel, mangeait trop vite ou trop lentement, écrasait ses petits pois, buvait trop de lait ou pas assez, si quelqu'un chipotait, mettait ses coudes sur la table, reposait bruyamment ses couverts ou mâchait la bouche ouverte, si quelqu'un… La liste était sans fin. Un samedi, Joy avait terminé ses corvées et Ruth lui avait suggéré de noter noir sur blanc toutes les règles de bonne conduite à table qui leur venaient à l'esprit. Elle s'était arrêtée après avoir rempli deux pleines pages dans son cahier de mathématiques. Non parce qu'elle était venue à bout des règles auxquelles elle pensait mais parce que, pour reprendre les termes de Ruth, ça « suffisait comme ça ».

Si le Christ invisible voyait l'un d'eux enfreindre une règle, Il flottait jusqu'à leur père pour le lui glisser à l'oreille, et alors c'était parti. Le coup de poing assené sur la table, le raclement des pieds de la chaise sur le lino, les vociférations sur la damnation et l'Enfer éternel, le visage cramoisi de rage à 10 centimètres de celui du coupable.

« Tu n'es qu'une immonde pécheresse. Répète.

— Je ne suis qu'une immonde pécheresse.

— Pécheresse, inutile et paresseuse. Vas-y, dis-le.

— Pécheresse, inutile et paresseuse.

— Demande pardon, comme la sale vermine que tu es.

— Je te demande pardon, papa.

— *Tsss*. Tu me dégoûtes. »

Lorsqu'il s'en prenait à Mark, Joy se tenait droite et immobile sur sa chaise, comme sa mère, pendant que les anguilles tourbillonnaient dans son ventre. S'il s'arrêtait de hurler pour avaler une bouchée de son plat ou une gorgée de lait, elle faisait discrètement glisser un peu de nourriture sur sa fourchette, qu'elle portait à sa bouche avant de mâcher seize fois et d'avaler sans bruit. Invariablement, il se remettait à vociférer. Jusqu'aux derniers mots tant redoutés, assortis d'un ultime coup de poing sur la table, contre le mur ou dans l'assiette de Mark, selon ce qui se trouvait le plus près : « Dans ta chambre ! » Les enfants se levaient précipitamment et filaient dans leurs chambres respectives, une peur jaune moutarde s'élevant en volutes des épaules de Mark tandis que leur mère se retirait dans son atelier. Venait ensuite l'attente – la terrible attente. Ruth et Joy restaient terrées en silence, sans savoir ce que Mark faisait de son côté. Elles entendaient leur père entrer dans la chambre parentale, en ressortir presque aussitôt et se rendre d'un pas lourd dans celle de leur frère.

Alors commençait à retentir les cris.

Pas étonnant que Jésus ait dit « *Souffrez* que les petits enfants viennent à moi ».

Depuis deux ans environ, Joy avait enfin compris que le Christ ne flottait pas vraiment au-dessus de la table de leur cuisine, et ne s'inquiétait plus de savoir s'Il portait des sous-vêtements sous Sa tunique ou ne risquait pas de saigner dans son assiette à cause des plaies laissées par les clous.

Même si l'invité invisible n'était présent que dans son esprit, elle aurait préféré qu'Il s'en aille. Jésus n'avait-Il pas d'autres pécheurs à surveiller ? À peine eut-elle formulé ces affreuses pensées qu'elle pria pour demander pardon.

Joy détourna les yeux du mur et finit son assiette. Puis sa mère et elle débarrassèrent la table et servirent des poires au sirop accompagnées d'une grosse cuillerée de crème prélevée dans le seau du lait de Maisie, que Colin rapportait de la laiterie chaque matin. Quand son père arrivait à la moitié de son dessert, Joy ou sa mère mettait de l'eau à chauffer dans la bouilloire pour qu'il n'ait pas à attendre son thé et ses biscuits aux raisins secs.

Mais, ce soir-là, avant de porter sa tasse fumante à ses lèvres, il repoussa sa chaise en raclant le lino si fort que tous sursautèrent en se demandant ce qui allait y passer. Il se dirigea vers l'un des placards et en sortit un flacon brun.

— Tu vois ça ? dit-il en l'agitant sous le nez de Mark. C'est à cause de toi que je suis obligé d'en prendre.

Il alla vers le frigo, en sortit sa bouteille de Passiona – à laquelle, excepté lui, personne n'avait le droit de toucher – et avala deux gélules bleues à l'aide d'une rasade de soda qu'il but directement au goulot.

Lorsqu'il se retourna, Joy baissa les yeux vers son bol, raide de peur, sa cuillère fichée dans une moitié de poire. Elle l'entendit refermer la porte du frigo, ranger ses médicaments dans le placard et revenir à table. Il reprit sa tasse de thé, et elle se dit qu'elle pouvait se remettre à manger. Elle souleva sa cuillère, releva la tête et vit alors qu'il avait les yeux rivés sur elle.

— Ne t'imagine pas que tu vaux mieux que lui, à fouiner dans le salon comme une immonde petite pécheresse.

Joy sentit sa nuque se raidir et ses anguilles s'agiter de nouveau.

— Parce que ton tour viendra, tu peux me croire. Ton tour viendra.

À cet instant, elle prit conscience qu'elle aussi commettrait un jour un acte si terrible, un péché si effroyable qu'elle entendrait ces mots : « Dans ta chambre ». Et, ce jour-là, il lui couperait les bras et les jambes et elle mourrait en sentant l'odeur de son propre sang.

3

Joy et George

1er février 1983

— Bonjour ! Je suis le Dr Cooper, dit-elle avec une onctuosité insupportable en me faisant entrer dans la salle d'examen. Mais appelez-moi plutôt Vicki, ma belle. Vicki avec un *i*. On s'est parlé au téléphone la semaine dernière.

Elle me tend sa main moite. Je la trouve grasse, chaude et humide dans la mienne. Dégoûtant.

— En effet, dis-je.

Je m'efforce d'essuyer discrètement ma main sur mon jean.

— C'est si gentil à vous d'avoir fait tout ce chemin pour venir vous occuper de votre vieux papa ! poursuit-elle en s'affalant lourdement sur son fauteuil. Asseyez-vous, je vous en prie, ajoute-t-elle en me désignant une chaise.

J'obtempère, et Vicki jette ostensiblement un coup d'œil à sa montre.

— Je n'ai pas beaucoup de temps, désolée. Je dois passer voir cette pauvre Clarice Johnson… elle a les pieds couverts de verrues ! Des années que ça dure, et voilà que ça se propage à ses jambes.

J'ignore comment je suis censée accueillir cette information.

— Elle vit à l'ouest de la ville. Sur Johnson's Road, la route qui porte le patronyme de son défunt mari. Pas le moindre voisin à des kilomètres. Voilà pourquoi je mets un point d'honneur à passer la voir.

Pourquoi elle me raconte tout ça ? J'opine poliment. Il faut bien que je fasse quelque chose.

— Je l'ai quand même prévenue, notez bien : « Navrée, Clarice, je risque d'avoir du retard demain. J'ai rendez-vous avec la fille de George Henderson au cabinet, à midi pile. » Elle était bouleversée d'apprendre que George… votre père… était malade.

Tu m'étonnes.

Vicki lâche un petit soupir, avant d'enchaîner aussitôt :

— Enfin, je suis sûre que vous n'êtes pas venue jusqu'ici pour entendre parler des verrues de Clarice ! Pas vrai ?

Je me contente d'esquisser un sourire, et Vicki avec-un-*i* poursuit d'un ton grave.

— Bien. Votre père est un peu… délirant. C'est lié à l'effet des antalgiques. À son lent déclin. Aux relaxants musculaires et aux antidépresseurs. Aux cachets pour la tension artérielle. Et aux médicaments pour la constipation. Vous savez, la médecine moderne est vraiment une chose magnifique ! s'enthousiasme-t-elle tout à coup. Sans les antidouleurs, il souffrirait horriblement… Je l'ai vu ce matin, et vos voisins m'ont dit qu'ils passeraient vers 11 heures pour s'assurer qu'il va bien. Ils étaient soulagés d'apprendre que vous arriviez… et qu'ils allaient pouvoir se concentrer sur leurs propres problèmes. Mais je ne vous ai rien dit, ma belle.

Je lève la main droite, comme si je prêtais serment. *Est-ce qu'il lui arrive de se taire, parfois ?*

— Quels voisins ?

— Barbara Larsen, ma belle.

— Ah bon ? Pourquoi cette vieille folle se soucie-t-elle de la santé de mon père, maintenant ?

— Elle en tient une couche, hein ? En tout cas, comme je l'expliquais à Clarice, et à Barbara, votre pauvre père devrait être hospitalisé, dans son état, mais vous savez à quel point les gens sont têtus – surtout les hommes, soit dit en passant –, et après tout s'il a quelqu'un pour s'occuper de lui, si un membre de sa famille est à son chevet, pourquoi n'aurait-il pas le droit de mourir chez lui, dans son lit ? N'est-ce pas ce que nous souhaitons tous ? C'est pour ça que je lui ai dit d'accord, à condition qu'un membre de sa famille soit là pour veiller sur lui.

Elle me sourit, révélant des dents trop blanches et trop parfaites pour ne pas être fausses.

— Et… vous voilà. La famille. Il doit être si heureux, ajoute-t-elle d'une voix dégoulinante de sollicitude.

Je me demande pourquoi elle ressent le besoin de moduler les effets de sa voix toutes les trente secondes. Et pourquoi mon père serait heureux de me voir.

— Bon, je vais tout vous expliquer. D'abord, vous allez passer à la pharmacie pour récupérer les médicaments dont il a besoin.

Elle ouvre un dossier sur son bureau et en sort des ordonnances que je regarde avec horreur.

— Non, pas question. Je suis incapable de lui administrer ses médicaments. Je n'y connais absolument rien.

— Il n'y a rien à connaître, ma belle. Pour vous, en tout cas. Je vous ai déjà mâché le boulot. Tout ce que vous avez besoin de savoir est marqué là-dessus, m'assure-t-elle en désignant une liasse de feuilles rangées dans le dossier. Vous allez très bien vous débrouiller.

Sur chacune des feuilles en question est inscrit un jour de la semaine. Son idée, me précise Vicki. Dans la colonne de gauche, elle a inscrit le nom de chaque médicament et la dose requise, tandis que les autres colonnes indiquent les différents moments de la journée. Le gros point rouge tracé dans certaines cases m'indique quand je dois lui administrer tel médicament.

— C'est simple comme bonjour ! Vous lui donnez la bonne dose à la bonne heure, et vous tracez une croix dans la case. Et voilà ! Impossible de se tromper.

— Mais n'est-ce pas à vous de le faire ? Ou à une infirmière ?

— Désolée, ma belle, mais je ne vais pas courir à son chevet chaque fois qu'il doit avaler un cachet. Le temps que je retourne en ville, il faudrait déjà que je reparte pour le comprimé suivant. Et puis j'ai d'autres patients, comme Clarice Johnson, qui n'ont personne pour s'occuper d'eux. Ce n'est pas comme si vous deviez lui faire des piqûres ou je ne sais quoi.

Sur ces mots, Vicki avec-un-*i* produit devant moi un flacon rempli de pilules bleues qu'elle agite comme une maraca.

— Par chance, j'ai même un échantillon gratuit

d'analgésiques. Il doit en prendre toutes les quatre heures, ajoute-t-elle sur un ton redevenu grave.

Elle contourne son bureau pour venir s'asseoir à côté de moi et me donner le flacon. Puis elle plaque l'une de ses grosses mains moites sur mon poignet, qui ne lui a absolument rien demandé.

— Vous avez de quoi tenir la semaine mais... lâche-t-elle dans un soupir légèrement mélodramatique, je crains que vous ayez besoin de revenir me voir s'il... enfin, nous ignorons pour combien de temps encore...

Elle lève les yeux au ciel avant de reprendre d'un ton enjoué :

— Quoi qu'il en soit, ces analgésiques sont très efficaces. Tout va bien se passer ! Veillez à ce qu'il les prenne bien toutes les quatre heures, sans quoi il souffrira atrocement.

Je hoche la tête. Et je prends bonne note de cette information : *il souffrira atrocement.*

— Votre père m'a parlé de vous, vous savez.

— Ah bon ?

Deuxième surprise.

— Oh oui ! Et aussi de vos frère et sœur. Je ne travaille à Blackhunt que depuis quelques mois, donc je suis loin de connaître tout le monde, mais il m'a expliqué qu'il avait eu trois enfants : vous, Mark et Ruth ! Il n'arrivait pas à se remémorer vos numéros de téléphone, mais je vous ai retrouvée dans l'annuaire... comme ça ! s'exclame-t-elle en claquant des doigts.

J'observe les feuilles de papier afin de ne pas avoir à croiser son regard. Je n'imagine pas ce que mon père a pu lui raconter sur moi, encore moins sur Mark et Ruth. Je me contente d'un prudent hochement de tête.

— Entre nous, ma belle, sans vouloir me montrer indiscrète, je crois que votre père ne s'attendait pas vraiment à les revoir.

— Bah, vous savez, les histoires de famille…

Je me lève. Je ne supporte plus cette femme.

— Pour sûr. J'ai ensuite cherché le numéro de Ruth, pensant qu'elle vivait peut-être dans un autre État, et…

— On s'est tout dit, je crois ? Je m'en voudrais de faire attendre Mrs Johnson.

Vicki consulte à nouveau sa montre et se lève pour aller récupérer sa sacoche.

— Oui, je crois que c'est tout. Je vous raccompagne. J'y vais moi aussi.

Je me vois mal refuser. Nous sortons de son cabinet comme deux vieilles copines. Au moins, elle ne me fait pas payer la consultation. Alors que nous traversons la salle d'attente, elle me demande soudain :

— J'imagine que vous avez dû connaître Wendy Boscombe, puisque vous étiez ses voisins ?

— Pardon ?

Que sait-elle à propos de Wendy ?

— Quelle triste histoire… J'ai rencontré sa mère, l'autre jour. C'était la première fois que je la recevais au cabinet, donc j'ai tenu à parcourir son dossier avant qu'elle arrive et… quelle tragédie, vraiment ! Quelles souffrances ils ont dû endurer. Je sais que la date ne change rien, mais disparaître deux jours après Noël, en prime…

Elle pousse un gros soupir.

La vérité, c'est que je n'ai jamais fait mon deuil de l'histoire de Wendy. Cette affaire m'affecte beaucoup trop. Je me reprends vite, de peur de fondre en larmes devant Vicki.

— Je sais, parviens-je tout juste à bafouiller.

— Vous imaginez, ne jamais savoir ce qui est arrivé à votre enfant ? Pauvre femme. Elle m'a confié que c'était ça, le pire… ne pas savoir. « Si seulement nous savions, Vicki ! me répétait-elle sans cesse. Si seulement nous savions ce qui lui est arrivé, nous pourrions enfin trouver la paix, et notre calvaire serait terminé. » Je me suis trouvée à court de mots, incapable de lui répondre.

J'acquiesce avec empathie, même si j'imagine mal une femme comme Vicki se retrouver à court de mots. Contre toute attente, une vague de pitié déferle sur moi, un peu comme des relents de bouse de vache qui vous brûlent les narines. Pour être honnête, chaque fois que je pense à Wendy, c'est sur mon propre sort que je m'apitoie, et non sur celui de ses parents.

Nous nous arrêtons devant la pharmacie, et un pincement de culpabilité me traverse. Mais sur la porte les noms m'informent que l'établissement a changé de propriétaire depuis mon époque : je viens d'échapper à une situation potentiellement désagréable.

— Eh bien, merci pour tout, Vicki, dis-je. On se rappelle.

Et j'entre.

Une fois que la pharmacienne a fini de rassembler les médicaments, je lui demande d'un ton désinvolte si elle connaissait l'ancien propriétaire.

— Oh oui, j'ai travaillé pour lui pendant des années. Nous avons racheté l'officine après sa mort.

Les anguilles se réveillent dans mon ventre.

— Il est… mort ? Que s'est-il passé ?

Avant qu'elle puisse me répondre, une voix de femme explose derrière moi :

— Sale petite pécheresse !

Je me retourne juste à temps pour voir une mère gifler sa fille, qui laisse tomber sa poupée et un paquet d'oursons en gélatine. J'ai des réflexes pavloviens, même après tant d'années : je me sens clouée au sol, tétanisée par les hurlements de la fillette.

— Assez, Belinda, lui ordonne sa mère en l'attrapant par le poignet. Arrête ça tout de suite, tu m'entends ?

Mais Belinda vagit de plus belle.

Je me sens comme hypnotisée. La femme se penche pour ramasser les bonbons, les jette sur le comptoir et assène une fessée à la gamine en criant :

— Voler, c'est mal, très mal, tu m'entends ? Arrête de pleurer ou tu t'en reprends une !

La poupée est par terre, quasiment à mes pieds, sa tête de porcelaine et son regard fixe tournés vers moi. J'ai le dos raide comme un piquet, la langue plaquée contre le palais.

Je reprends mes esprits en entendant la pharmacienne me parler.

— Vous le connaissiez ?

— Euh, il y a longtemps. Je prendrai aussi un paquet d'oursons en gélatine. Sa famille vit encore ici ?

— Non. Elle a déménagé à Liverpool. Quelle drôle d'idée…

J'ai honte. De mon enfance, de ma famille et de moi-même pour n'avoir jamais recontacté Felicity ou ses proches. Pas une lettre ni un coup de fil. Même pas pour les informer de mon retour. Je me fais la promesse solennelle que, lorsque tout sera terminé et que j'aurai enfin retrouvé Mark, nous irons leur rendre visite en Angleterre.

J'ai acheté les bonbons pour Belinda, mais je sais que sa

mère va mal le prendre et me hurler dessus. Je les range donc dans le sac avec les médicaments. Quelle imbécile !

Je prends quand même la peine de ramasser la poupée. La mère me la prend des mains et la secoue sous le nez de sa fille.

— Puisque tu es incapable de faire attention à tes affaires, je te la confisque ! Compris ?

Elle flanque la poupée dans son sac à main et me foudroie du regard.

— Quoi, ça vous intéresse ?

Mon cœur bat à se rompre. J'aurais tellement de choses à dire à cette femme ! Mais les mots ne sortent pas. Je demeure plantée là, à me détester quand je me souviens de la fois où Felicity m'a glissé des oursons en gélatine dans la main il y a bien longtemps. Je ressors le paquet de mon sac et le tends à la fillette.

— Tiens, c'est pour toi, Belinda.

La petite reste muette, et la femme se met à brailler :

— Et alors, qu'est-ce qu'on dit, petite ingrate ?

— Merci, marmonne Belinda tandis que sa mère l'entraîne dehors, dans la chaleur.

Je remonte en voiture, tremblante. Sérieusement, quel genre de fanatique parle encore comme ça à ses enfants de nos jours ? Je balance le sac de médicaments et le flacon de pilules sur le siège à côté de moi et j'enclenche la marche arrière. Sur le trottoir, Vicki me fait coucou.

— Bon débarras, dis-je en la saluant d'un grand geste amical, consciente qu'elle ne peut pas m'entendre. Avec un peu de chance, il sera mort d'ici quelques jours. Et je n'aurai plus jamais à te revoir.

4

George et Gwen

Juin 1942

Pendant qu'ils dansaient, George sourit à Gwen, la complimenta sur l'élégance de son chapeau, la beauté de son regard et sa grâce. Il lui parlait d'une voix douce, calme et pleine d'assurance. Gwen était sous le charme.

Il lui raconta qu'il travaillait sur l'exploitation de betteraves sucrières de sa famille. Et aussi que son frère aîné, Bill, était revenu de la guerre avec les deux jambes en moins. Gwen frissonna de dégoût malgré elle et se demanda s'il l'avait senti, car il avait posé sa main au creux de don dos. Mais il continua à sourire et à lui parler. Son frère et lui possédaient une voiture. Enfin, pas une voiture, plutôt une camionnette dans laquelle il chargeait des caisses de betteraves deux fois par semaine pour les vendre au marché, mais peu de jeunes hommes pouvaient s'en vanter en 1942. Son père était décédé six mois plus tôt, et sa mère des décennies auparavant, quand George n'avait que 7 ans. Lorsqu'ils toucheraient enfin leur héritage, son frère et lui revendraient la ferme. Bill comptait s'acheter une petite maison en ville. George projetait de monter sa propre exploitation de betteraves sucrières – et de se payer sa propre camionnette. Un investissement sûr, expliqua-t-il, parce que le sucre serait toujours une denrée en forte demande.

Gwen l'écoutait, consciente qu'ils menaient des vies très différentes. Certes, tous deux avaient perdu leurs parents, mais leurs points communs s'arrêtaient là. Elle travaillait comme ouvrière la semaine dans une usine pour soutenir l'effort de guerre et, le samedi, chez Stan Forsythe, le fleuriste local. Gwen avait eu de la chance de décrocher ce petit boulot, et ses amies lui enviaient ce jour de répit loin du vacarme de l'usine. Stan fabriquait des couronnes mortuaires pour décorer les cercueils, notamment ceux des soldats morts sur le front, mais aussi, et un peu trop souvent au goût de Gwen, ceux de leurs parents morts de chagrin. Ces couronnes-là étaient les plus tristes à confectionner. (Elle se demanda comment la mère de George était décédée, et si son père était mort de chagrin après que Bill était revenu de la guerre sans ses jambes.) Elle préparait leur base à l'aide de feuilles de camélia, tressait les dahlias et les camélias avec du fil de fer pour que Stan les dispose ensuite par-dessus, et vaporisait le tout d' eau afin de conserver la fraîcheur.

Apparemment, George n'avait pas encore rejoint l'armée et cela ne semblait pas faire partie de ses projets. Il n'avait évoqué ni son entraînement ni son affectation, et Gwen préférait ne pas lui poser la question. Peut-être étiez-vous exempté si vous étiez orphelin et que votre frère était amputé des deux jambes ? À moins que la culture des betteraves sucrières ne soit considérée comme essentielle à l'effort de guerre ? Elle l'observa à la dérobée ; à présent que son visage était tout proche du sien, elle constata qu'il était nettement plus âgé qu'elle. *Sans doute pas trop vieux pour aller faire la guerre, mais trop vieux pour moi en tout cas*, songea-t-elle.

Elle venait de se décider à lui refuser poliment la prochaine danse s'il la lui demandait lorsqu'il déplaça sa large main dans son dos, à l'endroit précis où son soutien-gorge se sentait sous sa robe. Mortifiée, elle rata un pas et regarda ses pieds pour se concentrer. Mais, plus elle se concentrait, plus elle enchaînait les erreurs et sentait une zone de chaleur dans son dos. Et pendant tout ce temps George continuait à sourire et à la complimenter sur sa grâce.

Elle n'osa donc pas se montrer impolie en répondant « non, merci » trois minutes plus tard.

Au fil des semaines, George lui fit la cour avec assiduité, et Gwen se félicita de ne pas lui avoir dit « non, merci ». Quant à ses amies, elles étaient impressionnées par cet homme si beau et si souriant.

Un samedi soir, alors qu'il était venu la chercher à la sortie de la boutique de Stan (où il venait désormais l'attendre chaque semaine à 17 h 30 précises), ils virent un enfant courir vers eux en pleurant. Sa mère, qui se trouvait à une bonne vingtaine de mètres derrière lui, s'écria « Kenny, Kenny ! » tout en poussant un landau d'une main, un bébé vagissant sur son épaule.

— Hep, jeune homme ! voulut l'intercepter George en s'accroupissant sur le trottoir. Où vas-tu comme ça ?

Mais le gamin changea soudain de trajectoire et s'élança sur la chaussée. En un éclair, George se précipita après lui, et Gwen entendit une voiture klaxonner à l'instant où il rattrapait l'enfant et le soulevait de terre. Avant que la jeune femme ait eu le temps de comprendre ce qui se passait, George et Kenny étaient couchés à plat ventre sur la bande herbeuse le long du trottoir. Le gamin pleurait toujours, le visage en sang. Sa mère avait remis le bébé dans le landau et accourait dans leur direction.

George se releva, essuya le visage du garçon avec son mouchoir puis le pressa sur sa propre trempe, qui saignait abondamment.

Kenny et le bébé enfin calmés, la femme serra la main de George en ânonnant des remerciements confus. George prit alors le garçon à part, mit un genou à terre pour se trouver au même niveau que lui, et lui expliqua gentiment mais d'un ton ferme qu'il devait toujours rester auprès de sa maman, même s'il en avait assez de supporter les pleurs du bébé, parce qu'il deviendrait bientôt un homme et devrait les protéger. Kenny, encore sous le choc, acquiesçait d'un air penaud.

La mère prit les mains de Gwen dans les siennes et remarqua la petite bague de fiançailles à son annulaire.

— Oh, vous avez bien de la chance d'épouser un homme si bon et si courageux !

— C'est vrai, répondit Gwen en souriant, le cœur gonflé de fierté.

5

Joy et Ruth

Décembre 1960

Au moment où l'image de ses membres tranchés et l'odeur de son propre sang lui envahissaient la tête, Joy entendit la chaise de son père racler le lino pour la seconde fois de la soirée. À présent, il avait terminé son repas. Elle sentit enfin le temps reprendre son cours.

Aussitôt, le reste de la famille s'attela aux corvées du soir : débarrasser la table et déposer la vaisselle sale dans l'évier, remiser la sauce dans le placard, secouer la nappe avant de la replier pour la remettre dans le troisième tiroir, poser la salière et le poivrier au centre de la table en prévision du petit déjeuner, faire la vaisselle, la sécher et la ranger, et enfin passer un coup de balai sur le sol.

— Il va bien, déclara soudain sa mère en réponse à une question que personne ne lui avait posée, alors qu'elle faisait mousser le savon pour la vaisselle. Tout va bien. Il a des accès de migraine. Nous devons tous être très gentils avec lui.

C'était vendredi. Joy savait donc que son père allait bientôt reparaître, habillé pour sa réunion du conseil paroissial, traverser la cuisine et sortir. Chaque lundi et jeudi soir, il assistait aux réunions du comité de la salle polyvalente. Le mardi soir, c'était répétition avec son groupe. Et tous les samedis il jouait de la guitare avec les autres musiciens ou animait les fêtes de fiançailles ou de mariage organisées dans la salle polyvalente de Blackhunt.

La vaisselle était presque terminée lorsqu'il réapparut dans la cuisine avec sa mallette puis s'éclipsa de la maison sans un mot.

Les corvées du soir achevées, ils se rendirent dans la salle de bains l'un après l'autre, du plus jeune au plus âgé, pour se brosser les dents. Les veilles d'école, Mark et Joy étaient censés consacrer une heure à leurs devoirs avant de se mettre au lit. Chacun d'eux disposait d'un bureau de fortune dans sa chambre afin de ne pas encombrer la cuisine ; celui de Joy était constitué d'un vieux battant de porte que son père avait ôté de la salle de traite, poncé et cloué sur deux caisses en bois.

Pendant les vacances, leurs parents se fichaient de savoir ce qu'ils fabriquaient le soir dans leur chambre tant qu'ils ne faisaient pas de bruit.

Une fois couchée dans son lit, Joy sortit son petit dictionnaire de sous son oreiller. Elle apprenait un mot nouveau tous les soirs, savourant chaque fois l'image qui jaillissait dans sa tête. C'était le seul moment où elle pouvait laisser ces images l'envahir sans avoir besoin de se concentrer d'abord sur le sens ou l'orthographe d'un mot. Lorsqu'elle y mettait du sien, elle lisait très correctement, mais si elle tombait sur un mot qui lui inspirait une image particulièrement vive ou atroce, comme la hache ensanglantée qui lui était apparue le jour où elle avait découvert le mot *embuscade*, elle ne voyait plus rien d'autre et restait pétrifiée sur sa chaise, muette telle une simple d'esprit, à mesure que la vision s'emparait de son cerveau. Résultat, les adultes s'agaçaient et les autres enfants riaient sous cape lorsqu'elle lisait. Mais elle ne pouvait rien faire pour arrêter ce flot d'images, pas plus qu'elle ne pouvait s'empêcher de voir Mark les bras et les jambes tranchés quand il était puni, ou de s'inventer des histoires comme celle de la vieille femme aux boîtes magiques, et de s'extraire de la réalité du présent.

Ruth avait raison, bien sûr. Il fallait qu'elle grandisse et cesse ces absurdités {une girafe bleue} sans queue ni tête.

Joy ouvrit le dictionnaire et décida de chercher le mot inconnu que sa mère avait prononcé dans la cuisine. Lorsqu'elle tomba sur *migraine*, elle s'autorisa la vision d'un éclair brûlant, palpitant et multicolore. C'était un mot puissant, comme une déflagration, associé à une image tout aussi forte.

— Joy ? fit Ruth d'une voix douce et soyeuse. Range ton dictionnaire et dors.

À contrecœur, Joy referma l'ouvrage et l'enfonça sous son oreiller. Elle n'aimait pas se quereller avec Ruth, parce que Ruth l'emportait toujours. C'était à croire qu'elle passait ses journées sur sa chaise à planifier comment elle allait gagner chacune de leurs disputes. Joy regarda sa sœur se brosser les cheveux, assise sur son lit.

Ruth possédait la plus magnifique chevelure que Joy ait jamais vue. Elle était de la même couleur que la tache acajou sur le front blanc de Maisie. C'était le lait de Maisie que Colin apportait dans le seau chaque matin, parce que la mère de Joy trouvait que c'était le meilleur. En regardant sa sœur brosser ses cheveux couleur de Maisie, Joy se dit pour la millième fois que ce n'était pas seulement sa chevelure qui était magnifique. Ruth avait des traits délicats, les yeux bleus et réguliers de leur père, un petit nez grêlé de son comme si leur mère y avait saupoudré de la noix de muscade. Elle aurait été parfaite, sans l'accident... et la marque de naissance violacée qui lui grignotait toute la partie gauche du visage. Mais Joy se rappela que, si on la regardait du côté droit, elle avait l'air d'un ange {une boule de cellophane qui se défroisse dans un doux crépitement}. Oui, Ruth était semblable à un ange du Paradis, sauf pour l'accident et la moitié gauche de son visage.

— Ruth, tu crois que papa est malade et que c'est la raison pour laquelle il prend des médicaments ?

Sa sœur interrompit son geste avec sa brosse.

— Les gens ne prennent pas de médicaments à moins d'être malades. Mais je ne sais pas trop, pour les migraines. Il doit plutôt avoir... Quel est ce mot que tu as découvert il y a quelques semaines, déjà, le truc qui pousse dans le ventre des gens quand ils sont en colère ?

— Un *ulcère*, répondit Joy.

L'image de ce mot était spectaculaire : un énorme crapaud brun rouge qui éclatait en un geyser de liquide marron et épais. Elle avait remarqué que beaucoup de mots contenant un *U* avaient des images perturbantes. C'était très curieux. Mais après tout le *U* était une lettre particulièrement abrupte, aussi dure qu'un coup de feu.

— Tu crois qu'il dit vrai, reprit-elle, et que c'est Mark qui le rend malade ?

— Tu veux dire que toi et Mark le rendez malade ?

Joy fit la grimace. Ruth avait raison. Son père disait souvent qu'il était « peiné » de savoir qu'il se retrouverait seul au Paradis puisque Mark et Joy, eux, iraient droit en Enfer. Elle savait donc qu'elle finirait, avec les catholiques, les juifs et les païens, à brûler et hurler dans les pires souffrances jusqu'à la fin des temps. Mais, chaque fois qu'il disait cela, il semblait oublier que Ruth, la magnifique et parfaite Ruth, monterait directement au Paradis elle aussi, et qu'il aurait de la compagnie. Joy savait qu'il se mettrait en colère si elle lui disait : « Et Ruth, alors ? » Du coup, sa langue restait collée à son palais.

Elle adressa une rapide prière à Dieu. Elle voulait dire : « *Cher Dieu, fais que mon père aille mieux pour qu'il n'ait plus besoin de prendre des médicaments* », mais sa langue fourcha et les mots qui sortirent à la place furent : « *Cher Dieu, fais que mon père meure.* »

— Joy ! souffla Ruth d'un ton sec et aussi tranchant que la lame d'une hache qui aurait coupé les mots en deux afin qu'ils tombent par terre et ne puissent surtout pas s'échapper par le plafond ni s'envoler vers le ciel.

— Je me suis trompée. Je voulais dire : « *Fais que mon père ne meure pas.* »

Ruth haussa les sourcils.

— C'est l'heure de dormir, assena-t-elle.

Sans bruit, Joy alla éteindre la lumière près de la porte et regagna son lit dans le noir. Les anguilles palpitaient au rythme de son pouls.

— Bonne nuit, Joy.

— Bonne nuit, Ruth.

Elle enfouit sa main sous son oreiller et caressa la couverture de son dictionnaire. De petits caractères d'imprimerie noirs se glissèrent hors des pages et se mirent à frétiller sur sa main. L'encre était douce et duveteuse comme le col de velours blanc que Mrs Larsen avait cousu sur la robe du dimanche de Joy, et les lettres émettaient un léger tintement en dansant sur ses doigts. Joy sentit son cœur ralentir. Les mots et les lettres étaient ses meilleurs amis.

En dehors de Dieu, bien sûr. Et de Ruth.

Comment pouvait-elle nourrir de si terribles pensées à l'égard de son père ? En frissonnant, elle pria Dieu de lui accorder Son pardon. Elle ferait tous les efforts du monde. Son père avait raison. Elle n'était qu'une immonde pécheresse et finirait sans doute en Enfer avec les catholiques et les sauvages.

Il l'avait dit lui-même. « Ton tour viendra. »

6

Joy et George

Février 1983

En engageant ma voiture dans l'allée de gravillons, je découvre avec surprise qu'elle est encore bordée des 42 camélias qu'avait plantés ma mère avant ma naissance. Les arbustes semblent hagards, fatigués d'exister. La chaleur et la sécheresse sont venus à bout de la plupart d'entre eux, mais il suffirait sans doute d'une bonne averse et d'une dose de fertilisant pour leur redonner vie. Même si maman n'a plus besoin d'eux pour ses couronnes de fleurs.

Je ralentis en apercevant la maison. Comme je le faisais déjà à pied du temps où je remontais cette allée en rentrant de l'école. Je jette un œil aux parterres de fleurs, dont la plupart sont parsemés de coquelicots écarlates, et grimace en repensant à ces centaines de fleurs qui cachaient sous leurs couleurs, tout au long de l'année, le genre de famille que nous formions.

J'arrête ma voiture à quelques mètres du sentier menant au porche de derrière, et je promène mon regard autour de moi. C'est la première fois que je vois tout cela avec des yeux d'adulte. Des enclos à perte de vue, les rives de l'étang au loin, les cabanes délabrées, le jardin envahi de fleurs mortes et de mauvaises herbes (excepté les coquelicots), le poulailler et son grillage distendu, la laiterie, la vieille maison en bois. Tout est là. Exposé devant moi, tel un musée lamentable et cruel.

Les pilules gémissent sur le siège passager. *Merde. Je croyais en avoir fini avec ça.* Je reste immobile un moment, le moteur encore allumé. Je pourrais faire demi-tour et rentrer chez moi. Tout de suite. Parce que je fais ça par pure bonté de cœur. Quand Vicki m'a appelée, j'ai répondu « bien sûr » comme s'il s'agissait d'une stupide partie de jeu des Sept Familles : demandez le père, la mère, le fils et la fille, et hop, quel bonheur, la famille au grand complet !

Non. Je ne suis pas venue pour ça.

Je descends de voiture et plisse les yeux sous le soleil écrasant pour contempler « la vue ». Chaque fois que je raconte aux gens que j'ai grandi ici, ils m'expliquent que j'ai bien de la chance, que ce devait être formidable de contempler ce paysage idyllique au milieu de belles collines verdoyantes, et blablabla. Comme s'ils auraient aimé patauger jour après jour dans la gadoue et sous la pluie, vivre à 75 kilomètres de la ville la plus proche dans une ferme glaciale et délabrée dont les murs et les planchers n'abritaient que des mensonges et d'atroces secrets. Ces « belles collines verdoyantes » puent les corvées exténuantes, la misère et la boue. D'ailleurs, elles ne verdoient même plus. Autour de moi, à perte de vue, ce ne sont qu'enclos jaunâtres et desséchés parsemés de quelques vaches.

Je reconnais la puanteur méphitique dégagée par le vieux container à déchets entreposé dans l'enclos de devant et dont s'échappe une mince fumée. Comment peut-il encore brûler en permanence, jour et nuit ? Ça me dépasse. Même de loin, la cendre et l'odeur me cautérisent les narines et la gorge.

Les feux de plein air ne sont-ils pas réglementés, nom de Dieu ?

Je ne prends même pas la peine de frapper.

La première chose qu'on voit en accédant au porche de derrière est le grand placard. C'était là qu'on rangeait nos manteaux, nos bottes en caoutchouc et les quelques outils de jardinage que maman pouvait ainsi utiliser sans devoir aller jusqu'à la remise. Je l'ouvre, et tout est là, même l'imperméable que je portais le jour où j'ai lu la moitié de la première phrase d'*Orgueil et Préjugés*.

En apercevant la binette qui servait à cueillir les nénuphars, je reçois comme un coup de poing dans le ventre et me retiens d'une main aux manteaux pour ne pas vaciller – si cette ferme devenait un parc à thème, on l'appellerait Le Domaine de la Peur.

Je presse mon autre main sur mon ventre, inspirant lentement, et relève la tête. Si je suis venue jusqu'ici, c'est pour une raison bien précise. Ce n'est pas un petit sursaut de peur – OK, plutôt un raz-de-marée de souvenirs terrifiants – qui va m'empêcher d'aller jusqu'au bout.

Je passe devant la buanderie, où avec ma mère je plumais les Ruth mortes et où étaient stockées des rangées d'œufs enduits de paraffine pour les conserver durant l'hiver. J'inspire un grand coup avant d'ouvrir la porte de la cuisine. Les stores sont baissés sur les fenêtres orientées plein sud, si bien qu'il fait sombre et étonnamment frais dans la pièce. Je reste immobile le temps que mes yeux s'habituent à la pénombre.

Menteuse. Si je me tiens là sans bouger, c'est parce que je ne suis pas sûre d'avoir le courage de continuer. De traverser le salon, d'entrer dans sa chambre et de m'avancer jusqu'à son lit, sur lequel il est sans doute allongé.

Une voix râpeuse résonne soudain dans l'obscurité.

— Bonjour, Joy. Tu en as mis du temps ! Il n'en a plus que pour deux ou trois semaines, tu sais. Grand max.

Je fais volte-face. Ruth. Elle n'a pas changé d'un iota. Toujours grande et mince, ses cheveux acajou séparés par une raie au milieu, ses longs doigts fins et sa peau douce. Ma sœur aînée. Ma sœur si parfaite. À condition d'ignorer sa tache de naissance. Et aussi l'accident, bien sûr.

Les mots sortent de ma bouche malgré moi :

— Qu'est-ce que tu fais là ?

Ruth est la dernière personne que j'avais envie ou l'intention de voir. Mais il va bien falloir que je fasse avec. Je jette les papiers et les médicaments de Vicki sur la table en Formica.

— Moi aussi, je suis contente de te voir. J'ai un plan.

Même dans la pénombre, je vois sa tache violacée onduler sur sa joue pendant qu'elle parle.

— Ça ne m'intéresse pas, dis-je en relevant les stores.

D'un coup, la chaleur envahit la pièce et j'ouvre la porte du frigo jaune moutarde que j'ai toujours connu. La bouffée d'air froid est un soulagement. En plus, si je laisse la porte ouverte, Ruth disparaît de ma vue.

— Tu vas adorer, crois-moi.

Sa voix est soudain douce et suave. Elle est toujours un peu enrouée, au début, quand Ruth n'a pas pris la parole depuis longtemps. Sans doute une séquelle de l'accident.

— Je vais t'aider à obtenir ce dont tu as toujours rêvé, Joy…

Je sors une bouteille de Passiona du frigo. La boisson préférée de notre père, celle que nous n'avions jamais le droit de boire. Il en reste un fond, que j'avale directement au goulot. Le soda est un peu éventé, mais il est bien frais.

— Nous sommes revenues toutes les deux nous occuper de lui, poursuit-elle. Quelles filles dévouées, n'est-ce pas ? C'est pour lui ? ajoute-t-elle en voyant les médicaments sur la table.

J'ignore sa question et examine le maigre contenu du frigo en quête d'un truc vaguement décent à manger. Il n'y a presque rien. Je regrette de ne pas avoir fait quelques courses pendant que j'étais à Blackhunt. Entre Vicki avec-un-*i* et la mère hystérique de Belinda, j'ai eu du mal à me concentrer.

Ruth sourit et repose le livre qu'elle était en train de lire.

— Nous avons tant de choses à nous raconter, dit-elle.

— Ah bon ?

— Bien sûr que oui. Mais d'abord, tu dois aller le voir.

Je reste plantée là, ma bouteille vide à la main.

— Je ne veux pas.

Je sais que je m'exprime comme une gamine capricieuse.

— Ce ne sera pas aussi terrible que tu l'imagines, insiste Ruth avec douceur.

Je pose la bouteille sur la paillasse. J'ai les mains moites, tremblantes, et les anguilles dans mon ventre se tortillent en sifflant. Je me rappelle, pour m'encourager, qu'il est vieux et malade. À deux doigts d'y passer, d'après Vicki. De quoi ai-je peur ?

— Il ne peut pas te faire de mal, Joy.

Je palpe les cicatrices sur mes épaules et me répète ce que je me suis déjà dit un millier de fois durant le trajet depuis Melbourne. *Ni oubli ni pardon.*

Aucun des deux ne figure à mon programme.

7

George et Gwen

Août 1942

En remontant l'allée centrale de l'église dans sa robe de mariée empruntée, Gwen songea à quelle vitesse les deux derniers mois s'étaient écoulés depuis sa toute première danse avec George. Mais les gens avaient tendance à s'épouser très vite, ces temps-ci, du moins dans le Willshire, en raison de la guerre et de la crise. Tout semblait précaire, sauf le mariage, qui était pour la vie. *Surtout avec un homme comme George Henderson*, se disait-elle.

Il lui avait fait la cour avec tellement d'assiduité. Et Gwen s'était sentie submergée par la joie et la fierté quand il lui avait annoncé avoir réservé l'église avant même de lui demander sa main.

Son patron, Stan Forsythe, la mena jusqu'à l'autel sous les yeux de la quinzaine d'invités qui se dirigèrent ensuite vers le buffet dressé dans la salle polyvalente, où avait eu lieu le bal de leur rencontre. Autre exemple qui montrait à quel point George était un être attentionné et sentimental.

Malgré tout l'amour qu'elle avait pour son nouvel époux, Gwen était horrifiée que le frère de celui-ci, Bill, soit venu assister à la cérémonie dans son affreux fauteuil roulant, avec ses jambes de pantalon repliées sous ses moignons. Elle évita de regarder dans sa direction et, même au moment de dire oui, songea que ce serait tout de même plus simple pour tout le monde si les personnes invalides avaient le bon goût de rester chez elles pour ne choquer personne.

Si Stan avait mené la mariée à l'autel, c'est parce que le père de Gwen était mort de tuberculose avant sa naissance – et avant d'avoir épousé sa mère. Pour des raisons mystérieuses, celle-ci avait refusé de placer son bébé à l'adoption, mais l'avait en revanche confié un jour à sa tante célibataire en lui assurant qu'elle serait de retour deux heures plus tard. Elle n'était jamais revenue. D'après la rumeur, elle s'était jetée dans le fleuve derrière l'institut de Mécanique, bien que son corps n'ait jamais été retrouvé. La vieille tante avait gardé sa petite-nièce chez elle pendant dix-huit ans, mais avait aussi et surtout gardé ses distances. Gwen l'entendait souvent affirmer à qui voulait l'entendre que les enfants étaient comme les chiens : il fallait les dresser, sans quoi ils devenaient des créatures incontrôlables. Gwen était donc toujours intriguée lorsqu'elle croisait des familles bruyantes et hilares dans les magasins ou sur le chemin de l'église, et soulagée de retrouver l'atmosphère étouffante de la maison de sa grand-tante.

En acceptant la demande en mariage de George, Gwen s'était rendu compte avec fierté, sentiment totalement nouveau pour elle, qu'elle venait d'embarquer pour un voyage que ses propres parents n'avaient jamais entamé.

La cérémonie fut modeste, mais son bouquet de mariée fit sensation. Elle avait choisi et lié ensemble une brassée de roses blanches et de feuilles cueillies dans les jardins de plusieurs de ses voisins, les avait assemblées pour leur donner la forme d'une cascade avec une longue pointe incurvée, et avait caché le fil de fer sous un ruban blanc récupéré sur une vieille robe. Tout le monde s'était extasié à la vue de cette superbe composition florale, et la photo des jeunes mariés sur le parvis de l'église avait fait la une du journal local la semaine suivante, avec ce titre : UNE FLEUR PARMI LES FLEURS ! Jean, la demoiselle d'honneur, avait découpé l'article pour l'insérer dans son album photo et le montrer à Gwen quand celle-ci viendrait lui rendre visite. Mais il était resté là à jaunir au fil des décennies jusqu'à la mort de Jean. Quand son fils était venu vider ses affaires, il s'était demandé un court instant qui était ce couple de parfaits inconnus avant de jeter l'album dans l'incinérateur.

George et Bill étaient parvenus à revendre la propriété de leurs parents, et George s'était acheté une camionnette d'occasion ainsi qu'une petite ferme, qui avait englouti sa moitié d'héritage. Mais les jours de la betterave sucrière étaient comptés, comme il l'expliqua à Gwen. Les plantations de canne à sucre qui florissaient sous le soleil du Queensland étaient en train de faire couler l'industrie de la betterave sucrière dans l'État de Victoria. Il était temps de passer à autre chose, et pour cette raison il avait préféré investir dans une exploitation laitière – et un troupeau de vaches :

— Les gens auront toujours besoin de lait, de crème et de beurre, Gwen. Crois-moi, je sais de quoi je parle.

La cérémonie terminée, les jeunes mariés grimpèrent dans la petite camionnette d'occasion de George et roulèrent jusqu'au seul hôtel de Willshire. Ils n'y restèrent qu'une nuit, George devant les conduire dans leur nouvelle demeure dès le lendemain.

— Pas besoin de dépenser une fortune pour la lune de miel, dit-il avec ce sourire qui rappelait à Gwen celui de Cary Grant. Vivre dans notre propre ferme, nous installer dans notre nouvelle vie, ce sera cela, notre voyage de noces !

Et Gwen se laissa convaincre. Le lendemain, ils se rendirent chez sa grand-tante pour récupérer ses vêtements ainsi que la malle de son trousseau. La vieille dame leur donna une boîte métallique contenant de la nourriture et de la glace. Gwen la remercia en marmonnant mais fut incapable de croiser son regard ; elle avait honte car, la nuit précédente, George avait remonté sa chemise de nuit en flanelle et ôté sa petite culotte blanche pour profiter de son corps ainsi exposé.

Lorsqu'ils partirent, Gwen sentit le soulagement de sa grand-tante lui transpercer le cœur, exactement comme elle avait perforé le calice de chacune des roses de son bouquet de mariée avec du fil de fer. L'expérience lui avait paru à la fois cruelle et grisante.

Plus ils s'éloignaient du Willshire, plus Gwen se sentait pousser des ailes en songeant à sa nouvelle vie. Non pas que l'ancienne ait été si horrible, mais l'expression « nouvelle vie » lui semblait pleine de promesses. Oubliés, le travail à l'usine et la mine réprobatrice de sa grand-tante. Et puis George ne lui imposerait sans doute pas son devoir conjugal tous les soirs.

Au fil des heures, les routes se firent de plus en plus mauvaises et étroites, les maisons de plus en plus rares. À 12 h 30 précises, George se gara sur le bas-côté et, en raison de la pluie, ils restèrent assis dans la camionnette pour manger les sandwichs restants du buffet de la veille. À 12 h 45, George remit le contact. Il était bientôt 14 heures lorsqu'ils bifurquèrent sur une route de terre pleine d'ornières qui tenait davantage de la piste boueuse.

Une heure plus tard, quand George s'engagea dans une allée de petits cailloux en lui annonçant qu'ils étaient « arrivés », Gwen se sentit perdue.

8

Joy et Ruth

Décembre 1960

Le samedi, premier jour des vacances, la mère de Joy se leva et quitta la maison de bonne heure pour aller récupérer la commande de fil de fer, de rubans et de bases de couronnes qu'elle se faisait régulièrement livrer à la gare de Blackhunt.

Une fois ses corvées terminées, Joy commença à préparer le déjeuner pour le reste de la famille, non sans jeter des coups d'œil dans le salon, où elle apercevait les manuels scolaires empilés sur la table. Les pages d'*Orgueil et Préjugés* semblaient l'appeler. *Viens nous lire, viens nous lire !*

Son père travaillait loin de la maison ; le livre ne se trouvait qu'à 2 petits mètres. Malgré l'avertissement de ses anguilles, Joy se retrouva bientôt couchée sur son lit, le roman entre les mains. Elle n'en lirait que dix pages – non, cinq. Personne ne le saurait jamais. Elle ferait très attention.

Comme l'avait conseillé Mr Plummer, elle commença par lire le texte de présentation au dos de l'ouvrage, sur la jaquette {une grande balançoire en argent}. Puis elle ouvrit le livre, juste assez pour ne pas l'abîmer, et s'attaqua à la courte biographie de Jane Austen, imprimée sur les pages d'un blanc crémeux.

— Tu vas avoir des ennuis, la prévint Ruth. De très, très gros ennuis.

Joy l'ignora.

— Tu ne devrais pas, insista Ruth. C'est trop dangereux.

— Seulement cinq pages, rétorqua Joy, consciente qu'elle se montrait têtue.

Elle poursuivit sa lecture et découvrit la raison sociale de l'éditeur. Elle déglutit en lisant le nom : « New World Library of Literature Incorporated. » Une image apparut dans son esprit : celle d'un édifice majestueux, parcouru de galeries au plafond très haut et desservant une multitude de salles où des écrivains, en habits raffinés et bien chauds jamais souillés de gadoue ni de bouse de vache, griffonnaient de leurs stylos à plume à l'encre indigo sur des feuilles de papier crémeux, ou bien encore tapaient à la machine, doigts et touches unis en un même claquement, comme si l'humain et la mécanique ne faisaient plus qu'un, unissant leur labeur et leur imagination pour créer des histoires qui divertiraient et enchanteraient aussi bien les enfants que les adultes. Joy eut un léger sourire : on aurait dit de la réclame pour un spectacle de cirque. Dans d'autres pièces, des dessinateurs créaient de superbes illustrations enrichies de mille et un détails pour agrémenter ces ouvrages de dragons cracheurs de feu, d'orphelins crasseux faisant les poches des passants dans les ruelles de Londres infestées par la peste, de vieux sorciers capables de faire disparaître des chauves-souris, et d'elfes malicieux ricanant à perdre haleine. Et, quand illustrations et manuscrits étaient achevés, on les portait en toute hâte jusqu'à l'immense salle de l'imprimerie, où des hommes ratatinés enfournaient péniblement {la main tordue d'un enfant mort} des plaques garnies de caractères métalliques et de gravures dans la grosse machine bruyante qui remplissait quasiment tout l'espace. L'imprimeur en chef faisait une dernière vérification, versait une goutte d'huile dans un trou minuscule, ouvrait une petite porte latérale et jetait un coup d'œil à l'intérieur avant d'ajuster avec soin une série de gros bitoniaux qui faisaient *clic* et *clac* à mesure qu'il les tournait dans tel ou tel sens. Après quoi il se redressait, adressait un dernier regard à ses collègues réunis autour de lui et, d'un geste précis et minutieux, abaissait un gros levier jaune pour lancer la machine, qui se mettait à vrombir, claquer et soupirer à mesure que les plaques…

— Ils seront bientôt de retour, tu sais.

— Je sais, je sais… J'ai juste envie de connaître cette vérité universelle !

Joy sursauta en entendant la porte de derrière s'ouvrir. Si son père la surprenait en train de lire l'un des livres entreposés dans le salon – l'un des livres de Mark – avant qu'il ait été plastifié… elle en frissonna d'effroi.

— Vite ! murmura Ruth.

Trop tard. Son père venait de faire irruption dans la chambre.

— Toi ! Dehors !

Joy se figea net, le livre de Mark entre ses deux mains d'immonde pécheresse.

Était-ce le moment ? Son tour venait-il d'arriver ?

Les anguilles tourbillonnaient dans son ventre.

Il portait ses bottes de caoutchouc, son bleu de travail et son imperméable graisseux, la capuche rejetée en arrière, les traits crispés et cramoisis.

— Les poules se sont échappées. Viens avec moi, dit-il avant de repartir vers la cuisine.

Joy ferma les yeux pour remercier le Seigneur, cacha le livre sous son oreiller et s'empressa de suivre son père.

Il détestait les poules, alors qu'il savourait deux œufs à la coque chaque matin au petit déjeuner. « On devrait s'en débarrasser », marmonnait-il en voyant la facture que lui tendaient chaque mois les propriétaires du magasin général lorsqu'ils venaient livrer les sacs de graines. Mais sa mère les adorait et les appelait Ruth, ce qui avait le don d'exaspérer son père. Joy était elle aussi gênée que les poules portent le prénom de sa sœur.

Tandis qu'elle accourait vers la cuisine, les injonctions courroucées de son père la transpercèrent comme des lances à la pointe déchiquetée. Elle rejoignit le porche de derrière, où étaient rangés les imperméables et les bottes en caoutchouc, et entendit la camionnette remonter l'allée vers la maison. Elle eut alors une idée, certaine de faire plaisir à son père.

Il ouvrit la porte, et l'air glacial et la pluie s'engouffrèrent dans le porche. Joy retourna ses bottes et les secoua pour s'assurer qu'il n'y avait pas d'araignées à l'intérieur.

— Papa ? Tu sais que maman est la championne pour récupérer les poules ? Maintenant qu'elle est de retour, pourquoi ne pas lui demander de s'en charger ? Avant qu'on soit tout trempés ? Demande-lui de les appeler en tapant sur leur mangeoire. Elles reviennent toujours quand elle fait ça !

C'était une idée géniale. Son père et elle n'auraient pas à courir dans tous les sens en hurlant sous la pluie. Il pourrait retourner s'occuper de la clôture, et elle découvrirait enfin le secret de cette vérité universelle.

Son père l'attrapa par le col de son pull et siffla contre son oreille :

— J'ai dit *dehors*, alors tu vas sortir.

Ces mots s'assortirent d'une gifle. Joy tomba à genoux. Sa joue brûlante lui fit l'effet d'être de la même couleur que celle de Ruth.

— Tu n'as pas à me dire ce que j'ai à faire, compris ? hurla-t-il.

Quand il franchit la porte, elle décrocha son imperméable de la patère avant de le suivre le long du vieux sentier de ciment craquelé. Elle remonta la capuche sur sa tête, mais ils marchaient face à la pluie et elle eut vite le visage et la nuque trempés. Dans son ventre, les anguilles tournoyaient d'avant en arrière, grossissant un peu.

Pourquoi son idée n'avait-elle pas fait plaisir à son père ? Elle regarda la camionnette rentrer sous l'abri. Sa mère aurait très bien pu remettre le déchargement de ses paquets à plus tard et venir récupérer les poules, non ? Joy soupira.

Mark se tenait debout dans le premier enclos, à côté du poulailler, l'air absent et un long bâton à la main. Leur père le lui prit aussitôt.

Comme toujours dans ces circonstances, il envoya Joy et Mark se poster à deux coins différents de l'enclos tandis qu'il restait près de la porte du poulailler, à l'endroit précis où il voulait faire revenir les évadées, en agitant le bâton et en pestant contre ses enfants :

— À gauche, à droite, *tss*, avancez ! Ne bougez plus ! *Tss*, courez-leur après… mais non, pas comme ça, *tss*.

Lorsqu'il ne hurlait pas sur Mark et Joy, il criait sur les poules.

— Vous faites peur aux vaches ! Revenez par ici, saletés de volailles !

Faire peur aux vaches ? C'était peu probable. Ces pauvres bêtes étaient habituées à se faire rabrouer matin et soir, à être menées à la laiterie un bâton sur la croupe et séparées de leur veau nouveau-né dès qu'il avait réussi à se hisser sur ses pattes vacillantes et humides. Elles n'allaient pas se laisser affaroucher par la présence d'une douzaine de Ruth en train de picorer dans l'enclos. Joy se demanda si les poules et les vaches étaient amies, comme les canards, les vaches, les agneaux et les faons dans les livres pour enfants. C'étaient de bien curieux ouvrages, truffés de mensonges avec leurs jolis rayons de soleil et leurs gentils fermiers aux épouses potelées qui préparaient des cakes au beurre – jamais entendu parler – et de la citronnade pour leurs bambins toujours joyeux, dont le seul souci était de savoir si le caneton blessé qu'ils avaient recueilli avait assez chaud sous ses couvertures dans le landau de poupée où ils l'avaient installé.

Les écrivains avaient tort de mentir ainsi. Ils auraient dû dire la vérité à propos de la boue, de la pluie, des corvées, du froid, des factures et du gouvernement. N'étaient-ils donc jamais allés à la messe, n'avaient-ils jamais entendu dire que c'était mal de mentir ?

Debout dans l'enclos, Joy imagina les vaches en train de converser nonchalamment {un duc étendu sur un canapé} et de se dire : « L'herbe d'ici n'est-elle pas exquise ? Mais tout de même, cette pluie ne cessera-t-elle donc jamais ? », ce à quoi les Ruth auraient répondu : « *Tchk*, oui, très bonne pour nous et pour nos œufs. Mais, en effet, *tchk*, quand cette maudite pluie va-t-elle s'arrêter ? C'est si boueux partout ! » Et elles auraient gratté le sol de leurs pattes jaunes et blanches tout en plongeant leur bec à la recherche d'un insecte bien gras ou d'un…

Une douleur fulgurante traversa l'épaule de Joy à l'instant où le bâton s'y abattit d'un coup sec.

— Je peux savoir ce que tu fabriques ? *Tss.* Arrête de rêvasser et va de l'autre côté avant qu'elles n'entrent dans l'enclos des bœufs. Allez, file !

Les anguilles s'enroulaient les unes autour des autres. Elle l'avait de nouveau mis en colère. Deux fois de suite, en moins d'une heure.

Ton tour viendra.

Chaque jour, l'échéance se rapprochait. Elle devait faire davantage d'efforts. Elle devait être une bonne fille. Éviter de faire les mêmes erreurs que son frère.

Elle se frotta l'épaule et trottina dans l'herbe humide vers la clôture. La pluie qui tombait de biais lui martelait les joues et lui coulait dans le cou.

Après cinq minutes de gesticulations et de vociférations, son père s'écria soudain :

— Gwen, Gwen ! Les poules… Gwen !

Mark et Joy couraient encore dans tous les sens pour tenter de les empêcher d'entrer dans l'enclos des bœufs quand leur mère apparut et cogna la mangeoire des poules ; elle les appela de sa voix flûtée – « Ruuuuth, Ruth-Ruth-Ruth-Ruth ! » –, et les volailles convergèrent aussitôt dans sa direction.

Leur père repartit comme une flèche vers les enclos de derrière, et Mark le suivit d'un pas résigné. À travers la brume, Joy vit d'épaisses volutes de haine vert foncé s'échapper des épaules de son frère.

9

George et Gwen

Août 1942

Tandis que la camionnette remontait l'allée, Gwen aperçut une grande remise en tôle couleur acajou. Entièrement rouillée. La jeune femme inspira, et ne sentit autour d'elle que ruine et décrépitude.

Ils passèrent devant des enclos jonchés d'engins agricoles abandonnés : un vieux haquet, une charrue hippomobile, des roues métalliques, et d'autres encore que Gwen était incapable d'identifier. Comme la remise, ils étaient rouillés et hideux.

George se gara devant une maison en bois délabrée entourée de quelques cabanons avachis.

Un chemin en ciment fissuré menait au porche, cimenté lui aussi, et rendu glissant par la pluie. Gwen attendit sur la marche du haut pendant que George ouvrait la porte de derrière, qui n'était pas fermée à clé. À l'intérieur, la maison était petite et sale mais semblait assez solide. Les propriétaires (Gwen se corrigea aussitôt : les anciens propriétaires) semblaient avoir laissé tout le mobilier et les équipements ménagers sur place. Elle n'avait même pas pensé à ce genre de détail. En baissant les yeux vers ses jolis escarpins crème, elle s'aperçut qu'au-delà de la cérémonie elle-même elle n'avait pas réfléchi à grand-chose. Elle jeta un coup d'œil à George, qui la regardait en souriant. Rassurée, elle songea à quel point sa grand-tante et Jean seraient envieuses quand elle leur raconterait que sa nouvelle maison était équipée d'une buanderie et de toilettes à l'intérieur, grâce à une extension très maligne quoique grossière reliant un ancien abri de jardin au porche arrière.

Pendant que George apportait leurs bagages, elle fit le tour du propriétaire. Près de la porte de derrière se trouvaient une salle d'eau ainsi qu'une chambre qui serait parfaite pour un garçon. La cuisine était relativement spacieuse, dotée d'une table en bois avec six chaises et d'un canapé brun placé devant une cheminée. Et même d'un réfrigérateur. On n'avait pas idée de laisser un réfrigérateur derrière soi ! Gwen n'en avait vu que dans les magasins. Les anciens propriétaires devaient être drôlement riches, malgré les apparences. Elle jeta un coup d'œil dans une chambre adjacente à la cuisine (ce qui la rendait idéale pour une fille) avant d'entrer dans le salon, qui donnait sur l'entrée. À côté de la porte, elle découvrit une autre chambre à coucher qui, supposa-t-elle, serait la leur.

Un peu plus tard, avec les quatre serviettes de son trousseau étendues sur les bras, elle ouvrit ce qu'elle pensait être un placard, près de la chambre du garçon, et découvrit une toute petite pièce de la taille de la salle de bains. Un établi courait le long du mur, comme dans l'atelier de

Stan, où elle avait planté des feuilles de camélias dans des couronnes de fleurs. Contre le mur d'en face se trouvait un placard qui serait parfait pour ranger les draps et les serviettes.

Ou des bases de couronnes funéraires attendant avec impatience la mort de quelqu'un.

10

Joy et Ruth

Décembre 1960

Cet après-midi-là, Joy aidait sa mère à préparer des sablés de Noël et des tourtes à la viande lorsqu'on frappa à la porte de derrière. La fillette essuya ses mains pleines de farine et alla ouvrir en souriant ; elle savait que Mr Larsen l'attendait de l'autre côté, avec un sourire plus large encore. Il venait tous les mercredis et les samedis après-midi.

Mr Larsen ressemblait à un gros bûcheron sympathique sorti des pages d'un conte de fées. Il riait très fort, portait des chemises rouges à carreaux assorties à ses traits rubiconds, avait des mains larges comme des battoirs et mélangeait souvent les mots, ce qui faisait beaucoup rire Joy – intérieurement, bien sûr. Sauf le jour où, alors âgée de 8 ans, elle s'était rendue seule à pied jusque chez lui pour lui rapporter du courrier glissé par erreur dans leur boîte aux lettres. Il avait insisté pour qu'elle entre boire une citronnade. Plantée là, intimidée mais consciente que son père lui en aurait voulu de se montrer impolie, elle avait déclaré qu'il avait une jolie cuisine. Il avait esquissé un sourire avant de répondre : « Pour sûr, ma belle. » Il lui avait ensuite raconté que la maison de son cousin avait brûlé moins de deux mois auparavant à cause d'un incendie qui avait démarré dans sa cuisine. Joy avait répondu qu'elle espérait que ça ne lui arriverait pas. Mr Larsen avait souri encore plus et rétorqué : « Ça ne risque pas, ma belle. » Il s'était dirigé vers un petit cylindre rouge fixé au mur à côté du four et l'avait tapoté affectueusement : « Je viens justement d'investir dans ce magnifique extorqueur. » Joy avait éclaté de rire et plaqué sa main sur sa bouche en un geste d'horreur, mais Mr Larsen avait poursuivi comme si de rien n'était.

Mrs Larsen semblait elle aussi tout droit sortie d'un conte de fées – dans le rôle de l'affreuse marâtre. Elle était maigre et méchante, dotée d'un grand nez crochu et de longs cheveux bruns et ternes retenus par un ruban à la base de la nuque. Elle gagnait un peu d'argent grâce à ses travaux de couturière et de raccommodeuse pour les femmes du coin. Elle rabrouait sans arrêt son époux et trouvait toujours un reproche à lui faire.

« Tu ne vas quand même pas me laisser ce désordre à ranger ? avait-elle maugréé un jour en entrant dans la cuisine et en découvrant le verre vide de Joy abandonné près de l'évier, avec le presse-agrumes et les moitiés de citron.

— Oh non, Mrs Larsen, désolée… avait répondu Joy en s'avançant aussitôt pour tout nettoyer.

— Pas toi. C'est à lui que je parle. Alors ? » avait-elle lancé à son mari.

Mr Larsen s'était levé et avait adressé un clin d'œil à Joy, qui avait dégluti et bredouillé qu'il était temps qu'elle rentre chez elle, prenant soin d'ajouter : « Merci pour la citronnade, Mr Larsen. Et merci également, Mrs Larsen. »

Colin était leur fils de conte de fées, condamné à vivre une étrange et triste existence même si Joy aimait à penser qu'il possédait des pouvoirs magiques secrets dont nul n'avait conscience, pas même lui. Sa mère lui avait expliqué qu'il avait manqué d'oxygène à la naissance, quoique Joy ne comprît pas tout à fait ce que cela voulait dire. Désormais âgé d'une trentaine d'années, il vivait encore chez ses parents ; quand il n'aidait pas son père aux travaux de la ferme, il passait son temps devant la boîte diabolique que Mr Larsen lui avait achetée l'année des jeux Olympiques de Melbourne. Il était plutôt du genre taiseux. D'après la mère de Joy, c'était parce qu'il préférait écouter les autres. Mais les rares fois où il parlait on avait tout intérêt à prêter l'oreille. Chaque fois que leurs regards se croisaient, Joy se disait qu'il semblait sur le point de fondre en larmes.

Même leur maison semblait appartenir à un conte de fées. Non parce qu'elle ressemblait à un château, mais parce qu'elle rappelait à Joy un recueil d'histoires que sa tante Rose lui avait envoyé pour ses 5 ans. Quand vous tourniez la dernière page, un château de papier se dépliait et surgissait devant vous, et sa conception était si ingénieuse {un labyrinthe dans un vieux jardin anglais} que l'on pouvait même voir à l'intérieur, mais juste un peu. Voilà exactement ce que lui évoquait la maison des Larsen : vous n'étiez pas censés tout voir. (Même si, à bien y réfléchir, c'était aussi le cas de sa propre maison.)

Elle adorait ce livre, mais un jour elle n'avait pas réussi à mettre la main dessus et sa mère lui avait dit que son père en avait fait don à l'Église pour leur vide-grenier de Noël.

Chaque fois que Joy allait ouvrir la porte à Mr Larsen, comme tous les samedis (et les mercredis durant les vacances scolaires), elle repensait à ce livre et à l'atmosphère de conte de fées qui régnait autour de la famille de son voisin. Heureusement, cela ne l'empêchait pas d'apprécier chacune de ses visites.

— Bonjour, Mr Larsen. Entrez.

Elle s'écarta afin qu'il se dirige le premier vers la cuisine. Son père lui disait toujours de laisser passer les autres devant elle parce qu'elle n'était qu'une fille et une immonde pécheresse. « Tu t'effaces derrière les gens, compris ? Ils doivent toujours marcher devant toi. Les pécheresses de ton genre méritent de passer en dernier. L'orgueil précède la chute. »

— Bonjour, Robert. Comment allez-vous ? fit sa mère en adressant un large sourire à Mr Larsen.

Joy savait qu'elle appréciait ses visites, elle aussi.

— En pleine faune, Gwen, merci beaucoup.

Gwen jetait chaque fois un petit coup d'œil en direction de sa fille, comme pour lui rappeler de ne pas corriger les lapsus de Mr Larsen.

Aussi loin que remontaient les souvenirs de Joy, après les échanges de politesse, Mr Larsen avait pour habitude de sortir une plaquette de chocolat et de la poser sur la table. Puis il passait au salon en disant : « J'ai juste un coupe-fil interurbain à passer », et il faisait tinter les pièces de monnaie dans sa poche, histoire de bien montrer qu'il comptait mettre de l'argent dans le bocal pour payer son appel.

Et, aussi loin que remontaient ses souvenirs, Joy pouffait intérieurement en l'entendant dire « coupe-fil » au lieu de « coup de fil ».

Puis, « afin de laisser un peu d'intimité à Mr Larsen », sa mère se retirait dans son atelier et Joy avait pour ordre d'aller dehors.

Ce jour-là, alors que Mr Larsen se dirigeait vers le salon et que Joy suivait sa mère hors de la cuisine, une question lui vint subitement à l'esprit.

— Maman, pourquoi Mr Larsen a-t-il besoin d'utiliser notre téléphone alors qu'il en a un chez lui ?

— Qu'est-ce que j'en sais ? Mêle-toi de tes affaires. Et maintenant file.

Le tracteur de Mr Larsen était, comme d'habitude, garé derrière la clôture qui séparait leurs deux propriétés, et Joy avait toujours pensé qu'il n'avait pas le courage de repartir chez lui juste pour passer un coup de téléphone qu'il avait oublié. Mais, tout à coup, elle réalisait que ces appels n'étaient en rien dictés par l'urgence du moment puisqu'il les passait toujours à la même heure et qu'il avait toujours des pièces de monnaie et du chocolat dans sa poche.

Une vingtaine de minutes plus tard, attablée dans la cuisine, elle lui rendit son sourire tandis qu'il déchirait l'emballage de la tablette.

— Du chocolat, Gwen ? Et toi, ma belle ?

Il cassa une rangée pour l'offrir à sa mère, puis une autre qu'il tendit à Joy.

Le chocolat de Mr Larsen était le seul qu'elle avait l'occasion de goûter. Il était au lait, tendre et savoureux.

Elle plaçait ses dents pile entre le troisième et le quatrième carré, croquait délicatement et laissait le chocolat fondre sur sa langue pour en profiter plus longtemps.

Mr Larsen et sa mère buvaient leur thé en parlant de la pluie et de la « ninflation » qui faisait grimper les prix au point qu'un honnête fermier n'arrivait même plus à « moindre les deux bouts ». Et, ce jour-là, Mr Larsen leur raconta aussi qu'une des vaches de Kevin Stone s'était noyée en début de semaine. Apparemment, elle était tombée dans l'étang en buvant et s'était enlisée dans la boue. Ou bien elle s'était enlisée avant de tomber dedans. Quoi qu'il en soit, Joy savait que ce n'était pas la première fois qu'une vache se noyait dans l'étang.

Elle aimait bien ces petites conversations amicales. Mr Larsen était gentil, et pendant ses visites son père était toujours occupé dehors. Quel dommage que Mark doive l'aider aux travaux de la ferme et ne puisse pas profiter du chocolat ! Mais, aujourd'hui, elle ne pensait pas à son frère. Elle brûlait de savoir pourquoi Mr Larsen se servait de leur téléphone, et qui il appelait. Elle se demandait s'il faisait quelque chose de mal, comme jouer, parier aux courses ou planifier l'attaque d'une banque. Elle se jura d'en discuter avec Ruth.

Quand ils eurent fini le chocolat, Mr Larsen se leva, regarda sa mère droit dans les yeux et lui dit :

— Merci, Gwen. Du fond du cœur.

— De rien, Robert.

Et elle lui sourit avant d'ordonner à Joy d'un mouvement du menton de « ranger la cuisine ». Mr Larsen récupéra l'emballage pour le fourrer dans sa poche, tandis que Joy apportait le reste dans l'évier.

— Au revoir, Gwen, et à mercredi, dit Mr Larsen avant de se diriger vers la porte de derrière. Et toi aussi, ma belle, puisque tu es en vacances.

Comme toujours, Joy le raccompagna. Une fois devant la porte, elle lui dit :

— Merci pour le chocolat, Mr Larsen.

— Tout le plausible est pour moi, répondit-il. Content que tu l'apprécies, ma belle.

Joy le regarda franchir la clôture, grimper sur son tracteur et repartir bruyamment.

Elle se hâta ensuite de rentrer pour continuer d'aider sa mère avec les tourtes et les sablés, heureuse de constater que les grosses anguilles noires s'étaient noyées dans le chocolat au lait, et déjà toute contente à l'idée de savourer une autre tablette le mercredi suivant.

11

Joy et George

Février 1983

Ça sent comme si ses draps orange avaient absorbé les odeurs d'agonie de son corps et les relâchaient lentement dans l'air de sa chambre. Et cette semi-pénombre me rappelle la fois où je suis venue me cacher et où j'ai vu un serpent sur le lit, prêt à m'attaquer. Me revoilà donc ici, des dizaines d'années plus tard, plantée sur le pas de la porte. Je refuse d'avoir peur. Un ventilateur fatigué brasse de l'air chaud dans un coin de la pièce. Il est couché dans son lit, appuyé contre ses oreillers, le regard dans le vide.

— Ah, c'est toi. Tu en as mis du temps !

Sa voix est frêle, mais sinon rien n'a changé.

— Désolée. J'avais un truc à finir au boulot. J'ai fait aussi vite que je pouvais.

Pourquoi je m'excuse, bon sang ?

— On est quel jour ?

— Mardi, papa.

— Tu travailles le week-end ?

— Non. Enfin, si. Je…

OK. Ça suffit. Je ne supporterai pas de l'entendre me parler sur ce ton. Je ne suis plus une gamine. J'irai m'installer au Blackhunt Motel jusqu'à ce qu'il casse sa pipe. Mais pas avant d'avoir refait le plein avec le bidon d'essence qu'il garde dans la remise.

— De l'eau.

Pris d'une quinte de toux, il désigne la table de chevet sur laquelle est posée une tasse en plastique pour enfant dotée de deux larges anses et d'un bec.

Je peux bien faire ça. Ce n'est pas un renoncement de ma part, si ?

— OK, papa.

— Vite, ânonne-t-il.

Je lui tends la tasse et note que ses mains ressemblent à des pattes de poulet – des os fins et des veines noueuses sous une peau quasi translucide.

Pendant qu'il boit, je me demande s'il se sent humilié par sa faiblesse physique. Ruth avait raison : je n'ai plus à avoir peur de lui. Mais mon cœur cogne dans ma poitrine et je sens les anguilles se réveiller.

— J'ai besoin de mes antalgiques, Gwen.

Vicki avait raison, elle aussi. Il est en plein délire s'il me prend pour ma mère.

Que m'a-t-elle dit, déjà ? *À heure fixe, sans quoi il souffrira atrocement.*

— Pas tout de suite, papa. Tu dois attendre encore une heure et demie.

— Quoi, tu te prends pour un médecin, maintenant ? Donne-moi mes cachets, Gwen.

— Je suis Joy.

— Je veux mes cachets.

De retour dans la cuisine, je regarde ma montre et les consignes de Vicki.

— Il reste encore une heure à attendre, dis-je à Ruth. Qu'est-ce qu'on fait ?

— Donne-lui ses médocs, marmonne-t-elle avec un haussement d'épaules.

— Mais ce serait déjà une violation des instructions de Vicki. Elle m'a seulement donné de quoi tenir une semaine. On fera quoi s'il souffre à nouveau dans trois heures ? Ou même avant ?

— Eh bien, on lui en redonnera. S'il se plaint de douleurs, on lui donne des antidouleurs… C'est simple, non ?

— D'après ce tableau, sa prochaine dose n'est pas avant 14 heures.

— Tu préfères qu'il reste à gémir dans son lit ? À nous casser les oreilles ?

Les grognements résonnent en effet depuis la chambre.

— OK, très bien…

Je sors deux comprimés du flacon, trace une croix dans la case « 14 heures » et retourne dans la chambre, où je dépose les médicaments au creux de sa main et le regarde les avaler avec une gorgée d'eau.

C'était plus facile que je ne l'aurais cru.

Il me montre un exemplaire de la *Blackhunt Gazette* posé par terre. Je le ramasse et constate qu'il date d'il y a deux semaines.

— Fais-moi la lecture.

J'ouvre le journal à la rubrique nécrologique et je passe les cinq minutes suivantes à lui égrener la liste des défunts. Il secoue la tête lorsqu'il ne reconnaît pas le nom, et m'adresse un signe du doigt lorsqu'il veut que je lui lise le faire-part de décès en entier. Parfois, il semble un peu triste.

Quand j'ai terminé, il me lance :

— OK, laisse-moi.

Je me lève et m'aperçois que je me comporte comme si j'avais à nouveau 12 ans. Non, je ne vais pas partir sous prétexte qu'il vient de me l'ordonner. J'ai des questions et j'exige des réponses. Sur ce qu'il a fait subir à ses enfants. Sans parler, bien sûr, de cette histoire avec Wendy Boscombe qu'il serait grand temps de régler.

— Une minute. J'ai des choses à te demander…

— Ruth ! lâche-t-il d'un ton suppliant.

Je suis très agacée qu'il m'ait interrompue mais aussi un peu flattée, je l'avoue, qu'il m'ait confondue avec ma sœur parfaite. Il pointe du doigt sa tasse vide.

— Donne-moi du Passiona.

— Désolée, papa, il n'y en a plus.

— Alors va m'en acheter.

— J'irai en ville demain matin, j'en profiterai pour faire les courses.

Il semblerait que je reste ici, tout compte fait.

— Ridicule. C'est maintenant que j'ai soif.

Aller là-bas, faire les courses et revenir me prendra près de trois heures. Hors de question.

— Papa, je viens à peine de…

— Je vais mourir. Tu es au courant ? Mourir !

J'ai déjà tourné les talons quand je l'entends grommeler dans mon dos :

— Et je ne veux pas de ces cochonneries d'imitations !

En entrant dans le salon, je comprends que ce connard m'a transformée en chiffe molle.

Très bien, j'irai lui acheter son soda. Mais après ça terminé, je ne me laisserai plus dicter sa loi. Et je ne m'enfuirai pas non plus.

— Viens bavarder un peu, dit Ruth en tapotant le canapé.

— Je dois aller en ville acheter du Passiona à ce sale connard. Il nous faut aussi de quoi manger. Et un autre ventilateur. Sinon je vais fondre sur place.

Le visage de Ruth est bien sûr exempt de toute sueur. Il est parfait, hormis cette affreuse tache.

— J'ai bien réfléchi, dit-elle. Ses médicaments. La voilà, la solution. Vicki nous a fourni ce dont nous avions besoin.

Cette chaleur est insupportable. Contrairement à Ruth, je transpire de partout. Et puis, je ne comprends pas un mot de ce qu'elle raconte.

— Tu vois ce que je veux dire ? poursuit-elle.

Qu'est-ce que ça peut m'énerver quand elle fait ça, comme si elle avait la faculté de lire dans mes pensées !

— Écoute, je suis venue ici juste pour qu'il réponde à mes questions. Et qu'il avoue.

— Qu'il avoue ? s'écrie Ruth. Mais, enfin, qu'il avoue quoi ?

— Eh bien… tout.

— Bonne chance, lance-t-elle avec ironie.

Elle secoue la tête et continue à parler de sa voix argentée si difficile à ignorer. Il en a toujours été ainsi entre nous. Elle me farcit le crâne de ses idées, et je l'écoute tel un témoin silencieux.

En me dirigeant vers la porte, je jette un œil à la chambre de Mark. Je prends une grande inspiration, comme si cela pouvait empêcher mes émotions de m'envahir, mais je ne vois aucun détail qui évoque la présence de mon frère. Ruth devrait dormir là, du moins pendant la durée de mon séjour. Ça lui éviterait de chuchoter à mon oreille toute la nuit.

Je me rends ensuite dans l'atelier de ma mère. Jadis envahi de couleurs et de parfums de fleurs, il sent désormais la poussière et la solitude. Les bocaux à confiture remplis de fil de fer sont toujours alignés sur l'établi, les rouleaux de ruban sont à l'abandon comme un champ de foire après le départ de la foule. Je parie que si j'ouvre le placard je trouverai encore des bases de couronnes. Pendant toute mon enfance, lorsqu'elle n'était pas occupée à faire la cuisine ou du jardinage, ma mère était ici. Il semblait y avoir constamment des gens qui mouraient, et donc de nouvelles couronnes à fabriquer. Et c'est toujours là qu'elle venait s'isoler pendant que notre père nous battait.

L'image mentale que m'inspirait ma mère, à l'époque, était pâle et beige, de la couleur d'une enveloppe en papier kraft. Une présence neutre qui ne savait jamais où se mettre, hormis dans son atelier pour confectionner les bouquets de mariage d'adolescentes enceintes ou des couronnes mortuaires. Curieusement, je ne me suis jamais demandé si je l'aimais. Ou si elle m'aimait. Elle se tenait en retrait aussi bien sur le plan physique qu'émotionnel. Un autre témoin silencieux. De nos cris, surtout.

Aujourd'hui, bien sûr, je comprends qu'elle venait ici pour s'évader. Y compris quand oncle Bill et tante Rose nous rendaient visite – elle ne supportait pas de voir son fauteuil roulant et ses jambes amputées. Dès qu'ils avaient fini leur tasse de thé et que mon père ressortait l'album photo, sans doute pour remplir le silence gênant qui envahissait la pièce, elle se levait et s'excusait en disant qu'elle avait des couronnes à terminer. Je me dévissais toujours le cou pour voir nos trois photos de naissance (une pour chacun d'entre nous) quand mon père parvenait à cette page. C'était bien nous, paupières closes, emmaillotés dans nos langes d'hôpital. Je trouvais chaque fois que Ruth me ressemblait beaucoup, mais je n'avais jamais le temps de bien regarder, parce que mon père passait très vite à la page suivante.

Aujourd'hui, je comprends que ma mère prenait la fuite dans son atelier parce qu'elle détestait cet album presque autant qu'elle détestait les fauteuils roulants.

En voiture pour aller lui acheter son précieux Passiona, je roule trop vite, mais c'est la faute de Ruth. Ses mots résonnent en boucle dans ma tête. *Ce salopard n'en a plus que pour quelques jours, de toute manière, alors autant le bourrer de cachets. Personne n'en saura rien. Et on tiendra enfin notre vengeance.*

12

George et Gwen

Août 1942

Gwen repartit en direction de la cuisine miteuse, des projets plein la tête. Une bonne séance de ménage ferait déjà la différence. Et aussi un joli vase de fleurs au milieu de la table. Il y en avait forcément quelques-unes cachées parmi les mauvaises herbes qui grouillaient autour de la maison. Et elle avait bien l'intention d'en planter d'autres dans les semaines à venir. Les semaines et les mois à venir.

Mais, avant qu'elle ait eu le temps de partir cueillir des fleurs, George lui suggéra de défaire les valises pendant que lui jetterait un œil aux cabanons, aux enclos et aux 120 vaches dont ils étaient désormais propriétaires. Il regarda sa montre.

— Nous prendrons une tasse de thé à 16 h 15.

Lorsqu'il sortit de la maison, elle lâcha un soupir malgré elle et ses épaules se relâchèrent. De toute évidence, elle était épuisée après l'excitation de la noce et ce long trajet. Elle déballa leurs provisions puis leurs huit cadeaux de mariage : trois nappes en soie damassée, deux ensembles de torchons en lin, une salière et une poivrière. Sans oublier le cadeau personnel de George – six magnifiques verres à pied que ses parents eux-mêmes avaient reçus à l'occasion de leur mariage, plus de trente ans auparavant. Délicatement ciselés, ils étaient ornés d'une bordure dorée et de grappes de raisin en or peintes au-dessus d'une bande de verre dépoli. Incapable d'imaginer en quelle occasion ils pourraient utiliser de si beaux verres, Gwen prit grand soin de les disposer en deux rangées dans le buffet du salon. Comme George devait l'aimer pour lui offrir de si précieux objets de famille !

Après avoir délicatement refermé les portes du buffet, elle fit leur lit à l'aide des draps et des taies d'oreiller de son trousseau et recouvrit le tout de la fine couverture orange que les anciens propriétaires avaient laissée pliée à l'extrémité du matelas. Elle suspendit les pantalons de George, ses vestes et ses chemises ainsi que ses deux autres robes et ses trois chandails dans la vieille penderie en bois, puis se tourna vers la coiffeuse, où elle rangea leurs sous-vêtements, leurs chaussettes et leurs pulls. Elle frissonnait un peu dans la maison froide et se frictionna les bras. Ces pulls leur seraient bien utiles.

Comme le réfrigérateur, ce meuble avait dû coûter une fortune, se dit-elle, avec ses six tiroirs étroits d'un côté et deux plus larges de l'autre, sous le grand miroir aux contours biseautés. Mais, en ajustant l'inclinaison de ce dernier pour mieux se voir dedans, elle vit qu'il était gris et piqué de taches, et qu'il déformait son reflet, lequel semblait surgir de ténèbres profondes et lointaines.

Elle grimaça et décida de retourner voir en douce ce qu'elle considérait déjà comme son atelier.

En douce. Quelle idée absurde ! Elle était tout de même libre d'aller et venir chez elle ! C'était sa maison. Son foyer.

Oui, cette pièce serait parfaite pour confectionner des couronnes et des bouquets de mariage. Lorsqu'elle travaillait pour Stan, ses doigts s'animaient comme s'ils prenaient vie, et elle oubliait tout ce qui se passait dans le reste du monde, par exemple les soldats sans jambes et les mères disparues. Ici, sans loyer à payer, elle pourrait proposer des tarifs bien plus avantageux que ceux du fleuriste en ville (car il devait bien y avoir une ville à quelque distance d'ici), surtout si elle faisait pousser ses propres fleurs. Elle imaginait la maison entourée de nuées d'hydrangées, de camélias, de roses, de lys, de magnolias, de giroflées et de coquelicots. Et, bien sûr, d'œillets, de dahlias, de chrysanthèmes… la liste était sans fin. Elle frotta l'établi avec un pain de savon et un torchon trouvés sous l'évier, puis se redressa, les mains sur les hanches. George serait fier d'elle, n'est-ce pas ?

Elle jeta un coup d'œil à sa montre. Déjà presque 16 h 20. Elle sursauta et s'empressa de rejoindre la cuisine.

13

Joy et Ruth

Décembre 1960

Après avoir raccompagné Mr Larsen, Joy se souvint tout à coup qu'elle avait caché *Orgueil et Préjugés* sous son oreiller quand son père avait débarqué dans sa chambre. Les anguilles recommençaient à se tortiller, et elle désespérait de pouvoir aller récupérer le livre. Il lui faudrait patienter encore une demi-heure avant que sa mère ôte son tablier pour se retirer dans son atelier.

En cinq enjambées rapides, Joy se retrouva dans sa chambre et souleva son oreiller, ignorant les remontrances de Ruth. Les anguilles s'agitèrent encore plus vite et leur peau glissante lui frotta l'intérieur de l'estomac lorsqu'elle s'aperçut avec horreur que la couverture de l'ouvrage était pliée. « Regarde ce que tu m'as fait ! » s'écria celle-ci en sanglotant. Joy jeta un coup d'œil vers la porte (*Je t'en supplie, mon Dieu, fais que personne n'entre*), aplanit frénétiquement la couverture de sa paume et comprima le livre entre ses mains. « Tu n'es qu'une immonde petite pécheresse », grommelait à présent la couverture. « Tu as abîmé un livre en parfait état. » De désespoir, Joy se tourna vers sa sœur, mais celle-ci se contenta de hausser les épaules d'un air impuissant.

Son père entendrait forcément les cris et les accusations de la couverture. C'était le moment fatal qu'elle redoutait. Cette fois… son heure était venue.

Mais la porte de la cuisine resta fermée, alors elle repartit à pas de loup dans le salon en suppliant la couverture de se taire et en s'efforçant d'ignorer le remue-ménage des anguilles dans son ventre. Une fois devant les deux piles de livres, elle aplanit à nouveau le carton pour tenter d'effacer la pliure. Elle inséra le livre sanglotant sous les cahiers de travaux pratiques et posa par-dessus l'épais manuel de maths niveau seconde. Le gros ouvrage étouffa les pleurs du roman et Joy se sentit soulagée. Elle s'apprêtait à lâcher le manuel pour voir si la pile restait en équilibre lorsqu'elle entendit la porte de derrière s'ouvrir avec fracas et son père pénétrer dans la cuisine.

Elle était coincée. Le seul moyen de quitter le salon était de passer par la cuisine (impossible), de sortir par l'entrée principale (toujours fermée, la clé rangée dans l'un des tiroirs du buffet) ou d'entrer dans la chambre de ses parents (strictement interdit).

Son père se dirigeait vers sa chambre à elle.

— Joy ?

Ce seul prénom lui fit l'effet sonore d'un arbre qui s'écrase sur le sol. Elle crut que son cœur allait se décrocher.

— Où es-tu ? tonna-t-il.

Ses pas résonnaient dans la cuisine en direction du salon.

Je t'en supplie, mon Dieu !

Il fallait qu'elle sorte de là. Quand elle lâcha la pile de livres, le manuel de maths vacilla et elle dut le retenir d'une main.

Le bruit de pas cessa.

Ça y est. Il entend ma respiration. Ou mon pouls qui martèle. Le roman se remit à protester, mais ses cris étaient étouffés : « Elle est ici ! Là où elle n'a pas le droit d'aller ! Et elle m'écrase, au secours ! »

Son père se remit alors en marche, et elle sut que son heure était venue.

Elle resta immobile près des livres, la main gauche posée sur le haut de la pile, les yeux rivés sur la porte. Des perles de terreur noire suintaient par tous les pores de sa peau et couraient le long de ses bras.

La voix de sa mère retentit depuis le porche de derrière.

— George ? Robert a besoin d'un coup de main. Son tracteur s'est embourbé.

Son père grommela dans sa barbe, et Joy l'entendit ressortir de la cuisine. En larmes, elle remit le manuel de maths bien en place afin d'équilibrer la pile, pendant qu'*Orgueil et Préjugés* laissait échapper un gémissement à peine audible.

Merci, mon Dieu, merci Mr Larsen ! Joy fit deux pas vers la cuisine avant de jeter un coup d'œil plein de regrets par-dessus son épaule. Elle ne se replongerait pas dans la lecture d'*Orgueil et Préjugés* avant un bon moment.

Elle fit un pas supplémentaire mais s'arrêta net en entendant sa mère entrer dans la pièce. Si cette dernière la voyait, elle irait sans doute répéter à son père que Joy s'était glissée dans le salon deux jours d'affilée.

— Joy ? Tu es dans ta chambre ?

La fillette resta sans bouger et ordonna à son cœur de battre moins fort.

Sa mère ouvrait déjà la porte de sa chambre.

— Tu es là ?

Elle savait que Ruth ne la trahirait pas. Elle ne risquait rien : sa mère irait la chercher dehors à présent.

Au même moment, la sonnerie du téléphone la fit sursauter. Il ne faudrait pas dix secondes à sa mère pour venir décrocher. Joy n'avait pas le choix. Elle tourna les talons et se précipita vers la chambre de ses parents, dont la porte était entrebâillée. C'était la seule pièce de la maison dans laquelle elle n'avait jamais mis les pieds. Elle repoussa délicatement la porte en prenant soin de la laisser entrouverte de 2 ou 3 centimètres, comme elle l'avait trouvée.

Sans bruit, elle recula de quelques pas à l'instant où sa mère décrochait.

— Ici le 3-5-5, j'écoute ?

Les stores marron de la chambre étaient baissés, si bien que la pénombre était quasi totale. Il flottait dans la pièce des relents d'ammoniaque mêlés à une étouffante odeur de talc et de tristesse qui réveilla aussitôt ses anguilles.

— Bonjour, Mrs Waddell. Comment allez-vous ?

Joy savait que sa mère se tenait près du guéridon où était posé le téléphone. Les lignes noires et lisses de l'appareil l'avaient toujours fascinée. D'après Mr Plummer, ce matériau avait pour nom *bakélite* {un lynx aux muscles bandés, parfaitement immobile, prêt à bondir}.

À côté du téléphone se trouvait un petit bocal dans lequel ses parents – comme Mr Larsen – mettaient une pièce chaque fois qu'ils passaient un appel. Il y avait aussi une liasse d'anciennes factures retenues par une pince à papier. Sa mère notait ses commandes pour les couronnes et les bouquets au verso des vieilles factures, de manière à ne pas gaspiller d'argent dans l'achat d'un bloc-notes. Joy reconnut le petit bruit familier que faisait sa mère en jouant distraitement avec l'onglet du répertoire. C'était son tic lorsqu'elle n'était pas occupée à prendre des notes.

— Oui, j'ai été navrée d'apprendre son décès, moi aussi. En effet, les obsèques auront lieu demain… Mais non, vous ne m'appelez pas trop tard. Une couronne de nénuphars, format 15 centimètres… Et le message à inscrire sur la carte ?

Joy écoutait les yeux fermés, trop terrifiée à l'idée de regarder cette chambre à l'odeur si étrange. Elle ne pouvait pas bouger avant que sa mère ait raccroché. Mais que ferait-elle si son père rentrait à la maison et venait jusqu'ici ? *Ton tour viendra*.

Il la tuerait.

En même temps, mourir ne serait pas une si mauvaise chose. Adieu les corvées, adieu la boue et adieu son père.

Elle ouvrit enfin les yeux et jeta un regard circulaire dans la semi-pénombre. Face à elle, contre le mur opposé, elle découvrit une coiffeuse avec deux rangées de tiroirs surmontée d'un grand miroir. L'endroit où ses parents devaient disposer leurs sous-vêtements ; cette pensée l'horrifia, et une image terrible commença à se former dans sa tête. Les paupières serrées très fort, elle murmura certains de ses mots préférés pour laisser leurs images s'imposer à la place. *Pimpant. Arc-en-ciel. Filigrane. Catapulte*.

— Oui, c'est noté : « Avec nos plus sincères condoléances, famille Waddell ». C'est parfait, Mrs Waddell.

Joy rouvrit les yeux au son de la voix de sa mère et aperçut sa propre silhouette dans le miroir tacheté. Il faisait très sombre et son reflet semblait provenir de très loin, mais elle distinguait l'ombre pathétique et solitaire d'une fillette de 11 ans à l'air maigre et effrayé. Elle se tourna vers le lit de ses parents et plaqua sa main sur sa bouche pour s'empêcher de crier. Là, lové sur le couvre-lit sombre, se trouvait un serpent. Sa tête brillait dans la pénombre, et Joy devina même la pointe de sa langue argentée.

Elle savait que par temps froid et humide les serpents et les araignées se réfugiaient à l'intérieur des maisons, raison pour laquelle il fallait toujours secouer les serviettes au sortir du placard ou ne jamais enfoncer son pied dans une botte en caoutchouc sans l'avoir d'abord renversée et tapée par terre.

Le serpent était immobile, pour préserver son énergie, mais Joy était consciente qu'il pouvait sentir les ondes de peur qui émanaient d'elle. Voilà qu'elle était coincée entre le venin du reptile et la rage de son père. Même si sa mère repartait dans la cuisine, elle ne pourrait pas bouger, les pieds collés au tapis et les yeux rivés sur le serpent. D'un instant à l'autre, il l'attaquerait et elle trouverait la mort dans la chambre de ses parents. Ils constateraient son absence au moment d'éplucher les patates et la chercheraient sans succès à l'intérieur, puis dans les cabanons et les enclos. Ce serait seulement après le repas, une fois que son père aurait pris ses cachets et que sa mère aurait terminé la couronne mortuaire pour Mrs Waddell, qu'ils la découvriraient ici, sans vie, froide et déjà en route vers l'Enfer.

Ils seraient sans doute soulagés. Une bouche de moins à nourrir. Une créature pécheresse et source de honte en moins.

Elle ferma quand même les yeux et espéra de toutes ses forces que le serpent aurait trop froid pour se glisser hors du lit et l'attaquer. Mais, lorsqu'elle le regarda de nouveau, elle vit sa langue s'agiter. Il avait senti sa peur. Et s'apprêtait à lui sauter dessus.

14

George et Gwen

Août 1942

George était déjà installé à table, les bras croisés.

— Gwen, chérie, quand je dis 16 h 15, c'est 16 h 15 précises.

— Pardon. Je me suis laissé distraire. Sais-tu que…

— Tu veux bien lancer la bouilloire ? demanda-t-il en souriant. Ta tante nous a donné des biscuits ?

Gwen lui sourit à son tour.

— Oui, George. Des fondants au citron et des petits sablés.

— Dans ce cas, je prendrai des fondants au citron.

Pendant qu'elle mettait l'eau à bouillir puis rinçait les tasses en porcelaine et la théière en aluminium, George alla dans leur chambre. Il reparut quand la bouilloire se mit à siffler.

— J'ai ressorti mes vêtements et je les ai rangés par tenue. Un pantalon, une chemise, un pull ou une veste par cintre, c'est comme ça qu'on organise une penderie.

Tu devrais en faire autant, chérie. Et je prendrai les tiroirs de droite. Tu n'as qu'à utiliser les deux grands, ajouta-t-il en souriant et en lui tapotant le bras. Ce sera plus simple pour tout le monde, comme ça.

— Ah. Oui, bien sûr.

Malgré le sourire et le geste attentionné de George, elle se sentit humiliée. Mais, au fond, pourquoi ? Quelle importance que ses vêtements soient rangés ici ou là, dans tel tiroir ou tel autre ? Peut-être avait-elle suspendu les pantalons et les vestes de son mari à la va-vite, accaparée par la découverte de son nouvel atelier ?

Elle acheva de préparer le thé, trouva un cache-théière en laine rose dans le troisième tiroir, mit deux rondelles de citron dans une coupelle et disposa le tout sur la table. George attrapa une rondelle et mordit dedans tandis qu'elle apportait le lait et leurs deux tasses. Elle prit une grande inspiration et se lança :

— George, tu sais, la petite pièce tout au fond ? dit-elle en commençant à lui servir son thé. Il y a un établi à l'intérieur, et j'ai pensé…

— Il n'est pas assez fort.

— Pardon ?

Il désigna la théière.

— Il n'est pas assez fort.

— Ah, le thé.

À cause du rationnement, elle n'avait mis qu'une dose et demie de feuilles de thé dans l'eau, mais peut-être n'avaient-elles pas infusé assez longtemps. Elle reprit la théière, la fit tournoyer quelques instants, compta silencieusement jusqu'à trente, et l'agita une dernière fois. D'un geste hésitant, elle versa du thé dans l'autre tasse et la tendit à George en souriant. Il lui sourit en retour et prit la seconde rondelle de citron.

Elle alla en chercher une autre dans la boîte en fer-blanc et revint s'asseoir.

Elle mordit dans le citron.

— J'ai pensé que…

Mais quelque chose se coinça dans sa gorge et elle fut soudain incapable de parler. George la regarda se lever, partir vers l'évier en toussotant et se servir un verre d'eau.

Une fois sa gorgée avalée, elle songea avec horreur qu'elle n'avait pas rincé le verre en le sortant du placard et qu'il y avait sans doute des cafards qui grouillaient là-dedans depuis que la maison n'était plus occupée.

Un nouveau frisson d'horreur la parcourut à la pensée qu'elle ignorait non seulement depuis quand la ferme était à l'abandon, mais qu'elle ne connaissait au fond rien de cet endroit, pas même son adresse. Elle ne savait pas pourquoi les anciens propriétaires étaient partis ni pourquoi ils avaient tout laissé en plan derrière eux, de la coiffeuse avec son miroir taché à cet épouvantable cache-théière. Elle ignorait même si George savait traire les vaches.

Lorsqu'elle cessa de tousser, elle se fit violence pour ne pas penser aux œufs de cafards qui tapissaient peut-être son estomac, et demanda à son époux :

— Tu as déjà trait une vache ?

— Je saurai le faire d'ici une dizaine de minutes, répondit-il en consultant sa montre. Le voisin va passer pour nous montrer.

— Nous ?

— Je ne peux pas tout faire tout seul, Gwen, lui dit-il en souriant. Je vais avoir besoin de ton aide.

— Ah.

Elle s'était efforcée de prendre un ton léger, mais c'était comme si une coulée de peinture noire venait d'ensevelir son cœur.

15

Joy et Ruth

Décembre 1960

Joy savait que les serpents étaient rapides et hargneux. Son seul espoir était que celui-ci décide de se laisser glisser à terre avant de l'attaquer plutôt que de jaillir du lit pour la mordre à la gorge. Elle estima qu'elle avait deux secondes s'il s'élançait dans les airs, trois s'il choisissait la voie terrestre.

Je t'en supplie, mon Dieu, je promets de ne plus jamais me comporter mal ! Plus jamais je ne lirai Orgueil et Préjugés. *Je ne toucherai même plus ce livre. Car c'est à Toi qu'appartiennent le règne, la puissance…*

Joy savait que, pour sortir de la chambre, elle devrait bondir et refermer la porte derrière elle ou, au contraire, se mouvoir si lentement que le serpent ne détecterait pas sa présence. Cela lui était égal, désormais, que sa mère ou son père la surprennent ; tant pis si son tour était venu. Tout ce qu'elle voulait, c'était échapper à ce serpent.

Elle ne l'avait toujours pas quitté des yeux lorsqu'elle entendit, au loin, résonner la voix de sa mère :

— Merci, Mrs Waddell. Oui, nous nous verrons sans doute aux obsèques.

Il y avait peu de chances que cela se produise car sa mère avait horreur des enterrements, malgré l'argent qu'elle gagnait grâce à ses couronnes. Joy l'entendit ensuite reposer le combiné sur son socle et sut qu'elle allait s'enfermer dans son atelier avec la feuille où elle avait noté les détails de la commande. Elle savait aussi qu'au cours des quelques secondes qui venaient de s'écouler le serpent avait décidé de frapper, de la punir – de la tuer – pour tous ses péchés. Elle déglutit et retint son souffle. C'était maintenant ou jamais. Les yeux toujours rivés sur l'animal, elle se prépara à bondir. Puis, sans prendre le temps de réfléchir, elle se jeta sur la porte. Au moment d'actionner la poignée, elle se retourna, juste pour voir si le serpent avait réagi.

Il se tenait toujours à sa place, immobile. Troublée, Joy s'arrêta net. Et, quand la lumière du salon éclaira le lit, elle comprit à quel point elle avait été stupide. La source de sa terreur n'était autre que la ceinture de son père, enroulée sur le lit.

Humiliée, elle se précipita dans la cuisine. *Calme-toi, calme-toi*, s'ordonna-t-elle en allant prendre des pommes de terre dans le placard où elles étaient rangées, avant de s'emparer de l'économe. Elle tremblait de tout son corps, et dans son ventre les anguilles s'en donnaient à cœur joie. Prise d'une soudaine nausée, elle se pencha au-dessus de l'évier pour vomir.

Elle était en train de rincer sa bile jaunâtre sous le jet du robinet quand la porte de la cuisine s'ouvrit. Joy fit volte-face en s'efforçant d'afficher un air normal, la langue collée contre le palais.

— Où diable étais-tu passée ? s'exclama sa mère. Ton père est au cabanon près du poulailler. Va vite le rejoindre. On mange du poulet rôti, ce soir.

Joy s'exécuta. Jamais elle ne comprendrait comment sa mère pouvait prétendre aimer les poules et laisser son père les tuer.

Il sortait du cabanon et se dirigeait vers le poulailler, le visage dissimulé sous sa capuche grise. Il tenait la hache par le haut, juste au-dessous de la lame, si bien que le long manche se balançait au rythme de ses pas. L'acier de la lame était étincelant. Elle devait être toute neuve.

Il déposa l'outil contre le billot couvert de sang noirci, à 2 mètres environ de la clôture de la basse-cour, et pénétra à l'intérieur. Joy devait rester à côté du portail clos, prête à l'ouvrir pour laisser sortir son père, et refermer l'attache sans qu'aucune poule ne s'échappe.

Dès que son père entra, les 12 Ruth se précipitèrent tout au fond de la volière en se bousculant et en battant désespérément des ailes. Mais celles-ci avaient été coupées le jour de leur arrivée à la ferme, du temps où les Ruth étaient encore suffisamment petites pour tenir dans l'une des grosses mains rouges de son père. Du temps où elles ne savaient même pas qu'elles avaient des ailes.

Il s'avança d'un pas vif et en attrapa une à deux mains, doigts écartés pour empêcher le battement des ailes amputées. Un jeu d'enfant. Les autres caquetèrent en signe de protestation et repartirent, affolées, aux quatre coins de la cage. Son père et la Ruth prisonnière franchirent le portail, que Joy s'empressa d'ouvrir puis de refermer derrière eux.

Elle resta ensuite sous la pluie, à attendre.

Lorsqu'il repartit vers le cabanon avec sa hache ensanglantée, Joy emporta la Ruth morte à la buanderie, en tenant ses pattes et la poignée du seau d'une même main pour que le sang qui s'écoulait du cou tranché de la poule tombe sur sa tête sans vie au fond du récipient. Sa mère la rejoignit, sectionna les pattes de Ruth à l'aide du sécateur qui avait servi autrefois à lui couper les ailes, jeta les pattes dans le seau, avec la tête, et mit le corps dans le grand évier en ciment. La Ruth morte et décapitée gisait dans une position grotesque au fond du bac tandis que la mère de Joy la plumait, avant de passer ses mains ainsi que la carcasse de l'animal sous le robinet pour laver la terre et le sang. Les plumes humides de la Ruth morte lui collaient aux doigts, elles restaient plaquées aux parois grises de l'évier, et même au sol. Elles finirent dans la bonde avec le foie, le cœur, les abats et les intestins, leur blancheur immaculée tranchant avec le rose vif des viscères.

L'odeur donnait la nausée à Joy.

Sa mère emporta dans la cuisine la Ruth plumée, laissant le reste au fond de l'évier pour que Joy s'en charge. La fillette ramassa les plumes pour aller les mettre avec le compost. Elle mit ensuite le foie et les abats dans le seau contenant les pattes et la tête de Ruth. La pluie grise continuait de tomber dehors lorsque Joy emporta le seau jusqu'au poulailler et jeta son contenu par-dessus le grillage, dans la boue. Sous ses yeux, les 11 Ruth survivantes accoururent pour examiner le festin qu'on venait de leur offrir. Et elle eut beau se dire qu'elle ferait mieux de ne pas assister à ça, elle posa le seau à ses pieds, agrippa le grillage distendu de la clôture et les regarda se disputer les entrailles de leur défunte sœur. Puis elle détacha ses doigts rougis de la clôture, rinça le seau, le vida dans l'abreuvoir du poulailler et alla le remettre dans le cabanon. Elle y trouva son père, assis sur un vieux tabouret, en train de polir sa nouvelle lame de hache à l'aide d'un chiffon bleu clair qu'il rangeait dans une petite pochette en plastique. Joy retourna le seau et le plaça à l'angle du mur pour qu'il sèche, après quoi elle repartit en direction de la maison.

La Ruth morte était déjà dans le four et les pommes de terre attendaient d'être épluchées sur la paillasse.

Tout en s'y attelant, Joy imagina le geste rapide et précis de son père lorsqu'il abattait sa hache à la lame flambant neuve. Elle se visualisa elle-même devant le billot, dans la même position que lui, la Ruth affolée et coincée sous la semelle de sa botte. Elle brandissait la hache, comme son père, et l'abattait d'un geste vif. Comme son père.

Sauf que c'était sa tête à lui qu'elle tranchait.

16

Joy et George

Février 1983

Je me réveille au son de ses gémissements, qui ont envahi mon rêve. Bon sang. Deux heures du matin. La réalité de la situation me frappe soudain : s'il a besoin d'antidouleurs à intervalles réguliers, cela veut dire aussi pendant la nuit.

J'ai bien fait de laisser la porte ouverte pour mieux l'entendre : il semble vraiment beaucoup souffrir.

Mais il peut se tordre de douleur sur son lit encore un moment, pour ce que j'en ai à faire

Je décide de tester combien de temps je peux le supporter. En attendant, je repense à mon rêve. Je n'en avais pas fait de tel depuis la dernière fois où j'ai dormi ici. C'était si réaliste que j'en frissonne encore. Comme autrefois. La faute de Ruth, bien sûr – elle et ses projets de vengeance.

Si ça se trouve, je suis une meurtrière qui rêve qu'elle est une personne normale au lieu d'être une personne normale qui fait des rêves meurtriers. Mais, si j'entends mon père gémir et m'appeler en ce moment même, j'ai la réponse à ma question.

Je ne suis pas près de me rendormir s'il continue comme ça.

Quand j'allume la lumière dans sa chambre, sa couverture s'élève et s'abaisse au rythme de sa respiration. Son teint est grisâtre, ses yeux trahissent sa peur.

— Papa ! dis-je en me rendant à son chevet. Est-ce que ça va ?

Voilà qu'il suffoque, maintenant. Son visage passe du gris au violet.

Je verse quelques cachets du flacon au creux de ma main et lui passe sa tasse en plastique remplie de Passiona.

— Avale ça. Vite. Tu vas te sentir mieux.

Il prend ses cachets tandis que j'essaie de le calmer, et je réalise que j'ai cru qu'il était en train de mourir. Pour de vrai. Juste devant moi. Mon Dieu, j'étais terrifiée ! De toute évidence, un neurone rebelle a agi sans ma permission.

Sa respiration redevient peu à peu normale. Soit l'effet placebo est d'une rapidité inouïe, soit c'était un test pour vérifier si j'accourais comme une bonne fille bien docile, une gentille loque. Je m'assois sur la chaise près de sa table de chevet et le regarde fermer lentement les yeux jusqu'à ce qu'il semble plongé dans un sommeil paisible. À un moment donné, je finis par m'endormir moi aussi. Il est pile 6 heures du matin quand je suis à nouveau réveillée par ses gémissements. Je m'empresse de lui donner ses cachets et repars dans ma chambre. J'ai très mal à la nuque.

Lorsque j'entre dans la cuisine, Ruth est assise à sa place, les yeux plongés dans le vide de la cheminée.

— J'ai bien réfléchi, m'annonce-t-elle en me regardant préparer du thé. Oh, quelle fifille parfaite ! Du Passiona hier, des cachets au milieu de la nuit, une tasse de thé au petit déjeuner... Nul ne pourra te soupçonner de l'avoir tué.

Je verse l'eau bouillante dans la vieille théière en métal, que je recouvre du cache-théière en tricot rose. La force de l'habitude. Mes mains tremblent.

— Je n'ai pas l'intention de le tuer. Vicki avait raison de dire qu'il est délirant. Et qu'il souffre beaucoup. C'est déjà une vengeance suffisante à mes yeux. Je n'aspire qu'à la vérité et à la justice.

Je vérifie les instructions de Vicki pour le mercredi et sors des cachets bleus, puis un blanc d'un autre flacon, et un tout petit rose d'une plaquette en aluminium. Je trace de grands *X* dans les cases correspondantes.

— La justice à laquelle tu aspires, c'est la vengeance, Joy, affirme Ruth en ouvrant son livre.

Je m'aperçois avec irritation que celui-ci n'est autre qu'*Orgueil et Préjugés*.

— Écoute. Deux solutions s'offrent à nous, poursuit-elle. La première : on augmente ses doses de médicaments. Juste un ou deux en plus, pourquoi pas trois, à chacune de ses prises, jusqu'à ce qu'il y passe. Il ne saura jamais combien de cachets il a avalé, ni à quel moment, pour la bonne raison qu'il est délirant et qu'il souffre beaucoup, ajoute-t-elle en imitant ma voix. Nous pourrons alors reprendre le cours de nos vies. Le plus tôt sera le mieux.

— C'est ça. Tu t'imagines que Vicki ne me demandera

pas de lui rendre ses flacons de pilules ? Qu'elle ne remarquera pas qu'il en manque la moitié ? Qu'en l'espace de trente-six heures il en a pris 50 au lieu de 16 ? Elle affichera son insupportable petit sourire sur le chemin du tribunal.

— Pas faux. Amendement à la proposition n° 1 : on appelle Vicki pour lui dire qu'il souffre terriblement, et c'est elle qui nous dira de rapprocher les prises. Elle ne soupçonnera pas les braves filles de George Henderson d'être mues par autre chose que leur amour et leur dévouement. D'ailleurs, elle nous conseillera sans doute aussi d'augmenter les doses. Trois cachets au lieu de deux, et toutes les trois heures au lieu de quatre. Problème réglé.

— Et la solution n° 2 ?

— Solution n° 2, répond-elle en tournant une page de son livre : on ne lui donne plus rien.

— Quoi ?

— Vicki a bien dit qu'il souffrirait atrocement s'il ne les prenait pas à heure fixe. J'en serais navrée, soupire-t-elle avec tragédie. Mais… ce ne serait pas une première pour toi, n'est-ce pas ? ajoute-t-elle en chuchotant. Rappelle-toi, le bicarbonate de soude ?

Je ne dis rien. Mais je ne peux pas faire comme si je n'avais pas entendu ses funestes suggestions.

Plus tard, quand je retourne dans sa chambre, mon père grogne en me voyant poser le cocktail de cachets sur la table de nuit.

— Tu as dit à l'infirmière qu'il m'en fallait plus ? demande-t-il d'une voix frêle.

— Vicki est médecin, papa.

— Je ne l'aime pas.

Sa réaction m'amuse. Au moins, nous avons un point commun.

J'allume le ventilateur, qui brasse aussitôt un courant d'air frais.

— J'ai froid, Gwen. Il fait froid.

— Tu dois rester au frais, papa.

— Elle veut me tuer, tu sais.

— Qui ça ?

— L'infirmière. Tu m'as fait du thé ?

Sa voix s'est radoucie, comme le fait parfois celle de Ruth.

— Je t'apporte une tasse dans une minute. Mais d'abord tu dois prendre tes médicaments. Ceux contre la douleur… Et ceux pour la tension.

Je ne sais pas quels cachets servent à quoi, sauf les bleus, qui sont les antalgiques.

— Elle veut me tuer, je t'assure.

— Papa, personne ne cherche à te tuer.

Je reste pour le voir avaler à contrecœur les comprimés que j'ai mis au creux de sa main.

— Ta mère m'a quitté, déclare-t-il tout à coup. Comme tout le monde. Gwen. Mark. Joy. Ruth. Tout le monde m'a abandonné.

— Papa, tu ne sais plus ce que tu dis. Maman est morte. Moi, je suis là, et Ruth…

— Tu dois aller au cimetière.

Nom de Dieu, j'en ai marre qu'il me dise ce que je dois faire !

— Oui, je sais. Je dois aller voir maman.

— Ta sœur aussi.

— Oui, oui.

Comme si Ruth allait rester ici pendant que je vais seule au cimetière.

Tout à coup, il se tord en deux et laisse échapper une plainte. Je devrais le réconforter. Lui tapoter le dos. Ou lui proposer un verre de Passiona.

Mais je reste debout à l'observer.

— Mes pilules…

Sa voix est redevenue rauque.

— Tu viens de les prendre. Attends qu'elles fassent effet.

— Vous voulez me tuer. Toi et l'infirmière.

Il m'attrape par le haut du bras, juste à l'endroit de mes cicatrices.

— Donne-moi des cachets !

Ses doigts m'agrippent, et mes cicatrices me lancent. Je n'en reviens pas de sa force physique.

— Désolée, papa.

Et je n'en reviens pas de ma propre faiblesse.

Il me lâche enfin et je sors de la chambre en titubant. Arrivée dans la cuisine, je découvre une petite boîte en carton bleu et blanc posée sur la table, à côté des flacons de comprimés. Du bicarbonate de soude.

Ruth a les yeux braqués sur moi.

— Excellent, commente-t-elle tout bas. Justice et vengeance.

17

George et Gwen

Août 1942

Cinq minutes avant 17 heures, Gwen se rendit à la laiterie, comme le voulait George. Elle se demanda si elle aurait dû commencer à préparer le dîner. Elle n'avait pas la moindre idée du temps que prenait la traite de 120 vaches. Fallait-il une minute par vache ? Une dizaine de minutes ? Une demi-heure ? Elle aurait dû commencer à préparer le dîner.

Lorsqu'elle fit la connaissance de leur voisin, Robert Larsen, elle fut étonnée de découvrir un homme aussi âgé. Du moins, assez pour être son père. Grand et solide, la peau tannée par le soleil, il parlait sans arrêt, riait de ses propres traits d'humour et énonçait souvent un mot pour un autre. Il leur expliqua que son épouse s'appelait Barbara et qu'ils avaient un fils de 15 ans, Colin, qui pourrait venir leur prêter main-forte pour la traite s'ils le voulaient, étant donné qu'il n'avait pas de travail mais savait absolument tout faire dans une ferme. Gwen se demanda pourquoi Colin ne travaillait pas.

— N'avez-vous pas besoin de lui, Robert ?

— Traire les vaches, c'est fini pour moi, Gwen. Au bout de vingt-six ans. Un beau matin, je me suis réveillé et mon inconscient avait dû faire des heures supplémentaires pendant la nuit, parce que j'avais à peine ouvert les yeux que j'ai déclaré : « Tu ne trairas plus les vaches, Robert Larsen ! » J'ai quand même dû les traire ce matin-là, notez-bien, mais je les ai toutes vendues dans la journée. Et je suis revenu avec des veaux dont je ne laisse jamais aucun taureau s'approcher. Donc les femelles n'ont jamais vêlé, et n'ont jamais produit de lait. Acheter, élever et revendre, voilà ce que j'en dis : c'était il y a huit ans, et je n'ai jamais regretté ma décision.

George se montrait d'une grande amabilité envers Robert. Il souriait, riait à ses plaisanteries et à ses anecdotes. En l'observant, Gwen se dit qu'il l'avait sans doute rabrouée parce que leur nouvelle vie de jeune couple le rendait aussi nerveux qu'elle. Il lui adressa même un clin d'œil complice quand Robert déclara :

— Tout ce qui reste à faire, c'est passer un bon coup de désactivant.

Oui. George était un homme bon. Il était simplement intimidé par le fait d'avoir une nouvelle épouse, une nouvelle ferme et une nouvelle vie.

Mais, lorsqu'ils regagnèrent la maison et qu'il réalisa que le dîner n'était pas prêt, ses traits s'assombrirent.

— Je ne peux pas aller traire les vaches matin et soir sans trouver un repas chaud à mon retour.

— Bien sûr, dit-elle. Tu as raison. Je suis désolée, mon chéri.

Et elle fut soulagée de le voir réagir à ses excuses par l'un de ces beaux sourires dont il avait le secret.

18

Joy et Ruth

Décembre 1960

Le lendemain, en pénétrant dans l'Église, elle sentit que tout le monde la critiquait ou se moquait d'elle. Il n'y avait pas que sa laideur naturelle, mais aussi ses chaussettes. Ses chaussettes d'école blanches retroussées sur ses chevilles pour faire croire qu'il s'agissait de ses chaussettes du dimanche.

Elle rêvait de porter des collants couleur crème, comme les autres jeunes filles. Les chaussettes passaient encore, tant qu'elle était petite, mais elle était sur le point d'entrer en sixième, après tout. Et d'avoir des Amies. Des Amies qui ne porteraient pas de chaussettes pour aller à l'Église, et encore moins des chaussettes d'école retournées.

Bien sûr, elle avait mis ses chaussures du dimanche, mais c'était uniquement parce que ses chaussures d'école n'auraient jamais pu faire illusion. Elle les avait reçues en cadeau à Noël l'année précédente, mais n'en aurait pas de nouvelle paire cette année, car celles-ci commençaient tout juste à lui aller. Sa mère était maligne, toujours à lui acheter une taille au-dessus pour qu'elle puisse les porter deux années de suite.

Afin que leurs souliers du dimanche restent toujours propres et brillants, ils mettaient leurs bottes en caoutchouc pour grimper dans la camionnette puis enfilaient leurs beaux souliers une fois à bord, et faisaient le contraire en rentrant.

Elle avait aussi une robe du dimanche, dotée d'un corsage blanc, d'un col en velours blanc, de manches bouffantes jaune pâle, d'une jupe de la même couleur mais faite d'un tissu différent et complétée d'un jupon en tulle qui lui grattait l'arrière des cuisses. Joy avait 9 ans quand sa mère avait payé Mrs Larsen pour la lui confectionner à partir des restes de robes qu'elle avait cousues pour d'autres enfants. Raison pour laquelle le jupon la grattait autant : il y avait beaucoup de coutures là où les morceaux de tissu avaient été assemblés. La robe était si serrée à présent que Joy était certaine d'en recevoir une nouvelle pour Noël. C'était important de bien s'habiller pour se rendre à l'Église.

Elle se disait que Dieu voudrait certainement une majuscule pour Ses édifices sacrés, et se demanda pourquoi Il n'exigeait pas plus expressément de majuscules aux mots importants comme *Église*, même si d'après *L'Anglais pour les classes de seconde et première* il ne s'agissait pas d'un nom propre. Mais cela ne tenait qu'à Lui, après tout. Elle ignorait si Dieu pourrait aller jusqu'à transformer un nom commun en nom propre, mais s'Il obligeait tout le monde à mettre une majuscule à Ses pronoms personnels, cela ne devait pas être bien compliqué. Il pourrait peut-être délivrer dix autres commandements, parce qu'il y avait tant de choses nouvelles qui n'existaient pas du temps où Dieu les avait dictés à Moïse. Prenez les boîtes du Diable, par exemple. Les Henderson n'en possédaient pas, évidemment, même si quantité de gens s'en étaient acheté une pour regarder les jeux Olympiques. D'après son père, elles vous farcissaient la tête des saletés du Diable. Donc l'un des nouveaux commandements aurait pu être : « Tu ne regarderas point la télévision ni n'en posséderas chez toi. » Et aussi : « Tu écriras *Église* avec un *É* majuscule. » Sans oublier : « Tu seras un presbytérien et tu ne serviras point le pape, ni ne seras catholique, juif, athée ou de quelque autre confession fallacieuse. »

Pourtant, c'était à n'y rien comprendre. Car Jésus était juif. Le problème, c'est que les juifs ne le considéraient pas comme le Fils de Dieu. Mais pour quelle autre raison Dieu l'aurait-Il envoyé sur Terre, et comment aurait-Il pu accomplir tous ces miracles s'Il n'était pas le Fils de Dieu ? Son père avait raison : les juifs, les catholiques et les autres se fourvoyaient.

Tout en marchant vers l'entrée de l'Église sous la pluie, elle avait prié Dieu de lui envoyer un signe pour lui prouver Son existence. Qu'Il surgisse d'entre les nuages et surprenne tout le monde, ou qu'Il envoie un autre fils (même si elle avait conscience que c'était beaucoup demander). Il fallait qu'Il fasse quelque chose – n'importe quoi – afin que les gens sachent qu'Il existait et que le Paradis était réservé exclusivement aux presbytériens.

Les anglicans, les baptistes et les méthodistes qui menaient une vie de piété avaient des chances de monter au Paradis grâce à la miséricorde infinie de notre Seigneur, car ils étaient protestants. Même si, là encore, puisqu'ils priaient tout de travers, ce n'était pas certain non plus.

Les catholiques, eux, avaient tout faux et allaient droit en Enfer. *Pour l'éternité, amen.*

Les sauvages aussi allaient en Enfer. Joy était triste à la pensée que les Africains et les Aborigènes qui n'avaient jamais entendu parler de Jésus ou de Dieu se retrouvent là-bas. Mais ils se massacraient et se dévoraient entre eux, donc il était peu probable que Dieu les accepte au Paradis.

La pauvre Ruth ne pouvait pas venir à la messe à cause de son accident. Et la mère de Joy n'y allait pas non plus à cause de Ruth. Joy et Mark entouraient donc leur père au premier rang, sur le banc de droite, juste en face du Révérend Braithwaite, et suivaient ses instructions. Ils se levaient et s'asseyaient, penchaient la tête pour prier, chantaient les hymnes, écoutaient les chœurs, le sermon, et répondaient à la lettre aux paroles du Révérend.

Le sermon du jour était consacré au péché de mensonge. L'acte odieux de la tromperie, de la falsification, le fait de trahir la confiance des autres, d'agir avec sournoiserie et perfidie. Quel feu d'artifice de mots pour un seul péché ! Elle répéta le dernier en boucle dans sa tête : *perfidie*, per-fi-die, per… fi… die {des doigts qui courent sur les touches d'un piano}. Joy aimait la manière qu'avait le Révérend Braithwaite d'employer plusieurs mots pour dire la même chose. Il lui faisait l'effet d'un dictionnaire des synonymes {une ruche d'abeilles} ambulant. Et le jour où elle avait découvert le dictionnaire des synonymes sur le bureau de Mr Plummer était à marquer d'une pierre blanche.

Le Révérend Braithwaite disait que nous mentions tous et que, même si nous le faisions parfois pour nous protéger, nous-mêmes ou quelqu'un d'autre, nous étions tous de fieffés menteurs empêtrés dans la lutte éternelle entre l'obéissance envers notre Seigneur et l'abandon au Diable et ses tentations {des doigts gantés de rouge qui se recroquevillent, l'un après l'autre, pour vous faire signe d'approcher}.

Joy accordait sans hésiter un *D* majuscule au Diable, afin de ne jamais oublier qu'Il incarnait le mal absolu. Si elle s'étonnait que Dieu ait accordé une majuscule aux pronoms personnels du Diable, elle n'était en revanche pas surprise que le *Malin*, synonyme du Diable, renferme le mot *mal*. Ni que le nom de *Lucifer*, autre synonyme du Diable, rime avec *Enfer*. Ou que cinq de ses sept lettres permettent de former le mot *cruel*… ce qui était exactement la définition du Malin. Alors que dans *Révérend*, par exemple, on pouvait lire le verbe *vénérer*.

C'était intéressant de voir à quel point certaines images correspondaient à la signification de leur mot, comme *Diable* {la bête en personne, rouge et cornue, maîtresse de l'Enfer}. Et combien d'autres, comme *morne* {un mur peint en jaune délavé}, n'avaient que peu d'intérêt. Mais la plupart de ces images étaient magnifiques. Comme *puzzle* {un troupeau de zèbres}. Et *rose* {un coussin de velours sombre}. Ou *syllabe* {une banane écrasée}, qui s'accompagnait aussi de l'odeur, du goût et de la texture d'une banane écrasée. Certains mots tout à fait exceptionnels la submergeaient d'émotion, comme *papillon* {le sentiment qu'on éprouve lorsqu'on comprend qu'on va vraiment mourir un jour}.

Elle aimait tant les mots.

Les images et les sensations qu'ils faisaient naître l'émerveillaient, mais Joy n'était pas sûre que quelqu'un d'autre les partage. Elle avait donc demandé à sa mère, il y avait de cela très longtemps, si tout le monde voyait les mêmes images pour les mêmes mots. Sa mère avait froncé les sourcils et sa réponse était tombée comme un couperet : « Les mots ne sont rien d'autre que des mots. Concentre-toi sur les pommes de terre. »

Du temps où Joy apprenait à lire au cours préparatoire, les images dansaient dans sa tête de manière si incontrôlable qu'elle avait du mal à se concentrer sur les mots. Un jour, alors qu'elle recopiait une liste inscrite au tableau, Mr Plummer lui avait demandé (Dieu merci) quel était son problème.

« Je ne vois pas les mots à cause des images, Mr Plummer. On dirait qu'ils se bousculent entre eux, vous ne trouvez pas ? »

Elle avait ignoré l'expression interloquée de son maître, et poursuivi sur sa lancée : « Est-ce que tout le monde voit les mêmes images, Mr Plummer ? »

Ce n'était pas évident, parce qu'elle devait répéter « Mr Plummer » une centaine de fois par jour et, chaque fois, l'image d'un paon naissait dans sa tête.

« Tu te crois drôle ? avait-il lancé de sa voix dure et bosselée, comme lorsqu'il s'adressait aux jumeaux Keane pour qu'ils arrêtent de se jeter des bâtons. Recopie la liste, Joy, et cesse de poser des questions ridicules. »

Elle avait rougi, perplexe. Sa question était-elle ridicule parce que tout le monde avait les mêmes images qu'elle, ou bien parce qu'elles étaient différentes ?

Si sa mère et Mr Plummer refusaient de lui répondre, personne d'autre ne le ferait. C'est pourquoi Joy ne fit plus jamais part des images dans sa tête à qui que ce soit. Elle avait déjà appris qu'il y avait des tas de choses dont on ne parlait jamais. Comme le goût du poivre {un feu d'artifice}, la texture des gueules-de-loup {la langue d'une vache}, ou comment faire pour ne pas déclencher les colères {un ballon rouge criblé de pics métalliques} de votre père. Et l'accident de Ruth. Elle se contenta d'ajouter des images mentales à sa liste.

Elle avait aussi appris que, lorsqu'elle devait impérativement se concentrer sur le sens d'un mot, elle pouvait créer une séparation entre l'image de ce mot et sa signification. Il s'agissait d'une épaisse membrane blanche {du blanc d'œuf dans un bol en verre} derrière laquelle Joy distinguait la forme et parfois la couleur de l'image qui essayait de la traverser. Elle avait été enchantée par la découverte de ce mot, *membrane*, dans le dictionnaire. Chaque fois qu'une image indésirable essayait de passer au travers, elle luttait de toutes ses forces pour la repousser, le cœur battant, les yeux brûlants. Mais parfois, malgré tous ses efforts, l'image parvenait à s'imposer quand même. Elle explosait dans son esprit épuisé, l'emplissait de couleurs, de mouvements et de formes, à l'occasion de sons, d'odeurs et de textures. Peut-être était-ce le Diable qui s'insinuait ainsi dans son âme {une mince volute de fumée brune}. Elle ferma les yeux et décrivit un cercle avec la tête pour voir si elle sentait Ses doigts rouges fouiller l'intérieur de son cerveau.

Une douleur cuisante envahit soudain son bras gauche. Joy rouvrit les yeux et s'aperçut que son père la pinçait. Elle n'avait pas la moindre idée de ce que le Révérend

Braithwaite venait de dire, mais elle savait qu'elle avait vexé son père en dodelinant de la tête à l'Église tel un clown ivre. Elle se mordit la lèvre afin de ne pas risquer d'émettre un son impardonnable, et se concentra à nouveau sur le sermon du jour, consacré au mensonge.

Joy sentit son dernier mensonge s'enrouler autour d'elle comme les ailes noires d'une très grande chauve-souris. « Non, papa, je t'assure que je n'ai fait tomber aucun œuf. Ça doit être l'une des poules. J'ai vu des fragments de coquille par terre. » Il leur arrivait parfois de repousser un œuf hors du poulailler, mais ce n'était pas ce qui s'était produit la veille.

Aussitôt, elle avait adressé deux prières simultanées à Dieu. D'abord la « vraie », pour demander pardon : *Je t'en prie, mon Dieu, pardonne-moi d'avoir fait tomber un œuf et de l'avoir caché. Car c'est à Toi qu'appartiennent le règne, la puissance et la gloire, pour l'éternité, amen.* Puis la prière « égoïste » : *Je t'en prie, mon Dieu, fais que mon père ne le sache jamais. Je promets de Te vénérer pour l'éternité. Amen.*

— Car le Seigneur a dit, poursuivit le Révérend, « Je suis le Chemin, la Vérité et la Vie ». Tous les pécheurs, oui, tous les pécheurs seront précipités dans le malheur {une couronne mortuaire couverte de ronces}, dans l'abîme éternel de lamentations et de souffrances dont on ne revient jamais. Aujourd'hui, je vous en conjure, demandez pardon au Tout-Puissant pour vos péchés afin de ne jamais connaître les flammes de l'Enfer, mais seulement l'amour de notre Seigneur. Levez-vous.

Tous les paroissiens obtempérèrent, têtes penchées et paupières closes. Pendant la prière du Révérend Braithwaite, Joy ne put s'empêcher de se demander pourquoi, si Dieu était omniscient {une sphère bleu pâle flottant dans l'espace}, omnipotent {une sphère de liquide argenté flottant dans l'espace} et omniprésent {une sphère bleu foncé flottant dans l'espace}, Il laissait quiconque s'enfoncer dans un abîme de malheur éternel. Pourquoi ne veillait-Il pas plutôt à ce que chacun sache ce qu'il avait à faire pour aller au Paradis plutôt qu'en Enfer ?

— Pour l'éternité…

— Amen, répondit l'assistance en chœur.

L'organiste joua les premières notes de « Dieu tout-puissant, que tu es grand », et les enfants se faufilèrent le long des bancs entre les genoux des adultes pour se rendre à leur cours de catéchisme. En remontant l'allée {un long ruban marron}, Joy s'imagina le Christ et le Seigneur revêtus de larges blouses ondoyantes par-dessus Leurs saintes tuniques et occupés chacun à peindre un tableau posé sur un chevalet doré. Mais Leurs œuvres d'art la remplissaient d'horreur. Ils avaient peint des sauvages noirs, des Chinois, des menteurs, des tricheurs et des catholiques en train de tomber dans un gouffre, avec des flammes orange qui s'élevaient jusqu'au ciel rempli de menaçants nuages noirs. Condamnés à l'Enfer et au malheur éternel, ils imploraient la miséricorde à grands cris, les mains jointes sous le menton en un geste de prière, tandis que des démons écarlates riaient de tous ces pécheurs qui n'avaient jamais entendu parler de notre Seign…

Joy trébucha contre la marche menant à la salle polyvalente, et les tableaux se désintégrèrent. Mais l'image des pécheurs qui hurlaient au moment de basculer en Enfer resterait gravée dans son esprit à jamais.

19

George et Gwen

Août 1942

Leur deuxième jour à la ferme, à 10 h 30, Robert frappa à la porte de derrière. Son épouse Barbara se tenait à son côté et tendit à Gwen un sachet en papier contenant des scones encore chauds pour leur petit déjeuner. La jeune femme fut ravie. Barbara et elle deviendraient amies, à n'en pas douter – bien qu'elles n'aient pas tout à fait le même âge, et que leurs maisons ne soient pas tout près non plus.

Mais, quand Barbara demanda à récupérer son sachet en papier au moment de partir, ses traits étaient à peu près aussi durs que ses scones. Manque de chance, Gwen n'avait eu que du beurre à mettre dessus, car sa grand-tante n'avait pas inclus de confiture dans leurs provisions. Pendant que Robert et George discouraient des intempéries, de la boue et des vaches comme des amis de longue date, les deux épouses s'étaient contentées d'échanger des amabilités. Barbara avait gardé un air pincé, et Gwen s'était sentie jugée par sa nouvelle voisine à cause de sa méconnaissance des travaux de la ferme.

Après leur départ, George s'assit à la table de la cuisine pour griffonner sur une feuille de papier pendant que Gwen faisait la vaisselle.

— À l'avenir, évite ce genre de situation humiliante, dit-il en lui tendant la feuille avec un sourire. Demain, quand j'irai en ville voir le banquier, tu n'auras qu'à m'accompagner et acheter tout ce qui figure sur cette liste. Tu noteras que j'ai inscrit « ingrédients pour confitures »… tu sauras cela mieux que moi.

— Oh, fit Gwen en se forçant à sourire, car ces dernières paroles lui avaient fait l'effet d'une gifle. Je serais enchantée de t'accompagner en ville.

Elle parcourut la liste et son ventre se noua. Leurs tickets de rationnement ne lui permettraient jamais d'acheter la quantité de sucre nécessaire à la fois pour faire de la confiture et pour permettre à George d'en ajouter deux petites cuillères dans son thé.

Il sortit pour aller vérifier l'état des clôtures, et elle s'aperçut qu'elle ne lui avait toujours pas parlé de ses projets pour l'atelier.

Le lendemain matin, ils roulèrent près d'une heure pour atteindre une bourgade dont Gwen n'avait jamais entendu parler. Ils dépassèrent un panneau annonçant « BIENVENUE À BLACKHUNT – 627 HABITANTS », et les prés de part et d'autre de la route firent place à un quadrillage bien ordonné de maisons à bardeaux. Gwen se sentit toute joyeuse à la vue des quelques passants sur les trottoirs. George avait tendance à se détendre et à retrouver sa gentillesse naturelle quand ils étaient en compagnie d'autres gens.

Il se gara devant un magasin où l'on pouvait lire « CHEZ ARNOLD » en grosses lettres majuscules sur la vitrine. Puis il ouvrit son portefeuille.

— Voici nos tickets de rationnement, et de quoi payer les commissions pour une semaine. Tu as bien pris la liste ?

— Oui, George.

Cela lui faisait bizarre de prendre l'argent qu'il lui donnait.

— Je serai de retour dans trente minutes exactement, dit-il.

Elle regarda sa montre, glissa l'argent et les coupons dans son sac, et poussa la porte de l'épicerie.

Arnold était aussi âgé que Robert. Il portait des lunettes posées au milieu de l'arête de son nez, et Gwen déduisit à son sourire qu'il dirigeait un commerce florissant. Lorsqu'il eut fini de réunir ses emplettes sur le comptoir, en ne mettant que la moitié de la quantité de sucre (rationnement oblige) qu'elle avait notée sur sa liste, il lui demanda si elle venait de s'installer en ville.

— Oui. Non. Enfin, pas tout à fait. Mon mari et moi avons acheté une ferme dans les environs.

— Ah bon ? Laquelle ? demanda-t-il tout en tapant le prix de chaque article sur sa caisse enregistreuse.

— Laquelle ? Hum, elle est située à bonne distance du bourg. Nous avons mis près d'une heure pour arriver, répondit-elle en désignant la direction d'où ils étaient venus.

— Ne serait-ce pas celle que les Dalgleish ont bradée ?

Que pouvait-elle bien répondre ? « Je n'en sais rien » ? Elle sentit le feu lui monter aux joues.

— Voilà, c'est ça.

— Eh bien, on peut dire que vous avez du pain sur la planche ! Jamais vu une ferme en si piteux état. Ça nous fera 3 livres et 6 pence, chère madame.

Gwen compta l'argent dans son porte-monnaie. George lui avait donné trois billets de 1 livre, et pas un penny de plus. Elle releva les yeux avec effroi et s'aperçut de l'ampleur de sa sottise. Elle ne savait pas où se trouvait Blackhunt, elle ne savait même pas où elle habitait, et elle n'avait pas assez d'argent pour payer les provisions étalées sur le comptoir. Elle se sentit prise de vertige, comme si elle se tenait debout au bord d'une falaise et observait la mer sombre en contrebas.

Elle esquissa un sourire gêné.

— Vous allez me trouver bête, mais je n'ai que 3 livres dans mon porte-monnaie. Je n'ai pas pris assez d'argent en partant de chez moi. Serait-il possible… de retirer deux saucisses ?

Sur ces mots, elle lui tendit ses trois billets.

— Vous savez quoi ? répondit l'épicier avec ce fameux sourire qui devait faire son succès auprès des clients, je vous offre les deux saucisses. Cadeau de la maison ! Si vous me promettez de ne pas faire vos emplettes chez la concurrence…

Elle voulut protester, mais le carillon de la porte retentit au même moment et George fit son entrée dans la boutique. Il se dirigea droit vers le comptoir, la main tendue, avec cette expression et ce regard qui avaient tant séduit Gwen le soir du bal.

— George Henderson. Vous devez être Mr Arnold ?

L'homme rit de bon cœur et accepta sa poignée de main.

— En effet, Mr Henderson. Mais Arnold est mon nom de baptême, et c'est comme ça que tout le monde m'appelle, par ici !

George lâcha un petit rire à son tour.

— Dans ce cas, appelez-moi George. Vous avez déjà fait la connaissance de mon épouse, Gwen. J'espère que tu n'as rien oublié sur la liste, ma chérie.

Il lui prit la main et la posa au creux de son coude. Gwen opina en souriant. C'était cela, la vie d'un couple marié, se dit-elle : se tenir bras dessus, bras dessous avec son époux, et discuter avec de sympathiques commerçants.

— Vous avez repris la vieille ferme des Dalgleish, à ce qu'il paraît ?

— Non, répondit George. J'ai racheté la propriété des Wentworth. Sur Bullock Road.

Gwen baissa les yeux vers le plancher en serrant très fort la poignée de son sac.

— Vraiment ? fit Arnold, surpris. Je croyais que... Bah, j'ai dû mal comprendre. Au plaisir de vous revoir la semaine prochaine, Mrs Henderson ?

Gwen n'osait même plus le regarder en face.

— Bien sûr. Merci, Arnold.

Avant de redémarrer la camionnette, George tendit la main à plat pour réclamer la monnaie.

— C'est que... Je suis désolée, George, j'ai tout dépensé.

Elle ouvrit son porte-monnaie pour lui montrer qu'il était vide, et se demanda pourquoi elle s'excusait.

— Tu veux dire que les commissions t'ont coûté 3 livres en tout ?

— Oui… enfin, non, dit-elle, sentant sa voix faiblir alors qu'elle hésitait à lui mentir. Ça dépassait les 3 livres, alors je lui ai demandé de retirer un peu de viande hachée.

Pourquoi inventer une chose pareille ? Pourquoi ne pas dire simplement qu'Arnold lui avait offert deux saucisses en échange de sa fidélité ?

George démarra sans rien dire. Au bout d'un moment, Gwen reprit la parole comme si de rien n'était :

— Au fait, comment s'est passé ton rendez-vous à la banque ?

Les yeux rivés sur la route, il lui répondit d'une voix tendre :

— Tu n'as pas à t'en faire pour ça, ma chérie. Je m'occupe de la banque, tu t'occupes de faire tourner la maison. C'est comme ça que ça marche.

Soulagée de voir qu'il avait retrouvé sa gentillesse, elle acquiesça et lui répondit sur le même ton.

— Mais oui, mon chéri. Merci.

— Le banquier m'a demandé si tu avais de l'argent de côté. Je lui ai répondu que tu t'étais constitué une petite épargne. Il était ravi de l'apprendre et m'a conseillé d'inclure cette somme dans notre emprunt. C'est plus logique, selon lui.

— Ah.

Gwen aurait préféré pouvoir y réfléchir, mais si c'était une recommandation du banquier…

— Quand nous reviendrons la semaine prochaine, apporte ton livret d'épargne, et nous pourrons transférer l'argent.

— Combien ?

— Tout, ma chérie. C'est ce qu'a dit le banquier.

Il lui sourit et lâcha le volant d'une main pour tapoter les siennes, qu'elle tenait croisées sur son giron.

Plus tard dans la soirée, alors qu'ils allaient se coucher, George lui fit remarquer qu'elle avait mal plié ses chaussettes et ses sous-vêtements. Il lui montra comment faire « correctement » et lui demanda de reproduire les mêmes gestes devant lui. Gwen sentit l'humiliation enflammer son visage et eut de nouveau l'impression qu'il venait de la gifler. Deux fois dans la même journée.

Des mois plus tard, elle ne saurait même plus à quel moment elle avait reçu sa première vraie gifle. Ni ce qu'elle avait fait pour la mériter.

20

Joy et Ruth

Décembre 1960

— Bonjour, tout le monde, dit Mr Jones de sa plus belle voix sirupeuse, la main posée sur l'épaule d'une jeune fille que Joy n'avait jamais vue. Merci d'accueillir Felicity dans notre groupe de catéchisme et dans la famille de notre Seigneur. Joy, pousse-toi un peu pour que Felicity puisse venir à côté de moi.

Tous les enfants de plus de 10 ans étaient assis en cercle à même le plancher de la salle. Joy étant la plus âgée du groupe, Mr Jones la faisait asseoir à côté de sa chaise. Elle obtempéra tout en dévisageant la nouvelle. En plus d'avoir un prénom ravissant, Felicity portait des collants couleur crème et une jupe bleue assortie à sa petite veste qui lui donnaient l'air d'avoir 17 ans. Joy tira l'ourlet de sa robe par-dessus ses genoux croisés pour dissimuler ses chaussettes.

Felicity arborait également le plus gros chignon que Joy avait jamais vu, perché au sommet de son crâne, avec un ruban blanc noué à sa base et quelques bouclettes qui retombaient au niveau du col de sa veste. Des mèches souples et ondulées encadraient son visage. Joy passa la main sur ses cheveux bruns et raides comme des baguettes ; elle aurait préféré que sa mère soit coiffeuse plutôt que de fabriquer des couronnes de fleurs pour les enterrements.

Au lieu de s'asseoir en tailleur comme les autres, Felicity replia les deux jambes sur le côté, posa sa main gauche sur sa cheville gauche et s'appuya sur sa main droite. Elle prenait plus de place au sol que nécessaire. Un bracelet doré ornait son poignet droit, et une délicate montre en or pendait à celui de gauche.

Le regard de Joy glissa du chignon de Felicity à la pointe de ses chaussures, qui étaient exactement du même bleu que sa jupe et sa veste.

— C'est impoli de dévisager les gens, lança Mr Jones d'une voix sèche.

Joy s'empourpra, avant de s'apercevoir qu'il s'adressait à tout le monde. Il toussa et commença la leçon.

— Bien. De quoi nous parlait le Révérend Braithwaite dans son sermon, ce matin ?

Pendant la demi-heure qui suivit, Joy se sentit à la fois fascinée et irritée par la présence de la ravissante Felicity, avec ses jambes repliées sur le côté comme une duchesse {une énorme pile de mouchoirs en papier jaunes et moelleux}, et elle ne répondit à aucune des questions de Mr Jones. Tandis qu'ils coloriaient la scène où Jésus accepte le retour de Pierre, les élèves étaient autorisés à parler. Elle en profita donc pour questionner Felicity avec le plus de détachement possible.

— Tu as déjà 12 ans ? lui demanda-t-elle tout en coloriant en rose le visage du Christ.

Felicity lui répondit d'un simple hochement de tête, occupée qu'elle était à colorier l'herbe en orange. Joy passa aux mains du Christ. Personne ou presque ne restait au catéchisme au-delà de 12 ans, car les parents laissaient alors leurs jeunes adolescents traîner honteusement à la maison. Joy continuerait d'assister aux cours jusqu'à ses 15 ans, comme Mark avant elle, après quoi elle assisterait à la messe en entier avec son père et son frère. Elle coloria les mains et les pieds du Christ en rose.

— Tes parents sont à la messe ?

Nouveau hochement de tête. La tunique du Christ devait être d'un bleu pâle, à l'exception de son ourlet. Joy leva son crayon et jeta un coup d'œil en direction de Mr Jones, qui s'était éloigné pour parler à l'un des autres professeurs. Les mots qui sortirent alors de sa bouche la stupéfièrent elle-même :

— Tu vois la fille avec la robe à petits carreaux, dans le groupe animé par le très vieux professeur ? C'est Marion Becker. Et ses parents ne vont pas à l'Église. Ils la déposent et viennent la chercher après. Pareil pour Philip MacIntosh, le rouquin dans notre groupe. Son père est notre vétérinaire, mais il ne vient pas à l'Église non plus. Et Wendy Boscombe est aussi dans ce groupe, d'habitude, mais elle est en vacances au bord de la mer… Sa famille est tellement riche qu'elle n'ira jamais au Paradis.

Felicity les observa tour à tour. Joy coloria l'ourlet de la tunique en jaune pour faire comme dans l'image qui illustrait la Bible.

— Tu vas au lycée de Blackhunt l'année prochaine ?

Felicity fit non de la tête.

Joy prit un crayon marron pour la tunique de Pierre. Pourquoi Felicity n'entrait-elle pas au lycée alors qu'elle avait déjà 12 ans ? Peut-être avait-on refusé son inscription parce qu'elle n'était pas assez intelligente.

— Pourquoi ?

Ah ! Cette fois, elle ne pourrait pas se contenter de remuer la tête. Mais Felicity haussa les épaules, s'empara du crayon vert et commença à colorier le ciel, oubliant Jésus et Pierre, qui restèrent en blanc. Joy s'apprêtait à lui faire remarquer que le ciel était bleu quand elle fut interrompue par la voix de Mr Jones :

— Joy ! Si tu te concentrais sur ton dessin, et non celui de ta voisine ?

Elle sentit la honte lui mettre le feu aux joues. Ses anguilles s'agitèrent dans son ventre, et deux prières silencieuses jaillirent de son esprit en même temps.

pardonne-moi pour ma distraction.
Mon Dieu, *Amen.*
fais qu'il ne le dise pas à mon père.

Elle reprit le crayon jaune pour colorier l'auréole du Christ. Felicity avait fait la sienne en violet, et les lèvres de Jésus en orange.

— Bien, remettez les crayons dans le panier. Et levez-vous pour la prière finale.

Mr Jones marchait autour du cercle d'enfants. Sa voix n'avait plus rien de sirupeux.

Tous obéirent. Joy prit la main rêche de Paula Sanderson dans la sienne et celle, toute douce, de Felicity de l'autre côté. Le seul point positif à l'arrivée de la Ravissante Felicity au catéchisme dominical, c'est que Joy n'avait plus à tenir la main de Mr Jones, lequel marmonnait à présent :

— *Que la grâce du Seigneur Jésus-Christ…*

La tête baissée, elle releva un chouia {une fourmi écrasée} sa paupière droite pour couler un regard de biais à Felicity. Elle vit alors que celle-ci était en train de l'observer et se demanda si elle la trouvait laide mais, au même moment, Felicity lui adressa un grand sourire. Sous le choc, Joy écarquilla les yeux avant de les refermer aussitôt. Mr Jones termina sa prière.

— *… du Saint-Esprit, soient avec vous tous.*

— *Amen*, dirent les enfants en chœur.

En sortant, Felicity retint Joy à l'arrière du groupe et lui dit tout bas :

— Tu n'avais pas les yeux fermés pendant la prière.

Elle semblait très contente de l'avoir surprise en flagrant délit. Joy sut aussitôt qu'elle irait le répéter à son père.

— J'ai juste… Attends, toi non plus, je te signale !

Felicity laissa échapper un petit cri.

— Ah, tu m'as bien eue !

— Pourquoi avais-tu les yeux ouverts ?

— Pour voir ce que faisaient les autres. C'est beaucoup plus intéressant. Et d'ailleurs, Dieu n'a jamais dit qu'il fallait obligatoirement fermer les yeux pour prier.

Joy réfléchit. En effet, Felicity avait raison.

— Pourquoi tu ne vas pas au lycée l'année prochaine ?

— Bien sûr que j'irai au lycée. Pas dans le même que toi, voilà tout.

— Dans lequel, alors ?

— À Sainte-Anne. La barbe…

— Sainte-Anne ? Mais c'est une école catholique, non ? Joy n'en croyait pas ses oreilles.

— Anglicane.

— Tu n'es pas presbytérienne ?

— Je n'en sais rien, avoua Felicity. Mes parents disent que l'Église qu'on fréquente n'a pas d'importance tant qu'on prie de tout son cœur et qu'on aide son prochain.

Pendant qu'elle attendait Mark sous le grand proche triangulaire qui prolongeait l'Église tel un ajout tardif, Joy regarda Felicity rejoindre sa famille. Ses parents étaient très bruns et très beaux, et elle avait aussi un grand frère. Felicity leur montra son coloriage, ils rirent tous les quatre et son père l'embrassa sur le front. Puis ses parents la présentèrent aux adultes avec qui ils étaient en train de discuter, et Felicity se mit à parler gaiement comme si elle aussi était une adulte. Chaque fois qu'elle riait, elle repoussait ses bouclettes derrière son oreille, comme sa mère. Mrs Felicity avait d'épais cheveux noirs et lisses légèrement recourbés au niveau des épaules, et elle ne portait pas de chapeau. Toutes les autres femmes qui venaient à l'Église avaient les cheveux courts, permanentés et recouverts d'un chapeau blanc à large bord orné de fleurs en plastique.

Quand Mark sortit, ils allèrent tous deux attendre dans la camionnette, Joy assise à l'arrière et son frère devant. Leur père était toujours le dernier à franchir la porte – hormis le Révérend Braithwaite, bien sûr. Celui-ci se tenait dans le narthex pour remercier et saluer chacun des paroissiens avant leur départ, et leur père, en sa qualité de plus ancien membre du conseil paroissial, restait à son côté pour serrer les mains, comme si le Révérend ne pouvait pas se passer de lui. Ce jour-là, depuis la banquette arrière de la camionnette, Joy les vit sortir tous les deux sur le parvis et aller à la rencontre de la nouvelle famille.

— Quel frimeur ! grommela Mark.

Joy marmonna en guise d'approbation.

— Regarde-le, poursuivit-il. À faire des amabilités sous prétexte qu'ils sont nouveaux et qu'ils ont de l'argent. Je parie qu'il est en train de leur raconter qu'il est le plus ancien membre du conseil paroissial, qu'il siège au sein de 87 comités et qu'il connaît tout le monde.

— George Henderson, enchanté, fit Joy d'une voix grave. Je siège au sein de 87 comités, je suis le plus ancien membre du conseil paroissial et le meilleur chrétien de la Terre entière.

Mark éclata de rire.

— On s'y croirait ! Où as-tu appris à l'imiter comme ça ?

— Pardon ? s'indigna-t-elle, toujours sur le même ton. Je suis George Henderson. Et je suis parfait. J'irai directement au Paradis alors que mes enfants brûleront dans les flammes de l'En…

— Chut, le voilà.

Joy colla aussitôt sa langue à son palais. Elle regarda au-dehors et vit que Felicity se dirigeait vers une belle voiture à la carrosserie étincelante. *Ils sont riches*, réalisa-t-elle, soudain honteuse d'avoir dit à Felicity que les riches parents de Wendy Boscombe n'iraient pas au Paradis. *Oh, et puis zut. Cette fille est bien arrogante, de toute manière.*

Felicity ouvrit la portière avant de se retourner et d'adresser un joyeux salut de la main à Joy, un large sourire aux lèvres. Prise au dépourvu mais ravie, Joy lui rendit son geste avec le même enthousiasme.

À la table du déjeuner, son père n'arrêta pas de parler de la famille de Felicity. Jamais il ne se montrait si bavard, sauf quand ils avaient des invités. Quand Joy entra dans la cuisine après s'être changée, il était déjà en train de raconter leur vie à sa mère :

— Ils *sont* acheté deux fermes voisines de l'autre côté de la ville, au coin de Pepperell et Boots Road, disait-il, visiblement impressionné.

Joy prit place à table en sentant ses anguilles s'agiter. Pourquoi son père se trompait-il toujours entre *ont* et *sont* ?

— Deux fermes ? s'étonna sa mère.

Il continua, indifférent à sa question.

— Ce sont des citadins. Ils ne vont pas tenir bien longtemps. Et ils *sont* aussi racheté deux officines, celle de Blackhunt et celle de Kongarra, alors qu'il n'est pas plus pharmacien que fermier. C'est incompréhensible. D'après Robert, ce sont sans doute des investisseurs.

Les enfants échangèrent des regards interloqués. Combien d'argent avaient-ils ? C'était quoi, un investisseur ? Et pourquoi venir s'installer *ici* ?

— Bon, vous deux, poursuivit-il en désignant Mark et Joy de la pointe de son couteau, je vous ai inscrits au cours d'étude biblique pendant les vacances. Le mardi et le jeudi matin. Ça vaudra mieux que de traîner tous les jours à la maison.

Ils répondirent en chœur « Oui, papa », d'une voix polie et assez forte pour ne pas risquer de le mettre en colère.

Ce soir-là, pendant que Ruth se brossait les cheveux, Joy lui décrivit en détail la tenue de Felicity, sa belle coiffure et sa mère.

— Si tu avais vu les cheveux de Mrs Felicity ! Si lisses, si brillants…

Il y eut un court silence.

— J'aimerais que tu m'accompagnes au catéchisme, soupira Joy.

— Je ne peux pas, et tu le sais très bien, répondit Ruth d'une voix qui n'avait plus rien de soyeux, aussi tranchante que des canines.

Le sort de sa sœur aurait dû lui inspirer de la pitié, mais Joy sentit en vérité un frisson de jalousie blanche l'envahir. Né au creux de sa nuque, il gagna le reste de son corps et s'insinua jusque dans son cuir chevelu. Plutôt que de se disputer avec sa sœur, elle se tourna face au mur et sortit son petit dictionnaire pour chercher le nouveau mot du soir. Mais elle sentait la colère bleue et glacée de Ruth lui transpercer le dos.

Tel père, telle fille, songea-t-elle.

21

Joy et George

Février 1983

J'ai un certain nombre de choses à faire si je veux pouvoir mettre les voiles au plus vite dès que tout sera terminé. Comme aller nourrir les poules derrière la maison, par exemple. Qu'a-t-il bien pu faire des œufs ? Ni des gâteaux ni des meringues, c'est certain. Mangés à la coque sur des toasts, peut-être. Mais sait-il seulement faire cuire un œuf ou griller du pain de mie ? J'en doute.

Debout près de la clôture du poulailler, mes cicatrices chauffées par le soleil, je ne suis même pas étonnée de voir ma mère surgir de derrière la basse-cour en faisant claquer sa langue à l'intention des poules. Elle soulève l'une d'elles et la cale sous son bras en la tapotant.

— C'est bien, ma fille, dit-elle d'une voix calme. Gentille Ruth, gentille.

Et on se demande pourquoi j'étais si jalouse de ma sœur ! Jamais ma mère n'aurait appelé ses poules Joy.

Je me force à ignorer sa présence et j'ouvre la porte de la volière. Le nid est jonché de fragments de coquilles brisées et de tout petits œufs marbrés. Ces restes de coquilles indiquent que les poules ont commencé à dévorer leurs propres œufs, ce qui signifie que personne ne les a nourries ou n'est venu récupérer leurs œufs depuis les calendes grecques.

L'abreuvoir est vide, malgré les tuyaux en polypropylène noir qui cheminent sous terre depuis l'étang pour apporter à boire à tous les animaux de la ferme. *Polypropylène*. Un mot que j'aimais presque autant prononcer que j'aimais son image – un danseur de claquettes en smoking.

En regardant l'abreuvoir, je me dis soudain que l'étang doit être à sec. Et que tout ce qui reposait caché au fond doit désormais être visible.

Je remets un peu d'eau dans l'abreuvoir en allant remplir un seau au robinet de la buanderie. Combien de litres peut-il bien rester dans la citerne qui alimente la maison ? Je verse ensuite des graines dans les mangeoires. Le dernier festin. Les Ruth accourent en se bousculant, et j'en profite pour les compter. Maman m'observe d'un air pincé : elle, au moins, n'a pas besoin de ça pour savoir combien elles sont. Debout dans son coin, elle se demande comment elle a pu avoir une fille aussi différente d'elle. Les Ruth sont au nombre de 12, évidemment, comme elles l'ont toujours été. Jusqu'à ce que l'une d'elles finisse au four.

De retour dans le salon, je fais glisser l'onglet du répertoire téléphonique à la lettre *P* – comme Poules. Au bout du fil, Jinny Pollard me demande combien elles sont et, un instant, j'hésite à lui répondre « 11 », parce que je me ferais bien du poulet rôti ce soir. Mais la seule perspective d'aller prendre la hache pour décapiter l'une de ces pauvres bêtes me donne envie de vomir.

— Une douzaine, finis-je par lui dire.

Et, lorsqu'elle me demande si elles pondent encore, je lui réponds :

— Absolument, je nous ai même préparé une omelette pour le petit déjeuner !

Jinny Pollard accepte de passer les voir, mais sans garantie.

Elle arrive à l'heure dite avec une remorque couverte fixée à l'arrière de sa voiture, qu'elle vient garer juste à côté du poulailler.

— Elles pondent toujours, vous êtes sûre ? insiste-t-elle en entrant dans la volière.

Son ton suspicieux me vexe.

— Oui, oui.

— Alors pourquoi vous en débarrasser ? demande-t-elle en prenant l'une des poules dans ses bras.

— À vrai dire, ce ne sont pas les miennes. Elles appartenaient à mon père.

— J'ignorais qu'il était décédé. Quand est-ce arrivé ?

Elle plisse les yeux, éblouie par le soleil. Je suis agacée qu'elle ait relevé mon usage du passé.

— Oh non, il n'est pas encore mort. Mais… c'est pour bientôt… Ce que je veux dire, c'est qu'il n'en a plus pour très longtemps.

Elle cesse de tapoter la poule coincée sous son bras.

— Pardon ?

— C'est l'avis du médecin. Je suis venue pour m'occuper de lui.

Je suis trop sur la défensive, et je m'en rends compte.

Je fais mon devoir, ai-je très envie d'ajouter. Mais je me retiens.

— OK, dit-elle en reposant la poule par terre et en me regardant à nouveau. Vous ne voulez pas les prendre chez vous ?

— Je vis à Darwin.

Qu'est-ce qui m'a pris de lui sortir une chose pareille ? Pourquoi raconter tant de mensonges ?

— Je vois.

Une fois les poules chargées dans la remorque (en moins de temps qu'il n'en fallait jadis à mon père pour en attraper une seule et lui trancher le cou), Jinny me paie la somme convenue et repart avec les 12 Ruth ballotées derrière elle.

Pour la première fois depuis quarante ans, le poulailler est vide. À l'exception de ma mère, restée debout dans son coin, qui agite tristement la main en un geste d'adieu. S'adresse-t-elle aux Ruth ou à moi ? Difficile à dire.

Un coup d'œil à ma montre. Je dois me rendre à l'étang pour voir s'il est à sec, puis retourner donner ses cachets à mon père.

22

George et Gwen

Novembre 1942

Alors qu'elle débarrassait la table en ce vendredi matin qui marquait le troisième mois, jour pour jour, de leur arrivée à la ferme, Gwen songea que l'aspect routinier de sa nouvelle vie aurait beaucoup étonné sa grand-tante, son amie Jean – et la jeune femme qu'elle était elle-même avant de se marier. Réveil à 4 h 45 pour préparer le petit déjeuner de George avant qu'il parte traire les vaches (quelle aubaine que Colin vienne l'aider, sans quoi elle aurait dû l'accompagner), puis nettoyer la cuisine, y passer le balai et la serpillière, laver les vêtements sales de la veille dans la lessiveuse en étain, faire des scones ou des biscuits aux raisins pour la collation matinale de George, essorer le linge et le mettre à sécher dehors, préparer le déjeuner puis ranger après le repas, passer le balai et la serpillière dans la salle de bains et les toilettes, préparer le thé de George et nettoyer ensuite, rentrer le linge, préparer le souper, briquer la cuisine, aller au lit à 20 h 30 et se coucher sur le dos pour lui. Avant de tout recommencer le lendemain.

Pour l'éternité, amen.

La seule brèche vers l'extérieur dans ce schéma répétitif était la messe dominicale et les courses en ville le lundi matin. Pas question de s'offrir de petits extras comme aller danser ou s'acheter du rouge à lèvres ; il y avait toujours quelque chose à réparer ou à racheter – une clôture, un abreuvoir, des outils, une pompe ou une machine quelconque –, en plus des factures à payer et du crédit à rembourser.

La veille encore, George s'était assis sur sa chaise, à la table de la cuisine, pour noter des chiffres dans le livre de comptes à la couverture bleue qu'il avait refermé d'un geste sec avant de se malaxer le front en grommelant. Gwen lui avait demandé si elle pouvait l'aider d'une manière ou d'une autre, mais il lui avait répondu qu'elle avait déjà fort à faire avec la cuisine et l'entretien de la maison. Il l'avait regardée avec ce grand sourire généreux qui la comblait toujours – de soulagement surtout, ces jours-ci.

Elle ignorait quelle part de la ferme George possédait réellement ou combien il lui restait de son héritage. Tout ce qu'elle savait, c'est que le premier jour de chaque mois ils recevaient un chèque de la coopérative de beurre en fonction du nombre de bidons de lait que George et Colin leur avaient livrés matin et soir au cours du mois précédent. Et aussi que chaque semaine les dépenses augmentaient. Gwen se faisait du souci. Comment feraient-ils avec des enfants ? Elle comptait bien fonder une famille un jour, et son époux aussi, certainement, puisqu'il avait acheté une maison avec trois chambres. Mais, s'ils avaient déjà du mal à joindre les deux bouts, comment s'en sortiraient-ils avec des bouches supplémentaires à nourrir ?

Elle savait que George s'inquiétait lui aussi de l'état de leurs finances parce qu'il ne lui donnait plus que 2 livres et 10 shillings pour faire les commissions le lundi matin, et aussi parce qu'il fouillait le moindre recoin des cabanons délabrés à la recherche de vieux rouleaux de fil barbelé, de clous et d'outils oubliés pour s'éviter des dépenses inutiles. Elle savait qu'elle devait faire plus d'efforts pour se montrer économe, préparer le thé à l'heure, garder la maison propre et être présentable à l'église ou en ville. Chaque fois qu'elle manquait à son devoir, elle se faisait l'effet d'une épouse incapable et se promettait de faire mieux la fois suivante afin de ne pas risquer de le mettre en colère.

Pourtant, tout en faisant mousser le gros pain de savon dans l'eau chaude de l'évier, elle réalisa qu'elle se sentait étrangement satisfaite de la manière dont elle s'était pliée à cette nouvelle vie, courbant l'échine tel le roseau. Elle esquissa un sourire, puis grimaça : un éclair de douleur venait de transpercer sa joue droite. Elle s'était mordu la langue, le matin, à la seconde où sa tête avait valsé vers l'arrière parce qu'elle l'avait irrité en lui servant un toast et des œufs trop cuits au petit déjeuner, quand il était rentré de la laiterie avec quelques minutes de retard. En plongeant une première assiette dans l'eau savonneuse, elle se dit qu'elle ne savait pas comment être une bonne maîtresse de maison, du moins *assez bonne*. Parce qu'en vérité elle était la seule personne à provoquer le courroux de George. Il suscitait déjà l'admiration et le respect dans leur communauté ; c'était un homme plaisant et serviable, toujours prompt à aider ses voisins lorsqu'ils avaient des problèmes de clôture, de vêlage laborieux, de pompe à eau, de tracteur ou de moulin en panne. Et il ne s'énervait jamais en leur présence. Ce n'était qu'avec elle. Et elle seule. Gwen pinça les lèvres et se fit saliver pour apaiser sa langue endolorie. Elle ne savait pas tenir son rôle d'épouse, ne valait rien dans ce domaine. Parce qu'elle n'avait jamais vécu dans un foyer où vivaient un mari et une femme, une famille normale. Elle le savait.

George travaillait dur, ça oui. Et c'était un chrétien dévoué. Rien que ces quinze derniers jours, il était devenu membre de deux comités locaux et avait rejoint un groupe de musiciens en tant que guitariste. En voyant son air surpris à l'annonce de cette nouvelle, il lui avait tapoté la main en disant :

— Nous devons nous intégrer à la communauté, c'est notre devoir.

Mais, lorsqu'elle avait à son tour évoqué l'idée de s'inscrire au club de crochet dont lui avait parlé une femme à l'église, il avait secoué lentement la tête.

— Tu tiens vraiment à perdre ton temps en faisant du *crochet* ? avait-il craché avec mépris. Alors que tu as déjà du mal à abattre tout le travail que tu as ici ?

Il avait raison, bien sûr. Mais elle se languissait de la compagnie d'autres femmes. De ses amies. Et même de sa grand-tante.

Elle regarda par la fenêtre, l'aperçut en train de réparer une clôture et se dit, avec un mélange de soulagement et de fierté, qu'en dépit du petit déjeuner raté de ce matin elle s'attirait de moins en moins ses foudres à table depuis qu'elle avait bien compris ses préférences :

pommes de terre au four ou en purée, carottes et petits pois – pas d'autres légumes, toutes les viandes mais surtout pas d'abats, potage de légumes sauf à la tomate, et tarte au citron meringuée, blanc-manger ou compotée de fruits pour seuls desserts.

Au tout début de leur installation, leurs repas étaient animés par les discussions sur les clôtures et les enclos, les vaches, l'étang, les factures d'électricité, la météo ou les frais de vétérinaire. Gwen aimait le fait qu'ils s'investissent autant dans leur nouvelle vie à la ferme. Mais, lorsqu'elle suggéra qu'ils installent un nouveau portail entre l'enclos des bœufs et l'étang pour gagner du temps, il lui répondit que cela coûterait trop cher. Et, lorsqu'elle lui proposa d'aller s'occuper des vaches un peu plus tôt dans l'après-midi afin qu'ils puissent souper de bonne heure et aller au cinéma, il lui rétorqua qu'il y avait une raison précise pour laquelle la traite avait lieu à 17 heures, qu'elle devrait déjà le savoir et qu'ils n'avaient pas d'argent à dépenser pour des frivolités.

Il avait raison, évidemment. Que connaissait-elle aux travaux de la ferme ? Ou à quoi que ce soit d'autre, d'ailleurs ? Excepté la confection des bouquets, peut-être. Il ne fallait pas s'étonner si elle le mettait si souvent en colère : elle le décevait en permanence. Elle devait absolument changer sa façon de faire, anticiper ses besoins et s'y adapter, comme elle l'avait fait pour les repas. Tout finirait par s'arranger.

En essuyant la table, elle leva les yeux vers la broderie suspendue au mur d'en face. Trois semaines après leur arrivée, George lui avait fait remarquer qu'il manquait un petit quelque chose pour décorer la cuisine. Gwen avait pensé à un tableau représentant des roses rouges ou des pâquerettes. Mais George avait une autre idée en tête.

Le lundi suivant, il lui avait demandé d'acheter un petit carré de velours bleu et un rouleau de fil blanc chez Arnold, en compensant ces dépenses par une moindre ration de viande pour elle. Les jours suivants, elle s'était échinée à broder les phrases d'un verset de la Bible qu'il avait choisi pendant que les pommes de terre bouillaient dans la casserole. Dans le magasin de fleurs de Stan, elle avait toujours travaillé avec souplesse et agilité. Mais ses disputes avec George la perturbaient tandis qu'elle s'efforçait de se concentrer sur son ouvrage. Chaque soir, au moment de vider l'eau des pommes de terre, elle soupirait à la vue de ses lettres ratées. Le sixième jour, elle faillit tout mettre à la poubelle et recommencer, mais cela aurait été du gaspillage.

George ne parut pas vraiment remarquer ou déplorer la laideur du résultat. Il inséra une baguette de bois dans l'ourlet supérieur du tissu, qu'il fixa à un carré de grillage placé derrière avant d'accrocher cette petite horreur à un clou planté dans le mur. Désormais, chaque fois que Gwen s'asseyait à table ou coupait des légumes sur la paillasse, elle se retrouvait face à sa broderie, qu'il lui était impossible de ne pas voir et revoir. Mais peut-être était-ce l'intention de George depuis le début.

23

Joy et Ruth

Décembre 1960

Le lendemain, Joy eut 12 ans. Elle s'attarda un peu plus longtemps au lit, histoire de savourer le plaisir d'avoir un an de plus.

— Bon anniversaire, Joy ! s'exclama Ruth, sa tache de naissance déformée par un large sourire.

Joy entra dans la cuisine, où sur la table, devant sa chaise, l'attendait un paquet emballé dans du papier brun.

— Joyeux anniversaire, Joy ! dit sa mère en venant l'embrasser sur le front et la serrer dans ses bras. Ouvre ton cadeau. Je n'oublierai jamais le jour de ta naissance, ajouta-t-elle en essuyant une larme.

Elle répétait cette phrase chaque année, et Joy ne parvenait jamais à déterminer si elle pleurait de joie ou de tristesse. Ou les deux.

— Douze ans ? la railla Mark. Quel bébé !

Joy sourit, indifférente aux moqueries de son frère. Le petit déjeuner était son repas préféré parce que leur père était le plus souvent absent, occupé à traire les vaches ou à nettoyer la laiterie avec Colin.

Elle retourna le paquet et commença à défaire la ficelle.

— C'est un pull, annonça Mark.

Elle le souleva devant elle. Il était épais, et de la même couleur moutarde que le frigo ou la peur de Mark. Elle aurait préféré une nouvelle robe du dimanche pour impressionner Felicity, mais elle était très contente de son pull ; elle n'en avait pas reçu de nouveau depuis deux ans, et son père prévoyait une année froide et humide. La pluie tombait sans interruption depuis des semaines, il y avait de la boue partout. Avant le mois de décembre, tout le monde s'était plaint de l'arrivée imminente de l'été austral, avec son cortège de vagues de sécheresse et de feux de bush, mais il n'avait pas cessé de pleuvoir et tout le monde se plaignait maintenant de l'humidité qui empêchait de couper les foins. S'ils ne pouvaient pas couper les foins, il n'y aurait pas de fourrage pour les vaches cet hiver, qui produiraient moins de lait… et moins de lait, c'était moins de rentrées d'argent mensuelles, alors que l'inflation continuerait à grimper plus vite que le niveau du pluviomètre.

Le père de Joy en voulait beaucoup au gouvernement. Tous ces lèche-bottes en costume qui n'avaient jamais connu le labeur. Ils n'avaient jamais conduit un troupeau de vaches à travers un pré boueux, gagné leur vie à la seule force de leurs bras et eu à combattre les intempéries jour après jour.

Joy comprit qu'ils n'auraient jamais les moyens d'acheter le plastique pour recouvrir ses nouveaux livres.

Elle rangea son pull neuf dans le troisième tiroir de sa commode, par-dessus le vert reçu en cadeau deux ans plus tôt, et s'attela à ses corvées.

Celle qu'elle détestait le plus consistait à aller vider la poubelle dans le grand container à déchets rouillé près de la pompe à eau. C'était là qu'atterrissaient tous les détritus de la ferme : cannettes et bouteilles, têtes d'anguilles, tapis usés, cadavres de souris et de rats ayant absorbé le Ratsak que son père pulvérisait dans tous les coins, piles mortes, assiettes brisées impossibles à recoller, morceaux de clôture, seaux percés, journaux, et tout ce qui était cassé, vieux ou inutile. Chaque fois qu'un déchet quelconque était jeté dans l'incinérateur, il y était suivi par une feuille de papier journal froissé et enflammé au moyen d'une allumette. Malgré la pluie qui tombait en permanence, le feu ne s'éteignait jamais : il brûlait lentement et laissait échapper un mince filet de fumée. L'odeur lui donnait la nausée.

Elle grimpa l'escabeau de bois menant au sommet de l'incinérateur. Il n'y avait pas de rambarde pour se tenir, si bien qu'elle devait s'appuyer d'une main contre le métal rouillé et, de l'autre, hisser la poubelle de la cuisine derrière elle. Une fois sur la marche du haut, elle la soulevait au-dessus de sa tête, la penchait vers l'intérieur de l'incinérateur et la tapotait contre le rebord pour vider tout son contenu, toujours terrifiée à l'idée de perdre l'équilibre et de la lâcher, ou bien de la casser en tapant trop fort. Elle savait que le container était posé à l'emplacement exact d'un gouffre ouvrant directement sur l'Enfer, d'où ce feu inextinguible et l'odeur putride qui s'en dégageait.

L'après-midi, Joy se rendit en ville avec sa mère. Celle-ci faisait toujours les commissions le lundi, parce que c'était le jour de la semaine où les prix étaient le plus bas, et aussi le jour de parution du journal.

Dès qu'elles s'arrêtèrent devant le marchand de journaux, Joy se précipita à l'intérieur. Une fois de retour dans la camionnette, elle tendit le journal à sa mère qui, stylo rouge à la main, tourna vivement les pages jusqu'à la rubrique des annonces et faire-part en marmonnant :

— Espérons que les nouvelles soient bonnes.

Mais ce n'étaient pas les naissances ou les anniversaires de mariage qui l'intéressaient. Non, elle lisait uniquement les avis de décès. Et une « bonne nouvelle » signifiait un enterrement susceptible de faire venir du monde. Une cérémonie pour une figure admirée au sein de la communauté, comme une maîtresse d'école, par exemple, ou un conseiller municipal. Ou encore un petit enfant. Plus le décès était tragique, plus elle était certaine de recevoir des commandes. « Je ne connais pas un seul fermier qui accepterait de dépenser son argent chez le fleuriste pour une couronne mortuaire qui sera jetée le jour même, disait-elle. Et beaucoup de gens en ville ont cette mentalité. » Deux ou trois ans auparavant, Joy avait vu sa mère se passer la langue sur les lèvres en enregistrant plus de 40 commandes pour les obsèques de la petite-fille du directeur de la coopérative de beurre, morte quelques heures à peine après sa naissance.

Joy se demandait parfois si bébé Stephanie était montée directement au Paradis pour rejoindre le Christ, qui siégeait à la main droite de Dieu, notre Père tout-puissant. Elle savait que les gens qui avaient écrit la Bible voulaient dire « *à la droite* de Dieu, notre Père tout-puissant », mais elle ne pouvait s'empêcher d'imaginer la main droite de Dieu écrasée sous les fesses du Christ (et priait, bien sûr, pour demander pardon). Elle l'imaginait parfois retirant Sa main droite de sous les fesses du Christ parce qu'Il avait des fourmis dans les doigts et se plaignant en ces termes : « Pour l'amour du ciel, fiston, cesse de venir t'asseoir sur ma main droite. Tu perturbes le bon déroulement de mes jugements divins. » Et le Christ de lui répondre : « Désolé, p'pa, mais j'ai déjà annoncé à tout le monde que je siégerais à ta main droite pour l'éternité. Tu ne voudrais quand même pas me faire passer pour un menteur ? » Et ils se tordaient de rire dans Leurs belles tuniques blanches, au point que Dieu oubliait le jugement divin qu'Il s'apprêtait à proclamer. C'était dans ces moments-là qu'il se passait des choses terribles sur Terre.

Joy se demandait aussi si les gens continuaient à prendre de l'âge, au Paradis : comment bébé Stephanie allait-elle bien pouvoir s'occuper toute la journée, sans même parler d'éternité ?

Les catholiques, eux, croyaient au purgatoire – un lieu où il fallait attendre qu'assez de gens sur Terre prient pour votre salut et vous autorisent ainsi à monter au Paradis. Joy imaginait le purgatoire comme une salle d'attente dans une petite gare délabrée au milieu de nulle part : une pièce froide et remplie de pécheurs qui tournaient en rond, avec leurs maigres manteaux bruns, leurs foulards sales et leurs yeux gris réduits à deux fentes. Quand la porte s'ouvrait, un courant d'air glacé faisait voler les serviettes en papier sur les tables. Quelqu'un donnait un coup de pied dans le distributeur de boissons et l'enseigne rouillée battait au-dehors avec fracas. Le quai longeait une unique voie de chemin de fer qui desservait deux destinations opposées : le Paradis à droite, l'Enfer à gauche. À moins que ce ne soit le contraire. Nul ne le savait. Chaque fois qu'un vieux train s'arrêtait en grinçant, les gens regardaient ailleurs, de peur qu'il ne prenne des passagers à destination de l'Enfer. Mais ça ne vous sauvait en rien. Si vous alliez en Enfer, vous ne pouviez vous en prendre qu'à vous-même, ainsi qu'à vos amis catholiques qui n'avaient pas assez prié pour vous.

La mère de Joy rangea son stylo dans son sac et jeta le journal sur la banquette arrière.

— Mauvaise semaine, commenta-t-elle. Juste une vieille dame âgée de 80 ans. Ça me vaudra deux couronnes, si j'ai de la chance.

Au supermarché, Joy poussa le caddie pendant que sa mère comparait au penny près le prix de tout ce qu'elle achetait.

Un long comptoir permettait aux clients de demander certaines denrées en vrac, comme 300 grammes de raisins secs ou 100 grammes de poudre vanillée, plutôt que de les acheter préemballées sur les rayonnages. Joy adorait les grosses boîtes métalliques marron contenant les produits secs ; leurs étiquettes aux lettres noires lui donnaient l'impression de provenir d'une très vieille civilisation de Bohémiens. On pouvait aussi acheter des produits « soldés ». La mère de Joy demanda une demi-livre de biscuits Teddy Bear en morceaux, parce que le père de Joy en était friand et qu'ils avaient exactement le même goût pour moitié prix.

Tandis qu'elles déambulaient dans les allées, sa mère notait chacun de ses achats et calculait le montant total de ses courses au fur et à mesure au recto d'une ancienne facture. Chaque fois que Joy l'accompagnait, elle lui expliquait pourquoi procéder ainsi afin qu'elle-même, un jour, devienne une bonne ménagère : « Le budget, c'est le budget. On ne peut pas le dépasser. Imagine comme ce serait humiliant de ne pas avoir assez d'argent pour payer à la fin. »

Joy savait aussi que sa mère devait montrer cette liste à son père tous les lundis soir. Après avoir déposé une demi-livre de farine sans levure dans le caddie (« C'est du gâchis d'acheter de la farine levante alors qu'il suffit d'ajouter un peu de bicarbonate »), elle recalcula le montant total.

— Nous dépassons de 9 pence, annonça-t-elle. Il va falloir supprimer quelque chose.

Joy proposa les biscuits en morceaux.

— Impossible, répondit sa mère d'un air pincé. Le magasin va nous dire qu'ils ne savent pas ce que nous avons fait avec – éternué dans le sachet, ou ajouté de la mort-aux-rats ! Non, il va falloir sacrifier le sucre ou le riz. Viens avec moi.

Elles se dirigèrent vers le rayon sucre. Sa mère lui raconta que, bien longtemps auparavant, il y avait eu une épicerie générale en ville.

— Le patron s'appelait Arnold, expliqua-t-elle. Nous étions amis. Si on veut.

Elle échangea son paquet de sucre contre un plus petit, et refit ses calculs.

— Mais à l'ouverture du supermarché, reprit-elle, le commerce d'Arnold n'a pas survécu. Je voulais continuer à faire mes courses chez lui, mais ton père a insisté pour qu'on vienne ici sous prétexte que c'était plus économique. Et il avait raison.

Elle soupira.

— Un jour, je suis venue en ville après avoir honoré une importante commande de fleurs pour un gros mariage et j'ai décidé d'aller chez Arnold. J'avais fait près de 2 livres de bénéfices grâce à mes bouquets et, à l'époque, mes commissions pour la semaine me revenaient à 2 livres et 10 shillings. C'était quatre mois après l'ouverture du supermarché. Je voulais faire mes courses chez lui. Mais quand je suis arrivée devant sa boutique c'était fermé et il y avait un mot sur la porte pour remercier tous ses clients, ajouta-t-elle en tendant un paquet de riz à Joy et en lui en désignant un plus petit sur l'étagère. Je me demande pourquoi il nous disait merci. Sûrement pas de faire nos courses au supermarché.

Quelques mètres plus loin sur le trottoir, le boucher revivait la même scène chaque semaine. Il pesait chaque morceau de viande, annonçait la somme à payer et attendait que la mère de Joy lui demande de reprendre deux ou trois saucisses, de remplacer les plus grosses côtelettes par de plus petites, de lui donner un peu moins de corned-beef et de retirer quelques morceaux de porc parce que le reste suffirait largement, complété par des carottes et des pommes de terre.

En sortant de la boucherie, Joy eut la surprise de voir sa mère sourire et l'entraîner de nouveau vers l'entrée du supermarché. Elle alla directement au rayon papeterie, et Joy comprit qu'elles allaient enfin acheter le rouleau de plastique pour couvrir ses livres. Il était là, posé sur le rayon du bas.

Mais ce ne fut pas celui que sa mère prit. Elle opta à la place pour un rouleau de ce qui ressemblait à du papier blanc paraffiné, orné d'une étiquette proclamant : « Nouveau ! Papier autocollant ! » Elle le posa dans le caddie, vérifia le prix des rouleaux de plastique transparent, déplia sa liste et inscrivit : « Plastique pour couvrir les livres : 1 shilling, 6 pence. » Joy regarda alors le prix du rouleau de papier adhésif. Il coûtait 3 shillings et 9 pence.

— Maman, tu as écrit…

— C'est avec ça que nous couvrirons tes livres, l'interrompit sa mère en désignant le rouleau dans le caddie. C'est comme une couverture plastifiée, mais ça colle aux bouquins comme… la peau des lapins. C'est une dépense, certes, mais à la fin de l'année nous pourrons les revendre à un meilleur tarif, donc ça en vaut la peine.

— Mais tu as inscrit le mauvais prix !

— Ça m'étonnerait. Je ne me trompe jamais, lui assena sa mère en se dirigeant vers la caisse.

Une fois qu'elles eurent dépassé le grand panneau en bord de route qui annonçait « MERCI POUR VOTRE VISITE, REVENEZ BIENTÔT À BLACKHUNT ! », sa mère se tourna vers elle.

— Pour le papier adhésif… ton père n'est pas obligé de savoir combien ça a coûté, d'accord ? Disons que c'est un cadeau d'anniversaire secret.

Joy opina.

— Toi et moi, poursuivit sa mère, nous prendrons les plus petites côtelettes, et nous aurons une saucisse en moins. Ton père et ton frère ont besoin de prendre des forces pour les travaux de la ferme. Mais, surtout, pas un mot sur la taille des côtelettes ou quoi que ce soit. Compris ?

Joy opina à nouveau, toute contente.

Ce n'est qu'après avoir franchi le pont de Kookaburra Creek, à 1,5 km de la maison, qu'elle fut submergée par un sentiment d'horreur vert foncé en réalisant que sa mère allait mentir à son père et qu'elle était donc une pécheresse vouée aux flammes de l'Enfer. Elle hurlerait de douleur pour l'éternité à cause de ce mensonge – et aussi parce qu'il faisait beaucoup trop chaud en Enfer pour cultiver des fleurs.

Et si sa mère mourait maintenant, dans un terrible accident de voiture, avant d'avoir eu le temps de prier le Seigneur pour implorer Son pardon ? Si un camion de lait surgissait au prochain croisement, conduit par l'un des anges de Satan chargé de faucher le plus d'âmes damnées possible, et percutait la camionnette avant que sa mère ait le temps de prier et de tourner le volant ? Ou avant qu'elle ait le temps de dire « Je t'aime » à Joy ?

— Mais… n'est-ce pas un péché ? lâcha la fillette tout haut.

— Quoi donc ?

— De noter un prix erroné ? Et de ne pas le dire ?

— C'est ce qu'on appelle un pieux mensonge. Voilà tout. Nous avons juste dépensé un peu plus pour un article, et un peu moins pour d'autres, mais la somme totale est la même. Un petit mensonge pour la bonne cause ne fait de mal à personne.

Au lieu de répondre, Joy se mit à prier en silence. *Je t'en prie, mon Dieu, ne laisse pas un camion de lait nous percuter. Car c'est à toi…*

— Et puis, si je ne dis rien, ce n'est pas un mensonge. Et je ne dirai rien à ton père parce que je sais qu'il le prendrait mal. Et je ne tiens pas à le contrarier. Tu en as envie, toi ?

— Non.

On avait donc le droit de « ne-pas-dire » quelque chose pour éviter de contrarier les autres ? Joy se demanda si le Révérend Braithwaite serait d'accord, mais elle chassa vite cette considération de sa tête. Parce qu'au fond cela lui semblait tout à fait légitime de « ne-pas-dire » quelque chose pour éviter de contrarier quelqu'un, surtout si ce quelqu'un était son père.

Ce soir-là, pendant qu'il était à une réunion, ils recouvrirent les nouveaux livres avec le papier adhésif. C'était un travail minutieux {des moustaches de lapin}, et il y avait des bulles et des plis sur les couvertures mais, au moment de tout ramasser pour que Mark aille jeter les chutes de papier dans l'incinérateur, Joy songea qu'elle n'avait jamais passé un aussi bon moment en famille, même si elle n'avait pu que jeter un regard plein de nostalgie rose à *Orgueil et Préjugés* et ne connaissait toujours pas la vérité universelle énoncée dans l'incipit.

Plus tard, Joy raconta à Ruth ce que leur mère avait fait au supermarché. Cela ne parut guère la surprendre.

— Eh oui, Joy, tout le monde ment. Même maman, dit-elle avant de marquer une pause. Ça, c'est une vérité universelle.

Au beau milieu de la nuit, Joy se réveilla d'un coup, encore hantée par le rêve qu'elle venait de faire. Sa mère et elle rentraient à la maison avec un secret posé sur la banquette arrière quand la chaussée s'ouvrait devant elles, révélant les entrailles de l'Enfer. La camionnette pilait net. Son père faisait alors irruption sur la route et pointait un doigt accusateur vers le secret en hurlant : « Ton heure est venue ! » Mais, au lieu de se cacher ou de s'enfuir, Joy sortait du véhicule et marchait à sa rencontre. Elle mesurait 15 mètres de haut, et elle soulevait son père par le col pendant qu'il continuait à vociférer pour le jeter dans les flammes de l'Enfer. Une fois son corps brûlé et calciné, le gouffre se refermait, ne laissant s'échapper que de minces volutes de fumée noire. Joy s'essuyait les mains comme Ponce Pilate et proclamait : « Non, ton heure à toi est venue ! »

Tremblante, Joy confia à Ruth qu'elle avait peur que leur père ne découvre la vérité à propos du papier adhésif et qu'il n'entre dans une rage folle. Une poignée de secondes s'écoulèrent avant que le murmure rauque de sa sœur lui réponde :

— Mais tout ça, ce n'était pas vraiment pour éviter de le contrarier, n'est-ce pas ?

— Si. C'est ce que maman a dit. Il risquerait de mal le prendre.

— Certes. Vous avez préféré « ne-pas-dire » pour éviter de le contrarier. Mais ce n'est pas pour le protéger lui, ajouta-t-elle d'une voix douce et onctueuse. C'est pour vous protéger vous.

Joy garda le silence.

— Bon. Je suis contente qu'on ait éclairci ce point, chuchota Ruth. Parce que tu peux toujours mentir, ou « ne-pas-dire » aux autres, mais tu ne peux pas te mentir à toi-même, Joy.

24

George et Gwen

Novembre 1942

— Grosse journée, Arnold ? commenta Gwen après avoir patienté dans la queue pendant vingt minutes.

L'épicier, tout souriant, frotta son crâne chauve alors qu'un nouveau client faisait tinter le carillon de la porte.

— Ça oui. On dirait que le prix du lait s'est envolé, hein, Gwen ?

La jeune femme ignorait totalement si la coopérative de beurre avait envoyé un plus gros chèque que d'habitude. Elle se contenta de lui sourire et lui tendit sa liste de commissions, ses coupons de rationnement et son argent.

— Pendant que je m'occupe de tout ça, Gwen, est-ce que je peux vous demander un petit service ? Faire un saut de ma part chez le fleuriste ? C'est l'anniversaire de ma femme, expliqua-t-il en lui tendant l'un des billets de 1 livre qu'elle venait de lui donner. J'aimerais lui offrir un beau bouquet.

Gwen tressaillit un peu en l'entendant évoquer le « fleuriste ». Elle ne s'était jamais aventurée plus loin dans l'avenue et ne savait même pas qu'il y en avait un en ville. Sans parler d'une Mrs Arnold.

— Bien sûr. Quelles sont ses fleurs préférées ?

Il lui répondit sans même relever le nez de la balance sur laquelle il était en train de peser la farine :

— À vous de choisir.

Une fois sur place, Gwen déambula parmi les seaux de fleurs coupées en serrant son billet de 1 livre entre ses doigts, un peu nerveuse à l'idée de devoir choisir un bouquet pour une femme qu'elle n'avait jamais rencontrée. Elle fut sidérée par le prix exorbitant indiqué sur les étiquettes insérées dans chaque seau. Elle opta finalement pour des roses orange, des lys blancs et quelques fougères.

— Pourriez-vous les emballer séparément, je vous prie ? demanda-t-elle au fleuriste. Je souhaiterais aussi acheter 1,5 m de ruban blanc et de ruban orange. Merci.

Pendant que l'homme mesurait et coupait le ruban blanc, Gwen rassembla tout son courage et lui demanda innocemment comment allaient les affaires.

— On ne peut mieux ! Tout le monde semble vouloir se marier par les temps qui courent, et toutes les jeunes femmes rêvent de gros bouquets en cascade débordant de roses blanches et de muguet. Et quand les gens ne se marient pas ils organisent des cérémonies à la mémoire de leurs amis morts au combat et commandent d'énormes couronnes de lys blancs.

— Je vois.

Sans se départir de son sourire, Gwen lui demanda le prix des différentes couronnes selon leur taille et acquiesça comme si ces tarifs semblaient tout à fait raisonnables. Puis, l'air de rien, elle ajouta :

— Et combien pour un bouquet de mariage avec 12 roses blanches ?

Il jeta un coup d'œil à son alliance.

— Vous avez l'intention de tuer votre mari pour en épouser un autre ? fit-il d'un ton goguenard.

Gwen eut un petit rire nerveux.

— Oh non, pas du tout. Nous venons de nous installer dans la région.

L'homme la dévisagea, intrigué, avant de couper le ruban orange d'un coup de ciseaux.

Quand Gwen retourna à l'épicerie, Arnold écarquilla les yeux avec étonnement et accepta qu'elle s'isole dans son arrière-boutique. Elle en ressortit dix minutes plus tard avec un généreux petit bouquet, les roses et les lys taillés en forme de dôme mais disposés de manière à ce que chaque fleur ait l'air de flotter. De délicats brins de fougère venaient compléter l'ensemble. Gwen avait enroulé la feuille de papier que lui avait donnée le fleuriste autour du bouquet, et l'avait doublée d'une serviette en papier trouvée dans l'arrière-boutique d'Arnold, mais positionnée à un angle différent. Le résultat donnait une subtile impression d'exubérance naturelle. Pour finir, Gwen avait tressé les deux rubans autour du papier à la base des tiges, et fait un large nœud terminé par quatre longues frisettes blanches et orange.

— Vous croyez que cela conviendra, Arnold ?

L'épicier contempla le bouquet, son couteau en suspens au-dessus d'un morceau de fromage.

— Si ça conviendra ? Marilyn sera aux anges ! Je vous dois combien ?

— Absolument rien. J'ai tout acheté avec votre argent.

Sur ces mots, elle déposa la monnaie en riant sur le comptoir. Et se demanda depuis combien de temps elle n'avait pas ri.

— Oui, mais… continua Arnold qui ne parvenait pas à détacher son regard des fleurs. Gwen, vous êtes une magicienne !

La cliente qui attendait son morceau de fromage semblait aussi époustouflée que lui.

— Vous travaillez chez le fleuriste ? demanda-t-elle.

Arnold répondit à la place de Gwen.

— Non, son mari et elle ont repris l'ancienne ferme des Wentworth depuis quelques mois.

— Ah. Et donc, vous travaillez à votre compte ?

Avant que Gwen ait le temps de réagir, Arnold lui coupa à nouveau l'herbe sous le pied, tout en baissant la voix :

— Oui, elle travaille à son compte. Et ses tarifs sont beaucoup plus intéressants qu'en ville, si vous voyez ce que je veux dire. Ni charges ni loyer à payer, ajouta-t-il avec un clin d'œil.

— Merveilleux ! s'enthousiasma la cliente en tendant sa main gantée à Gwen. Iris Waddell, enchantée. Nous avons besoin de huit ornements de table pour le dîner de Noël du Rotary Club le mois prochain. Vous serez des nôtres, n'est-ce pas ? ajouta-t-elle à l'intention d'Arnold. Le maire sera là, lui aussi. Je veux exactement la même chose, poursuivit-elle en désignant le bouquet. Donnez-moi votre numéro de téléphone, je vous appellerai pour vous indiquer les détails et connaître votre prix.

— Désolée, bredouilla Gwen, je ne…

Arnold l'interrompit aussitôt.

— Ils n'ont pas le téléphone, Iris. Mais revenez donc lundi prochain. Vous êtes toujours là à 10 h 30 le lundi, n'est-ce pas, Gwen ?

La jeune femme hocha la tête.

— Parfait, s'exclama Iris. Rendez-vous la semaine prochaine, dans ce cas.

Cette fois, Gwen serait bien obligée de parler à George de son idée pour l'atelier. Et cette pensée la terrifia.

25

Joy et Ruth

Décembre 1960

Tout en se préparant pour son premier cours d'étude biblique, Joy ne cessait de repenser à son rêve de la nuit. Les hurlements de son père, tandis que le sol se refermait sur son corps calciné par les flammes de l'Enfer, résonnaient encore à ses oreilles avec un écho si insistant qu'elle faillit en oublier de glisser sa bible dans son vieux cartable.

Elle s'éloigna le long de l'allée avec Mark en espérant que ce ne serait pas Mr Jones qui animerait le cours. Il devait bien avoir un autre travail durant la semaine, non ?

— Je me demande pourquoi on doit se farcir ces cours idiots, grommela Mark avant de cracher sur les gravillons.

— Au moins, ça nous fait passer trois heures hors de la maison.

— Ouais. J'ai envie de me tirer, dit-il en se tournant vers sa sœur au moment où le bus arrivait. D'aller à Darwin, où il y a du soleil et où on peut nager toute l'année sans être obligé d'assister à de foutus cours d'étude biblique.

Et sans avoir à le supporter, ajouta-t-il avant de cracher à nouveau.

Joy monta après lui sur le marchepied, terrifiée à l'idée que son père apprenne que Mark avait juré, mais plus encore à l'idée que son frère s'enfuie vraiment à Darwin et les laisse seules toutes les trois, Ruth, sa mère et elle, face à la boue, aux anguilles et aux Ruth décapitées. Et face à leur père.

Lorsqu'ils arrivèrent, le Révérend Braithwaite dit à Joy de rejoindre Mr Jones dans la salle polyvalente et à Mark d'aller s'asseoir avec la « Congrégation des jeunes adultes chrétiens » qui se réunissait dans l'Église. Joy s'éloigna, dépitée de ne pas pouvoir rester avec son frère et redoutant de devoir passer davantage de temps avec Mr Jones.

Dans la grande salle, elle découvrit deux tables dressées sur des tréteaux. À l'une d'elles était assise Felicity qui, à sa vue, s'écria en souriant :

— Hé, Joy, viens t'asseoir à côté de moi !

Mr Jones était mal à l'aise de n'avoir que deux élèves dans son cours. Il leur dit d'ouvrir leurs bibles et de commencer par la Genèse. Il avait « quelque chose d'important à faire » et reviendrait dans une demi-heure pour les interroger sur ce qu'elles venaient de lire.

Les deux filles lurent en silence pendant un moment, puis convinrent en chuchotant que Mr Jones était vraiment paresseux, et se mirent à parler de leurs écoles et de leurs familles. Felicity enchaînait à toute allure des anecdotes amusantes et des descriptions de grandes fêtes joyeuses, mais Joy s'en tint à des sujets plus sages comme les fleurs de sa mère, ses voisins, Colin et Mr Larsen, ou la lettre du lycée vantant les mérites académiques de son frère. Jamais elle ne parlerait à Felicity – ni à quiconque, d'ailleurs – de l'accident de Ruth, des colères de son père ou des anguilles dans son ventre.

Quand Mr Jones revint enfin, il ne restait plus que cinq minutes de cours. Felicity, qui semblait déjà savoir plein de choses sur la Bible, expliqua qu'elles avaient découvert comment Dieu avait créé la Terre et l'homme à Son image, et aussi la tragédie du jardin d'Éden.

— Bien, ça ira pour aujourd'hui. Prions, déclara Mr Jones avant de marmonner une bénédiction expéditive, les mots collés les uns aux autres, comme quand il était de mauvaise humeur. *Que-le-Seigneur-vous-bénisse-et-vous-garde.*

— *Amen*, dirent les filles en chœur.

Le père de Felicity vint la chercher dans une voiture différente de la dernière fois, mais tout aussi spacieuse et rutilante, tandis que Joy et Mark se hâtèrent d'aller prendre leur bus de peur de le rater et de devoir en payer les conséquences une fois chez eux.

Dans l'allée qui menait à la maison, Mark grommela :

— C'était la pire heure de toute ma vie, nom de Dieu.

— Pire que d'être ici ?

— En dehors de toutes celles passées dans ce trou pourri, bien sûr. Eh oui, je sais : c'est mal de jurer, mais je m'en fous. J'ai tellement hâte de mettre les voiles… D'abord, je finirai ma première. Puis j'irai à Darwin. Et à l'université, s'il y en a une là-bas. Oh, et même s'il n'y en a pas.

Les anguilles de Joy se tortillèrent.

— Je peux venir avec toi ? J'aurai 14 ans d'ici là.

Mark laissa échapper un petit rire.

— Pourquoi pas ? On n'a qu'à se tirer tous ensemble. Avec maman. Et le laisser seul.

Ruth attendait Joy dans la chambre. Mais, au lieu de lui demander comment s'était passé son cours, elle lui annonça :

— J'ai bien réfléchi à propos de Mr Larsen. Je crois que c'est un espion.

— Un espion ? Mais... pour qui ?

Ruth prit le temps de réfléchir.

— Pour les Russes. Ou Mr Guglielmo, l'Italien qui s'est installé chez le vieux Mr Twigg après sa mort. C'est un étranger, après tout.

— Pourquoi Mr Larsen ferait-il de l'espionnage pour lui ?

— Hmm... Peut-être qu'il est japonais ? Ou allemand ?

— Mr Guglielmo ?

— Non... Mr Larsen ! Bon, d'accord, sans doute pas japonais. Mais peut-être qu'il travaille pour les Japonais. Ou les Allemands... Ou les deux ! Ça expliquerait le fait qu'il n'ait pas besoin de traire les vaches, et qu'il puisse se payer toutes ces tablettes de chocolat.

— Mais ça n'expliquerait pas pourquoi il se sert de notre téléphone, en revanche.

Ruth réfléchit là encore.

— C'est parce que Mrs Larsen n'est pas au courant ! conclut-elle d'un ton triomphal. Si le gouvernement a des soupçons sur lui, ils ont dû placer son propre téléphone sur écoute !

Ce n'était pas idiot. Et si Mr Larsen était un espion, quelqu'un se devait de le démasquer. C'en serait fini des tablettes de chocolat du samedi, mais les espions étaient des gens dangereux qu'on ne pouvait pas laisser agir impunément.

— Le seul problème, conclut Ruth, c'est d'en être vraiment sûres. Mais j'ai un plan.

26

Joy et George

Février 1983

Debout à l'entrée de la remise, à l'abri du soleil brûlant, je me sens envahie par de terrifiants souvenirs. Je vois des sacs en jute et des morceaux de ficelle accrochés à des clous tordus. Des bombes aérosols délavées gisant au fond d'une vieille bassine tels des cadavres de soldats dans une tranchée. Une bâche sale recouvre négligemment une pile de vieux seaux et de tuyaux. Des outils de jardinage sont posés contre un mur, leurs manches entremêlés comme de gauches silhouettes d'adolescents à une soirée dansante. Des pièges sont empilés près d'une ancienne cage à lapins. Des outils rouillés s'entassent dans des boîtes en fer-blanc, pleines de rouille elles aussi et alignées sur l'établi. Par terre, le coffre en métal cadenassé est recouvert – à l'image de tout le reste – d'une couche de crasse et de morne décrépitude.

La seule chose qui échappe à la saleté, c'est la lame étincelante de la hache, entreposée tout au fond. Je ne peux réprimer un frisson. A-t-il vraiment continué à la polir durant toutes ces années ?

J'entre dans le cabanon, aussitôt suffoquée par l'odeur de moisi et la chaleur étouffante, et je laisse le nom resté en suspens dans un coin de ma tête depuis mon départ retomber par terre avec un bruit sourd.

Wendy Boscombe. Pauvre Wendy. Jamais retrouvée. Ni morte ni vive. Ni avec ni sans sa poupée.

Après sa disparition, pendant plus d'un mois, mon père s'est rendu chez les Boscombe tous les jours pour prier avec eux. Puis une fois par semaine. Puis une fois tous les quinze jours. Et, même après cela, il ne s'écoulait jamais un mois entier sans qu'il passe les voir. Toujours à exhiber son Dr Jekyll, son côté pieux et dévoué. Je suppose qu'ils étaient touchés par cette attention. Non pas que leurs prières aient été exaucées – ni les miennes du reste. Je me demande s'ils espéraient secrètement qu'il cesse de leur rendre visite et les laisse juste poursuivre le triste cours de leur vie. Toutes ces années d'incertitude… Comment trouvent-ils le sommeil, la nuit ?

Mon regard se pose sur la malle. Mon père nous a toujours expliqué qu'elle contenait de « bons » outils ayant jadis appartenu à son propre père, charpentier de son état. Un « magicien du bois », précisait-il chaque fois qu'il parlait de lui, avant de se rembrunir – par déception à notre égard, avais-je toujours pensé. Mais aujourd'hui, je me demande si son père ne possédait pas lui aussi une ceinture dégoulinante de sang d'enfant. Et s'il ne s'agissait pas de la même ceinture, d'ailleurs. Bien entendu, la moindre évocation de son passé débouchait sur une leçon de morale : « Vous seriez moins geignards si vous aviez connu la Grande Dépression et la guerre » – comme si nous osions nous plaindre de quoi que ce soit. « Vous ne rechigneriez pas devant vos assiettes si vous aviez dû vous contenter d'un bâtonnet de betterave à sucre séchée quand vous aviez faim » – comme si nous osions rechigner devant quelque nourriture que ce soit. « Vous ne réalisez pas la chance que vous avez, immondes créatures pécheresses » – comme si nous pouvions seulement oublier que nous n'étions rien que de la vermine rongée par le péché.

Alors que les outils de son père étaient prétendument « de qualité bien supérieure à tout ce qu'on peut acheter aujourd'hui », il ne les utilisait jamais. Il n'ouvrait même jamais la malle. D'après lui, ils « valaient une fortune », raison pour laquelle il ne les revendrait pas. Pourtant, cet argument ne tenait pas debout. S'ils valaient une fortune, pourquoi justement ne pas les revendre, pour l'amour du ciel ? Nous aurions pu mener une vie plus agréable, ne serait-ce que pendant une semaine ou deux.

Un jour, il y a fort longtemps, j'ai osé ouvrir la malle. À ma grande surprise, je l'ai bel et bien trouvée remplie d'outils qui semblaient de très bonne qualité. Aujourd'hui, il est hors de question que je laisse un brocanteur véreux me donner « à contrecœur » 20 dollars pour emporter le tout. Je décroche le trousseau de clés suspendu à un clou au fond du cabanon et cherche la plus petite. Je sais que c'est la bonne, mais je n'arrive pas à l'enfoncer dans le cadenas, et encore moins à la tourner. Il me faudrait du dégrippant.

Je me rapproche de la grande bassine contenant les bombes aérosols et mes traits se plissent de dégoût :

l'intérieur est tapissé de toiles d'araignées. Impossible de lire les étiquettes pour trouver le dégrippant. Je renverse la bassine d'un coup de pied et, au beau milieu des sprays qui dégringolent à terre, je vois soudain détaler une grosse veuve noire à dos rouge. Une nuée de bébés araignées s'éparpillent à sa suite sur le sol en ciment. Je les écrase l'un après l'autre en une danse frénétique et veille à surtout bien exterminer la mère, en l'aplatissant sous ma semelle – le craquement et le son juteux qui s'ensuivent me comblent particulièrement. Une fois certaine d'avoir tué toutes les araignées, je mets enfin la main sur la bombe de dégrippant et retourne m'accroupir devant la malle.

J'asperge la clé et le cadenas jusqu'à ce qu'ils dégoulinent de liquide blanc et mousseux, et je retente ma chance. La chaleur, les souvenirs et la découverte du nid d'araignées m'ont donné des suées, mon cœur cogne dans ma poitrine. Je tourne la clé, mais elle résiste toujours, alors je titille un peu la serrure avec l'extrémité pointue avant de ressayer. Le cadenas cède enfin. Je l'ôte et j'ouvre la charnière métallique de la malle. Comme je l'ai déjà fait il y a plus de vingt ans.

Je m'apprête à soulever le couvercle quand une pensée m'interrompt. Les policiers ont-ils eu l'idée de chercher le corps de Wendy dans cette malle ? Elle est assez spacieuse pour contenir le corps d'une fillette de 9 ans, c'est sûr, mais sont-ils vraiment allés jusqu'à soupçonner mon père d'avoir tué Wendy ? J'en doute. George Henderson faisait partie du conseil paroissial qui, le dimanche, accueillait le sergent Bell lui-même pour la messe.

Ma main hésite, posée sur le couvercle. Les souvenirs affluent. *Wendy, Wendy, Wendy*. Les cauchemars que j'ai faits après sa disparition… Son salut de la main tandis qu'elle s'éloignait en voiture avec sa mère pour aller déguster des milk-shakes en ville, la veille des vacances de Noël… Les derniers mots qu'elle m'a adressés.

— Tu veux qu'on joue, Joy ?

Je me retourne vers l'allée de gravillons, d'où provient la voix.

Wendy se tient là, souriante, sa poupée à la main.

— Faisons une partie de cache-cache, me propose-t-elle.

Son visage, d'un noir et blanc granuleux, est le même que sur la photo publiée en une du journal après sa disparition. Deux semaines plus tard, il avait déjà été rétrogradé en page 3, avant d'être complètement oublié jusqu'à la date anniversaire de sa disparition, où il avait resurgi seulement à la cinquième page. C'est comme ça, dans la presse locale : on ne fait la une qu'une seule fois.

Je cache mes yeux derrière mes mains. Je ne supporte plus de voir renaître tous ces morts dans ma tête. Quand j'ose regarder à nouveau, l'allée est vide, et je me retourne vers la malle.

D'un geste vif et résolu, je soulève le couvercle et le rejette en arrière, si bien qu'il heurte le rebord métallique de l'établi. Les outils sont bien là, rangés avec soin, comme la première fois où je les ai vus, des années auparavant : des rabots, des perceuses, des niveaux, des burins, des râpes, et d'autres encore dont je ne connaîtrai jamais le nom. Ils sont propres, en excellent état, et ils valent peut-être beaucoup d'argent. Il n'est donc pas impossible que je les revende quand tout sera terminé.

Un sachet en tissu est entreposé dans un coin. Je me souviens qu'il contient des chevilles en bois. Quelque chose d'autre dépasse en dessous : un objet lisse et blanc, qui n'était pas là le jour où j'ai ouvert cette malle pour la première fois. Je me penche, la gorge nouée, et mon cœur s'emballe encore plus vite que les pattes de la veuve noire avant que je l'écrase sous ma semelle.

D'un geste lent, j'écarte le sac en tissu et découvre le sourire de la poupée disparue de Wendy Boscombe.

27

George et Gwen

Novembre 1942

Gwen resta sans voix en découvrant le petit écriteau qu'Arnold avait placé dans sa vitrine :

Commandez vos bouquets
et vos couronnes de fleurs ICI
Travail professionnel, tarifs avantageux

Il lui sourit derrière la vitre et lui fit signe d'entrer.

— J'ai tout prévu, Gwen.

Il lui expliqua qu'il centraliserait les commandes en échange de 10 % sur chacune.

— Mais, Arnold, je viens en ville seulement le lundi. Et si quelqu'un passe commande pour un autre jour ? Sans compter que je n'ai pas de matériel chez moi. Rien. Pas même du fil de fer !

Et que je n'ai rien dit à George, faillit-elle ajouter.

Elle avait prévu de lui en parler au dîner, le lundi soir après sa rencontre avec Iris. Puis le lendemain soir. Puis le surlendemain. Mais, chaque fois, quelque chose l'en avait empêché. Le petit veau mort quelques heures après sa naissance, les frais de vétérinaire exorbitants, le chèque décevant de la coopérative de beurre, la pompe en panne, le moulin inutilisable, la pluie incessante. Et, surtout, la colère infinie de George perçant parfois derrière son regard souriant. Une semaine entière s'était écoulée sans qu'elle ait trouvé le bon moment pour lui en parler.

— J'ai pensé à tout, insista Arnold. La coopérative de beurre passe collecter votre lait tous les jours. Le conducteur, John, est le neveu de mon épouse. Il récupérera les bouquets de fleurs en même temps que vos bidons de lait et me les apportera directement en ville. En échange, je lui communiquerai les nouvelles commandes, qu'il transmettra à George dès le lendemain matin.

— C'est-à-dire… que je ne lui en ai pas encore parlé, bredouilla la jeune femme. Je ne pense pas qu'il appréciera l'idée que je travaille.

— Gwen, ensemble, nous pouvons gagner des fortunes ! Enfin, peut-être pas des fortunes, mais largement de quoi arrondir nos fins de mois. Touchez-en un mot à George dès ce soir. Il dira oui. C'est un homme bien, Gwen.

Elle savait qu'Arnold avait raison. George était un homme bien.

— Il va devenir membre du conseil paroissial, lui révéla-t-il en souriant.

Gwen l'ignorait. Apparemment, tous deux avaient leurs petits secrets.

28

Joy et Ruth

Décembre 1960

Il ne restait plus que quatre jours avant Noël, et la mère de Joy voulait absolument finir de cuire ses 48 tourtes à la viande et ses 12 douzaines de sablés d'ici la fin de l'après-midi.

La famille ne mangeait pas tout, bien entendu. Chaque année, à l'approche de Noël et durant la dernière semaine de décembre, son père apportait des tourtes à la viande et des sablés partout où il se rendait. Aux parties de boules anglaises, au conseil paroissial, aux réunions du comité de la salle polyvalente, au Révérend Braithwaite, à tous les commerçants de la ville et à différentes personnes que Joy ne connaissait pas. Même le vétérinaire y avait droit.

C'était aussi la période où les visiteurs défilaient en permanence pour « vous saluer avant la Noël et vous offrir un petit quelque chose ». Invariablement, le petit quelque chose consistait en un bocal de noix, un plateau en plastique recouvert de fruits secs ou une boîte de biscuits saupoudrés de gros cristaux de sucre. Les parents de Joy offraient en retour un assortiment de sablés et de tourtes maison, emballé dans de la cellophane pour les fleurs nouée à l'aide d'un ruban, ou bien l'un des cadeaux de l'année précédente qu'ils n'avaient pas encore eu l'occasion d'ouvrir. Son père insistait également pour qu'on serve à leurs invités du Passiona dans les « beaux verres » toujours rangés dans le buffet du salon. Terrifiée à l'idée d'en briser un, Joy servait les convives avec des mains tremblantes et s'asseyait sans bruit pour les écouter poliment parler du prix du lait, de la boue, de la pluie, des factures, des veaux morts ou de leurs derniers problèmes de santé.

Ce matin-là, tout en étalant la pâte à sablés avec sa mère pour la découper en triangles, Joy se sentait particulièrement nerveuse. Sa sœur et elle avaient décidé de mettre le plan de Ruth à exécution afin de savoir si oui ou non Mr Larsen était un espion.

— Tu es sûre que je l'entendrai ? avait insisté Joy.

— Je n'en sais rien, admit Ruth, mais je n'ai pas de meilleure idée.

Entre ses corvées, Joy avait réuni les accessoires dont elle aurait besoin pour leur enquête et les avait cachés dans le petit cabanon abritant le chauffe-eau à briquettes.

Tout en aidant sa mère, elle guettait avec appréhension les coups de Mr Larsen à la porte et s'efforça de garder son calme en allant lui ouvrir.

Au moment où il posa la tablette de chocolat sur la table, et juste avant qu'il ait le temps de dire « J'ai juste un petit coupe-fil interurbain à passer », Joy se précipita dehors, emplie d'excitation et d'effroi, les anguilles s'agitant particulièrement dans son ventre.

Quand soudain sa mère l'appela, elle s'arrêta net, le souffle coupé.

— Joy ! Va chercher une demi-douzaine d'œufs pour Mr Larsen.

Elle alla dans la buanderie et prit six œufs couverts de cire, qu'elle rangea dans une boîte en carton.

Lorsqu'elle les lui tendit, il lui dit avec un clin d'œil :

— Merci, ma jolie. Mrs Larsen nous fera une délicieuse tarte au tronc meringué avec.

— De rien, Mr Larsen.

Elle ressentit tout à coup de la méfiance vis-à-vis de ses improbables lapsus : ne s'agissait-il pas d'une ruse pour cacher le fait qu'il était en réalité un espion à l'intelligence redoutable ?

Elle se rendit ensuite jusqu'au petit cabanon, plongea le bras derrière le sac de briquettes pour récupérer sa minuscule lampe de poche et un bâton, avant de parcourir les 3 mètres qui la séparaient de la porte d'accès au sous-sol de la maison.

Les jambes molles comme du fromage blanc, elle souleva le loquet et voulut ouvrir la porte ; le battant resta coincé dans l'herbe humide, mais elle tira dessus de toutes ses forces et réussit à l'entrebâiller suffisamment pour se glisser à l'intérieur après avoir jeté sa lampe torche et son bâton devant elle.

Il n'était que 15 heures, mais il faisait très sombre dans le sous-sol et Joy se félicita d'avoir pensé à prendre de quoi s'éclairer. Elle n'avait plus qu'à s'avancer à pas de loup sur la terre battue pour se placer juste au-dessous du salon et écouter Mr Larsen s'entretenir avec l'autre espion.

Elle alluma la lampe torche et l'orienta de gauche à droite pour avoir un aperçu de l'endroit ; l'espace était envahi de déchets qui n'avaient pas encore fini brûlés dans l'incinérateur ou jetés dans l'étang. Tout était couvert de saleté, de toiles d'araignées, et tout sentait mauvais et marron. Joy referma la porte derrière elle. Aussitôt, la pénombre fut totale. Elle se retourna pour aller se mettre en place, hésitant à ramasser son bâton, qu'elle aurait du mal à tenir en même temps que la lampe.

Mais elle ne pouvait pas se permettre de ne pas le prendre. Cet endroit était infesté d'araignées. Sans parler des rats, venus s'abriter au sec, et des serpents, en pleine forme et hargneux après leur longue hibernation. Que ferait-elle si elle dérangeait un nid de serpents pleins d'animosité et de venin ? Que ferait-elle si des bébés serpents se glissaient dans ses manches ou le col de son pull ? Ils étaient nombreux en cette période de l'année, et encore plus dangereux que les adultes. Ruth n'avait pas pensé à ce détail, hein ? Peut-être parce que ce n'était pas elle qui devait ramper sous la maison au milieu des rats, des serpents et des araignées !

Joy se mit en marche et contourna les amoncellements d'ordures en s'efforçant de ne pas respirer la poussière qu'elle soulevait à chaque pas, jusqu'à entendre la voix de Mr Larsen résonner juste au-dessus d'elle.

Une main plaquée sur la bouche pour s'empêcher de tousser, elle resta immobile, tendant l'oreille.

— Oui oui, trésor.

Il appelait l'autre espion « trésor » ? Comme c'était grotesque !

— Oui, absolument. Tout sera bientôt terminé. Maintenant que Colin est… oui, je sais. Très bientôt. Oui, c'est promis, trésor. Ce dimanche.

De toute évidence, il s'agissait d'un langage codé. Sa mission achevée, il comptait vendre des secrets d'État aux Allemands ou aux Japonais dimanche prochain. Peut-être que les espions se déguisaient en chrétiens et se donnaient rendez-vous à l'Église. Ce serait la couverture idéale. Mais que venait faire Colin dans cette histoire ?

— Oui, je t'aime. Ne l'oublie jamais, quoi qu'il advienne.

Je t'aime ? Encore un code – sans doute pour délivrer un message important, par exemple : « J'ai les diagrammes pour les armes. »

— Oui… oui, trésor.

Il y eut un silence pendant que l'autre espion disait quelque chose. Puis un rire. Un éclat de rire, même.

— Oui. Bien sûr.

Un autre silence. D'autres rires.

— Oui, oui, oui. Tu as bien raison !

Silence.

— Oui. Écoute, trésor, je dois y aller. C'est déjà si gentil de la part de Gwen.

Joy en resta comme deux ronds de flan. Sa mère savait que Mr Larsen était un espion ? Non, impossible. Elle devait sûrement s'imaginer qu'il passait un coup de téléphone à…

Pour la première fois de son existence, l'imagination de Joy était à sec.

— Au revoir, Beryl, mon trésor.

Il allait raccrocher. Il fallait qu'elle sorte de là. Elle ôta sa main de sa bouche et, le coude pointé vers l'avant, repartit d'un pas frénétique en direction du fin filet de lumière qui encadrait la porte. Un couinement retentit dans son dos et elle sut aussitôt qu'il s'agissait d'un rat, avec sa queue métallique, ses petits yeux malveillants et ses dents capables de tout ronger, y compris la chair humaine.

Tremblante, elle essaya de dégager le bâton de sous son bras, mais son coude heurta alors une poutrelle. La douleur se répandit vers son cou et vers sa main, mais elle étouffa un cri, terrifiée à l'idée que quelqu'un l'entende.

Elle se hâta de déguerpir. D'ici combien de temps se lancerait-on à sa recherche si elle ne sortait pas de là avant que le rat ne se jette sur elle ? Il aurait de quoi se nourrir pendant des semaines. Et, si ses parents retrouvaient ses restes, ils feraient vite le lien et comprendraient que leur immonde pécheresse de fille avait espionné la conversation de Mr Larsen. Mais ils n'en parleraient à personne, car son père ne voudrait pas que toute la région l'apprenne. Sa réputation comptait plus que tout à ses yeux. Au moins, sa mère pourrait lui confectionner un magnifique bouquet pour orner son cercueil.

Joy atteignit enfin la porte et la poussa de toutes ses forces, mais l'herbe humide bloquait le battant de l'autre côté et elle se sentait épuisée. Changeant de position, elle poussa avec ses jambes. À chaque coup, elle était sûre que quelqu'un allait accourir pour la délivrer, mais cela lui était égal à présent. Elle continua à cogner sans relâche jusqu'à ce que la porte s'entrouvre juste assez pour la laisser sortir, et elle se retrouva dehors, sous le crachin gris.

Elle s'assit dans l'herbe mouillée pour refermer le battant d'un violent coup de pied et remit le loquet en place.

Une fois parvenue à l'entrée du porche de derrière, elle ôta ses chaussures et se faufila directement dans la salle de bains. En s'apercevant dans la glace, elle vit que son visage était couvert de poussière. Ses cheveux étaient tapissés de toiles d'araignées. Elle les brossa vigoureusement, se passa un gant sur la figure, enleva son pull pour le jeter dans la douche dont personne ne se servait et tira le rideau en plastique. Il lui faudrait absolument venir le récupérer plus tard. Elle frotta le gant sur les jambes de son pantalon, qu'elle envoya rejoindre son pull.

Lorsqu'elle entra dans la cuisine, la théière était posée sur la table, devant Mr Larsen.

— Qu'est-ce que tu fabriquais ? la rabroua sa mère d'un ton agacé. Tu es répugnante. On croirait que tu t'es roulée par terre dans le poulailler.

Joy voulut répondre, mais aucun mot ne sortit de sa bouche.

— Va te débarbouiller. Dépêche-toi.

À son retour, le thé était déjà servi et l'emballage du chocolat avait été ouvert.

— Montre-moi, lui ordonna sa mère.

Joy lui tendit ses mains à plat pour l'inspection.

— Allons, Gwen, intervint Mr Larsen, à son âge elle a bien le droit de jouer dehors et de se salir. Je suis sûr qu'elle n'a pas fait de bêtises, hein, ma jolie ?

Incapable de le regarder en face, la fillette secoua la tête et s'assit sur sa chaise.

— Tiens, sers-toi, dit-il avec son large sourire habituel.

Joy eut soudain honte d'elle-même, une honte qui lui suintait par tous les pores sous forme de perles jaunes et putréfiées. Mr Larsen, avec son sourire et son chocolat, son regard plein de gentillesse, son rire, sa générosité... Dire qu'elle avait rampé sous la maison pour l'espionner au téléphone !

Elle leva les yeux vers la broderie accrochée au mur et ses anguilles lui mordirent l'intérieur du ventre. *Le témoin silencieux de chaque conversation.* Oui : elle avait été le témoin silencieux et honteux de la conversation de Mr Larsen. Une immonde petite pécheresse qui l'avait épié dans sa vie personnelle et intime.

Sa vie personnelle et intime. Il n'avait rien d'un espion. Mr Larsen avait appelé une femme pour lui dire qu'il l'aimait. Qui était-elle ? Ni son père ni sa mère n'avaient jamais évoqué cette fameuse Beryl. Mais, si Mr Larsen devait passer des « coupe-fils » interurbains pour lui parler, elle devait forcément habiter loin d'ici.

Joy savait qu'il n'avait pas le droit d'aimer Beryl alors qu'il était déjà marié à Mrs Larsen. Il enfreignait le sixième commandement. Et aussi le dixième, si Beryl était l'épouse de quelqu'un.

Elle comprenait maintenant pourquoi Mr Larsen ne téléphonait jamais de chez lui. Il commettait un péché effroyable. Et il en était conscient. Sinon, pourquoi n'utilisait-il pas son propre téléphone et pourquoi apportait-il du chocolat ?

Joy regarda l'emballage violet et argenté de la tablette posée sur la table. C'était un pot-de-vin. Il professait son amour à cette Beryl, puis il offrait du chocolat à la mère de Joy.

Elle observa son gros visage rubicond pendant qu'il bavardait avec sa mère. Peut-être était-ce Satan en personne, venu les pousser à la tentation.

— Tiens, ma jolie, dit-il en faisant glisser la tablette vers elle, comme l'aurait fait Satan venu corrompre son âme. J'ai apporté quelque chose de différent, aujourd'hui.

Il désigna l'emballage, sur lequel on pouvait lire « Chocolat noir fourré à la fraise », et lui fit un clin d'œil.

Joy examina le chocolat, si foncé qu'il était presque noir ébène. Deux rangées avaient déjà disparu. Elle leva les yeux vers Mr Larsen… Satan incarné. *Je t'en prie, Seigneur, ne nous soumets pas à la tentation, mais délivre-nous du mal.*

— Vas-y, ma jolie. Crois-moi, il est délicieux.

Crois-moi. Exactement les mots qu'aurait employés Satan pour vous soumettre à la tentation et vous livrer aux forces du Mal. Et elle avait pris Sa main dans la sienne pour cheminer à Son côté. Mais elle n'était pas la seule. Sa mère également. Cette Beryl. Et d'autres aussi, sans doute.

Il avait probablement une autre plaquette de chocolat pour amadouer Mrs Larsen. Joy l'imagina rentrant chez lui et sortant la tablette de sa poche tel un prestidigitateur doté d'une provision infinie de chocolat en lieu et place des traditionnels mouchoirs colorés. « Pour toi, ma chérie », aurait dit Satan le magicien diabolique à Mrs Larsen, se touchant le front d'un geste fugace pour s'assurer que Ses cornes étaient bien cachées. « Il est délicieux, crois-moi. » Mrs Larsen en aurait croqué un morceau, et voilà que les cornes de Mr Larsen auraient surgi de Son front et que Sa langue rouge et fourchue aurait pointé entre Ses lèvres. Il se serait levé, aurait attrapé « l'extorqueur » pour le pointer en direction de Mrs Larsen. Mais, au lieu de la mousse, c'est un jet de flamme qui en serait sorti, et…

— Joy ! cria sa mère d'un ton sec.

Elle contempla la tablette posée sur la table, son emballage scintillant, son papier épais et violet, le chocolat lisse et appétissant.

Je t'en prie, Seigneur, ne nous soumets pas à la tentation, mais délivre-nous du mal.

Il avait raison. Le Chocolat Noir Fourré à la Fraise était délicieux, avec son extérieur sombre et son cœur rouge et crémeux. Joy le laissa fondre sur sa langue tout en regardant Mr Larsen et sa mère siroter leur thé, grignoter du chocolat, rire et bavarder. Elle ne voyait jamais sa mère aussi détendue qu'en présence des Larsen père et fils.

Mr Larsen surprit son regard et lui adressa un autre clin d'œil. Ses yeux brillaient. Satan n'était pas du genre à avoir les yeux qui brillent ; plutôt rougeoyants, sombres et vides… n'est-ce pas ?

Il partit d'un nouvel éclat de rire, et sa mère lui resservit du thé.

Une fois qu'ils eurent fini de parler de la pluie et des vétérinaires, et que l'emballage violet se retrouva froissé en boule au fond de la poche de Mr Larsen, Joy le raccompagna jusqu'à la porte de derrière, comme d'habitude, mais en l'observant cette fois avec une curiosité accrue.

Il surprit l'intensité de son regard et Joy sentit ses anguilles frétiller. Savait-il ? Était-il sur le point de révéler sa véritable identité diabolique ?

— Je n'ai jamais vu personne se régaler de chocolat comme toi, plaisanta-t-il. Au revoir, ma jolie.

Elle se frotta la bouche, au cas où elle aurait gardé des traces de Chocolat Noir Fourré à la Fraise. Mais, lorsqu'elle inspecta sa main, celle-ci était propre.

Tout à coup, elle eut hâte que Mr Larsen revienne. Qu'il utilise leur téléphone, aime follement Beryl et partage ses réserves de chocolat. Et, surtout, qu'il fasse rire sa mère. S'il s'agissait d'un péché aux yeux du Seigneur, Joy Henderson ne voulait rien savoir.

29

Joy et George

Février 1983

Je claque le couvercle de la malle pour faire disparaître le visage de la poupée, repars comme une furie dans la chambre de mon père et reste plantée devant son lit. L'heure de la justice a sonné. Il me dévisage sans rien dire, mais je lis de la culpabilité dans son regard. Ses traits commencent aussi à évoquer ceux d'une poule, le nez et les yeux plus proéminents.

Je repense à la première fois où il a fouetté mon corps nu et à toutes ces nuits où il nous a battus à coups de ceinture, mon frère ou moi. S'il s'était acharné jusqu'à la lie au lieu de compter jusqu'à quinze, il aurait certainement tué l'un de nous.

Je me suis souvent dit que beaucoup de gens devaient savoir ce qu'il nous faisait subir, sans qu'aucun d'eux n'intervienne pour que ça s'arrête. Ni nos voisins ni Sa Sainteté le révérend Braithwaite. Ni même les Felicity.

Et notre mère non plus. Ça, je ne me l'explique pas. J'ignore quelle sorte d'emprise il exerçait sur elle et pourquoi elle ne se jetait pas entre lui et celui de ses enfants qu'il s'apprêtait à frapper. Elle avait peut-être peur qu'il la tue et nous batte quand même. Le souvenir de l'accident de Ruth n'avait jamais dû la quitter.

Mais tout cela appartient au passé, et l'heure de la justice a sonné.

— Papa ?

Je prends le temps d'inspirer, sans quoi les mots risquent d'exploser hors de moi ; je suis hantée par la vision de cette tête de poupée. Mais il le faut. Ça fait des années que j'attends ce moment. Je déglutis, et je me lance.

— C'est toi qui… Tu l'as tuée, n'est-ce pas ?

— Qui ça ?

— Tu sais très bien de qui je parle ! je m'exclame, irritée par son cinéma.

Ses yeux s'écarquillent. Il ravale son souffle et les muscles de son cou se tendent. On dirait de plus en plus un poulet.

— Mes comprimés… vite, implore-t-il.

J'agite le flacon sous son nez.

— Quand tu m'auras répondu.

Je veux qu'il avoue. Je veux qu'il reconnaisse à voix haute qu'il est un assassin.

Il ouvre la bouche mais, au lieu de parler, il ferme les yeux et exhale un faible râle suivi d'un toussotement.

Je me penche vers lui. Il ne respire plus, son visage est gris, sa peau semble étrangement douce. Quoi, ce salopard vient de me claquer entre les doigts ? Une mort douce et paisible, comme ça, pour l'éternité, amen ?

La rage s'empare de moi. Comment ose-t-il crever sans souffrir pour tout ce qu'il a fait, juste au moment où j'ai enfin le courage de l'affronter ? J'ai passé ma vie entière à souhaiter sa mort et maintenant que, pour la première fois, je voudrais qu'il vive, il me claque entre les doigts !

Je m'assois et sens l'immonde substance jaune s'échapper hors de mes lèvres, comme quand Vicki m'a annoncé la « mauvaise nouvelle ».

Cette fois, tout est vraiment terminé. Plus de comprimés. Mais plus de justice non plus.

J'ai plus que jamais envie d'appeler Mark et de crier : « Il est mort, il est mort, reviens vite ! »

Mais je ne peux pas. Et donc je reste assise là. Épuisée, en colère. Avec son visage grisâtre et tranquille qui se moque de moi.

Soudain, ses yeux se rouvrent, il inspire une goulée d'air et lâche dans un murmure :

— J'ai mal.

Je me lève, m'approche et, d'une voix de marbre blanc, chuchote :

— Réponds-moi. Tu l'as tuée, pas vrai ?

Il me regarde fixement. Son souffle est d'un jaune laiteux comme le blanc de ses yeux. Je ne sais même pas s'il me voit, s'il sait qui je suis ou s'il comprend ce que je lui demande.

Il prend une nouvelle inspiration rauque et ses paupières recommencent à se fermer, mais je refuse de me faire avoir une seconde fois. Je pince les lèvres et j'attends.

Lorsqu'il parle, sa voix ressemble à un morceau de parchemin craquelé et durci, enterré dans le sable depuis des millénaires.

— Oui.

PARTIE II

30

George et Gwen

Décembre 1942

— George ?

Il venait de refermer son carnet de comptes bleu en maugréant.

Elle se couvrit les joues de ses mains, au cas où il se serait mis en colère.

— Quoi ?

Elle commença à parler et il resta assis sans bouger, la tête baissée, au point qu'elle se demanda s'il l'écoutait. Elle expliqua qu'elle pratiquerait des tarifs plus bas que le fleuriste parce qu'elle n'avait pas de charges et pas de loyer à payer, et que si elle cultivait ses propres fleurs leur marge de bénéfices en serait accrue.

Elle ajouta une cuillerée de thé dans la théière qu'elle avait commencé à préparer pour lui dès son réveil et sortit trois biscuits aux raisins secs.

— Je pourrais planter des roses, des camélias, des giroflées et des coquelicots… tout ce dont j'ai besoin !

Son propre babillage l'agaçait, mais c'était plus fort qu'elle.

— Et aussi des fougères sous l'avant-toit de la façade est de la maison, continua-t-elle, des hydrangées, des gypsophiles, des chrysanthèmes… Stan me mettra en relation avec des fournisseurs…

George mâchait un biscuit sans rien dire.

Gwen reprit son souffle et poursuivit.

— J'ai rencontré une cliente chez Arnold, elle voudrait que je lui fasse des ornements de table pour une soirée à laquelle assistera le maire… Je peux lui en demander 1 livre pièce…

— Une livre pièce ? Et elle en veut combien ?

— Huit.

Il reposa sa tasse.

— Ça n'interférera pas avec tes tâches domestiques.

C'était une affirmation, pas une question. Mais Gwen fit quand même non de la tête.

— J'irai te chercher 10 livres à la banque et je te donne deux mois pour que ce soit rentable. Si tu es incapable de me rapporter mes 10 livres plus les bénéfices, c'est terminé. Et tu devras te débrouiller jusqu'à ce que tu m'aies remboursé la différence.

Gwen eut du mal à comprendre ce qu'il voulait dire par « se débrouiller ». Elle ne dépensait de l'argent que pour les courses. Si son affaire ne fonctionnait pas, elle devrait donc se priver davantage de nourriture. Tant pis. Les idées se bousculaient dans sa tête, et son cœur battait la chamade. Elle allait monter son propre commerce de fleuriste. Tout allait bien se passer.

31

Joy et Ruth

Décembre 1960

— Viens déjeuner à la maison, proposa Felicity.

Mr Jones les avait laissées sortir un quart d'heure avant la fin du cours et, histoire de ne pas attendre sous la pluie, les deux fillettes s'étaient assises dans le vestiaire, près de l'entrée principale.

Joy en voulait à Mr Jones d'avoir critiqué son explication de leur lecture du jour. Elle imita le ton de sa voix :

— NonJoyjesuistrèsdéçudetaréponse.

Felicity éclata de rire.

— Il parle exactement comme ça ! Continue !

Le quart d'heure suivant, Joy régala son Amie de ses talents d'imitatrice en singeant les petites manies de Mr Jones, sa démarche, ses gestes et sa méchanceté générale.

— Même tes expressions sont réussies ! s'esclaffa Felicity, si fort que Joy eut peur que quelqu'un les entende.

Mais, au fond, cela lui était égal, parce qu'elle adorait déambuler dans cette pièce minuscule en se passant la langue sur le coin supérieur gauche de la bouche et en parlant avec cet insupportable tic {un chaton courant après une balle rouge} qu'avait Mr Jones de ne jamais commencer ou finir ses phrases.

— Bien, veuillez m'écouter s'il vous plaît *[coup de langue]* oui Philip toi aussi ce matin si vous voulez bien *[coup de langue]* cesser de bavarder et de vous agiter bien merci bonjour Mr Stewart c'est si aimable à vous d'avoir trouvé le temps de vous joindre à nous *[coup de langue]* j'espère que cela ne perturbe pas trop votre emploi du temps surchargé même si je note que votre mère a raté son rendez-vous avec *[coup de langue]* le fer à repasser ce matin mais il faut savoir apprécier sa chance j'imagine et remercier le Ciel que vous soyez arrivé juste à temps pour *[coup de langue]* répondre à ma première question.

En entendant les éclats de rire de Felicity, Joy sut qu'elle était sa meilleure Amie de tous les temps. Et aussi qu'elle ne pourrait pas aller déjeuner chez elle.

— Pourquoi ? s'étonna Felicity quand Joy déclina son invitation. Tu n'as qu'à venir avec nous, et papa te raccompagnera chez toi plus tard. C'est simple, non ?

Le père de Joy les avait emmenés en voiture le matin, Mark et elle, parce qu'il avait rendez-vous chez le banquier. Ils avaient pour instruction de l'attendre sous le porche de l'Église aussi longtemps que cela lui prendrait.

— Mon père me l'interdit. Je… je ne suis jamais allée dans la maison de quelqu'un d'autre.

Elle s'attendait à ce que Felicity se moque d'elle, mais la fillette la rassura en souriant :

— Je demanderai à mon père de demander au tien. Je suis sûre qu'il dira oui.

Felicity avait raison : elles savaient bien comment marchait ce genre de chose.

Joy alla tout raconter à son frère lorsqu'il sortit de l'Église, et il acquiesça d'un air impressionné. Quand les Felicity arrivèrent, Felicity courut demander la permission à ses parents, puis se retourna en s'exclamant :

— Ils sont d'accord !

Joy était sidérée que Felicity soit autorisée à crier sur le parking de l'Église. Quand son père gara sa camionnette derrière la voiture des Felicity, les deux hommes échangèrent une poignée de main.

— C'est un plaisir de vous revoir, Victor.

— George, ravi de vous voir également. Belle journée, n'est-ce pas ?

Il faisait un temps maussade, gris et couvert, mais au moins la pluie avait cessé.

— Écoutez, je me doute que vous êtes pressé, poursuivit Mr Felicity, mais ma Felicity ici présente insiste pour inviter votre Joy à déjeuner.

George s'apprêta à dire quelque chose mais Mr Felicity continua à parler, un large sourire aux lèvres :

— Je la reconduirai chez vous, bien sûr, disons… à 16 heures ? Cela laissera le temps à ces demoiselles de faire une promenade à cheval, de courir dans le jardin ou de faire ce que font les filles de leur âge. Genevieve et moi serions honorés que vous acceptiez notre invitation.

Genevieve.

Joy sentit l'hésitation bleu foncé de son père.

— Bien sûr, répondit-il d'une voix détendue et amicale, souriant à Mr Felicity. Si vous êtes sûr que cela ne vous dérange pas.

— Pas le moins du monde. Eh bien, entendu pour 16 heures, donc. Joy ? Va embrasser ton père, et en voiture !

Joy cessa de respirer. *Va embrasser ton père ?* Elle jeta un coup d'œil en direction de Mark, qui eut un haussement d'épaules presque imperceptible. Elle se tourna ensuite vers son père, les jambes lourdes, ses anguilles déchaînées au fond de son ventre.

— Ah, Révérend ! clama-t-il en voyant l'homme d'Église sortir sur le parvis. Veuillez m'excuser, Victor, ajouta-t-il en se tournant vers Mr Felicity. Je dois parler au Révérend au sujet des nouveaux livres de cantiques. À tout à l'heure, 16 heures.

Joy se demanda s'il l'entendit dire « Merci » alors qu'il filait déjà en direction du Révérend.

Le trajet jusqu'à la demeure des Felicity fut turbulent. Joy se retrouva assise sur la banquette arrière entre Felicity et son frère aîné, Barry, qui n'assistait pas aux cours d'étude biblique mais était juste venu accompagner ses parents. Absolument tout le monde parlait en même temps. La voiture avait à peine démarré que Felicity défit les épingles de son chignon pour les tendre à sa mère, qui les glissa dans son sac à main. Joy n'avait jamais vu de chevelure comme la sienne : elle était d'une épaisseur incroyable et lui descendait jusqu'à la taille. Barry surprit son regard et déclara :

— Ouais, elle a des cheveux espagnols… la faute à notre mère.

Tous les Felicity éclatèrent de rire sans que Joy comprenne pourquoi. Fallait-il en déduire que Mrs Felicity était – ou n'était pas – espagnole ?

— Rien à voir avec les beaux cheveux de Joy ! rétorqua Mrs Felicity en se retournant.

Joy rougit. Elle savait bien qu'elle était laide, que ses cheveux raides et sales lui tombaient devant la figure et que Mrs Felicity lui avait dit cela pour être gentille. Mais celle-ci ajouta alors :

— Tu vois, Felicity ? Avec une jolie coupe comme celle de ton amie, tu perdrais moins de temps à te faire des shampoings tous les jours.

Tous les jours ?

Les Felicity s'esclaffèrent en chœur.

Le père, la mère et le frère bombardèrent ensuite Joy de questions pendant que Felicity entortillait ses cheveux espagnols en longues torsades brillantes qui restaient en place même sans élastiques tout en leur répétant – à trois reprises au moins – que Joy était timide, contrairement à eux, et qu'elle n'avait sans doute aucune envie de leur répondre, mais ils recommencèrent à rire et Mrs Felicity répliqua :

— Ridicule… Je n'en crois pas un mot ! Quelle menteuse, n'est-ce pas, Joy chérie ?

Joy fut soulagée de ne pas vraiment devoir répondre à cette question (d'autant plus qu'elle était encore sous le choc d'avoir entendu Mrs Felicity, qu'elle connaissait à peine, l'appeler « chérie »), mais l'interrogatoire se poursuivit quand même. *Tu aimes monter à cheval ? Comment ça, tu n'es jamais montée à cheval ? Eh bien, nous allons remédier à cela ! Tu aimes le risotto ? Parce que nous allons en manger ce midi.* Joy se demanda si « risotto » voulait dire « viande rôtie » en espagnol et répondit poliment que c'était son plat préféré.

— Faux ! protesta Felicity. Tu mens, ça s'entend. Quel est ton plat préféré, pour de vrai ? Parce qu'on t'en fera la prochaine fois que tu viendras.

Les questions s'enchaînèrent de plus belle. *Tu aimes faire la cuisine ? Quelle est ta meilleure matière à l'école ? Et la moins bonne ? Que penses-tu avoir comme cadeau de Noël ? Il est comment, ton frère ? Tu crois qu'il aimerait venir la prochaine fois ? On prendra les deux voitures, comme ça il y aura de la place pour tout le monde !*

— Les filles dans une voiture, les garçons dans l'autre, suggéra Mrs Felicity en se retournant pour tendre un petit sachet en papier à sa fille. Ce serait amusant, non ?

Joy répondit sans réfléchir :

— Oh oui, Mrs Felicity… Je veux dire… pardon… je suis désolée !

— Au contraire, ça me plaît beaucoup ! s'exclama Mr Felicity. Qu'en dis-tu, *Mrs* Felicity ?

— J'en dis que c'est adorable, *Mr* Felicity.

Et tous éclatèrent de rire une fois de plus. Joy sentit ses joues s'enflammer, mais son amie parut enchantée et dit :

— C'est comme ça que tu dois les appeler maintenant, pour l'éternité !

— Amen ! firent les autres Felicity en chœur, hilares, pendant que Felicity ouvrait la paume de Joy pour y déposer, à sa vive stupéfaction, des ours en gélatine noirs.

Lorsqu'ils arrivèrent à la ferme des Felicity, Barry descendit de voiture pour aller ouvrir le portail sur une longue allée courbe de gravier bordée d'une palissade blanche.

Mr Felicity franchit l'entrée et s'arrêta pour laisser à Barry le temps de remonter en voiture.

Leur maison était comme leur allée : majestueuse et infinie en apparence. Ils avaient même une bibliothèque que Felicity lui fit visiter en expliquant que c'était l'endroit où son père travaillait et où ses parents venaient lire après le souper, qu'ils appelaient « dîner ».

— Quel genre de travail fait-il ? s'enquit Joy.

Felicity ne semblait pas très sûre de la réponse.

— Oh, il écrit des trucs.

— Des livres ?

— Oui. Et aussi ce qu'on appelle des « papiers »… ce qui ne veut strictement rien dire !

Elle attrapa un ouvrage posé sur une petite table hexagonale près d'un gros fauteuil et le tendit à Joy.

— Il a écrit ça.

Joy prit le livre avec soin. Il avait pour titre *Les Géants de la littérature australienne, de 1901 à 1950*. L'auteur en était Victor Armstrong, ce qui l'informa au passage sur leur véritable patronyme. La photo de couverture montrait un homme en train de lire dans un fauteuil confortable devant un bon gros feu de cheminée. Son visage était tourné du mauvais côté, mais Joy était certaine qu'il s'agissait de Mr Felicity. Elle lut le résumé au dos de la jaquette :

> L'étude la plus approfondie à ce jour sur la littérature australienne depuis la Fédération.
>
> Un mélange fascinant de biographies, de critiques littéraires et d'anecdotes, illustré de photographies choisies avec soin et montrant les écrivains en plein travail ou lors d'événements officiels.

L'auteur nous livre également le récit de ses tourments personnels au fil de ses recherches.

Un ouvrage érudit et plaisant.

Alors que Joy se demandait quels tourments personnels Mr Felicity avait bien pu traverser, ce dernier passa justement la tête à travers l'encadrement de la porte et annonça :

— Le déjeuner est servi, Vos Majestés.

Pendant toute la durée du repas, Joy demeura stupéfaite. Pour commencer, on ne répartissait pas la nourriture dans les assiettes sur la paillasse. Chacun apporta un ou deux grands plats de service de la cuisine vers la salle à manger (une salle à manger !) sans jamais cesser de bavarder. Il y avait là d'abord l'étrange risotto – une sorte de porridge à base de riz – ainsi que des montagnes de légumes grillés et d'autres aliments que Joy ne parvenait pas à identifier. La grande table était en bois massif et brillant, et dotée de gros pieds arrondis et si larges qu'on aurait dit ceux d'un éléphant. Les chaises étaient faites du même bois brillant et les sièges étaient tous rembourrés, pas seulement celui de Mr Felicity. Les bols et les assiettes n'étaient pas ébréchés et étaient assortis.

Une fois chacun assis, Mr Felicity récita le bénédicité. Joy lui jeta un regard étonné.

— Seigneur, nous te rendons grâce pour ce merveilleux repas, commença-t-il avant de rouvrir les yeux et de souffler un baiser à l'intention de Mrs Felicity. Et nous te demandons de bénir et de procurer du pain à ceux qui n'ont pas autant que nous, Seigneur. Et, en ce jour,

Seigneur, nous te remercions particulièrement pour la présence de Joy parmi nous…

Celle-ci détourna le regard, mais trop tard ; il s'était tourné vers elle, sans une once d'ironie ou de reproche, et lui avait adressé un clin d'œil.

— … et nous espérons qu'elle honorera notre table de sa présence encore de nombreuses fois, poursuivit-il, fermant les yeux et penchant la tête. Pour tout cela, et bien d'autres choses encore, nous te remercions, Seigneur. Amen.

Tout le monde répéta « Amen », après quoi un chaos similaire à celui de la voiture envahit la tablée. Joy se demanda comment quatre personnes pouvaient faire autant de bruit. Elle accepta les plats qu'on lui passait en ne prenant qu'une toute petite portion à la fois. Barry s'en amusa :

— Bon sang, pas étonnant que tu sois si maigre à force de manger comme un oiseau !

Les Felicity parlèrent de leurs chevaux adorés, de leurs drôles de voisins, des nuées de roses qui embellissaient leur jardin (« Tu en rapporteras pour ta mère, Joy chérie ») et des lectures de Barry. Il s'apprêtait à entrer en première et l'une de ses matières principales était la littérature. Le roman qu'il étudiait en ce moment s'intitulait *L'Étrange Cas du Dr Jekyll et de Mr Hyde.*

— C'est un livre extraordinaire, commenta Mrs Felicity. Nous l'avons beaucoup aimé, n'est-ce pas, Vic ? Pardon… Mr Felicity, se corrigea-t-elle en plaquant sa main devant sa bouche, l'air faussement horrifié.

Ils éclatèrent de rire et Joy aussi, tout en portant une fourchetée de risotto à ses lèvres.

Barry prit un air hésitant.

— À vrai dire, je ne sais pas encore ce que j'en pense.

Mr Felicity parut si surpris par sa réponse qu'il recracha sans le vouloir un peu de riz et de citrouille dans son assiette.

— Mais c'est un classique, Barrington, un grand classique de la littérature ! Ça en dit beaucoup sur la condition humaine, s'exclama-t-il avant de remettre la nourriture sur sa fourchette et de l'enfourner.

Il marqua une pause et piqua un morceau de panais grillé directement dans un plat, puis conclut :

— Mais je serais curieux d'avoir ton avis quand tu l'auras fini. J'adore les débats, comme tu sais.

Il engloutit le morceau de panais et en prit un autre.

Ils parlèrent ensuite de la quantité de nourriture que Felicity et sa mère allaient préparer pour les ouvriers qui devaient venir construire les nouvelles étables en janvier, et Mrs Felicity raconta qu'un voisin (« Mr Machin ») lui donnait deux superbes douzaines d'œufs chaque semaine.

— J'ai oublié son nom, ajouta-t-elle avec insouciance. Quelle honte !

Mais le reste de la famille s'en amusa, comme si ça n'avait rien de honteux du tout, et Mrs Felicity poursuivit :

— Bref, j'en ai utilisé huit rien que pour le dessert d'aujourd'hui ! Il faut bien qu'un dessert ait l'air appétissant, en plus d'être bon… donc huit œufs, pas moins !

Joy avait l'impression que chacune de leurs phrases se terminait par un point d'exclamation.

Néanmoins, Mrs Felicity ne leur dit pas de quel dessert il s'agissait. Elle feignit de s'offenser du fait que Joy n'aimait pas sa cuisine, ce qui était le cas. La texture crémeuse et bosselée du risotto lui évoquait du vomi, la salade était enduite d'une huile étrange qui la rendait glissante, les légumes grillés étaient saupoudrés de petites feuilles vertes et pointues. Quant aux toasts, croustillants et tartinés de beurre fondu avec de petits points blancs, ils lui laissaient un arrière-goût très fort. Mais, quand Mrs Felicity lui demanda si le repas lui convenait, Joy répondit d'un ton penaud que c'était délicieux, comme le lui avait toujours ordonné son père lorsqu'ils prenaient le thé avec un autre membre du conseil paroissial. Elle espéra que sa réponse sonnerait comme s'il y avait un point d'exclamation à la fin.

— Ne t'inquiète pas, Joy, tu as le droit de le dire si quelque chose n'est pas à ton goût, tu sais, l'encouragea Mrs Felicity.

Mais les autres s'esclaffèrent à nouveau, comme si l'idée qu'on puisse ne pas apprécier la nourriture posée sur la table leur semblait parfaitement saugrenue.

Joy rit avec eux, mais fut tout de même soulagée quand Mrs Felicity revint de la cuisine avec une tarte au citron meringuée dont elle avait toutes les raisons de se vanter : la meringue était d'une hauteur époustouflante (huit œufs !) et la crème au citron était goûteuse et onctueuse. Joy se demanda si sa mère utilisait une autre recette, parce que ses tartes à elle n'étaient jamais aussi citronnées – ni meringuées ! Pendant que Mrs Felicity découpait des parts pour tout le monde, Joy remarqua que ses mains étaient aussi blanches et délicates que la meringue ; elle cacha aussitôt les siennes sous la table, soudain honteuse de ses ongles sales et de sa peau rêche.

Quand elle eut terminé sa seconde part, sur l'insistance de Mrs Felicity, Mr Felicity se tourna vers les filles.

— Ne vous embêtez pas à débarrasser la table ou laver la vaisselle : la machine s'en charge !

Ils avaient donc un lave-vaisselle ? Incroyable !

— Tant mieux, fit Barry en se levant avec les filles.

Mais Mr Felicity le rattrapa par le col – Joy se figea aussitôt – et lui lança :

— Pas si vite, jeune homme. Explique un peu à Joy quelle est la marque de notre lave-vaisselle ?

Barry rit de bon cœur.

— C'est moi, avoua-t-il. Enfin, aujourd'hui en tout cas.

Durant les deux heures qui suivirent, Joy et Felicity restèrent dans la chambre de celle-ci à rire et papoter. Elles pouvaient faire autant de bruit qu'elles voulaient, et Joy livrait de bien meilleures imitations de Mr Jones lorsqu'elle n'était pas obligée de parler tout bas et pouvait gesticuler comme bon lui semblait, exagérant à l'envi sa gestuelle et sa façon de marcher, ainsi que sa voix et ses mimiques.

Quand Felicity sortit de la pièce en disant : « Je reviens dans une minute », Joy réfléchit à cette existence si étrange et merveilleuse. Les Felicity avaient des chevaux pour leurs loisirs, mais sans doute aussi des vaches à traire. Elle aimait beaucoup son Amie et sa famille, mais elle enviait aussi tout ce qu'elle possédait : son physique, ses vêtements, ses cheveux, son rire, ses parents et son frère. Et c'était un sentiment rouge vif, cuisant comme une piqûre, de quoi vous empêcher de dormir la nuit. Une envie telle que si elle se répandait uniformément sur l'ensemble des paroissiens à la messe, comme un serpent entrant et sortant de chacune de leur âme, ils iraient tous en Enfer, quelles que soient les actions qu'ils avaient commises durant leur existence. Elle soupira. *S'il vous plaît, mon Dieu, faites que je sois moins envieuse.* Elle ferma les yeux de toutes ses forces et pria avec une ferveur redoublée. Mais l'envie était aussi fuyante et maléfique que les anguilles dans son ventre, aussi lisse et tentante que le Chocolat Noir Fourré à la Fraise. Aucun doute, elle était vouée aux Enfers.

Elle se demanda si les Felicity iraient en Enfer, eux aussi, car, ainsi que Joy ne le savait que trop bien, il était plus facile pour un chameau de passer par un trou d'aiguille que pour un homme riche d'accéder au Paradis, même s'il priait le plus souvent possible ou remerciait le Seigneur chaque fois qu'il se mettait à table.

Quand Felicity revint avec une grande assiette remplie d'un assortiment de petits gâteaux, Joy n'en crut pas ses yeux.

— Je ne savais pas lesquels tu aimais, alors j'en ai pris deux de chaque.

Joy chassa sa jalousie tout au fond de son ventre, où elle serait libre de folâtrer avec les anguilles, et répéta les mots que venait de prononcer son Amie avec la voix de Mr Jones. Elles se retrouvèrent pliées de rire. Mrs Felicity entra pour leur apporter un pot de lait chocolaté et deux grands verres avec des bulles coincées dans le fond. Joy enroula ses deux mains autour du sien afin de ne pas le laisser tomber.

— Maman, tu n'imagines pas de quoi Joy est capable… Elle sait imiter Mr Jones ! Montre-lui, Joy !

À la place, dans un élan d'enthousiasme et de bravoure qui la surprit elle-même, Joy reposa son verre et se lança dans une imitation de Mr Felicity.

— C'est un classique, Barrington, un grand classique de la littérature ! dit-elle en faisant semblant de cracher sa nourriture et de la rattraper avec sa fourchette.

Felicity et sa mère en hurlèrent de délice et Joy continua jusqu'à ce que Mrs Felicity s'exclame, entre deux crises de fou rire :

— Stop, je n'en peux plus, j'ai trop mal au ventre !

Plus tard, Joy demanda à Felicity qui trairait les vaches chez eux aujourd'hui si Mr Felicity la ramenait en voiture à 16 heures.

— On n'a pas de vaches, répondit-elle en prenant une autre pâtisserie dans l'assiette. Il y a une vieille laiterie sur la propriété, mais elle est horrible.

Joy ne comprenait pas comment ils gagnaient leur vie s'ils n'avaient pas de vaches, avant de se souvenir qu'ils possédaient deux pharmacies. Mais qui aurait eu envie d'habiter dans une ferme juste pour le plaisir ?

Lorsqu'elles eurent fini de manger leurs gâteaux, Joy se demanda quelle heure il était. Elle avait peur que les Felicity oublient de surveiller l'heure et la ramènent en retard, ce qui lui vaudrait de gros ennuis à la maison, mais elle ne pouvait décemment pas dire quoi que ce soit ; elle devait juste attendre que Mr Felicity s'en souvienne.

Heureusement, quelques minutes plus tard, alors que Joy regardait des diapositives en se moquant gentiment des vieilles photos des parents de Felicity, Mr Felicity passa la tête à la porte.

— Il est temps d'y aller, jeune Joy. Felicity, ma chérie, tu restes ici. Je ne veux pas que tu attrapes à nouveau froid.

Sur le chemin de la sortie, Mrs Felicity lui tendit une énorme brassée de roses rouges pour sa mère. Elle lui prit ensuite le visage entre les mains et l'embrassa sur le front.

— Merci à toi d'être venue, ma chérie. J'ai déjà hâte que tu reviennes.

— Et si elle revenait pour ton anniversaire ? suggéra Felicity à sa mère avant de se tourner vers Joy. Oh, il faut que tu viennes. On organise toujours des choses folles pour les anniversaires !

Joy, qui n'avait pas encore trouvé comment avouer à Mrs Felicity que sa mère possédait plus de 50 rosiers, parvint juste à marmonner « D'accord », bien qu'elle fût certaine que son père dirait non.

Dans la voiture, Mr Felicity lui posa des questions sur l'école et sur ses matières préférées sans lui dire une seule fois de cesser de marmonner, de parler plus fort, de surveiller ses manières, ou lui rappeler qu'elle n'était qu'une immonde pécheresse.

Alors qu'ils roulaient le long de Bullock Road, elle se mit soudain à avoir honte de leur maison, si petite et si sale, et elle eut peur que Mr Felicity soit horrifié en la voyant. Mais, lorsqu'ils arrivèrent au pied de la colline et qu'elle lui annonça : « Voilà l'entrée de notre allée », Mr Felicity regarda ostensiblement sa montre.

— Navré, jeune Joy, je me suis un peu laissé dépasser par le temps. Je ne pourrai pas entrer boire le thé avec tes parents. Je te dépose ici, si tu veux bien ? Présente-leur bien mes excuses, et dis-leur que nous avons été enchantés de t'avoir parmi nous.

— Merci, Mr Arm…

Il l'interrompit d'un geste faussement épouvanté.

— Ah non, Mr Felicity !

Il rit et lui adressa un dernier signe de la main tandis qu'elle sortait de la voiture avec ses roses.

Lorsqu'elle atteignit la porte du porche de derrière, son père vint l'accueillir.

— J'espère que tu n'as pas oublié les bonnes manières.

Dans la cuisine, elle tendit les fleurs à sa mère et lui expliqua qu'elles étaient de la part de la mère de Felicity.

— Ah. D'accord. Je n'aurai qu'à les mettre sur la couronne funèbre de Mr Cutler demain.

Joy aurait préféré leur trouver un joli vase et les poser au milieu d'une grande table en bois verni, dans une salle à manger.

Elle attendit que sa mère lui demande si elle s'était bien amusée, ou du moins si elle s'était bien tenue, mais n'eut droit qu'à ce commentaire :

— Le veau de Maisie a du mal à sortir.

Durant le souper, Joy veilla à ne pas réclamer davantage de sel ou de lait, et aussi à ne pas faire de bruit avec ses couverts. Le veau de Maisie était mort, le vétérinaire réclamait 6 livres à son père, la pluie s'était remise à tomber, et le ragoût d'agneau – qui était surtout à base de carottes – était dur et sec.

Personne ne lui demanda comment s'était passé son déjeuner chez les Felicity.

32

Joy et George

Février 1983

Je n'en reviens pas qu'il ait avoué. D'un coup, comme ça. J'ai envie de le secouer mais j'ai peur qu'il n'y survive pas et que son corps ne s'effrite en un million de particules d'os et de peau sèche. Et je n'ai pas l'intention de le laisser mourir si facilement. Maintenant que je connais la vérité et que j'ai la certitude qu'il ne s'agissait pas simplement d'une intuition personnelle, j'ai décidé qu'il devait souffrir.

Je repense à la tête de la poupée dans la malle. Et je commence à reconstituer les pièces du puzzle. Lentement mais sûrement.

Il gémit, et une petite toux rauque s'échappe de sa gorge.

Je me passe la main sur la bouche. Il faut réfléchir, vite. La roue de la justice doit tourner. Avant qu'il meure.

De chacun de ses yeux jaunâtres et creusés, sur sa peau grise et ratatinée comme celle d'une poule, une larme se met à couler.

Il est pathétique. Même moi je ne l'étais pas autant.

— C'était un accident…

Je lève les yeux au plafond. Un accident ? Comme toutes les fois où il nous a punis, Mark et moi ? Cet homme ne fait jamais rien par accident. Regardez un peu de quelle manière il suspend ses vêtements, pour l'amour du ciel !

— Je suis désolé, souffle-t-il.

— Désolé ?

Ma voix est tranchante. À vif.

— Je… j'étais en colère…

Tu parles d'un scoop !

— Tout est allé… de travers, dit-il, puis il inspire longuement. Avant que je comprenne ce que je faisais, mes mains ont…

Il ferme les yeux et j'attends, les traits aussi durs que le ciment de l'évier dans la buanderie.

— Elle est tombée… et…

Il se détourne. J'entends la suite avant même qu'il la dise.

— … c'était déjà trop tard.

— Elle est morte, pas vrai ? dis-je en crachant chaque mot. Ce n'était pas un accident. Tu es un assassin. Un assassin !

— La situation m'a échappé, Gwen, bredouille-t-il en frottant deux doigts noueux contre son front.

— Moi, c'est Joy, fais-je avec dégoût. Et la situation va t'échapper à nouveau parce que j'ai bien l'intention de te faire payer.

— Ruth, Ruth ! appelle-t-il en me regardant.

Mais j'en ai tellement assez de ses délires, tellement assez des mensonges, de la peur et des coups que j'ai encaissés durant seize ans que j'ai juste envie de lui cracher dessus.

Puis, avec la suffisance d'un vétérinaire qui vient d'extraire un veau vivant des entrailles de sa mère, il ajoute :

— Après… sa mort, j'ai prié Dieu pour qu'Il m'accorde Son pardon. Et c'est ce qu'Il a fait. Il m'a pardonné.

Cette fois, c'en est trop. S'imagine-t-il vraiment que Dieu lui a pardonné ? Pour un meurtre ? Je fais quelques pas pour m'éloigner du lit – rien que sa vue m'est insupportable. Quand bien même la police l'arrêterait, jamais il ne se retrouvera devant un juge. Il aura droit aux meilleurs soins médicaux possibles et quittera ce monde paisiblement, sans souffrance, dans un doux confort climatisé. Ce n'est pas exactement ce que j'appelle la justice ou la vengeance.

J'éteins le ventilateur.

— Ruth ! essaie-t-il de crier, mais sa voix est rocailleuse. Écoute-moi ! Je ne voulais pas… je ne voulais pas la tuer…

Il ne m'a pas appelée Joy une seule fois depuis mon arrivée. Si les tribunaux refusent d'appliquer la justice, alors c'est moi qui m'en chargerai. Je retourne à son chevet et sors quelques cachets du flacon.

Il prend une longue inspiration suffoquée. De toute évidence, il souffre. Lorsqu'il tousse à nouveau, un glaviot de glaires mêlées de sang éclabousse son menton et ses draps. J'ai bien envie de le laisser comme ça, à mariner dans son jus putride, mais je ne suis pas un animal, alors je lui passe un gant sur la figure en contenant ma répulsion. Je jette le gant par terre, sur le journal, et dépose les cachets au creux de sa main.

Ses yeux s'écarquillent.

— Quatre ?

— Oui, quatre. Vicki a dit que si tu souffrais beaucoup, et trop souvent, mieux valait augmenter les doses.

J'en ai assez de l'entendre geindre et je ne pense pas que quatre cachets vont le tuer. J'ai juste besoin qu'il roupille pendant que je réfléchis.

Il avale les quatre comprimés. Je l'aide à boire dans la tasse. Il laisse la gorgée de soda pétiller à l'intérieur de sa bouche, puis déglutit.

Je vois la peur s'inviter dans son regard. Tant mieux.

— Donne-les-moi tous, gémit-il. J'ai trop mal… je veux mourir.

— Pas encore, dis-je en ramassant le gant sale.

— Laisse-les-moi, supplie-t-il de sa voix rauque.

Je ressors de sa chambre en me demandant si le fait de mourir est douloureux en soi. Si vous mourez dans votre sommeil, par exemple, est-ce que vos deux ou trois dernières secondes de vie vous font quand même souffrir, juste parce que vous mourez et que votre corps s'éteint ? J'espère que Wendy n'a pas souffert au moment de sa mort.

Au moins, j'ai obtenu la confession que j'attendais. Je regrette de ne pas avoir eu le courage de la lui arracher il y a des années. Quand la police verra la tête de la poupée au fond de la malle, elle en conclura qu'il a tué Wendy, c'est sûr. Mais, si mes innombrables nuits solitaires passées devant les émissions d'enquêtes criminelles m'ont appris une chose, c'est que les empreintes digitales sont la clé. Pourra-t-on encore en trouver sur cette tête de poupée ? J'ignore combien de temps elles restent sur les objets.

Je retourne au cabanon et rouvre la malle. Je me retrouve à nouveau nez à nez avec cette tête de poupée et, le moins qu'on puisse dire, c'est que cette vision est perturbante. Mais je n'ai pas le choix. Je la soulève au creux de ma main, comme s'il s'agissait du crâne du pauvre Yorick. Je n'en reviens pas d'être aussi stupide. Je vais devoir essuyer mes propres empreintes, maintenant.

Je promène mon regard autour de moi et j'aperçois la hache appuyée contre le mur, avec sa petite mallette en plastique posée sur une planche horizontale juste derrière. Je l'ouvre, j'asperge généreusement la poupée de spray nettoyant et je la frotte à l'aide du chiffon bleu. Les cheveux s'emmêlent, mais peu importe. Par prudence, je répète l'opération une seconde fois, histoire de m'assurer que chaque millimètre de porcelaine a bien été nettoyé et essuyé.

La tête de porcelaine emmaillotée dans le chiffon, je l'emporte à la maison et j'explique mon plan à Ruth.

— Justice *et* vengeance, approuve-t-elle.

Il dort, ses mains d'oiseau posées à l'endroit où il a craché sur son drap. Les médicaments l'ont assommé.

— Papa ?

Pas de réaction. Je l'appelle encore, d'une voix plus forte, mais il reste inerte.

Délicatement, je retourne sa main droite et place la tête de la poupée au creux de sa paume en veillant à ne la toucher qu'à travers le chiffon. Je referme ses doigts tout autour, fais bouger la tête de porcelaine et reproduis le même geste plusieurs fois de suite. Les empreintes ne doivent pas être nettes et bien alignées. Puis je recommence avec sa main gauche. Il ne gémit même pas.

Toujours à travers le chiffon, j'enfonce mon petit doigt dans l'ouverture du cou de la poupée et la rapporte comme ça jusqu'au cabanon, où je la remets à sa place puis ramasse un peu de poussière et de crasse au fond de la malle pour l'en saupoudrer. Je repose le sac en tissu par-dessus, puis l'écarte juste assez pour qu'il laisse apparaître le visage de porcelaine. Je referme enfin le couvercle avec un claquement sonore, comme si je venais de faire l'horrible découverte, et laisse la malle déverrouillée. Après avoir soigneusement replié le chiffon, comme le faisait toujours mon père, je le range avec le produit nettoyant dans la boîte en plastique que je remets sur la planche derrière la hache.

Je m'aperçois alors avec horreur que j'ai laissé mes propres empreintes partout sur la malle et le verrou, mais après tout ça ne fait rien. *Mon père a toujours dit qu'il y avait des outils de valeur dans la malle, monsieur l'inspecteur, alors j'ai envisagé de les revendre. Et là, quand j'ai écarté le sac en tissu, je… Je n'arrive toujours pas à le croire. Vous pensez qu'il y aura des empreintes dessus ?*

La roue de la justice vient enfin de se mettre en branle.

33

George et Gwen

Décembre 1942-février 1943

Deux mois semblaient un délai bien court pour monter une affaire rentable, et encore plus pour faire pousser des fleurs. Mais il y avait du lierre sauvage tout autour de la maison, quelques rosiers chétifs et des plantes ligneuses dont Gwen ne connaissait pas le nom. À force de désherber avec acharnement entre ses diverses tâches domestiques, elle découvrit des dahlias et des hydrangées plantés près de l'entrée principale, ainsi que des camélias du côté du poulailler. Elle enfouit des épluchures de légumes à leurs pieds et les tailla pour les rendre plus vigoureux.

Elle appela les fournisseurs de Stan avec le téléphone d'Arnold et leur commanda le matériel indispensable en petites quantités, déçue de ne pas avoir le budget pour des achats en gros. Lorsqu'elle tendit l'un de ses précieux billets de 1 livre à l'épicier pour rembourser son appel téléphonique, il refusa tout net.

Elle alla chez le fleuriste commander les fleurs pour le dîner du Rotary Club. Il eut l'air un peu suspicieux, mais Gwen le complimenta en souriant sur sa boutique et sur ses bouquets de roses qui manquaient pourtant d'harmonie et comportaient trop de rubans.

De retour dans son petit atelier, elle disposa le fil de fer, la ficelle, le sécateur, le ruban et le papier sur son établi et rangea les bases de couronnes dans l'armoire. Le soir du grand dîner, John récupéra les bouquets en même temps que les bidons de lait et les déposa délicatement par terre à l'avant de son camion. Iris paya Arnold le lendemain, Arnold paya Gwen (moins sa commission et celle de John) le lundi suivant, et Gwen reversa l'argent à George moins de deux minutes après être rentrée à la maison.

Dès lors, les commandes ne cessèrent d'affluer.

George notait absolument tout dans un autre carnet de comptes intitulé « Gwen ». Il exigeait de connaître chaque détail : le coût des fleurs, le nombre de morceaux de fil de fer, de rouleaux de ficelle et de ruban achetés.

Au bout de deux mois, ses bénéfices s'élevaient à 3 shillings. Ce n'était vraiment pas grand-chose, mais George tint parole et Gwen réinvestit ses 3 shillings dans l'achat de graines de cinq types de plantes vivaces qui fleuriraient au cours de l'hiver.

34

Joy et Ruth

25 décembre 1960

Noël était un jour comme les autres, sauf que les enfants Henderson avaient droit à deux cadeaux chacun (un de la part de leurs parents et l'autre de la part de tante Rose), déposés au pied du sapin, dans la cuisine. L'autre différence, c'était que la mère de Joy assistait à la messe. Mais pas Ruth, bien sûr.

À l'Église, Joy se sentit très mature grâce à sa nouvelle robe du dimanche (sans manches bouffantes, Dieu merci) offerte par ses parents et aux collants couleur crème envoyés par tante Rose. Elle avait hâte de voir Felicity. Lorsqu'elle ressortit avec Mark, les Felicity se tenaient sous le porche et, un grand sourire aux lèvres, ils leur lancèrent :

— Joyeux Noël, Joy ! Joyeux Noël, Mark !

— Désolée, ajouta Felicity, mais il faut qu'on y aille. On file à Melbourne pour un grand dîner familial… Oh, regarde, on a les mêmes collants ! s'exclama-t-elle en tendant un mollet.

— Joyeux Noël à vous aussi, fit Joy en les regardant courir sous la pluie, hilares, jusqu'à leur voiture.

Même la pluie semblait les mettre en joie.

Le soir, crispée dans son lit tandis qu'elle guettait avec appréhension les cris de douleur de Mark (il n'avait pas bien nettoyé la laiterie), elle se demanda pourquoi son père avait eu des enfants. Et puis pourquoi Dieu avait eu un fils s'Il savait qu'un jour quelqu'un allait lui clouer les mains et les pieds pour le laisser agoniser et se vider de son sang en plein soleil. C'était pire que ce que son père faisait à Mark.

Quand les premiers hurlements de son frère déchirèrent le silence de la nuit, elle se remémora les paroles de son père. *Ton heure viendra.* Et elle sut que c'était pour bientôt.

35

Joy et George

Février 1983

— Tu comptes le tuer, ça y est ? demande Ruth avec un peu trop d'excitation dans la voix. Maintenant qu'il a avoué ?

J'avale une rasade de Passiona, tellement furieuse que j'en tremble.

— J'ai l'intention de le faire souffrir.

Je ramasse tous les médicaments qui traînent sur la table et vois ma sœur ouvrir la bouche pour me donner ses instructions, comme d'habitude. Sauf que cette fois je n'ai aucune envie de l'écouter.

— Tu sais quoi ? Ça ne m'intéresse pas. J'ai dû subir tes discours – et les siens – sans broncher jusqu'au jour où j'ai pu fuir ce trou de malheur. Et j'en ai assez. C'est mon idée, et j'ai l'intention de faire les choses comme je l'ai décidé.

J'écarte la table du mur, arrachant au passage un couinement de protestation au vieux lino, je me glisse de l'autre côté et décroche cette maudite broderie que je hais presque autant que mon père.

— Ne compte plus sur moi pour rester un témoin silencieux.

Alors que j'attrape une boîte d'allumettes dans le placard près de la porte, j'entends résonner la voix de Ruth :

— Comment ça ? Qu'est-ce que tu vas faire ?

Je vais jusqu'au container à déchets et grimpe les marches de l'escabeau en bois. En sentant la chaleur qui se dégage de ce portail vers l'Enfer – encore plus écrasante que dans mes souvenirs –, je reste en apnée afin de ne pas avoir à respirer cette puanteur. Je craque une allumette et l'approche du vieux rectangle de velours. Il s'embrase très vite, et « Christ » disparaît presque aussitôt. En deux secondes, les petites flammes dévorent le tissu. De peur de me brûler les doigts, ou de tout lâcher et de mettre le feu à l'herbe sèche, je jette la broderie par-dessus le rebord de l'incinérateur et laisse échapper un soupir avant de hurler :

— Allez tous au Diable !

Une fois de retour dans la cuisine, qui me fait à présent l'effet d'une fournaise plus terrible encore que dehors, je vois trembler la joue violacée de Ruth. Mais je ne regrette rien de ce que je lui ai dit, et je n'en ai d'ailleurs pas fini.

— Je ne te supporte plus, Ruth. Toujours plantée là, sur ta chaise, à ne rien faire et à me donner des ordres. Je ne comprends même pas ce que tu fais là, je lance en m'affalant sur le canapé.

Comme elle ne dit rien, je continue, sans savoir d'où me viennent ces mots :

— Tu crois que je ne suis pas au courant, pour ton accident ?

Je pivote sur mes talons et m'apprête à sortir en feignant de ne pas l'entendre murmurer :

— Non, Joy, tu ne sais rien…

Je me dirige machinalement vers le poulailler, comme pour récupérer les œufs, quand je me rends compte que je ne me suis pas encore rendue à l'étang pour voir s'il est vraiment à sec. Il fait si chaud qu'il ne doit plus rester la moindre goutte d'eau, mais je m'en veux de ne pas avoir trouvé le temps d'y aller. Maintenant, je suis trop fatiguée. Toutes ces manigances, ces disputes et cette canicule m'ont vidée de mes forces.

Je me prépare un thé en silence, sans prêter attention à Ruth, qui s'est replongée dans la lecture d'*Orgueil et Préjugés* comme si je n'étais pas là. Une fois ma tasse avalée, je ramasse tous les flacons de médicaments et les formulaires de Vicki et retourne dans la chambre de mon père. Il se réveille doucement, mais il est encore dans un état léthargique.

Je pose les comprimés sur sa table de chevet. Après tout, il m'a demandé de les lui laisser pour en finir lui-même. Ils vont donc rester là, derrière sa tasse et la bouteille de Passiona.

Tout juste hors de sa portée.

— Papa ? dis-je tout bas tandis qu'il remue une paupière. Je vais dire à la police que tu as tué Wendy Boscombe.

Cette fois, ses yeux s'arrondissent et il secoue la tête.

— Non, lâche-t-il dans un souffle.

— Si. Je veux que tout le monde sache quel genre d'individu tu es vraiment. Ils se foutent peut-être de ce que tu as infligé à tes enfants, mais ça ils ne le laisseront pas passer. Et tout le monde te tournera le dos.

L'effroi se lit sur ses traits. Enfin.

— Je vais téléphoner à la police, et je vais leur dire que j'ai retrouvé la poupée de Wendy.

Il me fixe d'un air incrédule.

— Oui, j'ai retrouvé sa poupée. Enfin, sa tête, pour être exacte.

Il ne comprend pas, bien sûr. Jamais il n'aurait pensé que je savais où était la clé de la malle.

— Mais…

Sa voix éraillée me tape sur les nerfs. Je plaque ma main sur sa bouche pour le faire taire. Pour la première fois de son existence, c'est lui qui va prendre la place du témoin silencieux.

— Les policiers vont venir chercher la tête de la poupée, ils vont trouver tes empreintes dessus et te mettre en état d'arrestation. Je n'ai pas encore fini de tout préparer, mais compte sur moi. Et, quand ce sera fait, ils découvriront aussi où tu as caché le corps de cette pauvre Wendy. Tu es peut-être un assassin, mais tu n'es pas aussi malin que moi.

J'ôte ma main de sa bouche et il reprend son souffle.

— Non, non… tu ne peux pas…

Il est interrompu par une quinte de toux.

— À boire, m'implore-t-il.

Je porte la tasse à ses lèvres. Il n'en a plus pour très longtemps. Je dois agir vite. Je ressors de la chambre en ignorant ses supplications.

— Pourquoi, pourquoi ? Je te l'ai dit… c'était un accident…

Quand je regagne la cuisine, Ruth semble avoir recouvré l'usage de la parole.

— Si je suis ici, m'explique-t-elle comme à une enfant de 12 ans, c'est pour t'apporter mon aide.

Je roule des yeux sans rien dire.

Son atroce tache de naissance ondule sur sa joue à mesure qu'elle poursuit son monologue avec une voix de pamplemousse pourri.

— Tu es faible, Joy. Plus jamais un témoin silencieux, toi ? Mon œil. C'est tout ce que tu es. J'ai cru que tu allais enfin passer à l'action et zigouiller ce salopard. Mais non, tu n'en es même pas capable. Tu n'es rien, tu es minable. Comme tu l'as toujours été.

— Et toi, alors ? Tout ce que tu fais c'est me donner des ordres et me bourrer le crâne, me cracher ton venin à l'oreille pour te venger de lui. Depuis mon retour, je n'entends que ça : « Tue-le », « Fais-le souffrir », « Prouve à la police qu'il a tué Wendy ». Mais je te l'ai dit : je ne serai plus le témoin silencieux de qui que ce soit.

— Tu racontes n'importe quoi. Sans moi, tu n'aurais jamais accompli tout ça. Tu serais encore la petite Joy timide et docile. Sans moi, tu n'aurais jamais connu le goût délicieux de la vengeance. Je t'ai beaucoup plus aidée que tu ne veux bien l'admettre !

— Toi ? M'aider ? Alors écoute, j'ai un scoop : je vivais très bien sans toi.

— Ah oui ? réplique Ruth, un filet de sarcasme blanc au coin de la bouche. Avec un boulot stable, des tonnes d'amis, un amoureux pour prendre soin de toi ?

Cette fois, elle va trop loin.

— Je n'y suis pour rien ! Tout est sa faute à lui !

Je m'écroule sur une chaise, en nage et complètement vidée. Ruth ouvre la bouche, mais je l'interromps encore une fois.

— Je n'ai pas besoin de toi. C'est compris ? Pas besoin de toi !

Je me relève et me dirige vers ma chambre.

— Oh si, tu as besoin de moi, Joy, lâche-t-elle de sa voix argentée. Surtout si tu le tues.

— Je n'ai pas l'intention de le tuer, dis-je en claquant la porte.

— Alors, dans ce cas, je le ferai moi-même !

36

George et Gwen

Novembre 1942

— Tu vas devoir réduire tes coûts ou augmenter tes tarifs. Ou les deux, déclara George un lundi soir quand Gwen lui donna l'argent récupéré le jour même chez Arnold.

— Il nous faudrait un téléphone, George.

— Tu crois qu'on a de l'argent à gaspiller ?

Il était écarlate. Il repoussa sa chaise et s'empara du carnet posé devant lui.

— Non, chéri. Ce que je veux dire, c'est que nous n'aurions plus à payer Arn…

La couverture bleue du carnet s'écrasa sur sa joue.

Le lendemain, quand Gwen entendit frapper à la porte, elle se traîna hors de son lit dans la chambre du fond, où elle s'était allongée, et écarta le seau qu'elle avait posé à ses pieds. Il fallait absolument qu'elle consulte un médecin pour lui parler des nausées qui l'assaillaient tous les matins.

La main posée au coin de sa bouche pour cacher sa joue, elle ouvrit la porte. C'était Robert.

— Bonjour, Gwen. Je voulais vous annoncer que… Oh, Seigneur, que vous est-il arrivé ?

— Oh, ça…, fit-elle en ôtant la main de son visage. Rien. Je faisais du désherbage hier, et je me suis cognée contre une branche.

— Ah, ces branches, acquiesça Robert. Toujours cachées où on s'y entend le moins.

Elle ne put s'empêcher de rire.

Plus tard, George rentra pour sa collation matinale avec une bonne demi-heure d'avance et posa avec fracas un seau sur la paillasse.

— Tu veux un téléphone ? Le voilà !

Elle regarda à l'intérieur du seau. Deux longues anguilles, noires et épaisses, se tortillaient comme des furies.

— Elles viennent de l'étang. À ce qu'il paraît, c'est très bon cuisiné en ragoût. Ça nous fera deux repas gratuits par semaine. Va chercher ton plus gros couteau.

Gwen réprima un haut-le-cœur. Elle ouvrit le deuxième tiroir, en sortit un couteau et se tourna vers son mari.

— Où as-tu l'intention de les tuer ?

— Si tu veux ton téléphone, tu le feras toi-même.

Et il ressortit.

Gwen examina le couteau, secoua la tête et le remit à sa place. Elle se pencha alors vers le troisième tiroir et en sortit le hachoir. Torchon à la main, elle tenta d'attraper l'une des anguilles, mais l'animal se contorsionna en laissant échapper une sorte de rot guttural. Gwen hurla et ressortit la main du seau.

Coincées sous le tissu, les anguilles se mirent à s'agiter de plus belle en émettant d'atroces sons rauques. Gwen alla chercher un autre torchon et s'y prit cette fois à deux mains. Elle finit par en capturer une et la jeta sur la planche à découper ; son corps longiligne tapait contre la paroi du seau au son de grognements de plus en plus terrifiants. Tout en tenant fermement l'animal de sa main gauche, elle brandit le hachoir et lui trancha la tête. Du sang jaillit, et Gwen sursauta de dégoût et de soulagement.

Mais la tête était encore attachée au reste du corps, qui continuait à frétiller. Gwen poussa à son tour un grognement et abattit le hachoir avec plus de vigueur, satisfaite du son produit par le choc de la lame contre le bois. Elle jeta la tête et le corps dans l'évier et, sans même se laisser le temps d'y penser, sortit la seconde anguille du seau et la décapita de toutes ses forces. Un seul geste suffit, cette fois. Puis elle rinça les deux poissons sous le jet du robinet jusqu'à ce que l'eau soit claire.

L'un après l'autre, elle les remit sur la planche pour leur couper les nageoires et les inciser par en dessous, du cou à la queue, avant de les ouvrir bien à plat pour les évider. À l'intérieur, elle découvrit leurs entrailles rouge vif et leur longue arête dorsale. Contenant un nouveau haut-le-cœur, Gwen ôta les viscères, roses pour certaines, noires pour d'autres, ainsi que les arêtes. Elle jeta le tout dans l'évier, avec les têtes, et palpa de nouveau l'intérieur des poissons pour s'assurer qu'il ne restait rien. Elle prit la boîte de bicarbonate, en saupoudra la planche à découper, qu'elle frotta avec le torchon dans lequel elle emballa ensuite les têtes et les entrailles. En chemin vers le container à déchets, elle regretta d'avoir gâché ce torchon, un cadeau de mariage de son amie Jean. Mais un téléphone valait bien ce sacrifice. N'importe quel vieux chiffon pouvait faire office de torchon de cuisine – et elle pourrait même s'en acheter des neufs avec l'argent qu'elle gagnerait.

De retour dans la cuisine, elle découpa les anguilles en tronçons de 2 centimètres qu'elle versa dans une grande casserole avec du beurre, des oignons et des carottes. Puis elle ajouta du sel et de l'eau mêlée à de la farine de maïs. Pendant que le tout mijotait, elle éplucha et coupa les pommes de terre en espérant que les anguilles étaient comestibles.

Quand George revint de la laiterie, elle lui montra avec une certaine fierté la bouillie grisâtre assortie de sa purée de pommes de terre.

— Nous aurons un téléphone à souper ce soir, Mr Henderson.

Il sourit et lui tapota la main. Gwen sentit le soulagement l'envahir. Oui, ils allaient s'en sortir. Les choses ne pouvaient que s'arranger.

Les anguilles étaient dures et granuleuses, et Gwen comprit qu'elle devrait mieux les rincer la prochaine fois, ou les laisser mijoter plus longtemps. Après la première bouchée, George lui demanda d'aller chercher la sauce tomate dans le placard et remit du sel dans son assiette. Mais il ne se plaignit pas.

En fait, il se mit soudain à parler. Il avait d'autres idées pour économiser de l'argent. Ils achèteraient des poules pour le poulailler situé au bout du sentier fissuré, et il tuerait des lapins grâce aux pièges qu'il avait trouvés dans le cabanon. Ou bien il se procurerait des furets qui chasseraient les lapins à sa place. Deux lapins et deux anguilles par semaine couvriraient déjà quatre repas. Les œufs constitueraient une autre source d'économie, et ils auraient même du poulet rôti de temps en temps. Un véritable festin.

Gwen pourrait faire du beurre avec la crème du lait. Qu'ils étaient bêtes d'avoir utilisé leurs coupons de rationnement pour s'acheter du beurre alors qu'il s'agissait uniquement de crème et de sel ! Elle pourrait aussi faire son pain. Ils mangeraient comme des rois, ils auraient un téléphone, Gwen fabriquerait des couronnes funèbres et des bouquets de mariage, George n'aurait plus à quémander une rallonge d'argent ou de temps à la banque, et la ferme serait bientôt à eux.

— Bientôt… c'est-à-dire, George ?

Il fit glisser une nouvelle portion d'anguille à la sauce tomate sur sa fourchette et lui adressa son fameux sourire.

— Dans vingt-quatre ans, ma chérie.

C'était plus de temps qu'elle n'en avait déjà vécu.

37

Joy et Ruth

26 décembre 1960

À quelques mètres de la maison se trouvait l'ancienne plate-forme d'un container. Celui-ci avait disparu depuis longtemps, mais les poteaux de bois brut étaient toujours solidement plantés dans le sol. On les avait entourés de grillage métallique délimitant deux enclos que la famille de Joy qualifiait de « pièces ». La première était juste assez grande pour s'y tenir debout les bras écartés. La seconde était plus spacieuse, et les anciens propriétaires s'en étaient servis de volière à perruches. De joyeux oiseaux qui gazouillaient, sifflotaient et virevoltaient dans tous les sens tels de petits arcs-en-ciel volants. Joy ne savait même pas comment elle était au courant pour les perruches. Peut-être avait-elle tout inventé.

Sa famille y avait placé quatre furets.

Pour les atteindre, il fallait d'abord ouvrir le portail grillagé de la première pièce, puis celui de la seconde. Si vous oubliiez de refermer le premier portail avant d'ouvrir le second, les furets pouvaient se faufiler entre vos pieds et s'échapper. Tout le monde le savait : toujours refermer le premier portail avant d'ouvrir le second.

Joy détestait les furets et la manière qu'ils avaient de la regarder. Ils avaient des têtes de rats sauvages, un pelage hirsute et marbré qui lui évoquait du vomi, et des dents pointues à l'avant de leur gueule. Des dents capables de tuer, elle le savait.

Chaque semaine ou presque, Mark et son père entraient dans la cage chaussés de bottes en caoutchouc pour éviter les morsures aux pieds ou aux chevilles et, au terme d'une course-poursuite ponctuée de vociférations, les attrapaient pour les jeter dans un sac en jute. Une fois qu'ils étaient tous à l'intérieur, son père entortillait le haut du sac et le maintenait fermé d'une poigne de fer. Puis il se rendait avec Mark à l'enclos des bœufs, lui avec le sac contenant les furets, Mark avec un autre sac vide.

Quelques heures plus tard, ils étaient de retour avec les deux sacs pleins. Comme le racontait Mark, à leur arrivée dans l'enclos des bœufs, ils laissaient sortir les furets un par un, chacun près d'un terrier. Ils repéraient l'odeur de leurs proies et fonçaient dans le terrier, faisant fuir les lapins, que Mark et son père n'avaient alors plus qu'à attraper avant de récupérer les furets. Ce stratagème restait en grande partie mystérieux aux yeux de Joy, mais elle était soulagée de ne pas devoir y participer.

Ils mettaient ensuite les lapins dans une petite cage à l'intérieur du cabanon, où on les nourrissait des restes en provenance de la cuisine jusqu'à ce qu'ils finissent dans une marmite sous forme de ragoût. Joy n'était pas très sûre de savoir pourquoi ou comment ils mouraient. Peut-être à cause des morsures de furets. Ou de chagrin.

Mais le ragoût de lapin était un plat bon marché et nourrissant, et la viande n'était pas aussi dure ni infecte que la chair bouillie des anguilles.

Le lendemain de Noël, Joy était en train d'éplucher les patates dans la cuisine quand Mark apporta un seau avec des lapins morts dedans. Il posa le récipient par terre et annonça :

— Papa veut que je nettoie le tracteur et que Joy aille nourrir les furets.

Leur mère acquiesça, et Joy eut aussitôt la nausée.

Tandis que sa mère préparait les lapins, leur coupant la tête et les pieds avant de les dépouiller et de les vider, Joy poursuivit sa corvée d'épluchures, puis elle coupa les patates, les oignons et les carottes et les ajouta à la viande dans la casserole. Pendant tout ce temps, les anguilles tournoyaient en sifflant dans son ventre.

— Bon, maintenant, dehors, lui dit sa mère.

Joy ne voulait pas regarder dans les seaux, mais c'était plus fort qu'elle. Peau, fourrure, deux têtes, des intestins et d'autres entrailles indéfinissables. Des choses blanches. Des choses rouges. Des lapins. Elle savait que c'était de la vermine qui ravageait le potager et les enclos. D'après la Bible, les poules, les lapins et les anguilles n'avaient pas d'âme, alors peu importait de quelle façon ils mouraient, ou si certaines personnes les mangeaient.

Lorsqu'elle arriva devant la cage, les furets se précipitèrent vers elle en se grimpant dessus, frénétiques {petites explosions rouges de feu}. Joy savait qu'ils sentaient l'odeur des lapins morts et étaient assoiffés de sang. Elle les nourrirait à travers le grillage. Pourtant, lorsqu'elle regarda de nouveau à l'intérieur du seau, elle comprit qu'elle pourrait faire passer les morceaux rouges et roses, mais certainement pas la peau ni les têtes. Il lui faudrait pénétrer dans la seconde pièce.

Elle en était malade. Les furets étaient répugnants, mais ce n'était pas seulement ça. Ni les entrailles ou les têtes de lapins. C'était cette ferme boueuse et humide. La violence de son père. Le désespoir de son frère. La jalousie que lui inspiraient les autres. Ces mises à mort permanentes : les anguilles, les poules, les araignées, les serpents, les lapins, les veaux coincés, les vaches noyées. La présence flottante et invisible de Jésus. Et Dieu qui se rangeait du côté de son père.

Comme tout semblait la rendre malade, elle pensa très fort à ce qui la rendait heureuse. Il y avait les Felicity (elle proposerait à Mark de l'accompagner la prochaine fois). Et le lycée, qui se profilait dans un avenir plus si lointain, et où elle se ferait de nouvelles Amies et lirait des livres formidables, comme *L'Étrange Cas du Dr Jekyll et de Mr Hyde*.

Elle plongea à nouveau son regard dans le seau. Elle n'avait pas le choix. Elle ouvrit le loquet du premier portail et resta un moment dans la volière, l'estomac retourné. Un haut-le-cœur la saisit et elle cracha un peu de bile, surprise de voir qu'elle n'était pas noire et huileuse comme les anguilles. Elle prit une grande inspiration, puis ouvrit le second portail et ferma les yeux pour balancer le contenu du seau.

Les furets filèrent entre ses jambes en un tourbillon de canines et de fourrure.

Horrifiée, elle les vit disparaître derrière les plates-bandes et s'enfoncer parmi les buissons. Elle lâcha le seau et s'élança à leur poursuite, mais elle n'avait pas fait trois pas qu'elle s'arrêta net. Même si elle parvenait à les voir, jamais elle ne les rattraperait.

Elle se précipita vers la remise, où Mark nettoyait le tracteur. Il leva les yeux et vit son visage blême.

— Ben quoi ?

— Les furets !

Elle désigna la cage et Mark aperçut le portail ouvert. Il porta sa main à sa bouche, puis lui dit tout bas :

— Écoute, ça va aller. Ne t'inquiète pas.

Mais il était livide lui aussi.

Au même moment, leur père entra dans la remise.

Mark entortilla le chiffon avec lequel il nettoyait le tracteur.

— Papa, bredouilla-t-il, les furets…

— Quoi, les furets ?

Joy dévisagea son frère. Elle ne pouvait pas croire qu'il s'apprêtait à la dénoncer. Il fallait absolument qu'elle l'en empêche, mais elle savait que ça ne changerait rien. D'une manière ou d'une autre, son père découvrirait la vérité, et elle serait perdue. Elle inspira un grand coup et ouvrit la bouche, prête à tout avouer, tandis qu'une peur glacée lui vrillait la poitrine jusqu'à la pointe du crâne.

Mais Mark la devança.

— Je les ai laissés s'échapper. Par erreur. C'était un accident.

— Tu as quoi ? fit son père d'une voix calme.

Trop calme.

— Je les ai laissés…

— Non, il ment, s'écria Joy, en larmes. C'était moi ! Pas lui, moi !

Un noir silence s'étira jusqu'aux confins de l'univers.

Ils le savaient tous.

Son heure était venue.

38

Joy et George

6 février 1983

Je regarde les comprimés dans ma main. Ils se ramollissent sous l'effet de la chaleur et laissent une traînée bleue au creux de ma paume.

Tout va bien se passer.

Je les agite un peu, la tache bleue s'élargit. Des globules de sueur perlent à mon front, sur mes mains et sous mon tee-shirt.

Le grand jour est arrivé. Celui de la justice et de la vengeance.

Je suis devant la porte de sa chambre. Je la laisse toujours ouverte pour entendre ses gémissements de douleur et ses appels à l'aide. C'est ce que j'expliquerai à la police. Si on me pose la question. Et même si on ne me la pose pas je trouverai le moyen de glisser : « Je laissais toujours la porte ouverte pour entendre s'il avait mal ou s'il m'appelait à l'aide. » Je me garderai bien d'ajouter : « Et avoir le plaisir de l'ignorer. »

Où diable est passée Ruth ? Elle m'attend là, d'habitude. Non pas qu'elle reste toujours clouée à cette chaise. Oh non. Je sais tout sur elle.

Du seuil de la chambre, j'aperçois les vêtements éparpillés par terre. Je cherche du regard la masse orange de sa silhouette sous la couverture. Pas le moindre mouvement.

Dans ma hâte, je renverse le verre en voulant le poser par terre. Je sais que le soda jaune vif va faire une tache sur le tapis. Cinq pas pour atteindre son chevet. Son drap est remonté jusqu'au menton. On dirait qu'il prie, paupières closes, aux portes de l'Éden. Ou de l'Enfer. Les deux avec un *E* majuscule.

Je touche son front.

Il est – je ne vois pas d'autre moyen de le décrire – glacé comme la mort.

Tout est fini, ça y est. Le Passiona, les petites pilules bleues, les anguilles.

Les cachets continuent à fondre au creux de ma paume barbouillée de bleu. *Je lui apportais ses médicaments, monsieur l'inspecteur.*

Je ramasse le verre que j'ai renversé et frotte la tache sous mon pied. *J'ai vu qu'il ne respirait plus et le verre de Passiona m'est tombé des mains. Ici même. C'est sa boisson préférée. Enfin, c'était.*

Inutile de mentir.

Dans la cuisine, toujours aucune trace de Ruth.

Sur le porche de derrière, que l'agence immobilière de Blackhunt décrira bientôt comme une « véranda d'accès », je pousse la porte de la chambre de Mark.

La pièce est vide, le lit est fait. J'ouvre la penderie. Vide, elle aussi.

Dehors, la chaleur est si violente que je me sens à deux doigts de faire un malaise. Mes manches me collent aux bras.

— Ruth ?

Mon cri semble aspiré par la canicule.

— Excuse-moi d'avoir dit que je n'avais pas besoin de toi !

J'en viendrais presque à regretter l'humidité poisseuse de mon enfance, du temps où je m'imaginais qu'une autre maison apparaîtrait quand l'interminable rideau grisâtre de la brume et de la pluie se lèverait enfin. Une maison occupée par une famille qui, dès lors que la brume et la pluie auraient cessé, me verrait enfin, moi, la fille disparue depuis des années, et viendrait me récupérer. Nous irions vivre à Darwin avec Mark, et je serais heureuse pour toujours, baignée de soleil et d'amour vert pomme.

Je cherchais cette maison et cette famille du regard de toutes mes forces, mais je ne voyais jamais rien d'autre que des collines boueuses, des animaux dans des enclos, le container à déchets, et l'étang avec ses vaches noyées et sa vieille ferraille rouillée.

Aujourd'hui les collines sont jaunes et sèches, parsemées d'arbres squelettiques aux bras malingres tendus vers le ciel brûlant, comme s'ils suppliaient Dieu de mettre un terme à leur calvaire.

Je laisse échapper un long cri de rage. Les voisins sont à une telle distance qu'ils n'entendent rien – je suis bien placée pour le savoir –, même au cœur de la nuit.

Mais je me suis parfois posé la question. Je me suis parfois demandé si Barbara, Robert ou Colin, les plus proches de nos lointains voisins, se réveillaient la nuit en se disant *Quel est ce bruit ?* avant de se rendormir. Ou si les Boscombe, dans leurs nuits d'angoisse sans sommeil, pensaient que les cris étaient ceux de Wendy.

Je longe le chemin de ciment fissuré vers le poulailler et jette un regard au billot souillé de sang. Seule dans le silence de la basse-cour, je comprends alors que Ruth est partie pour toujours et que je ne la reverrai jamais.

Je marche à l'ombre pour regagner la maison, histoire d'échapper aux rayons brûlants du soleil, mais j'ai les mains lourdes et gonflées.

Enflées.

Comme les lèvres mortes de mon père.

Je presse le pas et ne m'arrête qu'une fois dans sa chambre.

Rien n'a changé, mais tout a changé. Le drap est toujours remonté sur son menton froid, le ventilateur est toujours allumé, la chaleur toujours aussi suffocante. Il y a une chose que je dois faire.

Je refais les cinq pas pour atteindre son chevet. J'inspire à fond, très lentement, puis j'attrape le coin du drap qui dépasse du lit. Les anguilles tournent et virent dans mon ventre. Je veux juste en finir. Histoire de quitter cet endroit une bonne fois pour toutes.

D'un seul geste, j'écarte le drap et la couverture. Une violente nausée s'empare de moi et un geyser de liquide jaune et granuleux jaillit hors de ma bouche.

Mon père est mort. Sa ceinture serrée autour du cou.

39

George et Gwen

Août 1944

Six mois s'étaient écoulés depuis la dernière fois qu'il l'avait frappée.

— Je suis si heureuse, confia-t-elle à Barbara, venue toquer à leur porte moins d'une demi-heure après leur retour de l'hôpital avec le bébé.

Depuis leur rencontre, Barbara parcourait régulièrement les 2 kilomètres qui séparaient leurs propriétés pour prendre une tasse de thé et goûter le gâteau que Gwen avait sorti du four. Elle arrivait toujours à l'improviste, si bien que Gwen se sentait constamment sur la sellette, un peu comme avec une belle-mère. Avait-elle fait de la pâtisserie ce matin-là, la cuisine était-elle propre, les draps bien mis à sécher sur la corde à linge ?

— J'ai quelque chose pour le bébé.

Barbara lui présenta un paquet et Gwen se remémora avec un pincement de culpabilité le jour où elle lui avait annoncé sa grossesse.

« Quand j'étais enceinte de Colin… avait commencé Barbara.

— Vous deviez être aux anges ! » s'était exclamée Gwen, avant de regretter aussitôt sa remarque.

D'après Arnold, Colin avait des « problèmes au cerveau » parce qu'il avait manqué d'oxygène lors de sa naissance.

Quand Gwen l'avait rencontré pour la première fois, elle l'avait trouvé déconcertant. C'était un beau garçon, robuste et doté d'une bonne nature, mais il avait du mal à vous regarder dans les yeux et penchait la tête de façon intempestive, comme s'il entendait des choses inaudibles au commun des mortels. Ce n'était plus vraiment un garçon, cela dit – il n'avait guère que trois ans de moins qu'elle. Et Gwen lui serait éternellement reconnaissante de savoir traire les vaches et de nettoyer la bouse mieux que personne, sans parler des autres corvées dont il s'acquittait.

C'était aussi quelqu'un qui savait écouter. Le premier matin où il était venu prêter main-forte gracieusement à George, il avait rapporté à Gwen le demi-seau de lait qu'ils buvaient chaque jour et elle lui avait demandé s'il voulait une tasse de thé. Il avait acquiescé en souriant et s'était assis en bout de table, à la place de George. Pendant qu'ils prenaient leur thé, elle s'était animée et avait soudain commencé à lui raconter combien elle avait aimé son travail chez Stan à Willshire, et aussi à quel point elle s'était sentie indésirable et encombrante tout le temps qu'elle avait vécu chez sa grand-tante. Chaque matin après ça, lorsqu'il apportait le seau de lait, Colin s'asseyait pour boire une tasse de thé, hochait la tête et répétait certains de ses mots, si bien qu'elle savait qu'il l'écoutait. Il ne se plaignait jamais que le thé était trop infusé ou pas assez, et il avait l'air d'aimer les biscuits aux raisins secs. Au fil des jours et des semaines, elle découvrit qu'elle appréciait sa compagnie et sa manie polie, et néanmoins touchante, de répéter ce qu'elle disait.

« Aux anges ? avait rétorqué Barbara. Sans doute, oui. Mais après la naissance… »

Elle avait croqué dans son biscuit sec et regardé Gwen droit dans les yeux.

« Tout ne sera pas rose, vous savez, avait-elle repris. Vous passez des mois à vous engraisser pendant que vous portez… un parasite. Puis vient le moment de l'accouchement, sans doute une invention de Dieu pour punir les femmes, après quoi vous rentrez chez vous pour découvrir que vous avez désormais un millier de choses supplémentaires à faire. »

Gwen avait ramassé leurs tasses vides pour les porter dans l'évier. *Une invention de Dieu pour punir les femmes ?* Bien sûr que c'était du travail d'avoir un bébé, surtout un bébé comme Colin, mais cela devait aussi vous apporter de grandes joies – sans parler d'un ami pour la vie ? Elle avait touché son ventre légèrement arrondi.

« Il me reste encore des robes de grossesse, avait poursuivi Barbara en la toisant de la tête aux pieds. Vous êtes plus grosse que moi, mais cela vaut mieux que d'en acheter des neuves. »

Gwen n'y tenait pas. Et si elle se retrouvait avec un enfant comme Colin, amère jusqu'à la fin de ses jours ? En outre, si Colin avait 18 ans, cela signifiait que les robes de grossesse de Barbara en avaient 19. Pourquoi les avait-elle conservées ?

Elle avait préparé sa réponse tout en essuyant les tasses. *Merci, Barbara, mais une amie qui a eu un bébé l'an dernier m'a promis de me donner les siennes.* Une amie ? Laquelle ? Elle n'avait plus d'amis. Hormis l'affable Arnold et, comble de l'ironie, Colin. Elle s'était sentie honteuse. Comment osait-elle refuser l'offre de Barbara ?

Elle les avait donc portées, ces robes, tout au long de sa grossesse – et elle en avait même une sur le dos, d'ailleurs, parce que son ventre à la peau brunie était encore déformé et grotesque.

Elle ouvrit le grand sac en papier que Barbara avait posé sur la table. Il était rempli de vêtements pour bébé.

— C'étaient ceux de Colin, expliqua Barbara. Ils sont un peu anciens, mais cela vaut mieux que d'en acheter des neufs.

Après le départ de Barbara, Gwen alla s'étendre avec Mark sur le lit à une place de sa chambre, enroula ses bras autour de lui, et laissa libre cours à ses larmes.

40

Joy et Ruth

26 décembre 1960

Pendant le reste de l'après-midi, Joy oscilla entre la terreur et l'espoir que les furets reviennent d'eux-mêmes dans leur cage, attirés par la nourriture. *Mon Dieu, je vous en supplie !* Elle pria tout l'après-midi, mais Dieu resta sourd à ses suppliques.

Elle récura la baignoire et le lavabo, étendit le linge, passa lentement le balai et la serpillière sur le porche de derrière, dans la buanderie, les toilettes et la salle de bains, et durant tout ce temps elle ne cessa de prier tandis que les anguilles enflaient et dansaient dans son ventre.

Ses corvées terminées, elle alla trouver son frère. Il était dans la remise, en train de bricoler quelque chose sur la tondeuse à gazon. Il la regarda et fit non de la tête.

Elle regagna sa chambre et s'allongea sur son lit. L'heure du souper approchait. Elle devrait bientôt mettre la table et aider sa mère à servir les assiettes. Ruth ne disait rien. Elle aussi avait compris que l'heure de Joy était venue.

La fillette sentait flotter dans l'air l'odeur du ragoût de lapin. Elle n'avait aucune envie d'en manger, mais elle savait qu'elle n'aurait pas le choix. Son corps lui paraissait vidé, ailleurs.

Elle se leva péniblement et se rendit dans la cuisine. Sa mère avait déjà préparé les assiettes de ragoût et de petits pois et les avait disposées sur la table. Mark était assis en silence et leur père versait de la sauce tomate dans son ragoût. Une assiette vide était posée à la place de Joy.

— Toi, grogna-t-il en lui désignant sa chaise. Tu t'assois et tu te tais. Tu n'auras rien à manger, tu m'entends ? On va devoir racheter des furets. Ça t'aidera peut-être à comprendre la valeur des choses. Assieds-toi et prépare-toi à dire le bénédicité, car ce sont les seules paroles qui sortiront de ta bouche ce soir.

Quand sa mère vint enfin les rejoindre à table, son père coula un regard à Joy et lui dit d'un ton glacial :

— Je t'écoute.

Sa voix était à peine audible.

— *Pour ce que…*

— Plus fort, petite pécheresse ingrate.

Elle déglutit et s'efforça de parler normalement.

— *Pour ce que nous nous apprêtons à recevoir, puisse le Seigneur nous rendre pleinement reconnaissants. Amen.*

Tous répétèrent le dernier mot en chœur.

Pendant que les autres mangeaient, Joy resta la tête baissée, les yeux rivés sur son assiette vide, les mains serrées sur son giron. Les anguilles noires décrivaient de larges cercles dans son ventre et les plus petites, aussi minuscules que des têtards, s'échappèrent de la masse grouillante pour s'insinuer dans ses veines. Joy demeura immobile tandis qu'elles engraissaient en buvant son sang.

Quand le reste de la famille eut fini son ragoût, elle dut leur servir à chacun une coupelle de tarte à la rhubarbe assortie d'une cuillerée de crème prélevée dans le haut du seau de lait, puis elle vint se rasseoir. L'hôte invisible et témoin silencieux les observait d'en haut, mais la peur qu'Il inspirait à Joy n'était rien en comparaison de celle que lui inspirait son père.

Une fois que sa mère eut débarrassé les coupelles, celui-ci rompit le silence.

— La prochaine fois, tu réfléchiras avant d'agir, comme ça tu apprécieras mieux la valeur du repas que tu as dans ton assiette.

Résonnèrent alors des mots familiers :

— Qu'est-ce que tu es ?

Malgré la terreur qui étreignait Joy, son cerveau fit une embardée et elle se demanda comment Mark avait appris les bonnes réponses, celles qu'elle avait entendues toute sa vie.

— Une immonde pécheresse.

— Une fainéante et une bonne à rien. Répète.

— Une fainéante et une bonne à rien.

— Demande pardon, comme l'immonde pécheresse que tu es.

— Je te demande pardon, papa.

— *Tss.* Tu me dégoûtes.

Il assena un coup à la table et repoussa sa chaise en raclant le lino. Puis, des sombres recoins de son être, il prononça les trois mots qu'elle redoutait :

— Dans ta chambre.

PARTIE III

41

George et Gwen

Octobre-décembre 1945

Gwen se disait souvent qu'elle avait de la chance. La guerre était finie, elle avait un fils en bonne santé qui n'irait donc sans doute jamais la faire, ses commandes florales aidaient à payer les factures (elles lui permettaient même de s'acheter un peu de fond de teint, avec l'approbation de George), et son époux était l'un des hommes les plus admirés du district. Bien sûr, elle devait s'accommoder de sa colère et de ses explosions de violence occasionnelles, qui avaient repris quelques mois à peine après la naissance de Mark, mais chaque fois qu'il lui souriait, chaque fois qu'elle lui apportait satisfaction, elle savait qu'elle était sur la bonne voie. Si elle parvenait à lui apporter satisfaction plus souvent, tout irait pour le mieux.

Gwen s'efforçait donc de ne pas mettre George en colère. Ce n'était qu'une question de préparation, d'anticipation de ses besoins et de ses envies : les repas prêts à l'heure, les boîtes en fer-blanc bien remplies de ses biscuits favoris, la maison impeccable, l'argent des bouquets de fleurs remis en main propre chaque semaine, des sourires et des hochements de tête à tout ce qu'il disait. Ce n'était pas sorcier, dans le fond.

Lorsqu'elle avait commis une faute, elle évitait de se montrer en public jusqu'à ce que les hématomes s'estompent. Mais Barbara venait toujours à l'improviste, Colin apportait le seau de lait chaque matin, et les clients qui vivaient non loin de la ferme préféraient venir récupérer leurs bouquets et leurs couronnes plutôt que de se rendre en ville chez Arnold. Elle apprit donc l'art de s'appliquer du fond de teint.

Le seul aspect de sa vie qu'elle avait du mal à maîtriser, c'était Mark. Elle ne pouvait pas l'empêcher de pleurer quand il était souffrant ou se faisait mal. Elle ne pouvait pas l'empêcher d'en mettre partout quand il mangeait. Elle ne pouvait pas l'empêcher d'être un bébé. Pourtant, chaque fois qu'il vagissait ou salissait quelque chose, George s'en prenait à Gwen :

— Tu ne peux pas t'en occuper un peu mieux ? Tu fais tout de travers.

— Désolé, chéri, je vais le mettre dans sa chambre, répondait-elle d'un ton détaché.

Et elle restait assise avec son fils, le cajolait et lui chantait des berceuses jusqu'à ce qu'il s'endorme. Cela empiétait sur le temps dédié à ses corvées et à ses commandes, dont le nombre ne cessait d'augmenter, mais elle apprit à travailler plus vite et à rogner sur les fioritures. Et, plus elle se mettait en quatre pour satisfaire les exigences de George, plus elle était épuisée.

Gwen ne vivait que pour ces moments de solitude après le souper, quand Mark était assoupi et que George était sorti (comme presque tous les soirs), parce qu'elle pouvait enfin finir ses corvées ou ses compositions florales sans être dérangée. Quand George n'avait pas de réunion, il allait jouer de la guitare dans leur chambre. Avant leur mariage, elle lui avait confié que sa chanson préférée était « You Are My Sunshine », si bien qu'il commençait toujours par celle-ci et la rejouait souvent en dernier. Les soirs de grand froid, il jouait devant la cheminée de la cuisine, ou alors ils écoutaient la radio ensemble, et Gwen priait pour que Mark dorme paisiblement et ne mette pas son père en colère.

Chaque lundi, elle se rendait avec le bébé chez Arnold avant l'ouverture du magasin pour qu'ils fassent leurs comptes. La plupart des gens la contactaient désormais directement par téléphone, mais il avait gardé l'écriteau dans sa vitrine et continuait à prendre quelques commandes, pour lesquelles Gwen lui versait toujours 10 %. Jusqu'au jour où il lui suggéra plutôt un forfait hebdomadaire :

— Vous n'avez plus vraiment besoin de moi, Gwen. C'est injuste de vous prélever une commission alors que je joue seulement les messagers. Et puis, quand les gens entrent pour passer commande, ils en profitent toujours pour m'acheter quelque chose, donc j'y trouve aussi mon compte.

À la fin de la première semaine de ce nouvel arrangement, Gwen oublia d'en parler à George, si bien que la commission de 10 % était encore inscrite dans le carnet de comptes au lieu du forfait. Lorsqu'il demanda à

Gwen de lui remettre le montant de la recette qu'il avait calculée pour la semaine, elle lui tendit l'argent et s'aperçut un peu plus tard avec stupeur qu'il lui restait encore des sous dans sa boîte.

Étrangement, elle oublia encore de le signaler à George la semaine suivante. Et celle d'après aussi.

Mais elle pensa en revanche à ajouter certains articles à sa liste de commissions – toutes ces petites choses indispensables à la croissance d'un bébé ainsi qu'un fond de teint de meilleure qualité, qui faisait des miracles pour cacher les bleus.

42

Joy et Ruth

Décembre 1960

Le lendemain de la fuite des furets et de l'épisode de violence de son père, sa mère lui demanda de se rendre à l'étang et de lui rapporter 25 nénuphars pour ses couronnes. Elle devrait « faire vite » et veiller à ne pas les abîmer. Mark était à la laiterie, en train de réparer la courroie du ventilateur de la salle des pompes, et leur père rafistolait des clôtures à l'autre bout de la propriété. Il avait emporté des sandwichs, un thermos de thé, et ne reviendrait pas avant la fin de l'après-midi.

Joy marchait à pas lents, en grimaçant de douleur, et frappait le sol devant elle à l'aide de la binette pour éloigner les serpents. Elle n'avait personne à qui raconter les événements de la nuit dernière. Elle s'en voudrait toute sa vie d'avoir été aussi stupide.

Heureusement, il n'y avait pas cours d'étude biblique cette semaine-là, à cause de Noël. Elle n'aurait jamais été capable de s'asseoir dans le bus et de supporter le long trajet jusqu'en ville. Ni de regarder Felicity sans éclater en sanglots.

Marcher était une souffrance, mais Joy se réjouissait d'aller seule à l'étang – pour la toute première fois – parce que cela lui permettait au moins de pleurer sans que personne l'entende.

Lorsqu'elle avait sorti la binette du placard, sa mère lui avait fait des recommandations à propos du rebord du bassin :

— Ne t'avise surtout pas de monter dessus, compris ? C'est…

— Je sais, avait répondu Joy d'une voix faible avant de répéter la sempiternelle mise en garde de son père : « 30 centimètres au premier pas, puis 15 mètres pour toujours. »

À son retour, elle nettoya la binette, la rangea dans le placard et apporta les nénuphars dans l'atelier de sa mère. Puis elle lava ses draps et son pyjama tachés de sang dans la vieille cuve en cuivre, les passa dans l'essoreuse et les suspendit sur la corde à linge. Elle avait honte, et elle avait peur.

Elle n'avait même jamais eu si peur de toute sa vie. Elle allait faire plus attention, désormais. Promis, juré. Bien plus que la veille, quand elle était entrée dans la cage des furets. Elle devrait faire preuve d'intelligence, aussi. D'intelligence et de prudence.

Le déjeuner fut relativement calme, puisque son père mangeait des sandwichs à plus de 1 kilomètre de la maison. Joy se détendit un peu.

Elle aida sa mère à passer du fil de fer autour des camélias pour les fixer sur les couronnes. C'était un « bon » enterrement qui se préparait : elles avaient 43 bases à préparer et 129 morceaux de ruban raide et blanc à nouer. Sa mère n'aurait plus qu'à attacher et fixer les fleurs sur les couches supérieures des couronnes et à insérer les rubans à leur place. Pendant que Joy travaillait, l'agitation des anguilles dans son ventre et la douleur qui tiraillait tout son corps lui rappelèrent qu'elle devrait *toujours* faire preuve d'intelligence et de prudence.

Surtout lorsqu'elle entendit son père rentrer et jeter quelque chose dans le bac de la buanderie. Elle sut qu'il avait décapité une Ruth parce qu'il y avait du poulet rôti au menu ce soir-là.

Enfin, quand les bases de couronnes et les rubans furent terminés et empilés contre le mur, sa mère annonça qu'il était l'heure de préparer le souper.

Pendant que cette dernière plumait la Ruth morte dans la buanderie, Joy éplucha puis coupa les pommes de terre et les carottes destinées à cuire dans le grand plat avec le poulet. Quand sa mère revint dans la cuisine, Joy prit le seau d'abats pour l'apporter au poulailler.

Sur le chemin, elle vit Mark la saluer de loin en agitant le chiffon savonneux avec lequel il briquait la camionnette. Joy lui rendit timidement son geste, car son père était assis juste derrière lui, occupé à polir la lame de la hache qu'il venait d'utiliser pour décapiter une Ruth.

En revenant avec son seau vide à la main, elle vit que son frère lavait l'intérieur de la camionnette. Leur père était très à cheval sur la Propreté, la plus proche parente de la Pureté.

Le souper était presque prêt quand le téléphone sonna. Sa mère s'essuya les mains sur son tablier en grommelant et se rendit dans le salon pour décrocher, laissant la porte grande ouverte. Joy savait qu'elle détestait quand les gens l'appelaient à la dernière minute pour lui commander des couronnes mortuaires.

— Ici le 3-5-5, Gwen Henderson, j'écoute ? Oh, bonsoir, Barbara. Comment allez-vous ?

Joy entendit le *clic-clic-clic* de l'onglet du répertoire pendant que sa mère écoutait parler Mrs Larsen. Tout à coup, le bruit cessa.

— Quoi ? Non, non. Mais je suis sûre que tout va s'arranger.

Sa mère se tut à nouveau.

Joy arrêta de remuer la sauce et tendit l'oreille. Les deux femmes étaient-elles en train de parler d'elle ? Mrs Larsen était-elle déjà au courant de ce qui s'était passé ? Elle sentit la douleur dans ses jambes et dans son dos, la honte rouge écarlate éclater dans son esprit, et pensa : *Rien ne s'arrangera jamais pour moi.*

— Bien sûr, Barbara, même si j'en doute. Je n'arrive toujours pas à le croire. Merci de nous avoir informés. Au revoir, Barbara.

Sa mère raccrocha et se hâta de revenir dans la cuisine, une main en travers de la bouche.

— Qu'y a-t-il ? demanda Joy, terrifiée à l'idée de ce que sa mère s'apprêtait à dire.

— Il faut que je m'attelle à ces couronnes, marmonna-t-elle d'un air préoccupé, sans quoi elles ne seront jamais terminées à temps. Occupe-toi du souper et préviens-moi quand c'est prêt.

Mais Joy l'entendit se diriger vers le porche de derrière, et non vers son atelier.

Quand son père eut récité les grâces, il prit une première bouchée de Ruth rôtie avant d'adresser un rapide signe de la tête à sa femme, qui s'éclaircit la gorge pour parler. Joy sursauta. D'habitude son père était le premier à s'exprimer au cours des repas. Le premier, sinon le seul.

— Il s'est passé une chose épouvantable.

Joy sentit ses doigts se crisper autour de son couteau et de sa fourchette plantés dans une pomme de terre.

— Wendy Boscombe a… disparu.

Elle raconta toute l'affaire en détail. Wendy, 9 ans, jouait dehors avec ses poupées pendant que sa mère était à la cuisine et que son père réparait un tuyau cassé dans un enclos, à l'autre bout de la propriété. Quand Mrs Boscombe était sortie chercher sa fille, elle avait retrouvé son landau de poupées et une partie d'entre elles abandonnées au beau milieu de l'allée, à 200 mètres environ de la maison. Les poupées étaient toutes alignées face contre terre, et le landau couché sur le côté.

Voilà qui expliquait le coup de téléphone de Mrs Larsen.

— Les policiers pensent que Wendy s'est simplement égarée, ou qu'elle a pu tomber dans un trou quelconque, mais Viola affirme que ça ne ressemble pas à sa fille de s'éloigner ainsi toute seule. Quand ils lui ont demandé s'il manquait quelque chose parmi ses affaires, elle a répondu des poupées, peut-être, mais elle n'était pas sûre de savoir combien.

Joy se demanda combien de poupées pouvait avoir Wendy. Tellement que Mrs Boscombe n'arrivait même plus à les compter. Elle les imagina enfoncées dans la boue, avec leurs robes de dentelle et leurs chaussures vernies.

— Je croyais qu'ils étaient partis en vacances ? commenta son père.

— Wendy et sa mère, oui. Elles se sont rendues au chevet de la sœur de Viola. La pauvre m'a confié qu'ils avaient à peine de quoi payer l'essence pour le trajet, mais que sa sœur était très malade. En tout cas, elles sont revenues hier après que la sœur de Viola a été hospitalisée.

À peine de quoi payer l'essence ? Les Boscombe n'étaient-ils pas des gens riches, avec leurs milk-shakes, leurs poupées et leurs vacances ? Wendy n'était donc pas allée au bord de la mer, tout compte fait. Mais, avant que Joy puisse éclaircir ce mystère, sa mère poursuivit.

— Les policiers ont passé leur propriété au peigne fin. Maintenant, ils vont interroger le voisinage. Peut-être que quelqu'un aura vu… ou entendu… quelque chose.

Elle marqua une pause, au cas où l'un d'eux aurait en effet quelque chose à dire, mais le silence se fit autour de la table.

Son père avala une bouchée de pommes de terre.

— Pour l'amour du ciel, dit-il, on n'entendrait même pas un camion passer sur la route à une telle distance ! Il pourrait y avoir quelqu'un dans la laiterie en ce moment même, ou dans l'étang en train de se noyer et de crier à l'aide, aucun de nous n'entendrait le moindre bruit.

Nouveau silence. Son père prit une cuisse de Ruth rôtie à pleines mains et commença à en déchiqueter la chair avec les dents.

— D'après Barbara, Viola a peur que quelqu'un soit venu à la ferme en voiture et ait… kidnappé Wendy.

Joy imaginait tout à fait Wendy Boscombe absorbée à jouer avec ses poupées dans l'allée, sous la pluie, tandis qu'un véhicule sinistre se rapprochait lentement et s'arrêtait sans bruit derrière elle. Le conducteur avait des gants noirs et le visage noir aussi. Pas comme celui d'un Aborigène, mais entièrement noir, sans yeux, sans nez et sans bouche – juste un visage plat et ovale. Un non-être. Il sortait du véhicule en silence, soulevait Wendy du sol, renversait son landau d'un coup de pied et ligotait la fillette à l'aide d'une ficelle noire. Elle hurlait, mais ses parents étaient trop loin pour l'entendre.

L'homme au visage noir jetait Wendy sur la banquette arrière, comme Joy avait vu son père le faire avec les veaux dans la bétaillère et, toujours aussi lentement et silencieusement, s'éloignait en marche arrière le long de l'allée.

Joy sentit son cœur battre très fort au souvenir de Wendy la saluant de la voiture de sa mère et criant : « Tu vas me manquer l'an prochain ! » Comme si elles étaient Amies.

— Mais… les gens ne volent pas les enfants, bredouilla-t-elle.

Cet homme noir et sans visage n'existait que dans son imagination, après tout.

Comme personne ne prononçait un mot, elle insista :

— Pas vrai ?

Ses parents échangèrent un regard, et sa mère s'apprêta à répondre lorsqu'on frappa à la porte. Tous sursautèrent, même le père de Joy. Il adressa un signe de tête à sa femme pour lui signifier d'aller ouvrir.

D'un air plein d'effroi, celle-ci obtempéra. Les autres restèrent à leur place, immobiles, l'oreille tendue. À son retour, elle était suivie de deux policiers.

Son père se leva aussitôt en souriant et leur tendit la main. L'inspecteur Ronald Bell, du poste de police de Blackhunt, déclina son identité alors qu'ils fréquentaient la même Église, avant de présenter son collègue, l'agent Alex Shepherd – « le petit nouveau de l'équipe ». Joy ne put s'empêcher de se demander si tous les agents de police avaient des noms communs en guise de patronyme[1].

Son père adressa un autre signe de tête à sa mère, qui se dirigea vers l'évier pour remplir la bouilloire, mais l'inspecteur Bell leur fit comprendre en souriant que cela n'était pas nécessaire.

Son père les invita à prendre place sur le canapé face à la cheminée, mais l'inspecteur Bell déclina aussi cette proposition, ajoutant qu'ils n'avaient que quelques questions à leur poser et n'avaient pas l'intention de les déranger très longtemps. Son père resta donc debout, les mains en appui sur le dossier de sa chaise. La mère de Joy, elle, se tenait derrière la paillasse, alors que la bouilloire avait fini de siffler. Les enfants étaient assis en silence devant leurs assiettes qui refroidissaient, la sauce se solidifiant en une masse gélatineuse.

L'inspecteur Bell avait beau s'efforcer de prendre un ton officiel et impartial {une feuille de papier blanc}, il connaissait le père de Joy depuis des années, et Joy se dit que c'était comme s'ils discutaient dans la rue. Shepherd, en revanche, ne disait presque rien mais observait tout avec la plus grande attention, promenant son regard dans la pièce et prenant des notes dans son carnet.

---

1. En anglais, *bell* signifie « cloche », et *shepherd*, « berger ». *(N.d.l.T.)*

Le père de Joy répondit aux questions de l'inspecteur au nom de toute la famille. Oui, ils avaient appris la terrible nouvelle. Non, ils n'avaient rien vu ni entendu de particulier.

— Doux Jésus, Ron, si quelqu'un poussait des cris dans la laiterie ou se noyait dans l'étang, tu te doutes bien que d'ici nous ne l'entendrions même pas.

Joy trouva étrange qu'il répète à l'inspecteur Bell ce qu'il leur avait dit juste avant.

Non, ils ne connaissaient personne qui aurait des raisons d'en vouloir aux Boscombe.

Joy remarqua que Shepherd lisait la broderie accrochée au mur, une légère grimace sur les traits. Il n'était peut-être pas chrétien. Il avait un visage banal, pas du tout aussi intéressant que celui, plus âgé et sympathique, de l'inspecteur Bell. À vrai dire, elle le trouvait tout à fait *quelconque* {un tas de purée de pommes de terre} et fut ravie de pouvoir ressortir ce mot qu'elle avait appris récemment.

Ses pensées furent interrompues par la voix soudain plus sèche de l'inspecteur Bell, qui demanda :

— Bien. Alors où étiez-vous, tous, cet après-midi ?

— Ici, répondit aussitôt son père en frottant ses mains sur le dossier de chaise.

De la paillasse, sa mère intervint :

— Sauf quand tu…

Il se tourna vers elle, sourcils froncés.

— Ce que je voulais dire, reprit sa mère d'un ton léger, avant que sa voix s'effiloche sous le regard de son mari, c'est que tu aurais pu voir quelque chose… Ou entendre quelque chose… Ou peut-être…

Elle n'acheva même pas sa phrase.

Il s'adressa aux policiers d'un air affable.

— Nous étions à la ferme. Moi-même, j'étais à la ferme. Toute la journée. Nous étions ici.

Bell lui adressa un sourire rassurant tandis que Shepherd continuait à prendre des notes.

Joy voyait le silence blanc palpiter autour d'eux. Pensaient-ils que son père avait quelque chose à voir avec la disparition de Wendy ?

— Enfin… pour être exact, reprit-il, quand je dis que j'ai passé toute la journée à la ferme, je… j'étais sur mon tracteur, à l'autre bout de la propriété, et j'ai emprunté la piste pour aller voir les clôtures.

— Ah, parfait ! déclara Bell.

Il se tourna vers Shepherd et lui expliqua que la plupart des exploitations agricoles de la région étaient séparées par des pistes en forme de T permettant aux fermiers d'accéder aux enclos les plus reculés. Le coin sud-ouest de la propriété des Henderson jouxtait le coin nord-est de la propriété des Boscombe, et la piste qui séparait les Boscombe de chez les Wallace partait de Wishard Road.

— Dans ce cas, George, poursuivit Bell, avez-vous vu des véhicules sur Wishard Road ? Des voitures, des camionnettes ?

Joy devinait pourquoi il lui posait cette question. Il se disait que la personne qui avait kidnappé Wendy avait dû passer juste devant son père. Avec Wendy qui hurlait dans le coffre.

— Et vous étiez sur votre tracteur, c'est bien ça ?

Bell devait poser cette question parce que bien sûr il ne pouvait pas penser un instant que George Henderson avait kidnappé Wendy. Sans compter qu'il était impossible de kidnapper une fillette de 9 ans sur un tracteur. Qu'il était impossible de cacher quoi que ce soit sur un tracteur, encore moins une fillette de 9 ans. Et que les tracteurs roulaient à une vitesse d'escargot.

— En effet, Ron. Inspecteur.

— Je croyais que tu avais pris la camionnette, chéri... ?

Le sourire de son père ne bougea pas. Pas d'un iota.

— J'ai peut-être dit que je prendrais la camionnette, mais j'ai fini par opter pour le tracteur. La camionnette n'a pas vocation à rouler sur une piste boueuse.

Son père connaissait le mot *vocation* ?

— Quand était-ce, Mr Henderson ?

Cette fois, la question émanait de Shepherd.

— Hum, vers 10 h 30.

— Et à quelle heure êtes-vous rentré ?

— Vers 15 h 30, répondit-il, interrogeant son épouse du regard pour qu'elle confirme.

La mère de Joy hocha la tête.

— Oui, en effet, dit-elle d'un ton un peu trop joyeux. Bien avant d'aller traire les vaches. Après avoir tué une... poule pour le souper.

Elle porta sa main à sa bouche et laissa échapper un petit rire nerveux, puis désigna la table, où les enfants étaient assis devant leurs assiettes de Ruth rôtie.

L'inspecteur Bell jeta un coup d'œil à son collègue pour s'assurer qu'il avait bien tout noté.

— Je vois. Et vous n'avez rien vu d'anormal ? Un étranger ? Un véhicule suspect ? Rien du tout ?

— Oui, répondit son père. Enfin, non.

Il se rembrunit, leva les yeux en direction de la broderie pour revenir à l'inspecteur Bell.

— Attendez. Si. J'ai vu une voiture bleue. Enfin, bleu foncé. Elle s'éloignait de chez les Boscombe en direction de la ville. Mais j'ignore si elle sortait de leur propriété.

Son père ne fut pas en mesure de leur donner plus de détails. Il ne savait pas s'il y avait d'autres passagers à l'intérieur, en plus du conducteur, et il ne se souvenait pas du numéro sur la plaque d'immatriculation.

— Pas même de la première lettre, George ?

— Désolé, Ron. Je ne pensais pas qu'on me poserait la question.

— Bien sûr. Et, maintenant, si nous jetions un coup d'œil à votre tracteur ? Simple procédure de routine. Et j'aimerais vous parler un moment dehors, George. Seul à seul.

— Mais oui, aucun problème.

Il sourit et repoussa sa chaise en raclant le lino. Les enfants sursautèrent, leur mère aussi.

Les anguilles commencèrent à s'agiter dans le ventre de Joy. L'inspecteur Bell ne soupçonnait tout de même pas son père d'avoir kidnappé Wendy ? Il pensait peut-être qu'il avait été témoin de quelque chose mais ne souhaitait pas le dire devant sa famille. C'était tout à fait possible. Mais, s'il avait vu quelque chose, il se serait précipité à la maison pour téléphoner à la police.

Elle se demanda si Bell voudrait inspecter le cabanon en quête d'indices et se souvint de la lame de la hache que son père avait polie plus tôt dans la journée. *Cette lame semble avoir été nettoyée avec soin, George. Pourquoi donc ?* Et puis, pensa Joy avec un coup au cœur, il y avait la camionnette que Mark avait briquée de fond en comble.

Mais cela n'avait aucun rapport, puisque son père avait dit qu'il avait pris le tracteur.

Elle imagina Bell et Shepherd en train de fouiller le cabanon. Et de s'arrêter devant la malle où son père gardait les outils de son propre père – *une malle*, réalisa Joy avec un frisson d'horreur, *assez grande pour contenir le corps d'une fillette de 9 ans.*

Elle ne pouvait se défaire de l'idée que l'inspecteur Bell soupçonnait son père d'avoir kidnappé Wendy. Qu'il allait l'accuser d'avoir conduit sa camionnette toute propre (et non son tracteur, comme il l'avait dit) dans l'allée des Boscombe (et non sur la piste, comme il l'avait dit), d'avoir vu Wendy faire quelque chose de mal, de s'être laissé envahir par la colère et de lui avoir coupé la tête avec sa hache étincelante (fraîchement nettoyée après avoir décapité la Ruth qu'ils mangeaient ce soir-là). Ou bien d'avoir attaché Wendy et de l'avoir enfermée dans la laiterie, où, comme il l'avait lui-même fait remarquer à deux reprises en moins de cinq minutes, elle hurlerait en vain.

Mais c'était ridicule. Bell savait que son père ne ferait jamais l'une ou l'autre de ces choses, que s'il était passé voir les Boscombe et avait aperçu Wendy en train de jouer avec ses innombrables poupées il se serait arrêté à sa hauteur, certes, mais pour la saluer en souriant et lui dire quelques mots gentils ou amusants. C'était l'homme que l'inspecteur Bell connaissait.

Nerveuse, Joy coinça ses mains sous ses cuisses, ces cuisses qui, avant-hier soir, étaient douces et lisses. La honte enflamma son visage à la pensée du degré de rage qu'il faudrait à son père pour tuer un enfant.

— Joy ! résonna soudain la voix de sa mère. L'inspecteur Shepherd t'a posé une question.

Sa langue se colla aussitôt contre son palais.

— En fait, Mrs Henderson, je ne suis pas insp… Bah, peu importe… Wendy était ta camarade à l'école, dit-il en se tournant vers Joy et en souriant, peux-tu me parler un peu d'elle ?

— Elle habite près d'ici. Hum… Elle avait une demi-sœur qui a un bébé.

Pourquoi venait-elle de dire une chose pareille ? La demi-sœur de Wendy et son bébé n'avaient rien à voir avec cette histoire.

Le policier opina.

— Ah. Je vois. Elle « avait », dis-tu ? ajouta-t-il après une pause.

— Pardon ?

— Tu as dit que Wendy *avait* une demi-sœur. Pourquoi parler au passé ?

— Je… je ne sais pas.

Shepherd cessa d'écrire dans son carnet et l'observa. Joy vit à nouveau palpiter le silence, mais cette fois il était rose vif.

— Parce que je ne vais plus dans cette école, peut-être.

De quoi son père et l'inspecteur Bell pouvaient-ils bien parler dehors ? Et pourquoi, en effet, avait-elle employé le passé ? Elle n'arrivait plus à réfléchir normalement depuis que Bell était dehors avec son père.

— Tu jouais avec elle, à l'école ?

— Un peu. Nous n'étions que cinq filles. Il n'est pas en train d'arrêter mon père, hein ?

Joy n'avait pas la moindre idée de la manière dont on arrêtait les gens, hormis ce qu'elle avait lu dans les romans d'aventures où, à la dernière page, la police surgissait comme par enchantement pour passer les menottes aux contrebandiers ou aux voleurs de bijoux qui s'étaient fait piéger par les enfants. Et, pendant que les malfaiteurs montaient de force dans des véhicules de police, les enfants recevaient les félicitations des adultes et avaient droit à des scones couverts de confiture de fraises et de crème Chantilly.

— Mais non, ne t'inquiète pas, répondit Shepherd tout en se remettant à griffonner.

Joy savait qu'il la trouvait idiote. Il ne lui posa pas d'autres questions. Il s'éloigna dans le salon, et ils l'entendirent ouvrir la porte de la chambre parentale. Lorsqu'il revint, il jeta un coup d'œil à l'intérieur de la chambre des filles, avant de traverser la cuisine pour se diriger vers le porche. La mère de Joy se mit à frotter fébrilement la paillasse comme si, songea Joy, elle voulait essuyer les taches de sang de Wendy. Mark et elle la regardaient faire en échangeant des coups d'œil effrayés.

Shepherd alla faire un tour dans la chambre de Mark, puis dans l'atelier de leur mère, dans la salle de bains, la buanderie, et même dans les toilettes. Joy l'entendit tirer sur le rideau en plastique de la douche, ouvrir le placard rempli de bases de couronnes dans l'atelier, et celui de la buanderie, où ils conservaient, sous une couche d'avoine, les rangées d'œufs enduits de paraffine.

Cet homme était vraiment ridicule s'il s'imaginait que son père avait caché Wendy dans l'un de ces endroits. De toute manière, il ne l'avait ni kidnappée ni tuée. Il était admiré comme l'un des piliers de la communauté, et un membre de longue date du conseil paroissial.

Enfin, la porte de la cuisine s'ouvrit et les trois hommes réapparurent. Joy releva la tête. Son père n'avait donc pas été emmené en prison.

— Eh bien, merci, George, dit Bell en souriant. On se voit dimanche à la messe ?

— Bien sûr. Je vais terminer mon souper et passer voir Neil et Vi pour prier avec eux.

Bell salua la mère de Joy d'un mouvement de tête.

— Mrs Henderson. Ne vous inquiétez pas, je suis sûr que nous allons retrouver Wendy saine et sauve. Et vous, les enfants, faites attention.

Son père raccompagna Bell et Shepherd jusqu'à leur voiture. Une fois de retour à table, il déclara :

— Nous devons prier pour Wendy et ses parents.

Joy acquiesça. Elle avait déjà prié pour Wendy une bonne vingtaine de fois.

Nul ne pipa mot. Ils terminèrent leurs assiettes, jusqu'à la couche gélatineuse de sauce froide, en silence.

Joy observa son père au moment où il sortit de la cuisine, sa bible à la main, pour se rendre chez les Boscombe. Il semblait troublé, agité.

Lorsqu'elle en reparla avec Ruth, plus tard, dans la pénombre de leur chambre, celle-ci lui chuchota :

— Tu veux mon avis ? Je crois qu'il est responsable de ce qui est arrivé à Wendy.

Et Joy acquiesça d'un lent et piteux hochement de tête.

Au milieu de la nuit, elle fut tirée du sommeil par son propre rêve, envahie par un terrifiant sentiment de menace. Les poupées de Wendy étaient alignées dans l'allée, face contre terre, l'arrière de leur crâne éclairé par la lune. Soudain, à l'unisson, elles roulaient dans la boue, si bien que leurs visages de porcelaine étaient tournés vers le ciel, et voilà que leurs paupières s'ouvraient, qu'elles se redressaient en position assise et tendaient les bras. Des larmes en plastique coulaient de leurs yeux immobiles. L'une d'elles se mettait à chanter : « Wendyyyy, Wendyyy, où es-tu ? Reviens », et les autres se joignaient à elle en canon, de leurs petites voix en plastique assourdies par la pluie grisâtre.

Mais Wendy ne répondait pas. Elle n'accourait pas dans l'allée pour les prendre dans ses bras, essuyer leurs larmes et les gronder gentiment d'avoir sali leurs belles robes et leurs visages de porcelaine. Quand la dernière finissait de chanter « Reviens », elles refermaient leurs paupières et reposaient leurs visages face contre terre, dans les gravillons froids et boueux de l'allée où la mère de Wendy les avait trouvées.

Joy frissonnait. Elle enfouit sa main sous son oreiller pour laisser les mots de velours noir du dictionnaire lui chatouiller les doigts. Mais les seuls mots qui sortirent furent *mort*, *boue* et *meurtre*, et ils lui picotèrent la pulpe des doigts comme des aiguilles chauffées à blanc. Elle retira sa main, la serra en poing et la pressa contre sa joue.

— Pauvre Wendy, murmura Ruth à son oreille. Il faut prier pour elle.

Joy ferma les yeux et pria comme jamais elle ne l'avait fait de sa vie. Mais cela ne l'aida pas à chasser son désespoir ni sa peur.

43

Joy et Shepherd

Février 1983

> HENDERSON, George. Regretté frère de Bill (†), beau-frère de Rose, oncle de Sarah et James. Jamais nous n'oublierons les éclats de rire, les airs que tu chantais pour nous, toutes ces joies partagées. « Le bonheur et la grâce m'accompagneront tous les jours de ma vie, et j'habiterai dans la maison de l'Éternel pour toujours. »

J'essuie mon front humide de sueur. La chaleur dans la cuisine est suffocante et les anguilles ne m'ont pas lâchée. Je dois impérativement garder mon sang-froid. *Concentre-toi.*

L'agent Shepherd (ou quel que soit son grade officiel) s'est rendu dans la chambre, il a vu la dépouille et prend maintenant des notes pendant que je lui raconte d'une voix affolée ce qui s'est passé.

— Je lui apportais ses antalgiques, inspecteur, dis-je en lui montrant ma paume bleuie.

— Je suis agent principal de police.

T'as raison. Comme si j'allais prendre la peine de retenir ton grade.

— J'ai vu qu'il ne respirait plus et je crois bien que j'ai lâché son verre de Passiona. Il adore le Passiona, inspecteur. Pardon. Il adorait.

Inutile de lui dire que je suis partie à la recherche de ma sœur. Je lui explique qu'en voyant les lèvres gonflées de mon père j'ai écarté ses draps et… Je lâche un sanglot.

— Je me suis précipitée hors de la chambre parce que j'ai été prise d'une envie de vomir.

Shepherd griffonne à toute vitesse.

— Et après vous être précipitée hors de la chambre ?

— J'ai téléphoné à Vicki. Non, j'ai d'abord appelé l'hôpital, puis Vicki.

Nous sommes assis dans la cuisine. Shepherd s'est installé en bout de table, à la place de mon père, et Vicki et moi sommes assises l'une à côté de l'autre, face au mur où était jadis accrochée la broderie. Vicki a posé sa grosse main moite sur la mienne. J'ai l'impression d'avoir enfoui mes doigts dans une masse chaude de ragoût d'anguilles.

Elle acquiesce pour entériner mes propos.

— Je confirme, dit-elle.

— Vous n'avez pas appelé la police ? À cause de… la ceinture ?

Le policier s'exprime d'un ton si neutre que j'en ai un goût de carton beige dans la bouche. Il a les yeux rivés sur son carnet, et j'en profite pour l'observer à la dérobée. La petite quarantaine, je dirais. Physique quelconque. Début de calvitie, le ventre un peu boudiné dans sa chemise.

Bien qu'il n'ait rien dit de tel, je sais qu'il m'a dans le collimateur.

— J'aurais dû le faire, sans doute, mais… J'ai du mal à m'expliquer ce qui m'a pris. J'ai trouvé mon père mort, et mon premier réflexe a été d'appeler un médecin. C'est absurde, hein ?

— Oh, mais non. Pas du tout, m'assure Vicki en tapotant le bloc de gélatine suintante que forment nos trois mains.

Une vague de nausée me déferle dessus. Je lui jette un regard pétri de reconnaissance avant de dégager une main pour essuyer une larme.

— Après tout, renchérit Shepherd, c'est difficile de prendre des décisions rationnelles dans ce genre de circonstance.

Essaie-t-il de m'amadouer en faisant semblant de me donner raison ? À peine ai-je fini d'essuyer ma joue ruisselante que Vicki reprend ma main et la pose sur la table. Me voilà de nouveau prisonnière.

— Je laissais toujours la porte ouverte, histoire d'entendre s'il gémissait ou m'appelait.

Ce n'était peut-être pas le meilleur moment pour sortir cette réplique, mais trop tard. C'est fait. Au moins, Shepherd a de moi l'image d'une personne attentive, prévenante et – on le comprend aisément – aux idées un peu confuses.

— Sa sœur a pris la poudre d'escampette, annonce Vicki d'un ton inquiet.

— Quoi ? répond Shepherd.

Mon Dieu. Maintenant, il va falloir que j'explique ma situation avec Ruth. Je n'aurais jamais dû en parler à cette bonne femme.

— À mon arrivée, poursuit-elle, oubliant visiblement que c'est moi la personne interrogée, la pauvre Joy m'a dit qu'elle n'avait pas vu sa sœur Ruth de toute la matinée. Elle a disparu. Envolée.

— Votre sœur était là, mais vous ne l'avez pas vue de la matinée ?

Je décide de me contenter d'un hochement de tête. C'est trop compliqué, trop délicat, trop étrange. Mon père a avoué son crime et il est mort, la tête de la poupée de Wendy attend impatiemment dans la malle, et Ruth est partie. Je ne peux pas tout leur expliquer en même temps. Surtout par cette chaleur insupportable. Je dois réfléchir et veiller à bien faire les choses si je veux que justice soit faite.

— Ne vous inquiétez pas, ma belle, dit Vicki d'une voix douceâtre que je la soupçonne d'utiliser pour annoncer les maladies incurables à ses patients. Je suis sûre qu'elle va bien.

Shepherd l'ignore et s'adresse directement à moi.

— Parlez-moi des rapports entre votre sœur et votre père.

Il se montre gentil, histoire de me mettre à l'aise.

Je prends mon temps avant de répondre. Cette question exige nuance et doigté.

— À vrai dire, je suis partie d'ici depuis des années. Je vivais à l'étranger.

— Oui, c'est vrai, renchérit aussitôt Vicki.

Shepherd lui jette un regard en biais et lève la main gauche, comme pour intimer une pause. Vicki lui adresse un grand sourire. Le policier se tourne alors vers moi, dans l'expectative. Je vois clair dans son jeu. Mais je n'y jouerai pas. J'ai déjà le mien.

Le silence se poursuit pendant quelques secondes.

— Et quand vous étiez enfants ? demande-t-il.

J'ai gagné le premier round, apparemment.

— Eh bien, mon père… aimait beaucoup Ruth.

Cela suffira pour le moment. Je finirai bien par devoir tout lui raconter.

Mais pas maintenant.

44

George et Gwen

Juin 1948

Mark avait presque 4 ans quand Gwen comprit qu'elle était à nouveau enceinte. Marilyn, l'épouse d'Arnold, lui demanda si elle était suivie par le Dr Merriweather, le nouveau médecin, qui était excellent. Quand Gwen lui répondit qu'elle n'avait consulté personne, Marilyn lui expliqua avec douceur que, de nos jours, on avait parfois tendance à mal juger les futures mères qui ne se faisaient pas suivre durant leur grossesse. La médecine avait fait beaucoup de progrès pour sauver les mères et les bébés en cas de complications.

— Je parie que c'est une ravissante petite fille, ajouta Arnold. Vous ne voudriez pas que les choses tournent mal, n'est-ce pas ?

— Tout va bien se passer, Arnold, lui répondit Gwen en souriant.

Mais ce qu'elle se demandait surtout, c'était le prix des consultations. Les frais de vétérinaire étaient déjà exorbitants. Et elle s'inquiétait de la réaction de George lorsqu'il découvrirait qu'elle avait acheté des semis de coquelicots. C'étaient les seules fleurs qu'elle ne s'était pas encore résolue à planter, jusqu'à la semaine précédente. À la pépinière, on lui avait assuré que cette variété était très robuste, et elle avait semé dans toutes les plates-bandes pour tester quelle qualité de terre, d'ensoleillement et d'ombre leur convenait le mieux. Elle avait hâte d'assister à leur explosion de couleur, un mois environ avant l'arrivée du bébé. À 10 shillings la barquette, sachant qu'elle en avait acheté 50, cela excédait de loin son budget mensuel pour les fleurs, mais elle n'avait inscrit que 20 barquettes dans son carnet de comptes, au prix de 5 shillings la pièce.

George la laissait désormais gérer ses comptes seule parce qu'il en avait assez de devoir éplucher chacune de ses commandes et de consigner le prix des bases de couronnes, du fil de fer, des rubans et de tout le matériel nécessaire à une fleuriste moderne. Elle devait désormais lui montrer son carnet à la fin du mois et lui reverser la moitié de sa recette. Elle avait déjà échafaudé un plan pour dissimuler son mensonge – il n'y avait pas d'autre mot – à propos des barquettes de coquelicots, si bien qu'il ne découvrirait jamais le pot aux roses s'il décidait de vérifier les sommes.

Tandis qu'elle inscrivait les chiffres, légèrement maquillés, correspondant en réalité à d'autres dépenses et revenus, elle constata que sa main tremblait. Quand bien même il découvrirait son stratagème (ce qui était peu probable), elle avait déjà survécu à ses gifles, à ses coups de poing et de pied, et même à la fois où il lui avait cogné la tête contre le frigo ; elle n'avait donc aucune raison d'avoir peur. Les *Papaver rhoeas* (elle s'était mise à recopier les noms botaniques imprimés sur les bons de commande) apporteraient une touche si éclatante à ses compositions florales qu'elle pourrait même faire payer un petit supplément à ses clients. Mais pas avant qu'ils fleurissent. Pour le moment, elle n'avait donc pas les moyens de consulter le médecin.

Au souper, ce soir-là, elle annonça à George qu'elle était enceinte. Il cessa de mâcher son ragoût d'anguilles.

— Nous ne pouvons pas nous permettre d'avoir un autre enfant, Gwen.

Elle aurait voulu lui expliquer qu'elle augmenterait ses tarifs une fois que les coquelicots auraient fleuri (elle n'employait jamais les termes botaniques avec lui) et qu'elle n'aurait plus jamais à racheter de graines puisqu'ils se ressemaient tout seuls. Mais pour une raison mystérieuse ces mots ne parvinrent pas à sortir de sa bouche.

À la place, elle expliqua à Mark, assis sur la chaise à côté de la sienne, qu'il allait avoir un petit frère ou une petite sœur. Il se mit à pleurer. Ces temps-ci, il pleurait tout le temps.

— Tais-toi ! Je ne supporte plus ces cris ! vociféra George.

Mark rejeta violemment sa tête en arrière au son de la grosse voix de son père, et vagit de plus belle.

— J'ai dit : « Tais-toi ! »

— Maman !

George s'en prit à Gwen.

— Fais-le taire, pour l'amour du ciel !

— Mais je ne peux pas ! lui répliqua-t-elle sur le même ton.

Son cœur s'arrêta de battre.

George repoussa sa chaise en raclant le lino. Il la souleva de force par les poignets, et ses couverts heurtèrent le sol avec un bruit métallique.

— George, je t'en prie. Pardonne-moi. Je suis fatiguée, nous le sommes tous. Mark ne peut pas…

Il lâcha un de ses poignets et la gifla.

— Maman, maman !

George repoussa Gwen, qui tomba à la renverse. Par réflexe, dans sa chute, elle mit sa main sur son ventre arrondi.

— Je t'interdis de me parler sur ce ton ! vociféra-t-il.

Puis il se tourna vers Mark et leva le bras. Gwen lui agrippa le mollet en hurlant :

— Non ! Pas lui !

Sans même la regarder, il dégagea sa jambe, prit son élan et lui décocha un coup de pied en pleine gorge. Elle retomba à terre en suffoquant, ses deux mains à son cou.

George baissa les yeux vers elle, le menton levé. En une seconde glaçante, elle comprit que son mari avait choisi d'exercer son contrôle par la violence. Et qu'il savait exactement ce qu'il faisait.

45

Joy et Ruth

Décembre 1960

Le lendemain, Bell et Shepherd revinrent. Avec un kit pour relever les empreintes digitales.

D'une voix officielle, l'inspecteur Bell informa la famille que Wendy n'était pas encore rentrée chez elle et qu'il y avait désormais de « très graves inquiétudes » la concernant.

— C'est affreux, déclara le père de Joy. Mais pourquoi revenir nous voir, Ron ?

La fillette reconnut là son ton de « membre le plus ancien du conseil paroissial ».

— Procédure d'élimination, George. C'est la routine, rien de plus, lui assura l'inspecteur Bell en souriant.

Mais, comme la veille, il déclina la tasse de thé qu'on lui proposait.

— Y a-t-il des empreintes sur les poupées ? Ou sur le landau ? voulut savoir Mark.

— Je ne suis hélas pas en mesure de divulguer ce genre d'information, jeune homme.

— Donc, Ron, vous n'avez pas la moindre idée de qui a pu commettre une chose pareille ? demanda le père de Joy.

Il était retourné chez les Boscombe dans la matinée pour continuer de prier avec eux et avait annoncé à sa famille pendant le déjeuner que la police effectuait un relevé d'empreintes sur les portes et les fenêtres de la ferme, sur la boîte aux lettres, dans la chambre de Wendy, ainsi que sur les poupées et le landau retrouvés dans l'allée. Joy sentait qu'il se délectait de cette agitation et surtout de son rôle de conseiller spirituel des Boscombe, de tout ce temps passé auprès d'eux pour leur donner courage et force jusqu'à ce que leur fille soit retrouvée.

— Si nous le savions, George, cette personne serait déjà en état d'arrestation, répondit l'inspecteur Bell d'une voix si morne {un portail de métal gris piqué par la rouille} que son père se contenta de répondre « Je vois », avant de déglutir.

Shepherd s'avança en désignant le tampon encreur qu'il avait posé sur la table.

— S'il vous plaît, monsieur Henderson, si vous voulez bien commencer par votre main droite…

L'un après l'autre, du plus âgé au plus jeune, les membres de la famille pressèrent leurs dix doigts sur le tampon encreur, les firent rouler dans les petites cases correspondantes sur le formulaire et déclinèrent leurs « nom, prénom et date de naissance », que Shepherd nota au-dessus de leurs empreintes.

Quand vint son tour, Joy tremblait comme une feuille. Shepherd lui tint fermement la main pour bien imprimer chacune de ses empreintes sur le papier.

Pendant que l'agent de police rangeait leurs relevés d'empreintes dans un dossier, l'inspecteur Bell les remercia pour leur coopération et leur assura que, malgré les inquiétudes concernant la sécurité de Wendy, la police était convaincue de la retrouver bientôt saine et sauve.

— Ce qui, croyez-moi, ne sera pas le cas de ce malotru si jamais je l'attrape, affirma-t-il en coulant un regard en direction des enfants.

Malotru. Quel mot merveilleux, songea Joy tandis que l'image d'un rouleau de fil de fer barbelé étincelant jaillissait dans son esprit.

Son père hocha la tête avec vigueur.

Avec un peu trop de vigueur, jugea la fillette.

46

Joy et Shepherd

Février 1983

> Henderson, George. Au vénérable et deuxième plus ancien membre de notre conseil paroissial, dont le dévouement et la foi nous ont montré à tous comment être de bons chrétiens. Ta voix pieuse nous manquera chaque dimanche, ainsi que ton dévouement à notre paroisse et à notre Seigneur. Tes amis du conseil de l'Église presbytérienne de Blackhunt.

L'agent principal Alex Shepherd sentait tourner les rouages de son cerveau à mesure qu'il réfléchissait. Un père de famille décédé, étranglé avec ce qui ressemblait fort à sa propre ceinture. Une fille disparue. Et sa sœur qui jouait les orphelines traumatisées et disait « Mon père aimait beaucoup Ruth », en insistant étrangement sur ce prénom.

Il passa en revue tous les scénarios possibles.

Scénario n° 1 : Ruth avait étranglé son père avant de prendre la fuite, laissant Joy gérer seule les conséquences.

Scénario n° 2 : Joy avait étranglé son père et assassiné Ruth avant de se débarrasser de son cadavre pour faire croire au scénario n° 1.

Scénario n° 3 (qu'on ne pouvait pas exclure) : un ou plusieurs inconnus s'étaient rendus jusque dans cette ferme minable au milieu de la nuit, avaient enlevé l'une des filles tout en laissant l'autre dormir dans son lit, et avaient tué un homme dont, d'après Vicki, les jours étaient comptés en raison d'un assortiment de pathologies mortelles.

Aussi improbable puisse-t-il paraître, ce troisième scénario le titillait. Wendy Boscombe avait disparu non loin d'ici en 1960, et Shepherd se souvenait que Ron et lui avaient fait la tournée des exploitations agricoles du district pour tenter de la retrouver. Ces fermes se ressemblaient toutes : isolées, délabrées, cernées par des océans de boue et habitées par des familles sans le sou. Ils avaient forcément dû frapper à la porte des Henderson au cours de l'enquête. À l'époque, avec la morgue de ses 21 ans, Shepherd était certain qu'ils retrouveraient la fillette saine et sauve en l'espace de quelques heures. À la tombée de la nuit, il s'était convaincu qu'ils la retrouveraient le lendemain matin. Puis le jour suivant. Et encore celui d'après, jusqu'à ce que son orgueil cède la place au désespoir. Deux décennies plus tard, Wendy demeurait introuvable, et pas le moindre suspect n'avait été appréhendé.

Shepherd entretenait encore le faible espoir de résoudre un jour le mystère de la disparition de Wendy Boscombe, voire de retrouver son corps (puisqu'il était désormais impensable de la retrouver vivante). Mais, si quelqu'un avait l'idée de tirer sur le fil de cet espoir, il constaterait qu'il était court et effiloché. Parfois, Shepherd se disait que cette disparition le hanterait jusqu'à sa mort, à moins qu'il ne s'échappe de ce trou maudit. Comme elle avait hanté Ron au point de le pousser dans la tombe, dix-huit ans plus tôt. Ron, son supérieur et ami. Un ami auquel Shepherd avait fait une promesse, au milieu des machines qui l'avaient maintenu en vie quelques jours entre deux attaques : celle de démasquer l'assassin de Wendy Boscombe. Une promesse qu'il n'avait toujours pas tenue.

Le poste de police était bien vide, sans Ron. Même après toutes ces années. Shepherd regrettait le temps où son supérieur poussait la porte à 8 h 40, le sourire jusqu'aux oreilles, ou appelait à 8 h 10 avec un nouveau prétexte bidon pour excuser son retard.

Après son décès, Blackhunt était devenue une ville dotée d'un seul agent de police, et certaines éminences grises, dans la lointaine Melbourne, avaient décidé que les choses en resteraient là. La lettre que Shepherd avait reçue en réponse à sa demande de renfort invoquait les pressions budgétaires ainsi que le faible taux de criminalité de Blackhunt, « signe de l'efficacité d'une action policière au plus près de la communauté dont le regretté inspecteur Bell et vous-même aviez toutes les raisons d'être fiers, mais qui signifie hélas qu'il est présentement impossible de justifier… ». Et patati et patata. Pas même un coup de fil, sans parler du déplacement officiel d'un représentant régional.

Bref, il se retrouvait seul ici, non loin du domicile de Wendy, confronté au meurtre de George Henderson.

Eh bien, pas question pour lui d'avoir deux homicides non élucidés à son palmarès.

Deux détails importants étaient ressortis de son inspection préliminaire des lieux. Primo, le sol de la chambre de George était jonché de vêtements. Le meurtrier était-il à la recherche d'un objet de valeur, du moins à ses yeux ? Deuzio, Ruth (ou la personne responsable de sa disparition) avait veillé à effacer toute trace de sa propre existence. Même sa brosse à dents s'était volatilisée, nom de Dieu ! Quel genre de criminel pouvait bien mettre le bazar dans la chambre de sa première victime, et ranger méticuleusement celle de la seconde ? À moins qu'il – ou elle – ne cherche à embrouiller les enquêteurs. Ou que deux personnes différentes ne se soient introduites dans la maison durant la nuit.

Statistiquement parlant, l'hypothèse la plus probable était celle de l'homicide par un membre de la famille. Et l'instinct de Shepherd le faisait pencher pour Joy. Ou Ruth. Ou les deux.

Il ne pouvait toutefois exclure le scénario n° 3. Comme tous les gens du coin, les Henderson ne fermaient jamais leur porte à clé, si bien que n'importe qui aurait pu s'introduire dans la maison, étrangler George, puis tuer ou enlever Ruth avant de s'enfuir.

Mais pourquoi ? Les rouages de son cerveau semblaient englués dans une épaisse boue noire.

Le trajet jusqu'à la ferme lui avait rappelé sa visite chez les Boscombe le jour de la disparition de Wendy, et son profond malaise à mesure que Ron leur posait des questions de routine visant pourtant à les éliminer de la liste des suspects. Mais elles n'avaient fait qu'accroître leur détresse.

Shepherd regarda Joy et sut qu'il allait lui poser les mêmes questions. Il partirait de la scène du crime pour s'en éloigner par cercles concentriques. Ce qui voulait dire l'interroger à propos des vêtements éparpillés sur le sol.

— Avez-vous cherché quelque chose dans la chambre de votre père ? Avant ou après avoir constaté sa mort ? Y avait-il le moindre objet de valeur susceptible d'expliquer pourquoi cette pièce semble avoir été mise à sac ?

— Nous étions pauvres, répondit Joy. Mon père ne possédait pas le moindre objet de valeur, du moins à ma connaissance.

— Quelque chose qui aurait eu de l'importance aux yeux de quelqu'un d'autre ? Un document, par exemple, comme une lettre… ou un testament ?

Joy le regarda droit dans les yeux – *la tactique classique des menteurs*, observa Shepherd – et secoua la tête.

— Ruth était peut-être à la recherche d'un objet ayant appartenu à votre père ? L'avez-vous déjà vue fouiller parmi ses effets personnels ?

— Tout ce que je sais, c'est que je suis allée me coucher hier soir comme tous les soirs depuis que je suis arrivée ici pour m'occuper de lui. Je lui ai donné ses cachets avant de me retirer dans ma chambre, et il m'a dit…

Elle libéra une de ses mains de l'emprise de celle de Vicki et la plaqua devant sa bouche.

— Que vous a-t-il dit ? demanda Shepherd, les nerfs à vif.

Joy se leva et alla s'appuyer contre le rebord de l'évier.

— Qu'il voulait en finir. Il est inutile que vous partiez à la recherche de Ruth.

— Et pourquoi ça ?

— Parce qu'elle a toujours dit qu'elle partirait après sa mort. Je n'avais pas compris que ça signifiait *juste après*.

— Donc, fit Shepherd en pesant ses mots avec soin, vous voulez dire qu'elle savait qu'il était mort avant de quitter la maison ?

Joy se retourna vers lui, ferma les yeux et secoua légèrement la tête. Le policier interpréta ce geste comme un aveu d'ignorance.

— Ruth vous a-t-elle paru en colère ou particulièrement bouleversée hier soir ?

Joy prit un verre dans le placard et le remplit d'eau. Elle répondit calmement – un peu trop, au goût de l'enquêteur.

— Notre père est très malade. Il est mourant. Bien sûr que Ruth est bouleversée. Nous le sommes toutes les deux.

Elle but une gorgée, puis regarda par la fenêtre avant de se corriger.

— Enfin, je veux dire… il *était* malade, il est… *mort.*

Shepherd l'observa, légèrement perturbé. Elle semblait presque savourer cet emploi du passé.

JH contente de la mort de son père ? écrivit-il dans son carnet.

— Diriez-vous de votre sœur qu'elle est une personne colérique ?

— Pardon ? Oh, non, absolument pas, répondit Joy après s'être détournée de la fenêtre pour faire face au policier.

Shepherd garda le silence et attendit – un petit truc qu'il avait appris de Ron.

Et, en effet, au bout de quelques secondes, Joy poursuivit.

— Vous croyez que Ruth a tué mon père et fait ses bagages pour filer au milieu de la nuit ?

Elle prit un air incrédule et fondit en larmes.

Vicki bondit auprès d'elle et passa son bras autour de ses épaules, tandis que Shepherd complétait ses notes. *JH peu crédible en orpheline éplorée. Menteuse sur toute la ligne ?*

Il leva les yeux et croisa le regard de la jeune femme. Cet instant ne dura qu'une seconde. Mais il lui inspira une autre question qu'il griffonna aussitôt dans son carnet.

JH a-t-elle passé la ceinture autour du cou de GH ?

47

Joy et Ruth

Décembre 1960

Avant que Joy et son frère partent à leur cours d'étude biblique du jeudi, leur mère confia 1 shilling à Mark pour qu'ils lui rapportent un exemplaire de la *Blackhunt Gazette.* En raison des fêtes de Noël, le journal était paru le mercredi au lieu du lundi, et elle n'avait pas envie de retourner en ville.

À leur descente du bus, Joy proposa à son frère d'aller elle-même chez le marchand de journaux. Le cœur battant, elle découvrit le gros titre du jour : UNE FILLETTE DISPARUE DONNE DU FIL À RETORDRE À LA POLICE. Malgré sa tristesse et sa peur, Joy ne put s'empêcher de noter que cette formulation était bien maladroite. Ce n'était pas Wendy qui donnait du fil à retordre à la police, mais sa disparition. Et pourquoi ne pas l'appeler par son prénom ?

Une image floue et en noir et blanc montrait son visage souriant, découpé dans la photo de classe et agrandi. Joy elle-même avait du mal à reconnaître les traits de sa camarade, croisée à peine quelques jours auparavant.

Elle s'était convaincue qu'ils la retrouveraient, pour la simple raison que tout le monde l'affirmait, à commencer par Ruth. « Si ce n'est pas demain, ce sera après-demain », lui murmurait-elle la nuit quand Joy ne trouvait pas le sommeil, incapable de chasser le souvenir de Wendy.

La veille au soir, quand les deux policiers étaient repartis avec leurs empreintes digitales, sa mère leur avait dit de ne pas s'inquiéter, ajoutant que l'inspecteur Bell reviendrait leur apporter de bonnes nouvelles le lendemain, parce que Wendy avait dû se perdre et tomber dans une ravine. Leur père leur avait répété qu'il fallait prier pour elle, mais Joy n'avait pas besoin qu'on le lui rappelle. Ne priait-elle pas sans relâche depuis le début ?

Hélas, malgré leurs prières, l'article en une du journal révélait que la police n'avait pas la moindre piste pour retrouver la fillette, avec ou sans la poupée dont sa mère avait finalement signalé la disparition. Wendy s'était littéralement évaporée. Apparemment, de nombreuses personnes avaient déjà affirmé l'avoir aperçue dans d'autres villes ou bourgades des environs mais, d'après le journal, l'inspecteur Bell ne considérait « aucun de ces témoignages comme crédible ». Il ajoutait : « En ce qui me concerne, je poursuivrai les recherches jusqu'à ce qu'on la retrouve. » Des inspecteurs de police et des agents en uniforme avaient été dépêchés de Melbourne et étaient déjà à pied d'œuvre pour passer la maison et la propriété des Boscombe au peigne fin, arpentant par rangées de quatre Wishard Road ainsi que les routes adjacentes et le chemin menant à l'école primaire Kingfisher. Ils avaient interrogé toutes les personnes qui étaient sorties de chez elles ce jour-là, les employés des magasins et de la station-service locale mais, comme le disait le journal, l'affaire donnait du fil à retordre à la police. Des centaines d'habitants s'étaient joints aux recherches, mais pas le père de Joy, qui priait avec les Boscombe.

Des larmes picotèrent les yeux de Joy lorsqu'elle lut que « les enquêteurs s'orient[ai]ent désormais vers la thèse de l'enlèvement ». La police et les parents de la fillette suppliaient les kidnappeurs de libérer Wendy et de la laisser rentrer chez elle, ou de la ramener saine et sauve à sa famille.

Joy n'avait aucune envie d'en lire davantage mais lorsqu'elle vit, tout au bas du journal, « La suite en page 4 », elle ne put s'empêcher de continuer et tomba avec horreur sur une grande photo des poupées de Wendy alignées par terre dans la boue, à l'endroit où Mrs Boscombe les avait trouvées. Elle s'empressa de refermer le journal et le tendit à son frère.

Ce dernier lut l'article en une sur le chemin de l'Église, mais n'alla pas jusqu'à la page 4.

— Enlevée. Comme ça, se contenta-t-il de dire. Je sais pas ce que t'en penses, mais je suis sûr que c'est un type de Midura qui…

Pendant qu'il lui exposait sa théorie sur le profil et les probables motivations du coupable, Joy marchait en silence à son côté, transie d'effroi, et se remémora les mots que Ruth lui avait chuchotés à propos de leur père : « Je crois qu'il est responsable de ce qui est arrivé à Wendy. » Au bout d'un moment, Mark remarqua son malaise.

— Mais je me goure complètement, si ça se trouve, conclut-il. Je suis sûr qu'ils vont la retrouver aujourd'hui.

Ils effectuèrent le reste du trajet à pied sans un mot, et Joy sut qu'il n'évoquerait plus jamais le sujet avec elle.

Au début du cours, Mr Jones invita ses deux élèves à prier pour demander au Seigneur, dans Son infinie miséricorde, de ramener Wendy Boscombe saine et sauve à sa famille, ou bien, si le malheur avait frappé Son enfant, qu'elle soit déjà « entourée par les anges et accueillie dans Son jardin éternel ».

Joy pleura en silence et Felicity passa un bras autour de ses épaules.

Mr Jones leur donna une liste d'extraits de la Bible à lire et resta dans la salle. Dans tous ces passages, il était question de bonté, de pardon et d'enfants, et Joy devina qu'il avait passé du temps à les choisir. Ils lurent tous les trois, sans bruit, tandis que les larmes de Joy s'écrasaient sur les pages fines et jaspées de rose de sa bible. Mr Jones ne leur demanda même pas de commenter ce qu'elles venaient de lire. Au bout d'une demi-heure, il leur proposa d'arrêter et de prier un peu.

Joy s'y attela avec ferveur. *Je t'en prie, mon Dieu, veille sur Wendy. Je t'en supplie, ô Seigneur.*

Puis Mr Jones annonça le moment de la bénédiction.

— Que la grâce de notre Seigneur Jésus-Christ guide et protège Ses enfants, surtout Sa petite Wendy qu'Il aime tant…

Joy et Felicity éclatèrent en sanglots, et Mr Jones leur tapota maladroitement l'épaule.

— Ne vous inquiétez pas, mesdemoiselles, je suis sûr que la police la retrouvera bientôt. Le Seigneur veille sur elle, où qu'elle soit, tout comme Il veille sur vous.

Joy hocha la tête et s'efforça de sécher ses larmes. Tant mieux si Mr Jones était certain que Dieu protégeait Wendy, mais qui protégeait Joy Henderson ?

48

Joy et Shepherd

Février 1983

> HENDERSON, George. Chrétien et père de famille attentionné. Toujours un sourire ou une plaisanterie au coin des lèvres. Dieu a rappelé l'un de ses anges. Condoléances à ses proches. Conrad et Iris Waddell.

En le regardant griffonner dans son petit carnet de policier, je comprends que je vais devoir lui dire la vérité à propos de Ruth. Sinon, Dieu sait ce qu'il pourrait faire. Il faudra aussi que je lui parle de la poupée de Wendy dans la malle, mais pas tout de suite. La police risque de considérer que cette poupée ne constitue en rien une preuve, même si elle est couverte des empreintes de mon père. Ce que veut Shepherd, c'est le cadavre de Wendy.

La première difficulté, s'agissant de Ruth, est d'évoquer son accident. Je n'ai jamais parlé d'elle à personne, ni de ce qui lui est arrivé, sauf une fois avec ma mère quand j'avais 11 ans. Elle était en train de nourrir les poules – les

Ruth – et je me tenais à mon poste, derrière le portail, quand j'ai lâché la question qu'elle s'attendait forcément à m'entendre lui poser un jour. Et elle m'a répondu. À coups de phrases lapidaires que je n'ai jamais oubliées.

« Cela » s'était produit avant ma naissance. « Cela » avait été un terrible accident, mais on ne pouvait rien y changer. La seule chose à faire, avait-elle ajouté, était de continuer à vivre comme si de rien n'était. Ce qui impliquait de ne plus jamais poser de questions ni d'évoquer « cela » devant quiconque, à l'intérieur ou en dehors du cercle familial.

Là-dessus, elle s'était éloignée en poussant sa brouette. Elle était partie tout au fond de l'enclos des bœufs, où elle avait arraché des chardons à l'aide d'une pioche. Jusqu'à l'heure du souper, elle n'avait été qu'une silhouette bleu et vert foncé, courbée au loin. Ou totalement invisible, selon l'angle de la pluie.

En bonne fille obéissante, j'ai donc fait comme si de rien n'était. Je n'ai plus jamais posé de questions, et je n'ai plus abordé le sujet. Comme les autres. J'ai fait comme si Ruth était une sœur normale, mais j'ai perdu le compte du nombre de fois où je me suis demandé pourquoi Dieu avait laissé une chose si affreuse lui arriver.

Et, aujourd'hui, voilà que je me retrouve collée contre le grand corps de Vicki pendant que Shepherd attend que je confesse le meurtre de mon père. Je sens qu'il est à deux doigts de craquer. Non pas que ça m'importe. Bientôt, tout sera terminé.

Quand je lève les yeux, je vois qu'il m'observe. Je soutiens son regard avec candeur comme le ferait n'importe quelle personne innocente. Il se remet à griffonner.

— Vous croyez que Ruth a tué mon père et fait ses bagages pour filer au milieu de la nuit ?

Je veille à m'exprimer d'un ton calme. Les anguilles s'agitent, et je secoue la tête. Viennent alors les larmes. La fidèle Vicki me passe un bras autour des épaules. Shepherd ne me lâche pas du regard.

Je me sens dégouliner de sueur et me détache d'elle pour aller appuyer sur le bouton du ventilateur.

— Tout le monde apprécie mon père, dans la région.

Shepherd doit bien savoir qu'il est – était – le pilier, que dis-je, le roc de cette communauté. Il est donc inutile que j'en rajoute. Je lui fais de nouveau face et laisse d'autres larmes inonder mon visage.

Vicki se penche pour lui dire quelque chose tout bas, sauf que j'entends tout.

— Vous êtes obligé de faire ça maintenant ? Je sais que vous avez une procédure à respecter, mais vous voyez bien qu'elle est bouleversée…

Shepherd semble exaspéré par cette femme. À vrai dire, entre eux, ce n'est pas le grand amour. Tant mieux.

— Les douze premières heures sont cruciales, bien qu'elles soient aussi les plus douloureuses, déclare-t-il à la cantonade. Bref… Ruth ? Vous pensez qu'elle serait capable de faire du mal à quelqu'un, et notamment à votre père ?

Je reviens vers la table parce que j'ai envie d'être proche de cet homme. Envie de sentir son désespoir pour mieux garder le contrôle. Je ne peux pas lui parler de la tête de la poupée – pas encore. Une chose à la fois. Vicki m'emboîte le pas et nous nous asseyons toutes les deux. Shepherd me dévisage. Il attend ma réponse.

— Croyez-moi, inspecteur, dis-je d'une voix tremblotante du plus bel effet, Ruth est incapable de faire du mal à qui que ce soit. Pas même à mon père.

Je ne lui parle pas de notre dispute, bien évidemment. Ou de l'état d'hystérie dans lequel était ma sœur quand je l'ai plantée, seule, au beau milieu de la cuisine pour aller me coucher. Et encore moins du fait qu'en refermant la porte je l'ai entendue menacer de tuer notre père.

49

Gwen et George

Décembre 1948

Juste avant de dégringoler au bas des marches, Gwen eut le temps d'apercevoir les premiers éclats rouge vif des centaines de têtes de coquelicot qui s'apprêtaient à devenir des fleurs. Chacune d'elles vaudrait un demi-shilling supplémentaire dans un bouquet ou sur une couronne.

Lorsqu'elle heurta l'allée de ciment, ce furent des centaines de flashs rouge vif de douleur qui éclatèrent en elle.

Elle avait encore les yeux fermés lorsqu'elle fut réveillée par l'odeur de l'hôpital. Ses mains se posèrent par réflexe sur son ventre, et elle eut un soupir de soulagement en sentant qu'il était toujours aussi gonflé et tendu.

— Mrs Henderson ?

Gwen garda les paupières closes. Elle allait faire semblant de dormir jusqu'à ce que les heures se rembobinent, avant la chute. Avant qu'elle tombe enceinte de cet enfant. Avant qu'elle tombe enceinte de Mark. Avant qu'elle marche jusqu'à l'autel dans cette robe blanche qui n'était même pas la sienne. Avant la fin du bal. Et là, à cet instant précis, sa vie prendrait un virage différent. « Non merci », dirait-elle avant de rejoindre Jean et ses amies qui gloussaient et échangeaient des messes basses.

— Mrs Henderson, vous m'entendez ?

Elle déglutit et ouvrit les yeux. Une femme vêtue de blanc, à la poitrine généreuse et à la mine autoritaire, la regardait en fronçant les sourcils. Gwen respira et sentit le bébé lui donner un coup de pied qui la transperça de douleur. Elle grimaça, les yeux exorbités.

L'infirmière sourit, s'assit à son chevet et lui prit la main.

— Vous êtes à l'hôpital, Mrs Henderson. Vous êtes tombée. Vous vous souvenez ? Chez vous, dans l'escalier. C'est votre mari qui vous a trouvée et qui a téléphoné au médecin. Tout va bien se passer.

Gwen se demanda pourquoi elle s'adressait à elle comme à une enfant sourde. Soudain, elle se remémora la scène.

— Mark ? Où est Mark ?

— Votre fils va très bien. Ce n'est pas pour lui que vous devez vous inquiéter. Mrs Henderson, ajouta-t-elle d'un ton plus grave, j'ai à la fois une bonne et une très mauvaise nouvelle…

— Quoi donc ?

La voix de Gwen tremblait comme les *Gypsophila paniculata* qu'elle avait intégrées depuis peu à ses bouquets. Elles poussaient librement, se ressemaient toutes seules, comme les coquelicots, et produisaient d'exquises petites fleurs blanches et délicates qui s'agitaient dans l'air tels des colibris. On les appelait aussi gypsophiles nuages, ou souffles de bébé : un grand classique pour les bouquets de mariage.

— Le bébé est vivant, il me donne des coups de pied.

L'infirmière était bienveillante, mais ses mots lui firent l'effet d'un rosier couvert d'épines. Gwen avait du mal à comprendre les termes médicaux, même si « chère petite âme » et « accouchement triste et difficile à venir » n'étaient hélas que trop évidents.

Quand l'infirmière quitta sa chambre, Gwen avait déjà oublié la bonne nouvelle.

50

Joy et Ruth

Décembre 1960

Mark tendit le journal à sa mère, qui lut la une et laissa échapper un soupir.

— Pauvre Wendy. Ils la retrouveront bientôt, c'est certain. Je suis sûre qu'elle va bien.

Joy acquiesça d'un air piteux. Sa mère passa à la rubrique nécrologique en marmonnant :

— Espérons que les nouvelles soient bonnes, aujourd'hui.

Plus tard dans l'après-midi, alors que Joy récurait l'évier de la buanderie, elle entendit une voiture approcher dans l'allée. Elle jeta un coup d'œil au-dehors : c'était miss Boyle.

Miss Boyle avait longtemps vécu avec son vieil oncle célibataire (Joy ignorait combien d'années au juste, mais la dame était si âgée que cela pouvait aussi bien faire un siècle), jusqu'au décès tragique de ce dernier (là encore, des années auparavant, supputait Joy). En dépit de ce drame, miss Boyle ne se lassait jamais de raconter joyeusement les circonstances de sa mort, prenant toujours soin de conclure son récit par ces mots : « Mais, grâce à la généreuse assurance-vie de ce cher homme, mes soucis d'argent sont derrière moi ! »

Joy aimait bien miss Boyle. Pourtant, au fil des ans, à force d'écouter cancaner les gens qui en oubliaient sa présence discrète, elle avait entendu circuler de vilaines rumeurs au sujet de la vieille dame et de son oncle. Sa famille l'aurait soi-disant envoyée vivre auprès de lui parce qu'elle avait refusé toutes les demandes en mariage ; elle aurait été en réalité la fille illégitime de son oncle, née de sa liaison avec une pécheresse décédée depuis ; elle n'aurait été (et, à ces mots, la personne qui parlait prenait soin de jeter des regards autour d'elle avant de poursuivre tout bas) « *rien d'autre qu'une putain* ». Chaque nouvelle rumeur semblait pire que la précédente. Ni Ruth ni Joy ne savaient ce qu'était une « pue-thym » et la définition ne figurait pas dans le petit dictionnaire vert, mais elles se doutaient qu'il devait s'agir d'une chose terrible.

Quelle que soit la véracité de ces rumeurs, l'oncle avait en revanche bel et bien légué sa propriété et son assurance-vie à sa nièce. Mais, au lieu de revendre la ferme et de partir s'installer en ville, où elle avait grandi, elle s'était simplement débarrassée des vaches que son oncle avait traites chaque jour de son existence jusqu'au dernier, et avait fait raser la vieille laiterie branlante. Elle avait ensuite payé des ouvriers pour monter des clôtures afin de diviser son immense pré en une série d'enclos plus petits, séparés par une étroite bande de friche, et installer des portails souples et modernes. D'après le père de Joy, l'« insulte ultime » était la luxueuse plaque en laiton qu'elle avait attachée au-dessus de la clôture, à l'entrée, pour annoncer à ses visiteurs qu'ils étaient arrivés à Green Haven Fields[1]. La semaine suivante, une annonce était parue dans la *Blackhunt Gazette* pour dire qu'il était désormais possible, « à un prix très raisonnable », de faire paître son bœuf dans l'un des nouveaux petits enclos de Green Haven Fields.

Joy imaginait la tension et l'amertume dans la voix de son père quand il avait lu l'annonce à sa mère. Malgré leur indignation, de nombreux fermiers, y compris le père de Joy, acceptèrent de payer un prix « très raisonnable » pour faire garder leurs bœufs chez miss Boyle, car cela leur permettait d'utiliser leur enclos à bœufs pour leurs vaches. Joy songea que c'était vraiment une bonne idée : miss Boyle n'avait qu'à encaisser les loyers et s'assurer que les clôtures et les portails étaient en bon état. Quant aux fermiers, il ne leur en coûtait qu'un sixième du prix traditionnel d'une location d'enclos, pour en prime récupérer l'usage d'un enclos entier sur leur propre domaine.

Cependant, d'après son père, miss Boyle menait un train de vie « un peu trop luxueux, si vous voulez mon avis », et elle aurait mieux fait de retourner vivre en ville, où elle aurait été libre de s'acheter toutes les fanfreluches qu'elle voulait sans étaler sa fortune tous les jours sous leur nez, comme si elle la devait à son intelligence et non au dur labeur et à l'absurde générosité de son

1. Littéralement, « Les Prés du havre de verdure ». *(N.d.l.T.)*

oncle. D'après son père, cet argent aurait pu être confié à des missionnaires pour contribuer à la conversion des païens, et quelqu'un (un homme, sans doute) aurait dû retransformer Green Haven Fields en exploitation agricole digne de ce nom, parce que ce n'était pas correct pour une vieille fille de « voir défiler des hommes chez elle toute la semaine ».

Joy guettait impatiemment les visites de miss Boyle pour collecter l'argent du loyer. Celle-ci venait toujours à l'improviste, jamais le même jour ni à la même heure, et chaque fois avec un nouveau ragot à raconter. Elle semblait parfaitement indifférente aux commandements divins réprouvant les jurons, le blasphème, l'alcool et les femmes délurées {un mouchoir blanc soigneusement replié en carré}, même en présence du père de Joy. Lequel, lorsqu'elle blasphémait ou tenait des propos choquants, se contentait bien sûr de sourire et de plaisanter, en homme charmant qu'il était.

Quand miss Boyle n'apportait pas une demi-bouteille de vin rouge – « J'ai pensé qu'on pourrait lui faire un sort, hein, Gwenny ? » –, elle se contentait d'une tasse de thé et d'une tranche de cake aux raisins secs. Elle s'installait sur la chaise rembourrée de George, devant la table en Formica, et se lançait dans le récit d'une nouvelle anecdote – à propos d'Unetelle, ressortie de chez le coiffeur avec « les cheveux verts » alors qu'elle était venue se faire une « bon Dieu de teinture blonde », ou d'Untel qui avait égaré son « foutu » portefeuille rempli de billets de banque « jusqu'à la gueule » en prévision du vingt et unième anniversaire de son fils. (« Enfin, c'est ce qu'il dit, mais nous savons bien où

ce petit filou avait passé l'après-midi, hein, George ? »)
Sans parler de l'accident de voiture du petit-fils de Machin Chose, qui était rentré dans un arbre le long de Ripplecreek Road et ne pouvait s'en prendre qu'à lui-même, pour une fois, sauf que l'assurance refusait de couvrir les frais sous prétexte qu'il ne portait pas ses lunettes !

« Et comment peuvent-ils savoir s'il les avait sur le nez ou pas, hein, ses foutues lunettes ? Entre nous, il est bien évident qu'il ne les portait pas, puisqu'il n'aurait eu aucune chance de lever une donzelle avec ces affreux culs de bouteille, mais après tout qui sait ? En parlant de bouteille, qui veut m'aider à finir celle-ci ? » disait-elle en agitant celle qu'elle avait apportée.

La mère de Joy gardait les yeux écarquillés durant tout son monologue, un sourire crispé sur les lèvres, et ponctuait chacune de ses anecdotes d'un « Ah ah » que miss Boyle était sans doute censée interpréter comme un rire. Joy trouvait toujours ses histoires très drôles, bien qu'elles soient truffées d'insanités.

Ses parents, bien sûr, refusaient poliment de boire le vin de miss Boyle, car c'était l'une des tentations du Diable. « Oh non, pas ce soir, miss Boyle – ils ne l'appelaient jamais autrement que de cette manière, sans doute pour lui rappeler qu'elle aurait dû se marier, être une femme normale, retourner habiter en ville et disparaître de leurs existences –, nous venons de manger un gros dessert », ou bien « Oh, j'ai encore du mal à digérer cet énorme ragoût », ou bien « Nous sommes sur le point de prendre la route pour nous rendre en ville, mais faites comme chez vous, miss Boyle ».

Cette dernière souriait et tendait la bouteille à la mère de Joy, qui était bien obligée de servir aimablement un verre de vin à la propriétaire de l'enclos où ils faisaient paître leur bœuf, tandis que son père, sans se départir de son sourire affable, faisait bruyamment tourner sa cuillère dans sa tasse de thé.

Joy ne sut jamais si miss Boyle se comportait ainsi devant ses parents parce qu'elle était loin de se douter à quel point ils la trouvaient choquante, ou précisément parce qu'elle en avait conscience. Mais elle adorait ses histoires, sa personnalité si libre et enjouée. La maison était plus vivante et joyeuse quand miss Boyle leur rendait visite.

Ce jour-là, elle n'avait que l'affaire de la disparition de Wendy à la bouche.

— Gwenny, êtes-vous, comme moi, frappée de terreur et de tristesse pour cette pauvre petite ? Et ses parents, quel calvaire ils doivent endurer ! Je n'ai pas eu le cœur de passer les voir pour l'argent du loyer. Comment le pourrais-je ? Je crois que je m'effondrerais devant leur porte et qu'ils trouveraient encore le moyen de me consoler. C'est tellement triste… N'est-ce pas ? Rien qu'une tasse de thé pour moi ce matin, Gwenny, merci. Ron Bell est dans tous ses états, et ce jeune freluquet qui le suit partout a le don de vous déprimer par sa seule présence. De vous à moi, je me demande s'il n'a pas un petit quelque chose à voir avec la disparition de cette pauvre enfant… Après tout, jamais une chose pareille ne s'était produite chez nous avant qu'il débarque dans la région. Et puis, vous ne trouvez pas qu'il a une tête de maniaque ? Il paraît que c'est un obsédé des puzzles.

Il y a quelques semaines, Graeme Whittaker l'a surpris assis à son bureau, l'air totalement absorbé, alors qu'il amenait son fils au poste pour récupérer son permis de conduire. Le type n'arrêtait pas de grommeler et de se plaindre, comme s'il portait tous les malheurs du monde sur ses épaules. C'est très suspect, si vous voulez mon avis. Et il n'a pas vraiment le profil du bon enquêteur, si vous voyez ce que je veux dire. Il devrait être en train de s'activer pour rechercher le meurtrier de Wendy, pas de faire des puzzles à son bureau. Vous croyez qu'il y a quelque chose qui cloche chez lui ? Doux Jésus, Gwenny, tout comme vous, cette histoire me laisse sans voix !

Joy ne put s'empêcher de sourire. Miss Boyle, sans voix ? Cette femme était un moulin à paroles ! Et les questions dont elle bombardait « Gwenny » n'exigeaient pas vraiment de réponses.

Mais, surtout, Joy aurait voulu que les gens cessent de parler de Wendy Boscombe, car cela lui donnait chaque fois l'envie de se recroqueviller sur elle-même pour pleurer.

Sa mère posa une tasse sur la table devant leur invitée et secoua la tête.

— L'agent Shepherd m'a paru très aimable lors de sa visite hier soir.

— Ah oui ?

Miss Boyle but une gorgée de thé et fit la grimace comme si elle venait de mordre dans un citron. Elle se tourna vers Joy, à l'autre bout de la table, et agita sa cuillère en direction du sucrier.

— N'est-ce pas là une preuve, Gwenny ? reprit-elle. Tous ceux qui ont quelque chose à cacher savent se montrer sous leur meilleur jour quand ça les arrange !

Joy apporta le sucrier à miss Boyle en se demandant ce que l'agent Shepherd pouvait bien avoir à cacher. Tout comme miss Boyle, d'ailleurs.

51

Joy et Shepherd

Février 1983

> HENDERSON, George. Le Seigneur est mon berger ; je ne manque de rien. Sur des prés d'herbe fraîche, Il me fait reposer : Il me mène vers les eaux tranquilles et me fait revivre. Si je traverse les ravins de la mort, je ne crains aucun mal. Condoléances à la famille. Révérend Alistair Braithwaite.

— Alors, à votre avis, qui aurait pu vouloir tuer votre père ?

Joy secoua la tête.

— Je vous l'ai dit. Je ne vis plus ici depuis des années. Il était très apprécié dans la région.

— C'est vrai, confirma Vicki. Ses obsèques vont être noires de monde. Et très tristes.

Shepherd aurait vraiment dû lui dire de regagner son cabinet. Mais lorsqu'il était arrivé sur place elle était venue à sa rencontre dans l'allée pour « échanger deux mots » avec lui. Ils ne s'étaient rencontrés qu'une fois, quand Ian Duncan, son ancien partenaire de squash, était mort, lui aussi à son domicile. Sa pauvre femme, Vera, avait appelé Shepherd en découvrant son mari inanimé dans son lit ; il lui avait promis de venir, même si les circonstances du décès n'avaient rien de suspect, et lui avait conseillé d'appeler le médecin de Ian. Vicki, avec son sourire et sa familiarité excessive, avait débarqué deux minutes après lui.

Elle n'était pas méchante, mais elle avait le chic pour vous taper sur les nerfs. Ce matin, elle lui avait dit qu'elle pouvait procéder aux examens post mortem. Il avait donc estimé que sa présence pourrait se révéler utile. À présent, il n'en était plus si sûr.

S'il était sûr d'une chose, en revanche, c'est que Joy ne regrettait pas plus la mort de son père que les vaches qui broutaient dehors dans l'enclos. Ses larmes de crocodile étaient pathétiques. Elle mentait comme elle respirait. Pourtant, elle lui avait paru sincère en affirmant que Ruth n'aurait pas fait de mal à une mouche. À en juger par l'état impeccable de sa chambre, Shepherd était certain que celle-ci avait quitté la ferme de son plein gré. N'empêche, il faudrait qu'il la retrouve pour entendre sa version des faits.

Il y avait aussi les voisins à interroger. Et, malheureusement, cela l'obligerait à se rendre chez les Boscombe. Le plus tard possible.

En attendant, s'il la jouait finement, Joy finirait par tout déballer. Et il n'aurait même pas besoin d'aller chez les voisins. Ou de remettre la main sur Ruth – dès qu'elle aurait vent de l'arrestation de sa sœur, elle viendrait frapper à la porte du commissariat.

Des années auparavant, Ron et lui avaient discuté de ce que cela faisait d'élucider un vrai crime. « C'est un peu comme reconstituer un puzzle », avait analysé Ron. Ils rêvaient tous deux d'avoir un homicide à résoudre mais, chaque fois que la porte du commissariat s'ouvrait, c'était pour laisser entrer un père de famille morose venu récupérer son adolescent boutonneux après son examen du code de la route[1]. Un jour, alors que Shepherd était en poste depuis trois mois, Ron arriva en retard, comme d'habitude, et vida le contenu d'une boîte rectangulaire et blanche sur son bureau. Shepherd retourna la boîte et lut : « Puzzle géant de 1 000 pièces pour les génies ! Contient 1 100 pièces recto verso. »

« J'ai pensé qu'on pourrait s'entraîner à résoudre des énigmes, avait expliqué Ron en étalant les 1 000 et quelques pièces sur la table. Nous allons déterminer quelles pièces peuvent nous être utiles, et lesquelles sont des fausses pistes. Chaque pièce a deux faces, et il n'y a aucun modèle sur le couvercle pour nous aider. Au boulot ! »

Pendant des semaines, ils s'étaient acharnés sur ce maudit puzzle entre deux examens du code de la route à surveiller, le petit accrochage occasionnel en voiture ou la fête du samedi soir qui dérapait. Shepherd avait failli abandonner au bout de quelques jours, mais Ron lui avait interdit de se décourager. « Tu ne jetterais pas l'éponge au beau milieu d'une enquête criminelle, fiston. Qui sait quand nous aurons un vrai meurtre à résoudre ? Si c'est pour nous apercevoir que nos cerveaux sont devenus aussi

1. En Australie, dans les zones rurales, il est possible de passer cet examen dans certains postes de police. *(N.d.l.T.)*

pâteux que le fond d'un étang à sec et tout aussi encombrés de camelote... »

Et puis, en poussant la porte du poste le matin du 30 décembre 1960, soit trois jours après la disparition de Wendy, Shepherd avait trouvé Ron, arrivé de bonne heure pour la première et la dernière fois de son existence, tandis que le puzzle, lui, s'était évaporé. Ils n'en avaient jamais reparlé.

À présent, Shepherd devait rassembler les pièces d'un tout autre puzzle. Il y avait celles de Joy, celles de Ruth et celles de George. Il n'avait rencontré ce dernier qu'en de rares occasions (la messe dominicale, les parties de boules anglaises et les danses de salon ne faisaient pas partie des hobbies de Shepherd), mais il savait que Ron et lui avaient forcément dû l'interroger après la disparition de Wendy. Et aussi que tout le monde – à l'époque, et aujourd'hui encore – voyait en lui un citoyen modèle. La dernière fois que Shepherd avait parlé à Neil Boscombe, George Henderson leur rendait encore visite, à Viola et lui, afin de prier pour leur fille. Shepherd se félicitait de ne pas très bien connaître cet homme, histoire de mener l'enquête sur les circonstances de sa mort de façon impartiale. Il était prêt à parier, comme avec le puzzle géant, que toutes les pièces avaient au moins deux faces. Il savait déjà que Joy était jalouse de sa sœur et ne semblait pas s'émouvoir le moins du monde du décès de son père. Peut-être avait-elle vécu dans son enfance un événement particulier susceptible d'éclairer le déroulement de ces douze dernières heures ? La disparition de Wendy Boscombe avait forcément dû la marquer, d'autant plus qu'elles étaient voisines et avaient le même âge. Sans oublier que son père allait constamment prier chez eux.

À moins que tout ne soit parti d'une dispute récente qu'elle aurait eue avec lui ou avec sa sœur.

Il n'y avait plus qu'à rassembler les bonnes pièces pour reconstituer le puzzle.

Lorsqu'il était sorti diplômé de l'académie de police, vingt-quatre ans auparavant, Shepherd avait sauté sur l'occasion d'aller travailler à Blackhunt. Ces grands espaces, ces collines verdoyantes, ces gens de la campagne à la fois simples et travailleurs, avec leurs poules, leurs cochons, leurs chevaux, leurs vaches, leurs canards et leurs moutons… ce serait comme de longues vacances dans un endroit où tout le monde se connaissait et s'appréciait.

Mais les gens du coin ne s'étaient pas montrés si débonnaires. La plupart d'entre eux vivaient dans la peur de perdre le peu qu'ils possédaient, aussi bien les fermiers que la dizaine de petits commerçants dont les boutiques s'agglutinaient le long de la déprimante artère principale de Blackhunt. Tous dépendaient du bon vouloir de la météo (beaucoup de précipitations l'hiver et beaucoup de soleil l'été) et du prix du lait, mais ces deux éléments semblaient n'en faire qu'à leur tête chaque année : les fermiers étaient de moins en moins rémunérés, alors que le coût de la vie grimpait en flèche.

Shepherd avait vite compris qu'en réalité il ne connaîtrait personne. Si la bourgade ne comptait officiellement que 897 habitants, la population de la région s'élevait à 10 792 âmes réparties sur un territoire d'un peu plus de 10 000 kilomètres carrés. Qui pouvait prétendre connaître 10 792 personnes ? Certains visages se distinguaient du lot, bien sûr. Les commerçants chez qui il faisait ses courses, les jeunes gens qui échouaient systématiquement au code de la route, les figures locales – maires successifs, conseillers ambitieux –, ainsi que les personnages du calibre de George Henderson, qu'il connaissait davantage de réputation – le genre à siéger dans tous les comités possibles et à aimer lire son nom dans le journal.

Mais la plupart des fermiers et leurs familles gardaient leurs problèmes pour eux et faisaient semblant de ne pas voir ceux des autres. Les quelques sous qui n'étaient pas engloutis dans les factures étaient fébrilement mis de côté en prévision du prochain désastre. Quand ce n'était pas l'entretien des kilomètres de clôtures qui bordaient chaque propriété, c'étaient les frais de vétérinaire, le prix des denrées alimentaires, les fuites dans le toit, l'arrivée d'un autre bébé, cette pluie qui tombait en permanence, et puis autre chose, encore autre chose, toujours autre chose. Shepherd avait très vite appris à ne plus leur demander comment ils allaient.

En dépit du fait que rien de ce qu'il avait entendu de la vie à la campagne ne correspondait à la réalité du quotidien à Blackhunt, Shepherd avait apprécié, durant les premiers temps, la simplicité de son travail et l'attitude respectueuse des habitants, et il s'était tout de suite bien entendu avec son supérieur, lequel avait insisté pour qu'il laisse tomber « chef » et l'appelle Ron, excepté en présence d'autres gens.

Puis Wendy Boscombe avait disparu, et les choses avaient changé.

Vingt et quelques années plus tard, elle était toujours portée disparue, présumée assassinée. La confiance que les gens de la région avaient placée en Ron et lui s'était peu à peu réduite comme peau de chagrin. Ils avaient pourtant continué à la chercher sans relâche, mais sans jamais trouver le moindre indice ou la moindre piste susceptible d'expliquer ce qui lui était arrivé. Malgré son calme apparent, au fil des années Shepherd s'était senti de plus en plus inutile. Quelques mois auparavant, alors qu'il relisait machinalement le dossier de l'affaire, il avait compris avec horreur qu'il s'était fait prendre lui aussi au piège qui engluait cette bourgade et ses fermes environnantes dans la misère et le désespoir.

Et voilà qu'un autre crime s'était produit non loin de chez les Boscombe. Shepherd sentait la tension l'envahir. Joy Henderson lui cachait des choses, cela ne faisait aucun doute. Mais lesquelles ? Il voyait qu'elle avait peur, et aussi qu'elle se tenait sur ses gardes. Il était cependant trop tôt pour tenter de lui arracher des aveux. Il devait d'abord éclaircir certains points, continuer à l'interroger et assembler d'autres pièces du puzzle.

— OK, miss Henderson, je crois que nous nous sommes tout dit pour le moment.

Il referma son carnet et lui adressa le sourire qu'il avait appris de Ron – rassurant mais autoritaire, ce sourire qui voulait dire : « Tout se passera bien pour vous si je trouve ce que je suis venu chercher. »

— Je vais passer chez vos voisins pour leur demander s'ils ont vu ou entendu quoi que ce soit, et je vous recontacterai.

Il se tourna ensuite vers Vicki, histoire de s'assurer qu'elle n'allait pas rester là avec Joy.

— Merci d'avoir fait tout votre possible, docteur. Vous devez avoir une salle d'attente remplie de patients qui n'attendent plus que vous.

Vicki comprit l'allusion et se leva.

Au moment où Joy les remercia, les yeux noyés de larmes, Shepherd remarqua son front luisant de sueur et ses mains tremblantes.

Parfait, songea-t-il. *C'est un bon début.*

52

Joy et Ruth

Décembre 1960

Joy avait peur. Pour Wendy. Pour son père. Pour elle-même. Elle aurait voulu que ces longues vacances s'achèvent pour qu'elle puisse enfin entrer au lycée, loin des colères paternelles, des discussions à propos de Wendy Boscombe et de toute cette épouvantable histoire.

— Je sais que tu te fais un sang d'encre à son sujet, lui dit Ruth. Mais tout va bien se passer, j'en suis sûre.

— Tu crois qu'ils vont la retrouver ?

— Aucune idée, concéda-t-elle d'un air sombre, puis elle sourit à Joy et poursuivit sur un ton plus léger. Mais souviens-toi : même quand une personne meurt sur Terre, elle est vivante au Paradis. Comme Jésus. Mourir est donc la meilleure chose qui puisse arriver à un chrétien. Tu ne penses pas ?

— Je ne sais pas. Je…

— Eh bien, laisse-moi te dire une chose que moi je sais : tu ne peux pas rester à pleurnicher comme ça et à te torturer l'esprit à cause de Wendy, encore Wendy, toujours Wendy. Parlons de choses joyeuses. Devine ce qu'il y a de plus merveilleux au Paradis… La Bibliothèque infinie ! s'exclama-t-elle sans même laisser à sa sœur le temps d'essayer de répondre.

Les traits de Joy s'illuminèrent.

— La Bibliothèque infinie ?

Le sourire de Ruth était tel que sa tache de naissance ressemblait à un gros ballon pourpre sur le point d'exploser.

— C'est l'endroit le plus incroyable qui existe sur Terre, ou au ciel plutôt, parce qu'il contient tous les livres déjà écrits, en train d'être écrits, et ceux qui restent encore à écrire pour toute l'éternité. Les murs sont couverts de rayonnages qui se prolongent chaque jour, si bien que Dieu doit constamment ajouter de nouvelles salles.

Joy sentit ses épaules se détendre. Elle imaginait déjà la Bibliothèque infinie avec ses interminables étagères en acajou, ses couloirs, ses ailes, ses étages… *et surtout ses histoires*, songea-t-elle en souriant.

Tous les livres jamais écrits ? Par conséquent, cela signifiait aussi le tout premier. Elle se demanda quel pouvait bien être son titre. À quoi ressemblait-il, en quoi était-il fabriqué, était-il écrit en anglais ? Sinon, comment pourrait-elle le lire une fois au Paradis ? Dieu devait certainement veiller à ce que vous puissiez lire toutes les langues quand vous montiez au ciel, afin que tout le monde ait accès à tous les livres, y compris le premier. Celui-ci devait être rangé dans une vitrine spéciale, avec des gardes postés fièrement de part et d'autre pour assurer sa protection jusqu'à la fin des temps. Sauf que non, cela n'avait aucun sens : la fierté étant l'un des sept péchés capitaux, elle ne pouvait pas exister au Paradis. Et la présence des gardes était inutile puisque personne là-haut n'aurait jamais l'idée de voler. Les gens devaient faire longuement et poliment la queue pour avoir la chance de contempler le premier livre jamais écrit, parce qu'il était sûrement impossible de l'emprunter, même au Paradis, où tout était parfait. Il devait y avoir des centaines, des milliers, des millions de gens qui faisaient la queue pour admirer un ouvrage d'une si haute importance. Et des millions d'autres qui attendaient leur tour de pouvoir lire la toute première Bible. Et la première encyclopédie. Et aussi – Joy en sourit de délice – le premier dictionnaire.

— Oui, poursuivit Ruth. Et, pour retrouver les livres qui t'intéressent, il te suffira de consulter le Catalogue infini à l'entrée de la bibliothèque.

Joy soupira d'aise, de nouveau. En raison de son accident, Ruth n'avait jamais pu lui acheter un cadeau de Noël ou d'anniversaire dans un magasin. Mais, cette année, elle venait de lui offrir le plus beau des présents du monde : la certitude qu'un jour, après sa mort, Joy aurait accès à la Bibliothèque infinie. À condition, bien sûr, de monter au Paradis.

Et cela signifiait aussi qu'en ce moment précis Wendy Boscombe se trouvait peut-être dans cette même Bibliothèque infinie, en train de lire tout ce qu'elle voulait.

53

Joy et Shepherd

Février 1983

> HENDERSON, George. Un homme chaleureux et travailleur. Sincères condoléances à toute sa famille. Graeme Plummer et les siens.

Assis sur une chaise longue en chintz, Shepherd sirotait le thé préparé à son intention par Barbara Larsen, tout en songeant qu'on ne pouvait aller nulle part sans qu'on vous colle une de ces foutues tasses de thé entre les mains, même en pleine canicule. Et ce petit salon sombre était encore plus étouffant que la cuisine des Henderson. Le policier était convaincu que Ron avait interrogé les Larsen après la disparition de Wendy, mais il ne se souvenait pas plus de cette rencontre que des autres et se promit d'aller vérifier plus tard dans ses dossiers.

Colin Larsen était assis sur une chaise, face au policier. Sa jambe droite était parcourue d'un tic nerveux, et il ne cessait de darder ses regards en direction d'un chat roux foncé endormi sur un tas de chiffons près de la cheminée. Shepherd avait déjà irrité Barbara en lui demandant s'il y avait un Mr Larsen. Lorsqu'elle lui avait répondu « plus maintenant » d'un ton amer, il avait décidé de ne pas la contrarier davantage et d'interroger plus tard Vicki sur ce dont souffrait Colin. Décidément, chacun des foyers de ce foutu district semblait constituer son propre puzzle étrange.

Pour le moment, il espérait surtout récupérer une autre pièce du puzzle Henderson. Joy avait bien des secrets, et les Larsen seraient peut-être en mesure de lui en révéler un ou deux. Surtout concernant l'énigmatique Ruth. Et, si Shepherd soupçonnait Joy d'avoir elle-même passé cette ceinture – laquelle reposait désormais sur le siège passager de sa voiture, dans un sachet judiciaire scellé – au cou de son père, soupçon n'avait pas valeur de preuve. « N'oublie pas de mettre les points sur les *I* », lui disait toujours Ron comme si c'était une bonne blague, penché par-dessus son épaule pour s'assurer qu'il remplissait correctement un énième formulaire de permis de conduire. Dès son retour au commissariat, Shepherd avait donc l'intention de procéder à un relevé d'empreintes sur cette ceinture, même si la personne qui s'en était servie pour étrangler George Henderson avait sans doute pris soin de n'en laisser aucune. Idem avec les flacons de médicaments, rangés eux aussi dans un sachet judiciaire sur le siège avant de son véhicule. Le labo de Melbourne mettrait sans doute quelques jours à lui répondre. Dans l'intervalle, il espérait rassembler assez d'éléments supplémentaires pour boucler son enquête.

— Alors, ça y est, il est mort ? fit Barbara avec un soupir mélodramatique. Pauvre George ! Je ne devrais pas dire ça, mais je pense que c'est un soulagement pour Joy. Leurs relations étaient… difficiles.

— Vraiment ?

Shepherd reposa sa tasse de thé à côté de lui sur la table basse en bois verni et sortit son carnet pour prendre des notes.

— Ça n'a plus d'importance, à présent, j'imagine, poursuivit Barbara. Joy avait réussi à s'échapper. J'avoue ne même pas comprendre pourquoi elle est revenue.

Elle jeta un coup d'œil en direction de Colin. Il remuait toujours autant la jambe en observant le chat, qui ronronnait dans son sommeil.

Shepherd souligna le mot « s'échapper » sur sa page et releva les yeux d'un air impassible en imaginant les conseils de Ron. *Ne dis rien, fiston. Elle continuera à parler. Un bon flic, c'est avant tout un flic qui sait écouter. Un témoin silencieux.*

« Témoin silencieux. » Pourquoi cela lui rappelait-il quelque chose ? Et pourquoi à cet instant précis ?

— C'était un homme charmant. Avec tout le monde, comme vous le savez sans doute.

Shepherd opina. *Et pourtant on l'a assassiné.*

— Pourquoi Joy a-t-elle dû… anônna-t-il, faisant exprès de se replonger dans son carnet, … « s'échapper », pour reprendre votre expression ?

— Oh, fit Barbara d'un air gêné. Je ne saurais vous dire…

Bien sûr que si. Shepherd sourit et attendit.

— Ça me gêne de dire du mal d'un défunt, poursuivit-elle.

— Je comprends.

— Et je n'ai jamais rien vu ni entendu. C'est juste une intuition. Ses enfants étaient si taciturnes, si… obéissants. Même adolescents.

Elle sirota une gorgée de thé. Shepherd attendait toujours.

— Ce qui pouvait sembler étrange, même à cette époque.

Colin se leva alors de sa chaise, alla s'agenouiller près du chat et lui caressa lentement la tête.

— Les enfants sont souvent timides, commenta Shepherd, jugeant qu'il était temps de faire un peu monter la pression. Vous m'avez dit que George était un homme charmant… « avec tout le monde ».

Il avala un peu de thé. Il aurait préféré une bonne citronnade avec des glaçons.

— Oh, oui. Absolument.

— Avec tout le monde, répéta Colin, sauf ses enfants.

Le chat leva le menton, et Colin se mit à lui gratter le cou. Shepherd repensa à la ceinture serrée autour de celui de George Henderson et se demanda si Colin se montrait toujours aussi gentil.

— Que voulez-vous dire par là, Colin ?

Le fils Larsen regarda autour de lui comme pour s'assurer que personne ne les espionnait, tout en caressant le dos du chat.

— Il était méchant.

— Colin ! protesta sa mère. Tu n'en sais rien du tout, voyons.

— Méchant avec ses enfants.

Ruth avait donc elle aussi une bonne raison de détester son père, songea Shepherd. Joy lui avait menti.

Barbara s'empressa de reprendre la conversation en main.

— Ce que je ne comprends pas, c'est pourquoi la police se mêle de cette histoire. George était malade depuis très longtemps. Sa mort n'est une surprise pour personne.

Elle lui tendit une assiette de sablés et Shepherd se servit à contrecœur. Il n'en pouvait plus de ces pâtisseries insipides et transpirant la pauvreté qu'il était obligé de manger depuis vingt ans.

— Hélas, les circonstances sont… différentes, expliqua-t-il en baissant les yeux vers son biscuit triangulaire. Mr Henderson a été retrouvé par sa fille, Joy, avec une ceinture autour du cou.

Il scruta soigneusement leurs réactions.

— Quoi ? s'étrangla presque Barbara.

Elle n'en ferait pas un peu beaucoup ? se dit-il.

— C'est affreux. Affreux !

Elle se rassit, son assiette de sablés à la main et le visage blême – un détail difficile à simuler, concéda le policier.

Colin avait fermé les yeux comme s'il refusait de croire ce qu'il venait d'entendre.

— Je ne vous le fais pas dire, répondit Shepherd.

Il croqua dans son biscuit trop dur et but une gorgée de thé pour le ramollir.

Le téléphone sonna dans le couloir, et Barbara regarda sa montre.

— Excusez-moi, il faut que je décroche. C'est important.

Elle embrassa son fils sur le front et disparut dans le couloir.

Colin se pencha vers son chat.

— Il s'appelle Nabot, dit-il au policier. Parce que c'était le plus petit de sa portée. Ils voulaient s'en débarrasser, mais ma mère a dit qu'on voulait bien le prendre. Il dort sur mon lit toutes les nuits. Depuis quatorze ans.

Nabot ouvrit ses yeux jaunes et tendit une patte vers le genou de Colin.

— C'est mon ami. Mais il va mourir bientôt. Il a des problèmes respiratoires. Et il a du mal à marcher.

Colin s'essuya le nez dans sa manche, d'abord une narine, puis l'autre. Shepherd lui adressa un petit sourire d'empathie et continua à l'interroger sur les Henderson, d'un ton très tranquille.

— Mr Henderson était-il méchant avec Ruth ?

— Oh non, pas avec elle, répondit Colin.

Il souleva le chat, que Shepherd entendit ronronner alors qu'il dormait encore. De toute évidence, l'animal était très malade.

— Nous ne savons pas où est Ruth, insista le policier avec délicatesse. Nous sommes très inquiets à son sujet.

— Vous ne savez pas où est Ruth ? répéta Colin avec étonnement.

— Non.

L'expression qu'il venait de lire sur les traits de son interlocuteur l'incita à poser sa question suivante avec beaucoup de tact.

— Savez-vous… où elle se trouve, Colin ?

Sans cesser de caresser son chat, Colin hocha la tête.

Du concret, enfin, songea Shepherd. *Je me suis peut-être trompé sur le compte de Joy.*

Il entendit soudain Barbara hausser le ton au téléphone.

— Je me fiche pas mal de ce que vous pensez ! Il restera ici, avec moi. Lui et le chat.

Elle se fichait aussi pas mal que le policier l'entende, apparemment. Peut-être même le voulait-elle.

Sheperd se tourna de nouveau vers Colin, qui avait enfoui son visage dans le pelage de l'animal.

— Et donc, dit-il, toujours avec cette même bienveillance mêlée de fermeté, Ruth est toujours vivante ?

Colin leva les yeux et secoua la tête. Très vite.

— Ruth… est morte.

Ces trois mots firent à Shepherd l'effet d'une déflagration.

— Vous êtes sûr ?

Colin mit ses mains devant ses yeux et fondit en larmes.

— C'était un accident. Mais elle est au Paradis, maintenant.

L'esprit de Shepherd turbinait à toute allure. C'était ce qu'il espérait. Une confession rapide, et une enquête vite bouclée. Il s'était bel et bien trompé à propos de Joy. Peu importe. Il aurait tout tiré au clair d'ici le soir et pourrait s'offrir une bonne nuit de sommeil. Aucun juge ne condamnerait Colin Larsen à la prison. Il serait sans doute placé dans une institution, mais pas incarcéré. Et Barbara pourrait lui rendre visite aussi souvent qu'elle le souhaiterait.

— Je vous ai déjà dit que ça m'est égal ! affirma celle-ci d'une voix tranchante. Personne ne viendra l'emmener, ni lui ni le chat, vous m'entendez ? Je m'occuperai de lui jusqu'au jour de ma mort !

Hélas, non, songea Shepherd. Il était sincèrement navré pour elle.

— Un terrible accident, répéta Colin, toujours caché derrière ses mains.

Shepherd mordit une nouvelle fois dans son biscuit trop sec, le cerveau en ébullition. Il déplaça le morceau d'un coup de langue vers l'une de ses joues et s'obligea à parler avec calme.

— Colin, pouvez-vous me montrer où elle est ?

Ce dernier leva les yeux et acquiesça, les joues striées de larmes. D'une main, il se remit à caresser son chat, avec lenteur et désespoir, comme s'il avait peur de le blesser. Ou comme s'il savait qu'en suivant Shepherd il ne le reverrait jamais.

— Maintenant ? insista le policier avec douceur.

La victime pouvait parfois être encore vivante, surtout si l'agresseur avait agi dans la précipitation ou s'il s'agissait vraiment d'un accident. Chaque minute comptait. Il reposa sa tasse de thé et le reste du biscuit, soulagé de ne pas avoir à le finir, et se leva.

— Oui, dit Colin en se levant lui aussi. Je peux vous conduire jusqu'à elle.

— Alors allons-y.

— C'était un accident, répéta le fils Larsen pour la énième fois.

Ils sortirent dans le couloir, où Barbara continuait d'éructer au téléphone.

— Ça fait des années que je m'occupe de lui, et personne n'a jamais rien dit ! Où étiez-vous quand j'avais besoin d'aide, il y a vingt ans ?

— Excusez-moi, Mrs Larsen…

Barbara fit volte-face.

— Quoi ? s'écria-t-elle.

— Votre fils vient avec moi, annonça Shepherd en prenant son air le plus neutre. Il va… m'aider dans mon enquête.

Quand ils rejoignirent la route, il ne fut guère surpris d'entendre Colin lui dire de tourner à gauche, en direction de la ferme des Henderson. Mais, alors qu'il ralentissait au bas de la pente pour s'engager dans leur allée, Colin l'arrêta :

— Non, pas ici. C'est beaucoup plus loin. Continuez.

Au bout de dix minutes de trajet silencieux, Shepherd commença à se sentir vraiment intrigué. Et inquiet pour Ruth, aussi. Une pensée le traversa soudain et il faillit freiner. Était-il possible que Colin ait tué Wendy Boscombe, plus de vingt ans auparavant ?

— Et si vous m'expliquiez directement où nous allons, dit-il d'une voix calme, afin de ne pas avoir à me guider au fur et à mesure ?

— Bien sûr. Vous savez où se trouve le cimetière de Blackhunt ?

54

George et Gwen

Janvier 1949

Quand Gwen et le bébé arrivèrent à la maison, le jardin s'épanouissait en une explosion de coquelicots rouge vif. Mais Gwen était incapable de les regarder. D'une voix morne, elle demanda à George comment il s'en était sorti. Il lui répondit que Barbara était venue tous les matins lui apporter à manger et s'occuper de Mark pendant que Colin et lui trayaient les vaches et vaquaient aux travaux de la ferme.

Gwen hocha la tête. Elle ne comprenait pas le comportement de Barbara. Elle ne comprenait plus rien.

Dans l'après-midi, alors qu'elle était assise sur le canapé, complètement amorphe, avec le bébé endormi dans le berceau en osier à ses pieds, on frappa à la porte. Elle grogna et s'arracha péniblement au canapé.

— Bonjour, Gwen, fit Colin en la regardant droit dans les yeux.

— Bonjour, Colin.

Elle s'efforça de sourire. Il la suivit à l'intérieur et prit place à côté d'elle. Elle se demanda ce qu'il lui voulait. La traite n'était pas supposée commencer avant une demi-heure, et d'habitude il se rendait toujours directement à la laiterie.

Aucun d'eux ne parlait. Colin semblait attendre.

Puis Gwen désigna le bébé.

— Voici Joy.

— Oui. Bonjour, Joy, dit-il en se penchant pour lui caresser la joue. Comment allez-vous, Gwen ? ajouta-t-il.

Une question toute simple. Que personne ne lui avait posée. À l'hôpital, les rares visiteurs avaient évité d'aborder le seul sujet dont elle voulait parler et s'étaient tous montrés trop distants ou trop enjoués. « Tâchez de voir les choses du bon côté, ma belle », lui avait conseillé sa voisine de lit. « Elle est magnifique, Gwen », l'avait félicitée Arnold. « Absolument magnifique », avait renchéri Marilyn. « Les voies du Seigneur sont impénétrables », avait commenté le révérend Braithwaite. « Nous devons aller de l'avant comme si de rien n'était », avait conclu George.

Mais Colin l'avait regardée, elle, et lui avait posé cette simple question.

Quelque chose était mort en elle et pourtant elle n'arrivait pas à pleurer. En observant ce garçon, elle sut qu'il saurait l'écouter. Et c'est exactement ce qu'il fit, allant jusqu'à répéter ses fins de phrase lorsqu'elle vacillait dans son récit. Quand elle eut terminé, c'était lui qui pleurait, et elle qui dut le consoler.

— C'était un accident, Colin. Un terrible accident.

À travers ses larmes, il répéta ses derniers mots.

— Un terrible accident.

— Et Ruth est au Paradis, désormais.

— Ruth est au Paradis, reprit-il d'une voix si triste que Gwen eut envie de le prendre dans ses bras.

Ils restèrent assis là ensemble. En silence. Même le bébé, à leurs pieds dans le berceau, ne faisait pas un bruit.

Environ cinq minutes avant 16 heures, le garçon se leva.

— Je dois aider George avec les vaches.

— Oui, dit Gwen. Merci, Colin.

55

Joy et Ruth

Février 1983

> HENDERSON, George. Un homme bienveillant et honorable qui aimait Dieu, son Église et sa communauté. Sincères condoléances à sa famille. Kenneth Jones.

Maintenant que Shepherd et Vicki m'ont laissée, je peux enfin réfléchir posément et commencer à m'organiser. Mais je n'arrête pas de penser à Ruth. Elle semble vraiment partie pour de bon. Pour toujours. Et voilà que je pleure en repensant à ce samedi après-midi pluvieux de ma dernière année d'école primaire.

Plantée à l'entrée du poulailler pour garder le portail, mes bottes en caoutchouc engluées dans la boue, je regardais ma mère pousser une brouette pleine de chardons pour les 12 Ruth.

« Venez, venez, mes petites Ruth, par ici ! lançait-elle.

— Maman… Pourquoi tu les appelles Ruth ? »

La question était sortie toute seule de ma bouche.

Cela avait toujours été sa façon de faire, depuis onze années, mais c'était la première fois que cette habitude me frappait. C'est comme ça, quand on est enfant. On accepte tout. Jusqu'au jour où on ne l'accepte plus.

J'ai cru qu'elle ne m'avait pas entendue, car elle est allée tout au fond de la volière pour jeter les chardons à mains nues. Rien ne lui abîmait les mains : ni les chardons ni le fil de fer qu'elle entortillait autour des fleurs. Même pas la morsure du froid.

Quand elle est ressortie pour se rendre dans la petite cabane où elle entreposait le tonneau contenant les graines pour les poules, j'ai réitéré ma question :

« Maman, pourquoi tu...

— J'ai entendu. »

Elle a plongé une grosse pelle dans le tonneau, et nous avons regardé le surplus de graines tomber en pluie par terre. Elle est ensuite repartie en direction de la volière pour jeter les graines par-dessus les chardons, d'un grand geste circulaire.

Je ne savais pas si elle avait l'intention de me répondre. Je ne pouvais qu'attendre.

Après avoir remis la pelle à sa place, elle a posé ses mains sur ses hanches.

« Tu veux vraiment savoir pourquoi je les appelle toutes Ruth ?

— Oui, s'il te plaît. »

Bizarrement, je regrettais soudain de lui avoir posé la question.

Elle a regardé au loin, vers le paysage grisâtre par-delà l'enclos des bœufs et l'étang. Puis elle a reniflé.

« Il y a bien des années, j'ai… eu un autre bébé… »

Elle a baissé les yeux vers la brouette et reniflé à nouveau. Je me souviens d'avoir espéré qu'elle n'avait pas attrapé froid. Elle ne tombait jamais malade. Qui s'occuperait de nous si elle n'allait pas bien ? Ou si elle mourait ?

« … un bébé prénommé Ruth, ajouta-t-elle.

— Un autre bébé ?

— Oui. Mais elle est morte.

— Comment ça, morte ? Que s'est-il passé ? »

Elle a empoigné les bras de la brouette.

« Ça s'est produit… avant ta naissance. C'était un accident. Nous n'avons rien pu faire. Un terrible accident. Elle est morte… avant de naître. Un bébé mort-né. »

Je n'avais que 11 ans, et les mots « bébé mort-né » sonnaient à mes oreilles comme un péché. Des mots qui ne pouvaient être que chuchotés par une vieille fille au nez pointu, au cœur sec et aux jambes parcourues de varices, des mots repris ensuite tout bas par les autres, des mots qui se répandaient de ferme en ferme plus vite que les rats pendant la peste, jusqu'à ce que tout le monde soit au courant de cette terrible faute.

Ses mots résonnent encore dans ma tête aujourd'hui. Surtout « avant ta naissance ». J'aurais pu avoir une grande sœur.

« Je suis tombée, tu comprends, a poursuivi ma mère. Dans l'escalier en ciment du porche de derrière. »

J'ai vu la pluie ruisseler sur ses joues, mais j'ai attendu et écouté en silence. C'était ma spécialité.

« J'étais enceinte, à un stade très avancé de ma grossesse. Et quand on… trébuche à ce stade-là d'une grossesse, on perd l'équilibre et on tombe. »

Elle m'a regardée. Je n'ai rien dit.

« Tout le monde sait ça, poursuivit-elle d'une voix qui n'était pas teintée de son beige habituel, mais d'un bleu glacé. Heureusement, ton père était là. Juste derrière moi. Sinon, Ruth n'aurait pas été la seule à mourir. »

Elle n'avait pas besoin d'en dire plus. J'avais compris.

« Il t'a poussée, pas vrai ? C'est comme ça que bébé Ruth est morte. »

Elle aurait dû protester aussitôt, mais ce n'est pas ce qui s'est passé. Une demi-seconde de trop s'est écoulée avant qu'elle me réponde.

« Non ! Non, pas du tout. Il a appelé le docteur, il m'a sauvé la vie. Mais, quand je me suis réveillée à l'hôpital, bébé Ruth…

— Était morte », ai-je conclu.

Et, au creux de ma nuque, une bulle de haine violacée et intense a éclaté pour se répandre à travers tout mon corps.

Ma mère a soulevé les bras de la brouette.

« C'était un accident, Joy. J'ai glissé, voilà tout. Et la vie doit continuer comme si de rien n'était. N'en parle plus jamais, a-t-elle dit, rembrunie. Surtout pas à ton père. Cela le mettrait très en colère. Et pas un mot à qui que ce soit en dehors de la famille. Jamais. À personne. »

Je suis restée plantée là, les doigts agrippés à la clôture métallique qui retenait les Ruth prisonnières tandis qu'elle s'éloignait avec la brouette. Elle l'a poussée jusqu'à l'autre bout de l'enclos des bœufs, tout au fond, pour aller arracher des chardons à l'aide d'une pioche. Jusqu'au souper, elle n'a été qu'une silhouette bleu et vert foncé, courbée au loin. Ou totalement invisible, selon l'angle de la pluie.

J'ai refermé le portail du poulailler et observé les Ruth picorer les chardons et les graines. Des dizaines et des dizaines d'entre elles avaient été décapitées, cuites et mangées, mais je savais désormais qu'il y avait eu une autre Ruth. La toute première. Ma sœur. Je ne croyais pas une seconde au scénario de l'accident, à la chute malencontreuse et à la présence « miraculeuse » de mon père.

Je n'étais pas idiote, cela dit : je savais que je devais respecter ses instructions et n'en parler à personne.

Mais cette haine qui s'était répandue en moi comme du venin dans mes veines, jamais elle ne s'effacerait. Et j'ai toujours su qu'un jour je vengerais Ruth.

De retour à la maison, j'ai trouvé l'assassin de ma sœur attablé dans la cuisine, à attendre son thé, qu'il me faudrait lui préparer moi-même puisque ma mère était dehors en train d'arracher des chardons. Au moment de remplir la bouilloire, j'ai coulé un bref regard en direction du meurtrier, et j'ai senti ma haine violacée palpiter en moi.

J'ai disposé deux rondelles de citron sur une assiette et je l'ai apportée à table. Puis j'ai versé l'eau bouillante dans la théière, la main tremblante, en me répétant *Fais attention, fais bien attention*. Il me regardait faire, comme toujours. À guetter le moindre faux pas de ma part.

J'avais beau me concentrer sur mes gestes, je ne pouvais pas m'empêcher de penser à bébé Ruth. Elle aurait été si belle, elle m'aurait offert des cadeaux pour mon anniversaire, comme des marque-pages ou même des livres.

Pauvre bébé Ruth. Elle n'avait même pas connu son premier anniversaire.

J'ai versé le lait dans la tasse de mon père en songeant qu'un bébé mort-né devait être d'un blanc doux et crémeux. Rien à voir avec ces veaux morts et visqueux qu'on sortait des vaches à l'aide d'une corde. Ceux-là étaient raides, froids et anguleux. Bébé Ruth était tendre et délicate à l'intérieur de notre mère, même si je la voyais lutter pour s'alimenter avec le cordon ombilical, lutter pour respirer, lutter pour échapper aux coups et aux cris qui transperçaient le ventre de notre mère. Lutter pour développer ses jambes et ses pieds, ses bras et ses mains, son âme. Avant de renoncer à cette lutte. Et tout cela à l'endroit même où j'avais grandi et lutté pour respirer, pour vivre, vivre avec la boue et les vaches, la pluie, la peur. Les livres. Les images de mots qui m'explosaient dans la tête. Et je n'arrivais pas à savoir si c'était la Ruth in utero ou la Joy in utero qui avait pris la bonne décision.

« Dépêche-toi ! a-t-il grogné. Je n'ai pas que ça à faire ! »

J'ai remué la théière, puis versé le thé dans sa tasse. Il n'était pas assez infusé.

« Bonne à rien », a-t-il craché.

J'ai remué à nouveau la théière, tout en me demandant comment ils avaient su que bébé Ruth était morte. Cette fois, je craignais que le thé ne soit trop fort. Je l'ai versé dans une autre tasse que j'ai apportée à table.

« Dépêche-toi un peu ! »

J'ai sursauté et renversé un peu de thé sur la coupelle. Il m'a regardée aller en chercher une autre. *S'il te plaît, mon Dieu, aide-moi à faire plus attention. Car c'est à toi qu'appartiennent le règne, la puissance et la gloire…*

« Tiens, papa. »

Pour l'éternité, amen.

« Mmmh. »

Je suis restée debout devant l'évier à attendre qu'il termine son thé et ses biscuits, et pendant tout ce temps je n'ai pensé qu'à elle. Ruth, Ruth, Ruth.

Enfin, il a repoussé sa chaise sur le lino et il est parti. J'ai débarrassé et rangé derrière lui.

Si Ruth n'était pas morte dans le ventre de notre mère, j'aurais eu une grande sœur pour me servir de modèle, pour m'aider à faire mes devoirs ; une grande sœur que j'aurais suivie jusqu'au poulailler quand elle serait allée ramasser les œufs, me glissant derrière elle pour la bombarder de questions, une grande sœur qui aurait fait semblant d'être agacée et se serait tournée vers moi en disant : « Joy, si tu me poses encore une question sur la lune, je crois que je vais hurler ! » Et nous aurions éclaté de rire toutes les deux.

Une grande sœur qui aurait résolu tous mes problèmes, et dans les bras de laquelle je me serais réfugiée quand il laissait exploser sa rage.

Mais, plus tard, alors que j'enduisais les œufs de paraffine pour les ranger dans la buanderie, j'ai compris que j'étais bien idiote. Je n'aurais pas pu rire avec ma sœur ni me réfugier dans ses bras, parce que si bébé Ruth avait survécu nos parents ne m'auraient jamais eue. C'est Ruth qui aurait enduit les œufs de paraffine, Ruth qui aurait préparé le thé de notre père, Ruth qui aurait tout fait à ma place. Et, contrairement à moi, elle aurait été parfaite.

En vérité, je n'étais rien de plus que la remplaçante de Ruth. Une remplaçante laide et ratée, par-dessus le marché. Pas étonnant que mon père me déteste.

Cette nuit-là, recroquevillée dans mon lit, j'ai imaginé les médecins en train de sortir bébé Ruth du ventre de ma mère pour la jeter dans un incinérateur comme celui que nous avions dans l'enclos. Un endroit où ils se débarrassaient des trucs malades et pourrissants dont les gens ne voulaient plus, comme les jambes amputées, les appendices enflammés, les amygdales infectées, les doigts et les orteils rongés par les engelures. Parfois, ils devaient couper une jambe ou une main puis enflammer du papier journal froissé avant de la jeter dans l'incinérateur par-dessus les morceaux de corps abîmés et les bébés morts.

Même happée par ces visions abominables, je m'obligeais à imaginer bébé Ruth au Paradis, où elle grandissait un peu plus chaque jour, vigoureuse et en bonne santé.

Je grelottais sous ma couverture. Il faisait toujours si froid dans la maison. J'en venais à penser qu'il valait mieux vivre en Enfer, où il faisait chaud et ne pleuvait jamais. Et, chaque fois que j'avais de telles pensées, je m'empressais de prier pour demander pardon.

Si seulement Ruth était là ! me disais-je. Si seulement elle était là, vigoureuse, belle et en parfaite santé ! Si seulement Dieu pouvait me l'envoyer pour me sauver, comme Il avait envoyé Son fils pour sauver l'humanité !

Et, dans l'air glacé de la nuit, j'ai murmuré : « Ruth, je suis désolée que tu sois morte. J'aurais tant aimé te connaître. »

Ruth. Un prénom lisse et doux, associé à l'image d'un long toboggan argenté et étincelant. Pas comme le mien, avec sa syllabe râblée qui sonnait comme un crachat méprisant. Je détestais surtout son image – un râle court et saccadé.

« Ruth, ai-je chuchoté. Es-tu au Paradis ? »

J'ai ouvert les yeux. Et, dans le noir, je l'ai vue, debout devant moi. Elle avait des traits délicats, les yeux bleus de notre père, et un petit nez parsemé de minuscules taches brunes comme si ma mère l'avait saupoudré de noix de muscade. Ses mains étaient longues et fines, et elle portait une robe de cotonnade blanche complétée d'une ceinture qui soulignait sa taille. Je savais même qu'elle portait un soutien-gorge. Et qu'elle n'avait jamais froid. Elle était si parfaite, si menue et si sérieuse qu'elle aurait pu figurer dans l'une de ces réclames pour les aspirateurs.

À l'exception de la tache violacée qui lui grignotait la joue gauche du coin des lèvres aux tempes. Mais je savais qu'en la regardant sous un certain angle on ne voyait pas la marque, et qu'on pouvait la confondre avec un ange envoyé des cieux.

« Ruth ? ai-je dit tout bas. Qu'est-ce que tu fais là ?

— Je suis venue te sauver. »

Elle m'a souri, et sa marque de naissance a enflé sur sa pommette. Sa voix bruissait comme du papier de soie. Elle parlait avec calme, très sûre d'elle. Tout au fond de mon misérable ventre apeuré et en colère, les anguilles noires ont frissonné et se sont rétractées. Un tout petit peu. Mais déjà bien assez.

Ruth m'a ensuite parlé du Paradis, où il faisait toujours beau et où les gens riaient toute la journée. Il y avait assez à manger pour tout le monde, les chambres n'étaient pas traversées de courants d'air, et le lino ne crissait pas sous les chaises. Dieu et Jésus siégeaient sur leurs trônes, et l'Esprit saint répandait partout l'amour et la joie. Personne n'avait le droit de battre ou de frapper ses enfants à coups de ceinture : ceux qui se l'autorisaient étaient envoyés en Enfer, où il faisait très sombre et très chaud, et où régnait le malheur éternel, comme disait le Révérend Braithwaite.

« Est-ce qu'il y a des livres au Paradis ?

— Bien sûr que oui, a répondu Ruth d'un air agacé. Mais je ne suis pas venue pour parler de livres. Je suis venue à cause de notre père… pas celui qui est aux cieux. »

Je me souviens d'avoir trouvé son jeu de mots brillant.

« Notre père qui m'a tuée, a-t-elle continué d'une voix à présent douce comme de la soie {crème fouettée}. Ça sera long, mais je te promets que nous aurons notre vengeance. »

J'avais envie de la prendre dans mes bras, cette sœur merveilleuse jamais venue au monde et envoyée du Paradis. Je lui ai quand même dit de parler tout bas pour que nos parents ne nous entendent pas. Non pas qu'elle ait à s'inquiéter d'un châtiment quelconque. Elle n'avait rien à craindre de notre père ni de sa ceinture. Ni même des flammes de l'Enfer. Ni maintenant ni au moment de sa mort, car elle était déjà morte et montée directement au ciel.

Pour la première fois de ma vie, je me suis endormie en me sentant aimée et un peu moins effrayée.

Je sèche mes larmes. Ce n'est pas le moment de me laisser attendrir par quoi que ce soit, même pas par l'histoire de Ruth. J'ai des choses à faire, et je dois garder mon sang-froid. La prochaine fois que je verrai Shepherd et que je voudrai le convaincre que je pleure la mort de mon père, je me souviendrai de ce qu'il a fait à ma mère et à ma sœur.

Je m'efforce de reprendre mes esprits. Et je me demande si j'ai bien fait de laisser Ruth entrer dans ma vie, il y a longtemps. Je n'avais alors que 11 ans et je vivais dans la terreur. J'étais bien loin de m'imaginer ce qu'elle me pousserait à faire.

56

Joy et Ruth

Décembre 1960

Quatre jours après la disparition de Wendy, Joy se dirigeait vers la cuisine avec les œufs lorsqu'elle entendit son père et sa mère discuter tout bas. Elle s'arrêta, certaine qu'ils parlaient de la fillette disparue.

— C'est affreux. Je n'aurais pas pensé qu'une chose pareille se produirait ici, disait sa mère. Nous devons le dire aux enfants.

— Bien sûr. Tu t'en chargeras. Tout le monde va en parler. Même si nous voulions garder le secret, ce serait impossible.

Avait-on retrouvé Wendy ?

— Ils vont être bouleversés. Surtout Joy.

— Je suis sûr qu'ils s'en remettront, Gwen.

Joy entendit un raclement sur le lino, signe que son père se levait pour partir. Elle ouvrit la porte et le vit prendre un sachet d'ananas confits dans le panier garni que leur avait offert miss Boyle pour Noël. Elle leur en offrait toujours un énorme, rempli de bonnes choses dont la mère de Joy était friande.

Après le départ de son père, Joy fit la vaisselle avec sa mère. Elle savait que celle-ci allait lui parler de Wendy et que les nouvelles ne seraient pas bonnes. Mais sa mère garda le silence. Elle attendait peut-être l'heure du déjeuner, quand Mark serait revenu de chez les Wallace, qui avaient un élevage de furets. Son père l'avait envoyé là-bas pour payer les nouveaux furets qui leur seraient livrés la semaine suivante. Joy savait que c'était sa punition pour avoir avoué une faute qu'il n'avait pas commise.

Quand elle eut essuyé et rangé la dernière tasse, sa mère frotta la planche à découper avec plus de vigueur que nécessaire et déclara soudain :

— J'ai quelque chose à t'annoncer.

— C'est à propos de Wendy ? fit Joy d'une petite voix craintive, l'estomac noué. Ils l'ont retrouvée ?

— Ah non, pas encore, mais je suis sûre que c'est pour bientôt. Et qu'elle ira très bien.

Joy opina d'un air piteux.

— Non, ce que je voulais te dire, c'est que… Mr et Mrs Larsen… s'en vont.

— Quoi ?

Elle ne s'attendait pas du tout à ça. *Non, ils ne peuvent pas s'en aller ! Mr Larsen doit apporter du chocolat, téléphoner à Beryl et te faire rire.*

— Ne dis pas « quoi ». Tu sais que ça agace ton père, la réprimanda sa mère tout en récurant l'évier. Ils déménagent. Ils repartent s'installer en ville.

Joy était certaine que c'était à cause de Beryl, mais elle

se dit que sa mère n'avait sans doute pas envie de partager cette information avec elle.

— Je ne sais pas comment te l'expliquer, et tu risques de ne pas bien comprendre. Mais, puisque tout le monde va en parler, autant ne rien vous cacher. Il semblerait que… Mr et Mrs Larsen aient entamé une procédure de divorce. Et que Mr Larsen ait décidé de… de se remarier avec quelqu'un d'autre.

Un divorce ? N'était-ce pas un péché terrible ?

Joy était sûre que sa mère allait s'arrêter là, mais elle tenait à savoir si c'était aussi à cause de Beryl. Au risque de s'entendre sèchement rétorquer que ça ne la regardait pas, elle se hasarda à une question supplémentaire.

— Pourquoi ?

Sa mère écarta une chaise et, à la grande surprise de Joy, lui fit signe de s'asseoir. Elle ouvrit un sachet de fruits confits.

— Mr Larsen est plus âgé que moi. Et que ton père. Il y a bien longtemps, au moment de ma naissance, il fréquentait une jeune femme. Cela signifie qu'il passait le dimanche après-midi chez elle, assis dans le petit salon, à discuter avec sa famille.

Elle soupira et croqua dans un morceau d'ananas confit.

— Les choses étaient très différentes, à l'époque. Mr Larsen a fait la cour à Beryl *[« J'en étais sûre ! » exulta Joy intérieurement]* pendant près d'un an. Parfois, il apportait des chocolats à sa mère *[Ça ne m'étonne pas !]*. Et ils se donnaient aussi des rendez-vous au parc. Jusqu'au jour où Mr Larsen a décidé de l'épouser.

Elle prit une figue confite et tendit le sachet à Joy, qui trouva une cerise et la goba en une bouchée.

— Pourquoi ne l'a-t-il pas fait ?

— Tout ce que je sais, c'est qu'il s'est rendu chez Beryl pendant son absence pour obtenir l'autorisation de son père. Il lui a expliqué qu'il avait une bonne situation à la banque, avant d'ajouter : « Et je suis venu vous demander la main de votre fille. » Ce à quoi le père a répondu : « Vous avez ma bénédiction. » Ils se sont serré la main, Mr Larsen l'a remercié, et il est parti.

La mère de Joy finit sa dernière bouchée de figue.

— Les choses se passaient ainsi, autrefois.

— Et donc ils se sont mariés ?

— Deux jours plus tard, le père de Beryl a envoyé un message à Mr Larsen pour le prévenir qu'il allait annoncer les fiançailles dans *The Argus* la semaine suivante.

La mère de Joy continua de défaire l'emballage en cellophane du panier garni de miss Boyle et ouvrit une petite boîte de cacahuètes caramélisées dont elle versa une portion au creux de sa main.

— Et que s'est-il passé ? voulut savoir Joy.

— Le jour de la parution du journal, le patron de Mr Larsen est sorti en acheter un exemplaire et a réuni tous les employés de la banque pour leur lire le faire-part à voix haute : « C'est avec une grande joie… blablabla… le plaisir d'annoncer les fiançailles de leur fille, Barbara Eliza, à Mr Robert Larsen. »

— Quoi ? s'étrangla Joy.

— Eh oui. Barbara.

— Mais… et Beryl ?

— Mr Larsen s'est rendu compte que le jour où il était venu parler à son futur beau-père, ce dernier avait un peu précipité les choses et qu'aucun d'eux n'avait pris le temps de mentionner Beryl par son prénom.

— Pourquoi n'est-il pas retourné le voir pour lui dire qu'il s'était trompé ?

— L'humiliation aurait été trop grande pour Barbara. Et pour Beryl. Sans parler des parents, de chaque côté. C'était une catastrophe pour tout le monde, mais ce brave Rob… Mr Larsen, pardon, n'a pas souhaité envenimer les choses.

— Et c'est pour ça qu'il s'est marié avec Barbara ?

— Oui. C'est comme ça qu'il a épousé Mrs Larsen.

— Mais pourquoi ? C'est injuste !

Sa mère eut un geste d'impuissance.

— Tu as raison. Mais c'est comme ça. Quant à Beryl… eh bien, elle ne s'est jamais mariée.

Sur ces mots, elle reprit une petite poignée de cacahuètes caramélisées.

— Barbara devait espérer que Mr Larsen finirait par l'aimer. Peut-être ont-ils fini par éprouver de la tendresse l'un pour l'autre. Malgré tout ce qu'on lit dans les livres, le mariage n'a pas toujours été qu'une question d'amour, tu sais. Et c'est encore vrai aujourd'hui. Nul ne sait ce qui se passe réellement au sein d'une famille.

— Pourquoi ils déménagent ?

— Parce que Mr Larsen a un cancer, Joy. Il n'en a plus pour très longtemps. Il va s'installer avec Beryl à Melbourne, où il pourra recevoir de meilleurs soins.

— Et Mrs Larsen ? Et Colin ? s'inquiéta la fillette.

— La version officielle, c'est qu'ils partent tous ensemble vivre à Melbourne. Mais il n'en est rien, bien évidemment. Je suis certaine que Colin aura envie de voir son père de temps à autre et d'être à son côté quand il mourra, mais… tout ce que je sais, c'est que l'Association des femmes rurales leur organise une petite fête de départ.

Puis, après avoir marqué une pause, elle ajouta :

— Je n'ai jamais rien entendu d'aussi grotesque.

57

Joy et Shepherd

Février 1983

> HENDERSON, George. Après une longue maladie, George s'en est allé rejoindre la grande salle de concert de notre Seigneur. Que le piano n'assourdisse plus jamais tes notes de guitare. De la part de tes compagnons musiciens, Maurice (Johnnie B. Bad), Allan, John et Bert.

— Bonjour, Shep !

Shepherd était en train d'ouvrir la porte du commissariat. Il fit volte-face et se retrouva nez à nez avec le large sourire de Vicki.

— Qu'est-ce que vous voulez ?

— J'ai quelque chose à vous montrer, dit-elle en passant devant lui pour entrer.

Elle souleva le battant du guichet, fila droit vers son bureau et s'assit sur la chaise réservée aux visiteurs en s'éventant avec une chemise en carton souple.

Agacée de la voir se comporter comme si elle était chez elle, sans parler de la familiarité avec laquelle elle s'adressait à lui alors qu'ils se connaissaient à peine, Shepherd prit place sur son propre fauteuil, face à elle, et la regarda en haussant un sourcil.

— Alors ?

Elle ouvrit son dossier, en sortit deux feuilles volantes et les posa d'un geste sec sur son bureau, avant de recommencer à s'éventer.

— J'ai décidé de mener ma petite enquête personnelle.

Le premier document était un rapport médical datant de 1963, au nom de « HENDERSON, Joy ». Quelqu'un (Vicki ?) avait entouré au stylo rouge un commentaire rédigé par un certain Dr Merriweather : « Cicatrices dans le dos, sur les avant-bras et les cuisses. Cause probable : accident avec de l'eau bouillante. »

Shepherd s'attaqua au second document. Il s'agissait aussi d'un rapport médical, daté cette fois de juillet 1960 et indiquant « HENDERSON, Mark ». Là aussi, le commentaire signé d'un certain Dr Neighbour avait été entouré de rouge : « Traces de châtiments corporels sévères. D'après le père, longue histoire de délinquance. »

— Où les avez-vous obtenus ?

De toute évidence, Vicki avait enfreint les règles élémentaires du secret médical en consultant ces documents confidentiels. Sans parler du fait qu'elle les lui avait apportés.

— Je vais prétendre que vous ne m'avez pas posé cette question, Shep. Comme ça, je n'aurai pas à vous raconter un mensonge. Ou, pire, la vérité, ajouta-t-elle en se penchant vers lui avec un air de conspiratrice.

Shepherd lui jeta un regard noir.

— Quelle chance, hein ? poursuivit-elle. Enfin, pas pour ces pauvres enfants qui se faisaient tabasser par leur père… quelle chance que je sois tombée, hum, par hasard sur ces documents. Le problème, c'est qu'ils ont été auscultés par des médecins différents et que personne n'a jamais eu l'idée de comparer leurs dossiers.

— Pardon ?

— Ces deux enfants étaient battus par leur père. Il les brutalisait avec une telle sauvagerie qu'ils en avaient gardé des séquelles, constatées par des médecins. C'était le début des années 1960, Shep, bien avant la mise en place du signalement obligatoire des cas de maltraitance. À l'époque, tout le monde considérait qu'on avait le droit de corriger sa progéniture quand elle l'avait mérité. Certains se l'imaginent même encore de nos jours. Mais ce que cet homme a fait subir à ses enfants allait bien au-delà d'une simple raclée de temps à autre.

— Attendez… Qui est Mark Henderson ?

— Le frère de Joy.

— Joy a un frère ? Et depuis quand ? Je n'ai jamais entendu parler de lui.

— Je m'en doutais un peu, répondit Vicki. Et vous voulez savoir pourquoi ?

D'un grand geste théâtral, elle plaqua un troisième document sur le bureau du policier, les doigts étalés au milieu de la feuille.

Shepherd dut tirer dessus avec un peu d'insistance pour le récupérer. C'était un autre extrait du dossier médical de Mark. Il n'en crut pas ses yeux en lisant ces mots : « 24/1/61 : porté disparu. »

— Comment ça, disparu ? Que lui est-il arrivé ? Il se passe vraiment de drôles de choses, dans cette famille. Des frères et des sœurs qui se volatilisent, un père assassiné, et…

— Il s'agit sans doute d'une fugue, Shep, dit-elle d'un air presque déçu. Il a fourré quelques vêtements dans un sac, pris ses économies et filé sans laisser d'adresse. Plus personne n'a jamais entendu parler de lui. Quelqu'un a suggéré qu'il était parti à Hobart et la police locale a vaguement fait semblant de le chercher, mais il avait déjà 16 ans. Son départ n'avait rien d'illégal ou d'inquiétant. Surtout quand on sait, ajouta-t-elle, à quel point le père maltraitait ses enfants.

— Comment se fait-il que vous soyez au courant de tout ça et pas moi ? Vous n'habitiez même pas ici, à l'époque.

— Oh, fit-elle en se tournant vers la fenêtre, il suffit de tendre l'oreille, parfois. Et d'écouter ce que disent les gens. Je ne parle pas nécessairement d'Alison Bell, qui était l'épouse d'un inspecteur de police que vous avez peut-être connu…

Shepherd relut la date sur le document et grimaça.

— Ah. C'est pour ça que je ne m'en souviens pas.

Vicki acquiesça avec empathie.

— Alison…

— Laissez-moi deviner. Elle vous a tout dit. J'étais en congé pour raisons familiales.

— Elle m'a dit que votre père était décédé.

— Mais pourquoi Ron ne m'en a-t-il pas parlé à mon retour ?

Vicki haussa les épaules en signe d'ignorance.

— Ça alors, fit Shepherd avec ironie. Quelque chose que vous ne savez pas ?

Elle prit un air navré.

— Eh bien, Alison n'était pas sûre de…

— Ne vous inquiétez pas. J'étais… un peu obsédé par l'affaire Wendy Boscombe. Quand je suis revenu, un mois plus tard, Ron m'a informé que le QG voulait qu'on « passe à autre chose ». Les enquêteurs de Melbourne considéraient que la gamine était déjà morte ou se trouvait très loin de Blackhunt. Nous n'avions plus aucune piste à explorer. Pas de nouvel indice, pas de demande de rançon, pas de témoin, hormis les quelques timbrés qui prétendaient la croiser partout. Wendy s'était volatilisée, point final.

Le policier se massa les tempes. C'était pathétique de formuler les choses de cette manière. Ron et lui n'avaient jamais totalement renoncé à retrouver la petite. Mais ça n'avait aucun sens de continuer à tourner en rond sans le moindre élément de preuve, pas plus que ça n'avait de sens de s'entêter à faire ce puzzle ridicule.

Merde. Maintenant, il devait aussi partir à la recherche de Mark Henderson. Il fouilla dans sa mémoire pour tenter de se remémorer l'interrogatoire des Henderson après la disparition de Wendy. Mais difficile de se rappeler chacun des membres des familles qu'ils étaient allés questionner dans ces fermes déprimantes. En plus, à l'époque, Shepherd ne connaissait pas vraiment George. Il faudrait qu'il vérifie dans son dossier. Tout à sa hâte d'établir la culpabilité de Joy, il avait un peu bâclé le boulot. Il se maudissait – ainsi que cette satanée famille.

— Très bien, dit-il en relevant la tête vers Vicki. Je vais ressortir les empreintes digitales de Mark et contacter nos bureaux à Melbourne pour voir s'ils ont quelque chose sur lui. Mais pour l'instant j'aimerais surtout retourner parler à Joy Henderson. Contrairement à ce qu'on voit dans les séries criminelles à la télé, la solution la plus simple est souvent la bonne. Il suffit de trouver la personne ayant les moyens et le mobile, et hop, vous tenez votre coupable. Or, pour le moment, Joy Henderson coche toutes les cases. Surtout après toutes les craques qu'elle m'a racontées à propos de sa sœur. Je n'aurai même pas besoin de chercher son frère si je parviens à obtenir ses aveux. Elle ne semble pas vraiment terrassée par le chagrin depuis la mort de son père.

— Shep, ce type battait sauvagement ses enfants. Au point que l'un d'eux s'est enfui de la maison. Barbara vous a bien dit que Joy avait réussi à « s'échapper » ? Ce n'est pas un mot en l'air, Shep. Ça revient à dire qu'elle était prisonnière.

— Certes. Mais George Henderson ne jouissait-il pas d'un certain respect au sein de la communauté locale ? Toujours fourré à l'église, toujours le cœur sur la main ? Je lis ici que les cicatrices étaient sans doute accidentelles, dit-il en reprenant le compte rendu médical de Joy.

— Et moi, je lis surtout « cause probable », Shep. Croyez-moi, cette couille molle de Merriweather – Dieu ait son âme – a écrit ça pour avoir la paix. Je parie qu'il fréquentait la même paroisse que George Henderson. D'ailleurs, comment se renverse-t-on de l'eau bouillante dans le dos, sur les avant-bras et les cuisses par accident ?

Shepherd leva une main.

— D'accord, d'accord… Mais vous venez de me confirmer le mobile de Joy : la vengeance. Donc merci, Vicki, pour le vol de ces documents confidentiels que je vais bien sûr garder comme pièces à conviction.

— Vous plaisantez, Shep ? Je vous dis que cet homme était un monstre. Lisez, voyez ce qu'il lui a fait subir ! Et pas seulement à elle, à tous les deux !

— J'ai dit « d'accord », Vicki. Oui, ce qu'il a fait subir à sa fille était atroce. Mais mon travail consiste à me pencher sur ce qu'elle lui a fait subir à lui il y a trois jours.

Il se maudit à nouveau. Il aurait déjà dû rouvrir les volumineux dossiers de l'affaire Wendy Boscombe pour se replonger dans les notes sur la famille Henderson. Mais Joy était la coupable évidente à ses yeux. Elle lui avait caché l'existence de son frère – un frère porté disparu par-dessus le marché. Comme elle lui avait caché la vérité à propos de Ruth. Et quoi d'autre encore ? Elle était aussi insaisissable qu'une anguille, et il était convaincu qu'elle avait étranglé son père avec cette ceinture.

— Vous voulez mon avis ?

Cette femme était vraiment irritante à parler aussi fort.

— Non. Laissez-moi deviner. Vous pensez que je devrais la laisser s'en tirer pour le meurtre de son père sous prétexte qu'il la battait à coups de ceinture. Ce n'est pas comme ça que marche la loi, Vicki. Et, à ce propos, quand aurez-vous enfin terminé ce foutu rapport d'autopsie, histoire de m'apprendre ce que je sais déjà, à savoir que cet homme a été étranglé dans son sommeil avec sa propre ceinture ? Ça fait trois jours, et vous ne m'avez toujours pas…

— Tout est là, Shep, l'interrompit Vicki en posant son dossier sur le bureau du policier. Mais vous allez être déçu. Il est mort d'une overdose médicamenteuse.

— Pardon ? Et la ceinture, alors ?

— Elle a dû être placée autour de son cou après sa mort.

— Eh merde ! Bon, admettons : si elle ne l'a pas tué avec la ceinture, elle l'a bourré de médicaments pour l'achever.

Vicki parut dubitative.

— Vous croyez vraiment qu'elle lui aurait administré une surdose de cachets avant de lui passer une ceinture autour du cou ? Allons, Shep. Pourquoi aurait-elle fait une chose pareille ? Pourquoi signer son geste ?

— À moins que…

Mais l'idée qui venait de traverser l'esprit de Shepherd disparut aussi vite qu'elle était venue.

— OK, je vous écoute : c'est quoi, votre théorie ? Vous mourez d'envie de me la donner, de toute manière.

— Eh bien, je crois qu'il s'est suicidé, déclara Vicki, puis elle se leva et regarda sa montre. Désolée, je dois…

— Comment ça, il s'est suicidé ?

— C'est plus fréquent que vous ne le pensez, Shep. Un compte à rebours fatal, des médicaments à portée de main, une souffrance physique insupportable, et plus aucune raison de vivre… Nous ne saurons jamais si c'était accidentel ou délibéré.

— « Accidentel ? » répéta Shepherd en desserrant son nœud de cravate.

Mon Dieu, cette femme lui tapait sur les nerfs !

Vicki soupira et se rassit.

— Réfléchissez. Vous vous réveillez en souffrant, vous prenez des antalgiques, puis vous vous rendormez et prenez d'autres cachets à votre réveil sans savoir combien de temps s'est écoulé entre les deux prises. Si vous répétez ça plusieurs fois, selon le type de médicaments que vous prenez, vous avez toutes les chances de ne plus jamais rouvrir les yeux. Mais, au moins, vous ne mourez pas dans d'atroces souffrances, dit-elle en haussant les épaules. Personne n'a envie de connaître ça. George Henderson est mort d'une overdose, ça ne fait aucun doute d'un point de vue médical. En revanche, je suis incapable de vous dire ce qui se passait dans sa tête à ce moment-là.

— Ou si quelqu'un l'a obligé à avaler ces comprimés.

— Vous pensez à Joy ?

— Évidemment.

— Pourtant, vous n'avez aucun moyen de le prouver. Pas vrai ?

— Et son histoire avec Ruth ? Elle a tout fait pour lui coller le meurtre sur le dos.

— Je ne crois pas, Shep.

— Qu'est-ce que vous racontez ? Elle a d'abord pris la défense de sa sœur, en essayant de nous convaincre qu'elle n'avait pas tué son père, puis…

Il se passa une main sur le front et reprit :

— Écoutez, il est évident qu'elle se moque de moi. De nous. Ne vous imaginez pas qu'elle n'essaie pas aussi de vous manipuler.

— Allons, Shep. Elle savait que, tôt ou tard, vous apprendriez la vérité sur Ruth. Ce n'était qu'une question de temps.

— Son attitude est donc incompréhensible.

— À moins qu'elle ne soit folle, répondit Vicki d'un air étonnamment satisfait à cette perspective. Ou bien… traumatisée.

— Elle n'est pas folle, croyez-moi. Et elle peut difficilement plaider l'autodéfense. George aurait été incapable de lui faire du mal depuis son lit d'agonie. Nom de Dieu, c'est à peine s'il pouvait boire tout seul ! s'exclama-t-il, la foudroyant du regard. À vous entendre, en tout cas. Ce qui rend très improbable la thèse du suicide par overdose.

— Hmm. Vous seriez surpris d'apprendre de quoi les mourants sont capables quand ils ont une idée fixe. Surtout s'il s'agit de leur propre mort. Mais j'entends vos arguments, Shep. En effet, Joy ne peut pas invoquer l'autodéfense. Songez toutefois aux horreurs qu'elle a subies tout au long de son enfance.

Shepherd s'apprêtait à répondre une fois de plus que le passé n'avait rien à voir avec ce que Joy avait fait trois jours auparavant, mais Vicki continua :

— Un jour, j'ai rencontré un quinquagénaire qui avait encore peur de son père. Celui-ci était hospitalisé, inconscient la plupart du temps, et incontinent. Je vous ai déjà parlé de cette merveilleuse invention que sont les couches jetables pour adultes ? Pensez-y le moment venu, Shep. Bref, cet homme aurait dû être placé dans un institut spécialisé, mais tout le monde pensait qu'il aurait cassé sa pipe avant que l'administration ait fini de valider les papiers. Bien entendu, il a donné tort à tout le monde en survivant pendant des semaines. Un jour, alors que je me rendais en voiture à l'hôpital, un idiot a traversé juste devant moi. J'ai à peine eu le temps de freiner. Quand je suis sortie pour l'engueuler, j'ai eu le choc de ma vie. C'était comme si je me retrouvais face au même vieillard mourant, mais avec trente ans de moins ! Je lui ai proposé de le conduire à l'hôpital. Il était bel homme, croyez-moi.

— Où voulez-vous en venir, au juste ?

— Eh bien, pendant le trajet, cet homme s'est mis à trembler. L'hôpital était situé au sommet d'une colline, et la route était sinueuse…

— Vicki ! s'agaça le policier en tapotant sa montre.

— Il tremblait à côté de moi, alors je lui ai demandé s'il allait bien. Et vous savez ce qu'il m'a dit ? « Surtout, ne me laissez pas seul avec lui. » Je vous jure que je n'invente pas. Je lui ai répondu que son père ne pouvait plus lui faire de mal, que tout cela appartenait au passé désormais…

— C'est bien ce que je dis. Ce que George Henderson a fait ou non subir à sa fille il y a vingt ans…

— Écoutez-moi, Shep, l'enjoignit Vicki, qui s'était levée, les poings sur son bureau. Cet homme était encore terrifié par son père. Il m'a regardée dans les yeux et m'a suppliée de ne pas le laisser seul avec lui. Je maintiens ma théorie.

Sur ces mots, elle se rassit, bras croisés.

— Et moi, Vicki, je vous parie plutôt que ce type avait peur de faire comme Joy : buter son salopard de père pour se venger.

— Shep, Shep, Shep… Vous ne comprenez pas ? L'esprit de cet homme était infecté par ce que son père lui avait fait. Ça ne fait pas de lui un fou, mais un être abîmé. Traumatisé. À 50 ans passés, il avait encore peur de son père, qu'il n'avait pourtant pas vu depuis près de trois décennies. Joy n'a même pas 35 ans.

— Ça ne change rien au fait que…

Son téléphone sonna, et le policier décrocha d'un air irrité. Vicki vit ses traits virer à l'écarlate avant qu'il mette fin à la conversation.

— Je vous rappelle, miss Henderson.

Il raccrocha et laissa éclater sa colère.

— Non mais je rêve ! Voilà qu'elle veut récupérer cette putain de ceinture, maintenant. Pourquoi, hein, Vicki ? Expliquez-moi ce qui se passe dans son esprit « traumatisé » ? Elle ne manque pas d'audace, en tout cas ! Et puisque j'espère être la première personne à qui vous révélez qu'il ne s'agit pas de l'arme du crime, comment sait-elle que je n'ai plus besoin de la garder ?

— Je ne suis pas psychologue, Shep. A-t-on relevé ses empreintes sur la ceinture ?

Le policier secoua la tête.

— Elle est trop vieille, trop craquelée. Aucune empreinte correcte n'a pu être adressée au labo à Melbourne. Je leur ai envoyé celles des flacons de médicaments, mais quand ils me diront qu'ils ont retrouvé celles de Joy ça ne prouvera rien du tout. Par pitié, soupira-t-il, ne me dites pas que vous pensez que George s'est étranglé lui-même avec sa ceinture ?

— Non. Mais c'est quand même un détail intrigant, vous ne trouvez pas ? Ça me fait penser que nous avons un autre mystère à élucider au sujet des Henderson, Shep. En attendant, puisque la ceinture n'est pas l'arme du crime, vous pouvez bien la lui rendre, non ? Et voir ce qui se passe ensuite ?

— Peut-être. Mais je reste convaincu que c'est elle qui l'a tué.

— Alors pourquoi ne pas lui passer les menottes ?

— Parce que je n'ai aucune preuve, pardi ! Et encore moins depuis que vous m'avez dit qu'elle n'avait pas étranglé son père avec cette maudite ceinture !

— En effet. Je n'en démordrai pas.

— Et si les empreintes de George ne figurent pas sur les flacons de pilules ? Pour moi, ce serait la preuve que Joy lui a administré elle-même tous les cachets qu'il a avalés cette nuit-là.

— Je parie tout ce que vous voulez que les empreintes de George seront sur ces flacons, Shep. Maintenant, si vous voulez bien m'excuser, mes patients m'attendent.

Elle se leva. Il la suivit du regard jusqu'à la sortie. Puis il posa le dossier sur son bureau et prit le sachet judiciaire contenant la ceinture. Il écouterait le conseil de Vicki et la restituerait à Joy, mais dans le seul but de la faire parler. Pour qu'elle lui raconte enfin la dernière nuit de son père.

58

Joy et Ruth

Jour de l'an 1961

Mrs Felicity découpait en riant cinq énormes parts dans son gâteau d'anniversaire.

Joy n'en revenait toujours pas : ils allaient manger du gâteau avant le déjeuner, « juste pour le plaisir », ce qui définissait assez bien la philosophie de vie de Barry. Et ils allaient se servir pour cela de petites fourchettes à dessert, mais pas avant que Barry et Mr Felicity reviennent dans la salle à manger avec une brassée de cadeaux pour Mrs Felicity.

— Joy, chérie, Felicity m'a expliqué que ta maman gérait un commerce de fleurs, mais il ne s'agit pas du fleuriste en ville, si ?

Joy ne voyait pas sa mère comme une gérante d'entreprise. Elle secoua la tête.

— Elle fait tout dans son atelier, à la maison, expliqua-t-elle, espérant au passage donner l'impression qu'ils habitaient une grande demeure. Et elle cultive la plupart de ses fleurs elle-même.

— Quand je pense que je t'ai donné des roses pour elle ! Elle a dû me trouver très impolie, dit Mrs Felicity, qui n'avait pourtant pas trop l'air de s'en inquiéter. Quelles fleurs cultive-t-elle ?

— Un peu de tout, à vrai dire. Des roses, des camélias, des coquelicots, des gypsophiles…

— Des gypsoquoi ? s'enquit Felicity.

— Ce sont des plantes aux tiges très fines, terminées par un nuage de minuscules fleurs blanches qui ressemblent à de la neige et…

— Oh, ne bouge pas ! s'écria Felicity en filant dehors.

Elle revint en portant un petit chaton blanc qui avait posé ses pattes avant sur son menton.

— Joy, je te présente Snowy, déclara-t-elle. Snowy, voici Joy, ma meilleure amie !

La fillette remarqua à peine ces deux derniers mots, parce que Mrs Felicity s'était remise à parler.

— Oh, Joy, écoute un peu cette histoire, tu vas être pliée de rire !

Au centre d'équitation, la veille, l'une des camarades de Felicity avait apporté une boîte remplie de chatons en suppliant tout le monde d'en adopter un. Felicity avait choisi Snowy parce qu'elle était toute blanche. De retour à la maison, elle l'avait cachée sous son pull pour entrer dans la cuisine en réfléchissant à la manière d'annoncer la nouvelle à sa mère. Ce qu'elle ne savait pas, c'est que la petite queue blanche de Snowy dépassait de sous son pull, aux yeux de tous. Mrs Felicity avait demandé à sa fille s'ils avaient vu passer des éléphants durant son cours d'équitation ; Felicity avait répondu « Non » d'un air perplexe. « Alors des girafes, peut-être ? » « Non », avait de nouveau répondu Felicity. « Des lions, des tigres ? » avait insisté sa mère en s'efforçant de ne pas rire alors qu'elle voyait sa fille secouer la tête et Snowy agiter la queue en même temps. Elle avait alors montré la queue du chaton, qui remuait frénétiquement de gauche à droite, et elles avaient éclaté de rire. Felicity avait libéré Snowy de sous son pull, et elles lui avaient donné du lait chaud dans une soucoupe blanche.

Elles racontèrent cette histoire à Joy, hilares, en ne cessant de s'interrompre pour rendre le récit plus drôle, tandis que la fillette les fixait du regard.

— Qu'est-ce qui ne va pas, ma chérie ? lui demanda Mrs Felicity lorsqu'elle eut recouvré son sérieux.

Joy réussit seulement à balbutier :

— Mais… et Mr Felicity, qu'est-ce qu'il a fait ?

— Il a ri, bien sûr ! s'écria son amie en terminant sa phrase, dans l'esprit de Joy, par un gros point d'exclamation rose.

Felicity emporta Snowy dans la cuisine et Joy lui caressa la tête tandis que le chaton mangeait des morceaux de poulet froid dans la soucoupe désormais posée en permanence sur le carrelage. Tout au long du déjeuner, elle continua à le nourrir en se servant dans son assiette, malgré la désapprobation de ses parents.

— C'est la dernière fois qu'elle mange avec nous, lui répétèrent-ils à plusieurs reprises.

Pendant que les Felicity mangeaient, parlaient et riaient, Joy ne pouvait s'empêcher de penser à ce que son père aurait fait si elle avait rapporté un chaton à la maison.

Il l'aurait jeté dans un sac en jute, aurait noué le sac et l'aurait porté à l'étang, avec ses bottes en caoutchouc chuintantes entre les hautes herbes qui fourniraient le fourrage de l'année suivante, tout en frappant le sol de la binette pour effrayer les serpents. Il aurait obligé Joy à l'accompagner pour qu'elle tire une bonne leçon de ses agissements égoïstes. Arrivé devant l'étang, il lui aurait tendu le sac et lui aurait ordonné de le jeter dans l'eau, le plus loin possible, en observant sa chute jusqu'au bout et en le regardant couler. Il aurait ignoré ses pleurs et lui aurait reproché de lui avoir fait perdre son temps.

Le lendemain, à l'école, Joy aurait raconté à Denise Pollard que « Tiger » se plaisait beaucoup dans sa famille et qu'il adorait être chouchouté. Elle aurait inventé des histoires pendant deux semaines, aurait dit à Denise qu'elle amusait Tiger tous les soirs avec une pelote de laine, qu'il accourait vers elle en ronronnant dès qu'elle rentrait à la maison, qu'il dormait sur son lit, qu'il grandissait jour après jour, et qu'ils avaient même demandé au vétérinaire de lui faire ses vaccins lorsqu'il était venu aider à décoincer le veau de Speckle. Et puis, au bout de deux semaines, elle aurait prétendu que Tiger avait disparu, peut-être tué par un renard, à moins qu'il n'ait mangé de la mort-aux-rats. Et elle aurait fait semblant d'être bouleversée, ce qui lui aurait été très facile puisqu'elle n'aurait eu qu'à repenser au jour où son père l'avait forcée à jeter le sac dans l'eau malgré ses miaulements. Denise lui aurait alors proposé de choisir un chaton de la prochaine portée, et Joy lui aurait répondu : « Merci, c'est très gentil, mais je suis trop triste pour en prendre un autre. » Et ç'aurait été la vérité, d'ailleurs.

Voilà ce qu'aurait fait son père.

Après le déjeuner, ils jouèrent aux charades. Mrs Felicity ouvrit des yeux ronds quand Joy lui avoua qu'elle n'y avait jamais joué.

— Ça va te plaire, tu verras. C'est tout à fait ton style.

Au bout de trois manches, les filles l'emportèrent et Barry feignit d'être vexé.

— Deux contre trois. C'est injuste. Amène ton frère, la prochaine fois, Joy. On verra bien qui gagnera !

Assise dans le salon des Felicity avec ses beaux meubles en bois massif, son tapis richement orné et ses rayonnages garnis de livres, Joy comprit que c'était la famille dont la maison était noyée dans la brume depuis toutes ces années. Et qu'enfin elle l'avait trouvée. La seule différence entre son rêve et cette réalité, c'était qu'elle devait toujours rentrer dans son vrai foyer à la fin.

Cette nuit-là, elle rêva que son père miaulait et qu'elle l'enfermait dans un sac dont elle nouait l'extrémité pour le jeter dans l'étang, avant de se laver les mains tel Ponce Pilate.

À son réveil, pétrie de culpabilité, elle entendit Ruth lui chuchoter :

— Ne t'inquiète pas. Je te promets qu'un jour on le tuera. Patience.

59

Joy et Shepherd

Février 1983

> HENDERSON, George. Tristes adieux à l'un des membres les plus respectés de notre comité, qui avait à cœur de partager son savoir et son amour des jardins. Il va manquer à beaucoup d'entre nous. Sincères condoléances à sa famille. Comité du comté de Blackhunt.

Shepherd posa le sachet judiciaire en papier kraft sur la table, irrité par la pénombre qui régnait dans la cuisine à cause des stores tirés. Joy préparait du thé. Il sentait sa nervosité et son désespoir.

À moins qu'il ne s'agisse de son désespoir à lui.

— Bref, Vicki m'assure que cette ceinture ne l'a pas tué. Mais vous le saviez déjà.

Il la regarda remplir et allumer la bouilloire, guettant un frémissement au coin de ses lèvres, un coup d'œil furtif, une déglutition rapide, n'importe quel signe susceptible de confirmer ses soupçons.

— Ce que j'ai surtout envie de savoir, poursuivit-il, c'est à quel moment vous l'avez su. Après avoir parlé à Vicki, aujourd'hui ? Quand vous avez trouvé le corps inanimé de votre père ? Ou quand vous lui avez passé la ceinture autour du cou ?

— Puis-je vous proposer des sablés ?

Shepherd ignora sa question.

— J'ai deux choses à vous dire. La première, c'est que je sais que vous avez tué votre père – si ce n'est pas avec la ceinture, alors à coups de médicaments. Et, la seconde, c'est que je finirai par le prouver.

Joy posa une assiette de sablés sur la table.

— Jamais vous n'y parviendrez, inspecteur, pour la bonne raison que je ne l'ai pas tué.

Il piocha dans les biscuits en espérant qu'ils ne venaient pas de chez Mrs Larsen.

— En tout cas, ça ne peut pas être Ruth, n'est-ce pas ?

Merde. Il n'avait pas voulu dire ça. Mais, après tout, pourquoi faire semblant ?

Elle sortit deux tasses, deux soucoupes, et se dirigea vers le frigo.

— Du lait ? Du sucre ?

— Donc je ne peux pas l'arrêter.

— J'ai le droit de récupérer la ceinture, dites ? Puisque ce n'est pas une pièce à conviction ?

Il décida de jouer au même petit jeu qu'elle et de ne pas répondre à ses questions.

— Du lait et un seul sucre, merci.

Elle versa du lait dans leurs deux tasses, et il vit que sa main tremblait. Elle avait peur de lui. Ou de quelque chose. Il se souvint de l'histoire de Vicki à propos du quinquagénaire terrifié par son père mourant. Mais celui de Joy était déjà mort. L'explication se trouvait donc ailleurs. *Est-ce parce qu'elle est coupable ?*

Il la regarda recouvrir la théière d'un affreux truc en crochet rose, éteindre la bouilloire, ranger le lait dans le frigo et remuer la théière d'avant en arrière sur la paillasse, le tout avec des mains tremblantes.

Elle remplit une tasse, l'œil rivé sur le liquide brun qui sortait du bec de la théière, puis reposa celle-ci sur la paillasse pour la remuer à nouveau. Il attendit. Il allait se montrer patient. Calme. Et silencieux.

Parce qu'il avait le sentiment qu'elle allait finir par craquer.

Elle versa encore du thé, en examinant la couleur du breuvage et, visiblement satisfaite, remplit la seconde tasse. Elle en posa une sur la table devant lui. Puis elle multiplia les allers-retours pour apporter le sucrier, sa propre tasse ainsi qu'une cuillère pour lui. Il comprit qu'il assistait à un rituel précis et angoissé.

Lorsqu'elle s'assit enfin, il avala une gorgée et décida qu'il était temps de prendre les choses en main.

— Écoutez, Joy. Pourquoi ne pas me raconter ce qui s'est passé, tout simplement ?

Joy porta sa tasse à ses lèvres comme s'ils étaient censés boire chacun leur tour.

— C'est curieux, quand même, dit-elle, cette manie qu'ont les gens de vous conseiller de boire du thé pour vous apaiser. Ça va à l'encontre de la logique, vous ne trouvez pas ?

Cette fois, Shepherd se maudit lui-même. Il avait fait tout ce chemin, au prétexte de venir restituer la ceinture, pour l'obliger à vider son sac, et voilà qu'ils prenaient le thé, assis l'un en face de l'autre comme deux vieux schnocks.

— La vérité, Joy.

Elle reposa sa tasse.

— Je crois qu'il s'est suicidé.

— Ah.

Shepherd pinça les lèvres comme si c'était une théorie tout à fait crédible. Et comme si Vicki ne lui en avait pas déjà parlé.

Ils restèrent assis sans rien dire, à siroter leur thé. Il attendrait. Patience et silence… ses deux armes les plus efficaces.

Il croqua même dans son sablé. Aucun doute, ils provenaient bien de chez Mrs Larsen. Assise à l'autre bout de la table, Joy ne mangeait pas et ne disait rien. Sans doute pour jouer avec les nerfs du policier.

Eh bien, son petit stratagème était voué à l'échec. S'il menait bien sa barque, s'il observait et plaçait correctement les pièces du puzzle devant lui, il savait qu'il obtiendrait ses aveux.

Mais, tandis qu'ils continuaient à boire, Shepherd sentit la colère monter en lui. Le cliquetis répétitif des tasses reposées sur leurs soucoupes après chaque gorgée lui tapait sur les nerfs. Sans parler de la chaleur de plus en plus étouffante qui régnait dans cette pièce. Il y avait un ventilateur près de la cheminée, mais il était éteint. À croire qu'elle avait conçu toute cette mise en scène pour le mettre mal à l'aise. Quand leurs yeux se croisèrent alors qu'il reprenait un biscuit, elle eut le toupet de lui adresser un sourire en coin.

Il promena son regard autour de la pièce comme s'il était parfaitement à l'aise, tranquille et sûr de lui. Joy, de son côté, semblait obsédée par d'invisibles miettes sur la table.

Lorsqu'elle empila les soucoupes et les tasses, il nota que ses mains ne tremblaient plus. S'imaginait-elle avoir gagné la partie ? Croyait-elle vraiment pouvoir commettre un meurtre et s'en tirer en lui disant « Je crois qu'il s'est suicidé » ?

Bon sang. Assez tourné autour du pot. Il allait la secouer un peu. Ras le bol de ses mensonges et de ses diversions polies comme le thé et les biscuits. Le moment était venu de changer de stratégie.

Il tapa du poing sur la table.

— Vous ne vous en sortirez pas comme ça, Joy ! Vous ne pouvez pas rester là, à siroter du thé, alors que vous avez tué un homme sans défense… dans sa chambre ! lui lança-t-il tandis qu'il repoussait sa chaise en raclant le lino.

À mi-chemin vers l'évier, Joy fit volte-face, les yeux écarquillés. La vaisselle s'écrasa par terre avec fracas.

— Vous êtes fou ? s'écria-t-elle en tombant à genoux pour ramasser les morceaux de porcelaine à mains nues.

Alors qu'il s'avançait pour l'aider, Shepherd fut soudain assailli par un flot d'émotions et d'images. Wendy Boscombe, la mort de Ron, l'apathie de ses supérieurs, la mentalité étriquée de cette ville, la pauvreté crasse, les lèvres enflées de George Henderson et les biscuits secs et insipides, tout explosa d'un coup dans la pénombre étouffante de la pièce. Cette fois, il laissa libre cours à sa colère.

— Je veux la vérité, Joy ! Dites-moi pourquoi et comment vous avez tué votre père !

Elle lui jeta un regard de haine pure.

— Pourquoi refusez-vous de me croire ?

Ses yeux s'embuèrent. Ses paroles exprimaient une conviction et une rage telles qu'elles heurtèrent Shepherd de plein fouet, et il eut l'impression que les murs de cette maison oppressante se refermaient sur lui.

— Que voulez-vous encore savoir ? Pourquoi ne pouvez-vous pas me laisser en paix ? Vous ne comprenez rien à rien ! gémit-elle.

Le policier réfléchit à toute allure. Il avait lu des choses là-dessus. La crise d'hystérie qui culmine en aveux. Parfois, les coupables avouaient des crimes beaucoup moins graves pour semer le trouble dans l'esprit des enquêteurs – voire se duper eux-mêmes –, mais la vérité finissait toujours par triompher.

Il s'agenouilla pour l'aider, leurs visages à une trentaine de centimètres l'un de l'autre.

— Dans ce cas, dites-moi, Joy Henderson. Qu'est-ce que je ne comprends pas ?

Il avait arrêté de crier, mais son ton était d'une dureté implacable.

— Tous les soirs… commença-t-elle avant de s'interrompre, paupières closes, et de poursuivre en parlant si bas que Shepherd dut se pencher vers elle. Tous les soirs, il trônait sur cette chaise, celle où vous étiez assis, et si l'un de nous osait enfreindre l'une des mille et une règles qu'il avait instaurées, surtout si le vétérinaire lui avait encore réclamé des frais exorbitants, si le chèque de la coopérative de beurre était décevant ou si le ragoût d'anguilles n'était pas à son goût… il se mettait en colère, comme vous venez de le faire. Il tapait du poing sur la table, reculait sa chaise en la faisant racler sur le lino comme vous venez de le faire, et il hurlait « DANS TA CHAMBRE ». Et ces mots…

Elle éclata en sanglots.

Le policier attendit.

Elle retint son souffle et se tourna vers lui.

— Vous n'avez pas idée de ce qu'il nous faisait. Oh, je peux vous en montrer les séquelles physiques.

Elle tira sur l'encolure de son tee-shirt à manches longues au point de le déchirer, exposant son épaule et le haut de son avant-bras. Shepherd tâcha de rester impassible, mais il fut horrifié par la vision des bourrelets écarlates qui striaient sa chair sous la bretelle de son soutien-gorge et lui encerclaient le bras comme les tentacules d'une pieuvre. Elle se pencha ensuite en avant, la tête au niveau des genoux, et souleva son tee-shirt pour révéler cette fois le bas de son dos, où il se força à regarder une autre série de cicatrices.

Elle se redressa et remit tant bien que mal le col déchiré de son tee-shirt en place. Il ne savait pas quoi dire, et il voyait bien qu'elle le méprisait pour son silence.

— Parfois, poursuivit-elle en le regardant droit dans les yeux, il nous faisait poireauter plus d'une heure. Nous n'avions pas le droit de parler ni de faire quoi que ce soit pendant ce temps-là. Ça faisait partie de la punition, cette longue attente abominable. Mais, un soir, j'ai commencé à lire *Rebecca*. Je n'ai plus jamais commis cette erreur.

Shepherd n'avait aucune envie d'entendre la suite.

— Une fois, en hurlant de terreur, je lui ai dit que c'était le Diable qui agissait à travers lui. Ces mots sont sortis tout seuls. Je les ai aussitôt regrettés, mais c'était trop tard. Et j'ai prié. *Je t'en prie, mon Dieu, je t'en supplie, empêche-le de me faire du mal. Fais qu'il s'arrête. Je t'en supplie, s'il te plaît…* Une prière égoïste. Une prière de pécheresse.

Shepherd commençait à se sentir mal.

Joy continua, comme hypnotisée, comme s'il n'était pas là.

— Le pire était de ne jamais savoir où le premier coup allait tomber : en haut du dos, au milieu, sur les fesses ou en travers des cuisses. Mais lorsque j'avais ma réponse, il me suffisait de serrer les dents durant les 14 coups suivants. Après quoi il partait sans rien dire. Je remerciais Dieu que ce soit terminé, et j'essuyais mon sang avec une vieille serviette. La douleur était atroce. Quand j'allais me coucher, Ruth me chuchotait des paroles réconfortantes.

Elle était toujours en train de ramasser les morceaux de porcelaine brisée sur le sol.

— En vérité, ce n'était même pas ça, le pire.

Shepherd déglutit. Il avait du mal à croire que l'histoire puisse prendre un tour plus horrible encore.

— Après ça, il allait jouer de la guitare dans sa chambre, juste derrière le mur. Il commençait toujours par le même air. J'étais étendue dans mon lit, terrifiée, en sang, et vous savez ce que je l'entendais chanter ?

Le policier fit non de la tête.

— « You Are My Sunshine. »

Il connaissait ce morceau. Il entendit presque ses notes résonner à travers les murs de la maison.

— Voilà ce qu'il nous faisait. Physiquement.

Shepherd devina la suite.

— Mais vous ne comprendrez jamais les séquelles qu'il a laissées là-haut, balbutia-t-elle en frappant son index contre sa tempe. Vous vous demandez pourquoi il s'est suicidé ? Pourquoi mon père, ce saint homme si parfait et si respecté, s'est lui-même ôté la vie ?

Malgré l'horreur absolue qui l'étreignait, Shepherd ne put s'empêcher de penser : *Elle a répété cette scène.*

Elle se pencha vers lui. Si près que Shepherd sentait la chaleur palpiter entre leurs deux visages. Il resta parfaitement immobile, sans même ciller. Qu'elle aille jusqu'au bout de son numéro. Jusqu'à la confession finale.

— Ils diront qu'il ne supportait plus ses souffrances physiques. Et il souffrait beaucoup, c'est vrai. Mais, s'il s'est tué, c'est parce que je refusais de le faire pour lui.

— Comment ça ?

— Il m'a demandé de lui donner tous ses cachets d'un coup. J'ai refusé. J'avais décidé de ne plus obéir à ses ordres. « Sers-moi un verre de Passiona. » « Laisse le thé infuser plus longtemps. » « Jette le chaton dans l'étang. » « Tiens-toi tranquille sur ta chaise. » « Tais-toi. » « Demande pardon. » Bon sang, vous n'avez pas idée de l'effet que ça produit sur un enfant ! Le tout couronné par ses coups de ceinture. Je n'oublierai jamais ce qu'il nous a fait… à nous, ses enfants… et je ne lui pardonnerai jamais. Ni oubli ni pardon. C'est ma devise.

Shepherd eut l'impression de se prendre du vitriol en plein visage.

— Vous avez au moins raison sur un point : oui, j'avais envie de le tuer…

Nous y voilà, songea Shepherd. *Les aveux.*

— … sauf s'il souhaitait mourir. Je n'étais plus son témoin silencieux.

Elle était douée. Il fallait bien lui accorder cela.

Soudain, elle se rassit sur ses talons, le bout des doigts pressé contre son front.

— Je viens de comprendre un truc… Cette ordure s'est suicidée pour vous faire croire que je l'avais assassinée. Pour qu'on m'accuse de son meurtre et qu'on m'envoie en prison. C'était la punition ultime pour lui avoir désobéi et avoir refusé de le tuer. Il était prêt à tout.

Shepherd fronça les sourcils. Cet homme était un monstre, aucun doute là-dessus, donc il n'était pas impossible qu'elle ait raison. Ou alors elle mentait. Le problème, c'est qu'il n'arrivait pas à se décider. Après tout, il s'agissait peut-être d'une performance très élaborée pour le persuader de son innocence.

— Et la ceinture, alors ? Comment l'expliquer ?

Malgré la promesse qu'il s'était faite de rester calme, il venait d'élever la voix.

Elle inclina la tête d'un air pensif.

Shepherd savait qu'il ne pouvait plus se permettre de lui hurler dessus, mais sa frustration et ses doutes le mettaient au supplice. Il était persuadé, en arrivant avec la ceinture, de parvenir à lui arracher des aveux. Tout à coup, il ne savait plus quoi penser.

Il leva les yeux vers le mur derrière la table où ils venaient de prendre le thé. Il était nu, avec un petit rectangle blanc au milieu.

Alors il se souvint.

Il y avait si longtemps. Il n'était qu'un novice quand Ron et lui s'étaient rendus dans chacune des fermes situées dans un rayon de 70 kilomètres de la ferme des Boscombe. Ron posait les questions pendant que lui notait les réponses et ses propres observations : le moindre détail insolite, comme un coup d'œil furtif entre les membres d'une famille, une personne au regard fuyant ou, au contraire, d'une amabilité ou d'une diligence exagérée.

Et cette broderie au mur avait justement retenu son attention. Elle aurait dû encore se trouver là, à la place de ce rectangle vide. Lentement, ce souvenir en fit rejaillir d'autres. Une fillette si timide qu'elle l'avait mis mal à l'aise. Un garçon plus âgé. Mutique, lui aussi. La mère, serviable et troublée. Et le père, qui s'était montré d'une amabilité et d'une diligence excessives.

Shepherd était sûr d'avoir noté l'inscription maladroitement brodée sur le rectangle de velours. Elle se voulait rassurante, sans doute, mais il avait réprimé un frisson à l'idée de ce que cela pouvait faire de grandir dans l'ombre de ce message sinistre.

Le Christ est le Maître en cette maison
L'invité invisible à chaque repas
Le témoin silencieux de chaque conversation

Quels étaient les mots que Joy venait de prononcer ?
Je n'étais plus son témoin silencieux.

60

George et Gwen

Janvier 1949

Chaque jour, Gwen sentait la tension dans son crâne devenir plus insupportable. Elle vivait crispée en permanence, guettant la prochaine crise de rage de son mari. Crise de rage toujours assortie d'une gifle ou d'un coup, signal que tout allait recommencer.

Six semaines environ après l'enterrement de bébé Ruth, elle commença à comprendre que quelque chose avait changé. Mais elle savait aussi que baisser sa garde serait une folie. Ce changement aurait dû la soulager, mais la peur continua à l'asphyxier jusqu'à ce que son cerveau épuisé lui semble recouvert d'une couche de ciment humide qui se solidifiait peu à peu. Ou bien était-ce son cœur ? Difficile à dire.

George avait raison, bien sûr. Mark était un enfant difficile. Et, si son père ne le punissait pas, comme il avait lui-même été puni, ce garçon filerait un mauvais coton en grandissant et tomberait dans la délinquance.

George affirmait, comme le lui avait d'ailleurs répété sa grand-tante, qu'il fallait apprendre aux enfants à bien se tenir et qu'il en savait plus qu'elle en la matière. Lorsqu'il criait sur Mark, Gwen sentait la couche de ciment humide se durcir dans sa tête sous l'effet de la pression, l'empêchant de trouver les mots pour protester. Tout ce qu'elle pouvait faire, c'était marmonner d'inutiles suppliques.

Quand George frappa Mark pour la première fois, le ciment était devenu un mur impénétrable à travers lequel même les suppliques ne passaient plus. Ce n'était qu'une gifle, après tout, et Mark l'avait méritée, car il s'était montré désobéissant. C'était pour son bien. Assurément.

La première fois que George apparut sa ceinture à la main, elle réussit à se convaincre qu'elle ignorait ses intentions et alla s'enfermer dans son atelier pour y assembler des roses avec du fil de fer, friser des rubans et remplir son livre de comptes. Plus tard, couchée dans son lit, en repensant à ce fameux bal qui s'était déroulé à Willshire, des années auparavant, et à la route de plus en plus étroite sur laquelle elle s'était engagée, elle fut trop assommée et effrayée pour oser admettre la vérité – elle avait été soulagée que cette ceinture ne lui soit pas destinée.

Pendant ce temps-là, dans son berceau en osier, Joy observait et écoutait sa famille. Quand la peur jaune moutarde et les hurlements rouge vif de son frère s'insinuaient dans son tout petit cerveau, elle portait sa main droite à son visage et effleurait les reliefs minuscules de la marque de naissance qui lui grignotait la joue. Les grosseurs disparaîtraient avant son premier anniversaire, mais la marque resterait imprimée sur sa peau jusqu'au jour de sa mort.

Sa main gauche se tendait vers son autre moitié. Sa sœur jumelle qui avait vécu à son côté durant huit mois et demi.

Mais elle ne sentait rien d'autre que le vide. Joy était seule.

61

Joy et Shepherd

Février 1983

HENDERSON, George. Avec toute notre gratitude,
et nos condoléances à la famille. Clarice Johnson.

Shepherd commençait à avoir mal aux genoux, mais il craignait de couper Joy dans son élan en changeant de position.

— Vous avez raison, dit-elle. Mon père n'a pas pu s'étrangler lui-même avec la ceinture. Il est temps que je vous dise la vérité, sans doute.

Ça y est ! jubila Shepherd.

— Toutes les nuits, aussi loin que je me souvienne, j'ai rêvé que je le tuais. Au fil des ans, j'ai dû imaginer un millier de scénarios différents. Je lui tranchais la tête, je le bourrais de cachets contre la migraine, je l'enfermais dans la laiterie et laissais les vaches le piétiner… Comme il l'a affirmé un jour à vous et à votre chef, dit-elle en regardant Shepherd bien en face, personne ne vous entendrait hurler depuis la laiterie. Ni depuis votre chambre, d'ailleurs.

Shepherd était à la fois horrifié et au comble de l'excitation. *Elle est sur le point d'avouer. Enfin.* Il espérait seulement que ses pauvres genoux tiennent encore un peu.

— Une fois sur deux, je me réveillais sans savoir si j'avais rêvé ou si j'avais vraiment réussi à le tuer. Bien sûr, je le trouvais toujours vivant. Les choses n'ont cessé d'empirer, au point qu'un jour – la veille de la disparition de Wendy – j'ai vraiment cru que j'allais mourir sous ses coups. Puis Wendy a disparu, et tout le monde est devenu obsédé par la sécurité des enfants, qu'il fallait protéger du « monstre ». Mais personne ne se souciait du monstre appelé George Henderson et des violences qu'il infligeait aux siens. Et ne me dites pas que personne n'était au courant, siffla-t-elle en se tournant de nouveau vers Shepherd. Tout le monde savait.

Il se sentit presque accusé de non-assistance à personne en danger. Les rapports médicaux, les cicatrices… tout cela le mettait extrêmement mal à l'aise. La police n'avait-elle pas pour mission de protéger les individus les plus fragiles, et surtout les enfants ? Avant que Vicki lui fasse lire ces documents, il n'avait pas la moindre idée de ce qui se passait dans cette ferme. Mais Ron, lui, l'avait-il su ? D'après Vicki, tout le monde savait pourquoi Mark avait fugué de la maison. Ron n'avait pas dû faire exception à la règle. Mais ils avaient tous fermé les yeux, sous prétexte que George était un pilier de l'Église.

— Je me suis souvent demandé s'il aurait été capable de…

Joy laissa sa phrase en suspens, mais Shepherd devina ce qu'elle s'apprêtait à dire. « Tuer Wendy. »

George était-il lié à la disparition de la fillette ? Ou Joy cherchait-elle juste à brouiller les pistes ?

— Après chacun de mes rêves, Ruth était là et me disait tout bas qu'un jour ce serait la réalité. Qu'un jour nous… Mais à 16 ans je suis partie. Et les rêves ont cessé. D'un seul coup. La première nuit que j'ai passée loin de chez moi, je n'en revenais pas. La deuxième nuit, à Darwin, au lieu de rêver que je tuais mon père, j'ai rêvé que je retrouvais Mark.

Elle regarda le policier en grimaçant.

— J'ai donc appelé tous les Henderson recensés dans tous les annuaires d'Australie avec un *M* comme première ou seconde initiale. Mais aucun de ces gens n'était mon frère. J'ai ensuite pensé qu'il avait pu quitter le pays, et je me suis installée en Angleterre, où j'ai continué à le chercher. Chaque fois que je déménageais, je me faisais en premier lieu installer le téléphone. Et répertorier dans l'annuaire… au cas où Mark me chercherait, lui aussi. Chaque matin, j'espérais que ce serait le jour où il m'appellerait, ou bien que je tomberais sur lui par hasard, tous les deux attirés au même endroit et au même moment. Ridicule, n'est-ce pas ? Mais les années ont passé, poursuivit-elle, à nouveau en larmes. Et rien de tout ça ne s'est jamais produit. J'ai fini par laisser tomber et reprendre l'avion pour l'Australie. J'étais revenue depuis un mois à peine quand Vicki a fait ce que j'aurais tant aimé que fasse mon frère : elle a appelé les renseignements, obtenu mon numéro, et m'a téléphoné. Pour me demander de venir au chevet de mon père malade. Que pouvais-je bien lui dire ? Je nourrissais l'espoir secret qu'elle retrouve Mark et qu'il revienne à la ferme. Je devais sans doute espérer aussi des excuses de mon père sur son lit de mort. Voire, qui sait, trouver la force de lui pardonner.

Ou de le tuer, songea Shepherd. *Ni oubli ni pardon, tu l'as dit toi-même.*

— Dès que je suis entrée dans la cuisine, j'ai vu Ruth. Ç'a été un choc. Je ne l'avais pas vue depuis mon départ. Ce qui était logique, en un sens. Sans elle, je serais sans doute morte de peur ou de folie. Elle était la seule à me comprendre. Mais bref : du jour où Vicki m'a appelée, je me suis remise à rêver que je tuais mon père. Les images étaient si réalistes que c'en était terrifiant. Et, quand je suis arrivée ici, ça n'a fait qu'empirer. J'ai même vu ma mère, un jour. Dans le poulailler. Et aussi Wendy, dans l'allée. Je crois que… j'étais dans un sale état.

Joy baissa les yeux vers l'un de ses ongles, sous lequel s'était niché un minuscule éclat de porcelaine. Une petite bulle de sang s'était formée dessous. Elle appuya son doigt contre la manche de son tee-shirt.

— La nuit qui a suivi le coup de fil de Vicki, j'ai rêvé que je retrouvais la ceinture et que je la passais autour du cou de mon père, pour la serrer et la serrer encore, jusqu'à lui arracher son dernier souffle. Il était conscient mais paralysé, donc incapable de se défendre. Ce rêve m'est ensuite revenu toutes les nuits, dans des versions différentes, jusqu'à ce que…

Shepherd avait atrocement mal aux genoux. Joy, elle, était confortablement assise par terre. Il fallait qu'il change de position, mais il avait peur de rompre le charme. Même s'il ignorait qui avait lancé le sortilège et qui était sous l'emprise de l'autre.

— Jusqu'à ce que je décide de mettre un terme à ces rêves, et de le tuer de mes mains.

Oui. Oui. Oui, pensa très fort le policier.

— Vendredi soir, certaine qu'il dormait, je me suis donc glissée dans sa chambre et j'ai cherché la ceinture partout – d'où le désordre qui régnait dans la pièce. Et, quand je l'ai enfin trouvée, je me suis approchée de son lit avec la ferme intention de l'étrangler… mais, au lieu de ça, j'ai remis la ceinture à sa place et je suis allée me coucher.

À quoi elle joue ?

Joy se leva, enjamba les bris de vaisselle et alla s'asseoir sur le canapé. Shepherd la suivit, libérant enfin ses genoux du supplice. Il était à présent convaincu qu'elle lui disait la vérité.

Ou qu'elle lui mentait.

Il faillit éclater de rire en s'imaginant raconter cela à Vicki.

Cette dernière lui avait expliqué que les obsèques de George Henderson allaient être les plus importantes dans la région depuis la mort de la fille d'un ancien maire, quelques années auparavant. Poussé par son instinct, Shepherd avait minutieusement épluché les faire-part de condoléances publiés dans le journal, au cas où il aurait découvert un nom insolite ou un message curieux. Mais il n'avait trouvé que la confirmation du statut de George au sein de la communauté : un homme généreux, dévoué, travailleur et admiré.

Pourtant, il y avait les cicatrices de Joy. Les rapports médicaux que Vicki avait découverts « par hasard ». La remarque de Colin à propos de la méchanceté de

George, le lapsus de Barbara sur le fait que Joy s'était « échappée ». Shepherd repensa au puzzle géant qu'il avait entamé avec Ron avant la disparition de Wendy. Chacune des pièces ayant deux faces, vous vous retrouviez au final avec deux images différentes, dont l'une invisible puisqu'elle se trouvait dessous.

Si George Henderson avait une face visible et une face cachée, Vicki avait peut-être bien analysé les circonstances de sa mort. Il pouvait s'agir d'un suicide. Ou d'un accident.

— Le lendemain matin, Ruth avait disparu, poursuivit Joy. J'étais à la fois soulagée et dévastée. Elle n'avait jamais peur de me dire mes quatre vérités, mais le problème c'était qu'on ne pouvait jamais la faire taire. Je ne la supportais plus, je voulais qu'elle s'en aille. À la seconde où mon père est mort, je n'ai plus eu besoin d'elle.

Shepherd opina. Ruth était la face cachée de Joy.

— À ce stade, vous devez avoir compris deux choses. D'abord, que la mort de mon père a été le plus beau jour de ma vie. Et que, puisqu'il voulait mourir, je tenais absolument à le maintenir en vie. Mais je me suis levée au milieu de la nuit, je me suis glissée dans sa chambre, et j'ai…

Shepherd plongea son regard dans le sien. *Vas-y, avoue ! Tu te sentiras tellement mieux après !*

— Je ne veux plus mentir, dit-elle en baissant les yeux.

Je le savais.

— Je me suis glissée dans sa chambre, répéta-t-elle. Et j'ai pris la ceinture. Mais cette fois je ne l'ai pas remise à sa place sur le clou. J'avais l'intention de le fouetter, de lacérer son corps, de le faire saigner comme il nous avait fait saigner tant de fois… mais je n'ai pas pu. Tant de cruauté, tant de violence, c'était au-dessus de mes forces. Sans parler du fait que les coups l'auraient réveillé, même s'il était abruti par les médicaments. J'ai donc glissé la ceinture autour de son cou, j'ai inséré la pointe en argent dans la boucle et j'ai serré le plus possible. Il fallait que je fasse quelque chose, que j'accomplisse un geste pour évacuer ma colère et ma soif de vengeance. C'était stupide, bien sûr, mais… ça m'a fait du bien, dit-elle en relevant le menton. Et je ne le regrette pas.

Shepherd soupira. Elle avait donc avoué le moindre des deux crimes dont il la soupçonnait. Comme il s'y attendait.

Mais elle n'en avait pas encore fini.

— Ce que je ne savais pas, c'est qu'il était déjà mort.

Il n'en crut pas un mot.

Et l'instant d'après, il la crut.

— Je suis donc coupable, j'imagine… mais de quoi ? Tentative de meurtre ?

Shepherd fit non de la tête. Pour ce qu'il en savait, son geste n'était même pas considéré comme un crime… en tout cas, pas au point de la traîner devant un tribunal.

Deux scénarios se présentaient de nouveau à lui.

Scénario n° 1 : Joy disait la vérité, et George était mort d'une overdose délibérée ou accidentelle, avant qu'elle tente de l'étrangler. Auquel cas, l'affaire était close. Fin du mystère.

Scénario n° 2 : Joy avait administré elle-même la dose fatale à son père, puis glissé la ceinture autour de son cou pour mettre en scène une fausse tentative de meurtre post mortem qu'elle pourrait confesser par la suite, et ainsi maquiller son crime. Car, après tout, comme l'avait souligné Vicki, pourquoi Joy aurait-elle étranglé son père si elle l'avait déjà tué à coups de médicaments ?

Ce second scénario reposait sur une sorte de logique circulaire dont Shepherd ne parvenait pas à trouver la clé. Mais, s'il comptait réfuter – ou prouver – cette hypothèse, il devait s'appuyer sur les faits, et non entrer dans le petit jeu de Joy.

— Quand vous lui avez passé la ceinture autour du cou, vous ne vous êtes pas demandé pourquoi il était inerte ?

— J'ai pensé que les médicaments l'avaient assommé. Il en prenait tellement, je ne savais même pas à quoi servaient certains d'entre eux, répondit-elle avec un haussement d'épaules. Chaque fois que je lui donnais ses comprimés, il sombrait dans un sommeil de plomb. Pendant des heures. Je me contentais de suivre les instructions de Vicki.

Elle se leva, sortit une balayette d'un placard et ramassa les morceaux de vaisselle brisée.

— Le plus bizarre, c'est que j'ai toujours pensé que si je le tuais un jour je voudrais qu'il le sache. Je m'imaginais en train de lui chuchoter : « Voilà, c'est ma vengeance. Pour tout ce que tu nous as fait, à Mark, Ruth, maman et moi. » Mais quand il m'a dit qu'il voulait mourir j'ai décidé de me taire. Je ne voulais pas lui faire ce plaisir. Malgré tout, pendant que je serrais la ceinture autour de son cou, j'espérais qu'il allait se réveiller et implorer ma pitié, qu'il saurait que j'étanchais ma soif à la fois de vengeance et de justice. Au final, aucun de nous n'a eu ce qu'il voulait. Il a dû mettre fin à ses jours lui-même parce qu'il me croyait incapable de le tuer, et je n'ai pas obtenu vengeance parce que ce salopard était déjà mort.

Shepherd était pétrifié. Cette maudite maison ! Cette cuisine sombre, étouffante. Cette jeune femme, avec ses cicatrices aussi atroces que ses secrets.

— En conclusion, non : il ne s'est ni réveillé ni débattu, dit-elle en faisant glisser les morceaux de vaisselle dans la poubelle.

Shepherd était à nouveau paumé. Et très agacé. Il ne savait plus à quel saint se vouer. Il n'y avait pas de témoin, pas d'arme du crime, pas la moindre preuve. Et Vicki était prête à déclarer sous serment que George avait sans doute avalé lui-même ses cachets, exprès ou par accident.

Joy Henderson avait gagné la partie. Elle avait commis le crime parfait.

62

Joy et Ruth

Janvier 1961

— Mrs Felicity, je peux vous poser une question ?

— Bien sûr, ma chérie.

Elles faisaient la vaisselle ensemble pendant que Felicity était dans l'étable avec son père. Joy savait que c'était le moment ou jamais.

— Quand deux personnes lisent le même mot, ont-elles des images semblables ou différentes dans la tête ?

— Hmm, réfléchit Mrs Felicity. Tu veux dire par là, est-ce que tout le monde voit un éléphant en lisant le mot *éléphant* ?

— Non, hésita Joy. Quand je lis le mot *éléphant*, je vois un gros livre marron à la couverture abîmée et aux pages cornées.

Mrs Felicity leva les yeux de la casserole qu'elle était en train de récurer, et Joy lut de la curiosité sur son visage.

— Mais parfois ce n'est pas une image, continua-t-elle. Parfois, ça peut être un sentiment. Quand je lis *papillon*, par exemple, je me sens comme quand on pense au jour de sa propre mort.

Cette fois, Mrs Felicity haussa un sourcil.

— Je suis anormale, vous croyez ?

— Pour ma part, Joy, je n'ai pas d'images qui me viennent à la lecture des mots, même si je peux prendre le temps de penser, par exemple, à l'apparence de l'éléphant. Et les mots ne m'inspirent pas de sentiments non plus. Même lorsqu'ils sont associés à quelque chose d'aussi magnifique qu'un papillon. Je pense que tu as juste une compréhension… particulière de ce que tu lis.

— Comment ça ?

— Eh bien, certaines personnes sont capables de composer de la musique dans leur tête, comme Beethoven, d'autres inventent des lieux étranges, des personnages qui n'existent pas, et écrivent des histoires comme *L'Étrange Cas du Dr Jekyll et de Mr Hyde*. J'ai même entendu parler d'une chose qui s'appelle la synesthésie : les gens voient apparaître des couleurs lorsqu'ils entendent certains chiffres ou certains mots, ou bien en écoutant de la musique. Tu dois avoir quelque chose de cet ordre-là. Sauf qu'au lieu de voir des couleurs tu vois des images.

À mesure que Mrs Felicity parlait, Joy sentait les anguilles rapetisser dans son ventre.

— Y a-t-il d'autres mots qui t'inspirent des images ?

— Oui, des centaines ! Mon préféré, c'est *furtif*. Une balançoire qui mesure au moins 15 mètres de haut. Parce qu'il commence comme il se termine, mais qu'il vous emmène là où vous n'êtes jamais allé.

Mrs Felicity prit un air pensif.

— Oui, je comprends.

— C'est vrai ? Alors, n'est-ce pas extraordinaire ?

— Un autre exemple ?

— *Lamelle*. Encore un de mes mots préférés. Ce sont des gouttes de sang chatoyantes. Et *nonchalant* : un duc étendu sur un sofa. Vous ne trouvez pas ?

— Oh, il me plaît beaucoup, celui-là. Continue !

— Alors, *nectar* est une galerie de voûtes en soie, et *sublime* est une petite boule de glaçage sur un gâteau de Noël qui vous fond à l'intérieur de la joue. *Indigeste* est une éponge boueuse, *topiaire* est une pièce où tous les meubles sont à l'envers, et *affûter* est une épée qui fend l'air en chuintant. *Exosquelette* est une rangée de montagnes acérées.

Les mots se précipitaient hors de la bouche de Joy. Mrs Felicity ne se moquait pas d'elle, alors elle continua sur sa lancée.

— Et puis, il y a des mots comme *parfait*, qu'on peut associer à d'autres mots presque jumeaux, comme *préfet parfait*, un sentiment de solitude vivifiant, ou *talent latent*, un ballon bleu qui flotte dans un ciel de la même couleur, si bien qu'on le distingue à peine. Et puis… Il y a aussi les mots comme *Diable*, dont les synonymes sont tous reliés, comme *mal* et *Malin*, *Lucifer* et *Enfer*… Et il y a les mots qui ne sonnent pas très bien, comme *catapulte*…

— Vraiment, *catapulte* ne sonne pas bien ?

— Non. Ses syllabes sont boiteuses et saccadées, alors qu'elles devraient évoquer le son de quelque chose qui fuse, vous ne trouvez pas ? Bon, au moins, c'est un mot plein d'énergie.

Mrs Felicity opina.

— Et il n'y a pas que les mots que j'aime. Il y a aussi des mots qui me mettent en colère, qui me font peur ou me rendent triste et qui m'inspirent des images horribles. Quand j'ai demandé à Mr Plummer, à l'école, si tout le monde avait les mêmes images, il s'est moqué de moi.

— Il a sans doute du mal à comprendre que ton esprit fonctionne différemment du sien, fit remarquer Mrs Felicity. Tu imagines, si nos cerveaux étaient tous pareils ? Nous n'aurions rien à nous raconter, et il n'y aurait pas eu de Beethoven ou de Monet, pas de Marie Curie ou de Virginia Woolf.

Elle posait les casseroles au fur et à mesure sur l'égouttoir, et Joy les prenait pour les essuyer.

— As-tu déjà écrit la liste de ces mots quelque part, Joy ?

— Non. Pourquoi ?

— Je crois que ce serait une bonne idée. Ne bouge pas.

Mrs Felicity s'essuya les mains et sortit de la cuisine.

À son retour, elle lui tendit un cahier. Mais celui-ci n'avait rien à voir avec ceux dont se servaient les parents de Joy pour rédiger des lettres au banquier. Il était doté d'une couverture cartonnée marron, avec des caractères d'imprimerie tarabiscotés qui rappelèrent à Joy les boîtes de conserve au fond du supermarché. Ses pages, crémeuses et épaisses, comportaient de fines lignes en pointillé.

— Note tout dans ce cahier. Les mots que tu aimes, mais aussi ceux que tu trouves laids, qui t'inspirent de la peur ou de la colère. Et décris leurs images, surtout.

Joy contempla le cahier entre ses mains, inquiète à l'idée de laisser des traces sur un si bel objet.

— Et après ?

— Après ? répéta Mrs Felicity, les yeux brillants. Tu te sentiras transformée, Joy. Et qui sait ce qu'il pourrait bien advenir ?

63

Joy et Shepherd

Février 1983

> HENDERSON, George. Infatigable travailleur et membre actif de notre communauté, dont la disparition va laisser un grand vide. Sincères condoléances à la famille. École primaire Kingfisher.

Shepherd va peut-être enfin me laisser tranquille, maintenant. Je crois l'avoir convaincu pour de bon que je n'avais pas tué mon père. En plus, j'ai récupéré la ceinture.

Je n'ai plus grand-chose à faire ici, hormis vider la maison et me rendre à l'étang pour voir s'il est vraiment à sec. Je passe un coup de fil pour louer deux bennes à gravats qui sont censées m'être livrées demain matin à 6 heures, et j'emploie le reste de la soirée – et de la nuit – à me demander comment les choses vont tourner.

Le lendemain, je suis debout avant la livraison des bennes, histoire d'avancer au maximum avant qu'il fasse trop chaud. Je procède méthodiquement, en commençant par le porche de derrière, la salle de bains et la buanderie. Il n'y a vraiment pas grand-chose et c'est un jeu d'enfant que de porter ou de traîner les affaires sur le porche pour les jeter directement dans la première des deux bennes qui trônent à présent dans l'allée – seule la binette rangée dans le placard fait de la résistance.

Pendant cet exercice de manutention, je me dis que je pourrai bientôt parler à Shepherd de la poupée dans la malle et des aveux de mon père. Je sais à peu près tout ce qu'il me reste à faire. Si je me trompe, il n'aura que la poupée. Mais si j'ai raison je pourrai aussi lui fournir le corps de Wendy.

En entrant dans l'atelier de ma mère, je me demande si je ne devrais pas garder quelque chose en souvenir, mais il n'y a là que du matériel pour fleuriste. En deux allers-retours, la pièce est vidée.

Sur le seuil de la chambre de Mark, je marque un temps d'arrêt. Il faut qu'il sache que notre père est mort. Je me remettrai à sa recherche dès demain. J'engagerai un détective privé, je mettrai des annonces dans tous les journaux du pays. Je ne lâcherai pas avant de l'avoir retrouvé.

J'entre dans sa chambre en me promettant de ne plus jamais hésiter sur le seuil d'une pièce chargée de souvenirs. Je dois me montrer sans pitié.

Sans pitié, sans père ni mère. Mais pas sans frère.

Je suis surprise de la facilité avec laquelle je soulève et déplace les cartons remplis de babioles et les meubles dépareillés, maintenant que tout est fini et que je vais enfin retrouver Mark.

En deux heures, j'ai terminé sa chambre, la mienne, la cuisine et le salon. La seule chose que je n'ai pas jetée, c'est le sachet judiciaire posé sur la paillasse de la cuisine, avec la ceinture lovée à l'intérieur.

Il ne reste plus que sa chambre. J'évite de regarder dans le miroir sombre de la coiffeuse et je me dirige vers la penderie pour en arracher le clou de l'autre soir, celui avec les hurlements magenta accrochés dessus. Je vais à la cuisine pour le glisser dans le sachet en papier kraft, retourne dans la chambre où j'ouvre le premier des deux grands tiroirs au-dessous du miroir.

En le découvrant vide, j'en déduis qu'il s'agissait des tiroirs de ma mère, et qu'il a dû jeter toutes ses affaires dans l'incinérateur.

Je m'attends à trouver le second tiroir vide lui aussi mais, quand je l'ouvre d'un geste brusque, un objet glisse à l'intérieur. Il s'agit d'un petit coffret en bois carré que le professeur de menuiserie m'avait remis lors de mon premier jour au lycée de Blackhunt. J'avais d'abord cru qu'il s'agissait d'un cadeau de bienvenue, mais il m'avait expliqué que Mark s'était attelé à fabriquer quelque chose pour sa mère durant ses dernières semaines de cours, à la fin de l'année. Il n'avait pas eu le temps de finir (« Il manque encore une couche de vernis »), si bien que l'enseignant avait rangé le coffret dans la réserve pendant les vacances. Mais, bien sûr, Mark n'était jamais retourné au lycée.

Assise sur le lit, je me dis qu'il sera ravi d'apprendre que j'avais donné le coffret à notre mère et qu'elle l'avait gardé jusqu'à sa mort. Et qu'il sera sans doute tout aussi étonné que moi que notre père ne l'ait pas jeté. Peut-être ne l'avait-il pas remarqué, caché tout au fond du tiroir. Ou bien ignorait-il que c'était Mark qui l'avait fabriqué.

En regardant les tiroirs vides de ma mère, je pense à la solitude qu'elle a dû éprouver après le départ de Mark et le mien. Une bouffée de culpabilité m'envahit. Je ne l'ai jamais contactée, pas une fois. Elle est morte sans savoir si j'étais encore en vie. Le jour où je me suis enfuie, dans le train, je me suis dit qu'elle était aussi dégueulasse que notre père pour n'avoir jamais cherché à nous défendre, mais c'était surtout pour m'empêcher de culpabiliser. Sans famille, sans argent et sans recours, elle était aussi piégée que ses enfants.

Une fois que les bennes seront reparties je me rendrai au cimetière pour lui demander pardon.

En remuant le coffret, j'entends quelque chose à l'intérieur. Je fais glisser le crochet en laiton et soulève le couvercle. La boîte contient plusieurs petits rectangles de papier. J'en sors plusieurs et je déplie le premier. Il s'agit de l'avis de décès d'oncle Bill, rédigé par tante Rose. Un morceau d'adhésif jauni longe la bordure supérieure de la feuille, que je retourne pour découvrir un autre faire-part collé au verso.

> HENDERSON, William. Frère de George, beau-frère de Gwen, oncle de Mark, Ruth et Joy. Courageux défenseur de la nation. Que le Seigneur te bénisse.

Trois lignes. Pas un « regretté » ou un « bien-aimé ». Même moi, je sais que la phrase en entier aurait dû être « Que le Seigneur te bénisse et veille sur ton âme », mais cela aurait coûté une ligne de plus. Je déplie quatre autres faire-part pour les lire en diagonale. Deux concernent des gens que je ne connais pas, et un autre me fait monter les larmes aux yeux.

> LARSEN, Robert. Un voisin chrétien et bienveillant, dont nous n'oublierons jamais le sourire. George et Gwen Henderson.

Je suis très fâchée que mes parents ne m'aient pas associée à ce message, qui n'est en outre pas daté, si bien que j'ignore quand Mr Larsen est mort. Mais ça n'a plus d'importance, j'imagine.

J'en déplie un autre. Non pas que ça m'intéresse, mais j'ai décidé de m'accorder une pause avant de dévisser le miroir et de démonter les gros meubles de cette pièce.

Cette fois, il ne s'agit pas d'un avis de décès, mais le message est tout aussi laconique.

> HENDERSON, George et Gwen annoncent la naissance de Mark George le 31 juillet. Merci au Dr Merriweather.

Je relis ces trois lignes imprimées en Times Roman. Tout à coup, je ne sais plus contre qui je suis le plus en colère – mon père mort, ou mon déserteur de frère. Je déchire le faire-part en deux, puis en quatre, et laisse les morceaux de papier tomber sur le tapis gris.

Tous les êtres contenus dans cette boîte appartiennent au passé, y compris Mark. Je referme brutalement le couvercle, remets le crochet en place et jette le coffret sur le lit. Il rebondit sur le matelas et atterrit par terre, hors de ma vue.

Je débarrasse le premier tiroir de mon père, en sueur dans la chaleur, me maudissant d'avoir cru, dans ma grande naïveté, que débarrasser cette maison serait un exercice cathartique. J'aurais dû payer quelqu'un pour le faire à ma place.

Une fois la commode entièrement vidée, je ne peux plus faire semblant de penser à autre chose. Je vais récupérer le coffret et renverse les derniers petits carrés de papier journal sur le lit de mort de mon père. Rapidement, je mets la main sur celui que je cherchais.

> HENDERSON, Gwen. Tendre épouse de George, tendre mère de Mark, Ruth et Joy. Tu as toujours été mon rayon de soleil[1].

Le scélérat. Comment a-t-il osé écrire ces mots, comme si son mariage et sa famille avaient été inondés de soleil et d'amour ? Dieu que je hais cette chanson !

Je continue à déplier fébrilement tous les faire-part, à la recherche d'un autre auquel j'ai si souvent pensé.

Enfin. Le voilà. HENDERSON, Ruth Poppy.

Je le lis d'une traite.

Mais il y a une erreur. Une erreur monumentale.

Les mots imprimés dans le petit encadré se brouillent devant moi. Je ferme les yeux pour écraser mes larmes et m'efforce de comprendre. Le faire-part n'est pas daté. Pourquoi n'y a-t-il jamais de date – même pas l'année – sur les avis de décès ?

J'essaie de me concentrer, mais j'ai l'esprit confus. Je repense à ce que ma mère m'a dit le jour où je lui ai demandé pourquoi les poules s'appelaient toutes Ruth.

---

1. Référence à la chanson « You Are My Sunshine ». *(N.d.l.T.)*

La chaleur, la transpiration et l'odeur de la mort de mon père me donnent la nausée, mais je m'astreins à relire ces mots impossibles.

> HENDERSON, Ruth Poppy. Fille adorée de George et Gwen, petite sœur de Mark, sœur jumelle de Joy. Quelques secondes à peine dans nos bras, mais dans ceux du Seigneur pour l'éternité.

Sœur jumelle ? Non. Non. Non. Ruth n'était pas ma jumelle. Son accident – son *meurtre* – s'est produit bien avant ma naissance. J'ai été conçue uniquement pour la remplacer.

Je n'y comprends plus rien.

64

Joy et Ruth

Janvier 1961

— Qu'est-ce que c'est ? demanda sa mère en désignant le sachet de papier brun que Joy tenait coincé sous son bras.

— Oh, ça ? dit-elle. Des devoirs pour le cours d'étude biblique.

Elle mentait avec une facilité déconcertante, ces jours-ci.

Quand Joy lui montra le carnet que lui avait donné Mrs Felicity, Ruth battit des mains d'excitation.

— Tu devras le cacher. Il ne faut surtout pas qu'il le trouve. Notre mère non plus.

Elles examinèrent le mobilier spartiate de la chambre.

— Dans le deuxième tiroir, sous mon vieux pull ? suggéra Joy.

Ruth acquiesça. Maintenant qu'elle avait son nouveau pull jaune moutarde, le carnet serait bien à l'abri, caché sous l'ancien.

Le soir, après le souper, Joy le sortit de sa cachette pour le poser sur son bureau. Elle sentait que le papier avait hâte d'accueillir ses mots préférés et la description de leurs images.

Elle tourna la première page et se saisit de son stylo bleu. Elle savait déjà quel mot inscrire en premier. Mais, au moment de le faire, elle se dit qu'elle avait besoin de s'entraîner, histoire de ne pas gâcher son beau carnet. Elle ressortit son vieux manuel de mathématiques et écrivit plusieurs fois le mot *furtif* sur la dernière page, jusqu'à ce qu'elle estime que la forme des lettres se rapprochait de l'alphabet de Mr Plummer fixé au-dessus du tableau noir. Son trait était encore hésitant, maladroit, et elle savait que son père aurait eu une moue réprobatrice, comme toujours lorsqu'il voyait ses lignes d'écriture. Parfois, même, il claquait la langue avec mépris.

— Que sait-il des mots et de leurs images ? lui murmura Ruth depuis le lit. De toute manière, il ne verra jamais ce carnet.

Joy le reprit et écrivit *furtif.* Elle inspira, laissa un petit espace et ajouta la description de l'image. Puis elle examina le résultat avec un soupir.

— On s'en fiche, de l'écriture. Continue, Joy.

Elle acquiesça, sauta une ligne et écrivit le mot *indigeste.* Elle prit une autre inspiration, prête à ajouter la description, quand Ruth lui fit remarquer :

— C'est un peu comme si tu rédigeais ton propre dictionnaire.

Joy remplit une pleine page de 15 mots et de leurs définitions avant de reposer son stylo et d'arpenter la pièce.

— C'est bien, commenta Ruth. Très bien.

Joy retourna s'asseoir à son bureau, lut ce qu'elle avait écrit, et se sentit… comment dire ?

— Chocolat Noir Fourré à la Fraise, chuchota Ruth.

L'étrange sensation que Joy éprouvait toujours en croquant le chocolat de Mr Larsen, du temps où elle croyait qu'il était le Diable, lui parcourut l'échine.

Elle tourna la page et écrivit *nectar*.

Tout à coup, la porte de sa chambre s'ouvrit. Joy sursauta, et son stylo traça un trait trop long à la suite du *c*.

Le visage cramoisi, son père se mit à hurler :

— Qu'est-ce que tu fabriques ? Va te coucher. Immédiatement !

Les anguilles tournoyèrent. Et s'il voyait le carnet ? Elle le glissa précipitamment sous sa bible, mais celle-ci ne le cacha qu'à moitié.

— Excuse-moi, papa. Je faisais un devoir pour le cours d'étude bibli…

— Tu pourrais écrire à la reine d'Angleterre que ça me serait égal. Va te coucher ! Tu crois que nous sommes riches ? Ou tu comptes payer toi-même la facture d'électricité ? Espèce d'immonde pécheresse égoïste. Tu sais ce que tu es ?

— Une immonde pécheresse égoïste.

— Va te coucher !

Elle se dirigeait vers son lit, pas fâchée d'être déjà en pyjama, lorsqu'il la gifla.

La lumière s'éteignit, la porte claqua. Elle poussa un soupir de soulagement et grimpa dans son lit. La main contre sa joue brûlante, elle ferma les yeux. Il lui faudrait attendre le lendemain pour cacher le carnet. Le moindre bruit de pas dans sa chambre serait sévèrement puni. Elle voulait aussi effacer ce trait malencontreux. Et *dévoyé* {un escalier en pierre dans un jardin luxuriant} serait la prochaine entrée dans son dictionnaire.

Elle pensa aux autres mots merveilleux qu'elle avait l'intention d'écrire, comme *particulier* {un crayon à la mine fraîchement taillée}, *chirurgien* {une falaise parfaitement verticale}, *probablement* {une balle en caoutchouc qui rebondit sur les marches d'un escalier en bois}. Jamais elle ne serait à court de mots.

Couchée dans son lit, elle songea qu'en temps normal elle se serait sentie mortifiée à cause de sa joue en feu, le cœur battant. Mais son pouls était régulier, et dans son ventre les anguilles s'étaient calmées. Dans la pénombre, elle s'aperçut qu'elle se sentait encore Chocolat Noir Fourré à la Fraise.

Une personne transformée. Exactement comme l'avait prédit Mrs Felicity.

65

Joy et Shepherd

Février 1983

> Henderson, George. Un pilier de notre communauté, un homme bon et généreux. Sincères condoléances à sa famille. Alison Bell.

« Avant ta naissance. » Je sais que ma mère a prononcé ces mots.

Mais soudain je comprends. Il n'y a pas d'erreur sur le certificat de décès de Ruth. C'est moi qui me suis trompée en partant du principe que ma mère voulait dire « *des années* avant ma naissance », et non quelques minutes à peine. Voire une poignée de secondes.

Puis une autre pensée me frappe. C'est moi qui aurais pu mourir à la place de ma sœur ce jour-là. Et dans ce cas Ruth aurait vécu, elle se serait appelée Joy, et ce serait moi, la morte, qui me serais appelée Ruth. Qui peut affirmer, alors, que je ne suis pas Ruth ? Ruth et Joy à la fois ?

Je sens ma colère revenir. Pourquoi ne m'ont-ils rien dit ? Pourquoi tant de secrets ?

Je remets les petits rectangles de papier dans le coffret – tout ça mérite de finir à la benne – quand je remarque une liasse de papiers couleur crème pliés à plat, tout au fond de la boîte. Quoi, encore des secrets ? Je les sors de là du bout de l'ongle, m'assois sur le lit et déplie en tout trois documents.

Le premier est une lettre adressée à mon père et datée du 17 mars 1940, sur papier à en-tête du « Bureau fédéral du recrutement et de la mobilisation, quartier général des forces alliées ». Le texte est un ramassis de jargon bureaucratique et de formules creuses, mais le message est clair, bien que je n'y connaisse pas grand-chose aux méthodes de recrutement militaire durant la Seconde Guerre mondiale. Apparemment, en sa qualité de « citoyen australien », mon père avait effectué trois mois de service militaire obligatoire avant d'être renvoyé chez lui. D'après la lettre, le Bureau fédéral veillait à « prendre les mesures nécessaires pour exclure les individus inaptes au service, parmi lesquels ceux souffrant de symptômes maniaco-dépressifs, de signes de confusion ou de délire, ou de toute autre anomalie mentale ».

S'ensuivent quelques formules administratives, complétées par la signature de Xavier P. Taylor, « médecin généraliste, département de Psychologie, forces impériales australiennes ».

Pas vraiment ce que j'appellerais une bonne nouvelle. Je passe au deuxième document.

Il s'agit d'une autre lettre du Bureau fédéral, datée cette fois du 22 février 1942, expliquant que « en vertu du

Defense Act de 1903 invoqué par le Premier ministre John Curtin afin de protéger la liberté et les droits du peuple australien, tous les citoyens masculins âgés de 18 à 35 ans et tous les hommes célibataires âgés de 36 à 45 ans sont mobilisés au sein des Forces armées citoyennes. Par conséquent, Mr George Joshua Henderson (né le 18 avril 1906) est tenu de se présenter à la base militaire de Puckapunyal le lundi 31 août 1942 à 8 h 30 précises ». Le dernier paragraphe stipule que « cette convocation annule et remplace tout autre courrier précédemment adressé au destinataire concernant sa participation au service militaire obligatoire pour la défense du Commonwealth d'Australie ».

Un élan de compassion me serre le cœur. Non pas envers mon père, mais envers son frère, dont les jambes amputées m'effrayaient tant quand j'étais petite.

Le troisième document n'est autre que le certificat de mariage de mes parents. C'est la première fois que je tombe dessus, mais je connaissais déjà la date : samedi 22 août 1942. Tante Rose m'avait un jour parlé de leur « coup de foudre » et de l'« amour fou » de mon père pour ma mère, au point de fixer la date des noces avant même de lui demander sa main. À présent, je comprends pourquoi.

J'emporte l'avis de décès de Ruth, les deux lettres et le certificat de mariage dans la cuisine et les pose sur la paillasse avant de mettre par-dessus le sachet judiciaire contenant la ceinture. Au moins, je pourrai raconter toute l'histoire à Mark.

Je suis en train de transporter une autre fournée de vêtements de mon père vers la seconde benne quand la voiture de Shepherd s'arrête à une dizaine de mètres derrière moi. Qu'est-ce qu'il me veut encore, celui-là ? Pas question que je l'invite à entrer. En dehors du fait que je n'ai aucune envie de lui faire ce plaisir, il ne reste plus rien dans la cuisine, pas même cet immonde cache-théière rose en crochet qui la veille encore jonchait le sol parmi les morceaux de vaisselle.

Il se tient debout, les bras croisés en appui sur sa portière ouverte. Ma parole, il se croit dans une série policière ou quoi ?

— Joy, me salue-t-il d'une voix morne.

— Inspecteur, lui dis-je sur le même ton, les bras chargés de sous-vêtements, de chaussettes et de maillots de corps.

— Écoutez, j'ai pas mal réfléchi.

Il plisse les yeux, ébloui par le soleil et l'air presque… vulnérable, oui. Je me détends un tout petit peu.

— Ah ?

— Oui. À propos de vous et de la mort de votre père… que je considère toujours comme un homicide, soit dit en passant, ajoute-t-il en contournant sa portière pour s'avancer vers moi. Vous aviez le mobile. Vous aviez les moyens. Vous vous trouviez sur place au moment des faits. Bref, vous cochez toutes les cases. Vous avez même admis être entrée dans sa chambre avec l'intention de le tuer. Je trouve que ça fait beaucoup, Joy Henderson.

Il inspire un grand coup et poursuit.

— Mais il semblerait que votre père était déjà mort. Donc vous ne l'avez pas tué, même si telle était votre intention. Et le Dr Cooper attestera qu'il souhaitait en finir. Il ne voulait plus souffrir et lui avait demandé de lui donner un flacon de comprimés entier ou de lui faire une piqûre. Confronté à son refus, puisqu'il semble que cette femme ait tout de même un semblant de conscience professionnelle, il l'avait suppliée de retrouver ses enfants pour qu'il puisse se tuer lui-même, à son domicile, sans qu'une soi-disant bonne âme trop zélée vienne lui mettre des bâtons dans les roues. Mais, bien sûr, conclut-il, tout cela, vous le saviez déjà.

Je m'efforce de rester impassible. Je ne savais rien de tout cela. Vicki m'avait refilé un impressionnant stock de médocs, mais qui étais-je pour lui demander des comptes ? C'était plutôt moi qui m'inquiétais à l'idée qu'elle m'interroge sur l'usage que je comptais en faire.

Le tas de vêtements que j'ai sur les bras commence à peser lourd. J'aimerais bien qu'il se dépêche pour que je puisse en finir avec le reste des meubles, tout balancer à la benne et quitter ce trou à rats. *Pour l'éternité, amen.*

Est-ce le bon moment pour lui parler des aveux de mon père et lui montrer la poupée ? Ces éléments lui suffiront-ils ? Je ne crois pas. Il décidera peut-être de passer la ferme au peigne fin. Et, si ma théorie s'avère exacte, il retrouvera Wendy : il aura alors les aveux, la poupée et le corps. Là, ce sera suffisant, non ? N'en viendra-t-il pas à la conclusion logique que c'est mon père qui l'a tuée ?

Au moment où je m'apprête à lui lâcher le morceau, voilà qu'il reprend la parole.

— Sur son certificat de décès, on pourra donc lire : « overdose accidentelle par ingestion de médicaments prescrits sur ordonnance ». Voilà. Officiellement, il s'est donné la mort sans le faire exprès. Personne ne pensera à un suicide. Et encore moins à un meurtre.

Je hoche la tête.

— À deux reprises, il m'a demandé de mettre fin à ses jours. Je n'aurais jamais pensé qu'il le ferait lui-même.

Shepherd continue, indifférent à ma remarque.

— Néanmoins, vous l'avez quand même étranglé avec sa propre ceinture, soi-disant sans savoir qu'il était mort, et sans vous demander pourquoi il ne réagissait pas.

Je le dévisage, incrédule.

— Nous en avons déjà parlé hier.

C'est plus fort que lui. J'ai gagné, alors il a du mal à le supporter.

— Un autre détail me turlupine, Joy Henderson. Pourquoi ne pas avoir ôté la ceinture après votre geste ? Parce que cela vous arrangeait de brouiller les pistes, peut-être ?

Je hausse les épaules. Il a raison. Cette ceinture a bel et bien brouillé les pistes.

— Quand tout a été fini, j'ai réalisé à quel point j'avais été stupide. Mais si j'avais retiré la ceinture il y aurait quand même eu des traces de strangulation autour de son cou, et vous vous seriez posé de sérieuses questions quoi qu'il arrive.

— Heureusement, comme vous vous en doutiez, la ceinture était trop vieille et le cuir trop craquelé pour permettre un relevé d'empreintes exploitables.

Je jette les sous-vêtements de mon père dans la benne, par-dessus le contenu du buffet. Les cinq verres à pied brisés étincellent au soleil. J'aurais dû en garder deux – un pour moi, un pour Mark.

— Qu'est-ce que vous voulez que je vous dise ?

Je plonge ma main dans la benne pour voir s'il ne reste pas au moins un verre intact.

— Vous ne m'entendrez pas avouer le meurtre de mon père… pour la bonne raison que je ne l'ai pas tué.

Tant pis. Ils sont tous cassés. Je me retourne vers Shepherd, qui a visiblement décidé de ne pas me lâcher.

— De toute façon, vous me diriez exactement la même chose que vous soyez coupable ou innocente.

Nous nous tenons face à face, en plein soleil, comme pour une scène de duel dans un western. Chacun guette l'erreur de concentration de son adversaire.

— Vous savez, poursuit-il, j'ai interrogé les Larsen à propos de Ruth. Et Colin m'a avoué en pleurant qu'elle était morte. Au début, j'ai cru qu'il l'avait tuée – et votre père aussi, peut-être. Surtout quand il m'a dit qu'il savait où elle était. Il a même accepté de m'y emmener, et donné à son vieux chat malade une caresse que j'ai interprétée comme un geste d'adieu. Nous sommes montés en voiture et j'ai suivi ses instructions en m'efforçant de garder mon calme, tout en priant pour que votre pauvre sœur soit encore saine et sauve, où qu'elle soit… et en me demandant tout à coup si Colin n'était pas l'assassin de Wendy Boscombe : allais-je trouver deux cadavres à mon arrivée ? Quand il m'a annoncé que nous étions en route pour le cimetière, j'ai pensé : *Mon Dieu, il l'a enterrée à la va-vite !* Quel idiot j'étais, à m'agiter dans tous les sens pendant que vous peaufiniez tranquillement votre version des faits !

— Pourquoi ne pas m'avoir dit que vous saviez, à propos de Ruth ?

— Au risque de vous surprendre, Joy Henderson, je n'ai pas la moindre obligation de vous dire quoi que ce soit. C'est vous qui êtes sur la sellette, rétorque-t-il en essuyant la sueur de son visage. Colin a dit que la mort de Ruth était un accident, que votre mère avait glissé quand…

— Oui, en effet.

Il n'a pas besoin d'en savoir davantage. Qui sait ce qu'il pourrait bien imaginer ? J'étais si soulagée qu'il cesse de me harceler avec ses questions sur Ruth ! Maintenant que je sais pourquoi, ça me fait un souci de moins. Je n'arrive pas encore à me faire à l'idée qu'elle était ma sœur jumelle, que j'aurais pu mourir à sa place et qu'elle, Ruth, aurait pu vivre aujourd'hui… à moins que Ruth n'ait survécu à ma place et qu'en réalité ce soit moi, Ruth. Mon cerveau a déjà beaucoup de mal à jongler avec tout cela, je n'ai pas en plus besoin qu'un flic vienne m'expliquer ses théories foireuses par 50 °C au soleil.

— Bref, Joy. J'en conclus que vous m'avez menti à propos de votre sœur pour m'envoyer sur une fausse piste et me détourner de la vérité. Mais vous deviez bien vous douter que je finirais par savoir, non ?

— Je ne vous ai jamais menti. Je vous ai dit, à vous et à Vicki, qu'à mon arrivée à la ferme j'avais revu Ruth pour la première fois depuis des années. C'est la stricte vérité. Comme quand je vous ai dit que je ne l'avais pas vue de la matinée. C'est Vicki qui vous a expliqué que Ruth avait « disparu », pas moi. Je disais vrai aussi en affirmant que ce n'était pas une personne irascible. Je pinaille, peut-être, mais le fait est que je ne vous ai pas menti une seule fois. J'ai fait très attention. J'ai juste omis un détail.

Un peu comme ma mère, qui avait choisi de « ne-pas-dire » à mon père le prix du plastique adhésif pour couvrir les livres. Bon. Je me fends d'une petite grimace : j'ai bien conscience que mon histoire de mensonge par omission n'est qu'une question de point de vue.

— Ça n'a rien de drôle, figurez-vous.

J'ai vraiment envie de mettre un terme à cette conversation. Je devrais peut-être embrayer sur la tête de la poupée rangée au fond d'une malle, à 20 mètres de nous. Avec le recul, je regrette de ne pas l'avoir fait hier, durant notre petite causerie dans la cuisine. Mais à quel moment étais-je censée l'interrompre en disant : « Au fait, j'oubliais, je sais où se trouve la poupée de Wendy Boscombe » ?

Si j'hésite encore, c'est parce que j'aimerais vérifier le bien-fondé de ma théorie avant de lui montrer la poupée. Je veux m'assurer que tout se tient. Mais, surtout, je veux que les Boscombe trouvent enfin la paix. Je sais qu'ils seront dévastés quand Shepherd leur annoncera que mon père a assassiné leur fille, mais ils seront soulagés aussi que leur calvaire s'achève. Mrs Boscombe s'en est confiée elle-même à Vicki.

Il fait une chaleur si insupportable que je me demande si ça vaut le coup. Ce n'est pas comme s'il pouvait y avoir un procès. Mais j'entends alors la voix de Ruth me chuchoter : « Justice et vengeance, Ruth. Ni oubli ni pardon. Ça aurait pu être toi… c'était toi… qui as perdu la vie quand notre mère a glissé. Je suis Joy, et tu es Ruth. » Énième piqûre de rappel, mais qui tombe à pic pour une fois ; je dois conserver mon sang-froid jusqu'au bout.

Shepherd se remet à parler. Il ne s'arrêtera jamais, nom de Dieu !

— Vous cherchiez à simuler la folie, c'est ça ? La cinglée de service qui parle à sa sœur morte et qui rêve d'assassiner son père depuis qu'elle a 12 ans ? Histoire d'être acquittée par le jury même si je parvenais à prouver par a + b que vous l'avez tué ?

— Qu'est-ce que la folie, inspecteur ?

Il prend un air songeur, comme pour dire « Bonne question ». Logiquement, nous devrions en rester là, et il devrait repartir dans sa voiture. Mais non, il continue.

— Et maintenant ?

— Maintenant ? Je me débarrasse de tout ce fatras, dis-je en désignant les bennes, et puis…

Le silence retombe. Nous essuyons chacun notre front ruisselant de sueur. Le moment est peut-être venu de lui glisser : « Vous savez, j'ai fait une découverte étrange dans le cabanon, là-bas », mais non, il faut qu'il embraye sur une nouvelle série de questions…

— Puis-je savoir pourquoi vous êtes revenue ? Il était mourant, il ne pouvait plus vous faire de mal. Si vous étiez restée chez vous, il n'y aurait pas eu tant d'histoires sur le pourquoi, le comment ou qui…

— Je vous l'ai déjà dit. Au cas où Vicki retrouverait Mark. Et de toute manière j'avais promis à Vicki de m'occuper de lui.

Il lâche un petit rire.

— Ça, on peut dire que vous avez tenu parole… mais pas vraiment au sens où Vicki l'entendait.

— Si. Je me suis occupée de lui.

C'est grotesque d'avoir cette discussion sous une chaleur pareille. La peau meurtrie de mes cicatrices me brûle. Et je ne suis toujours pas allée à l'étang.

— Bien, acquiesce-t-il avant de regarder les bennes comme s'il les voyait pour la première fois. Il y avait beaucoup de choses à débarrasser, j'imagine.

— Ouais.

Je m'essuie à nouveau le front, et trouve la meilleure réplique possible pour l'inciter subtilement à partir.

— Et il m'en reste encore.

66

Joy et Ruth

Janvier 1961

— Doucement, murmura Ruth.

Joy prit la gomme et plaça ses doigts de part et d'autre du *c* pour maintenir le papier en place. Elle frotta le trait de stylo fautif aussi délicatement que possible. Quand il commença à s'estomper, elle décida que cela suffirait, car elle n'avait pas envie de déchirer la feuille. Ruth se tenait penchée par-dessus son épaule.

— Je crois que c'est bien. Tu ne voudrais pas déchirer le papier ? dit-elle avec un sourire qui fit enfler sa tache de naissance. Finis *nectar*, et n'ajoute plus que deux mots. Mieux vaut éviter de revivre la scène d'hier soir.

Joy avait passé la journée à lutter contre un torrent d'exaltation et de joie, ses anguilles noyées dans un océan imaginaire de Chocolat Noir Fourré à la Fraise chaque fois qu'elle repensait à son dictionnaire. Elle se demandait si elle pouvait en parler à Mark sans qu'il se moque d'elle – et s'il voyait des images lui aussi. Si quelqu'un d'autre possédait ce don, ça ne pouvait être que son frère, non ?

Elle termina *nectar* et réfléchit à ses deux mots suivants. Des visions de Wendy jaillirent dans sa tête, accompagnées de *jalousie* {un nain rouge dansant sur un exemplaire de la Bible} et de *peur* {un couteau en métal froid}. Elle laissa les mots et les images la submerger.

— Il ne reviendra pas du conseil paroissial avant une demi-heure, affirma-t-elle. J'ai encore le temps de faire une dernière chose.

Elle revint au verso de la couverture. Il était imprimé d'un motif imitation marbre dans un camaïeu brun et crème avec, dans le tiers supérieur, un petit rectangle blanc entouré d'une fine bordure noire.

— Le titre, comprit Ruth.

Joy reprit son stylo et hésita, la main en suspens au-dessus du papier.

— Oui. Mais j'ai peur de gâcher cette perfection. On dirait… un bébé à la naissance.

Ruth pouffa.

— Tu sais ce qui arrive aux bébés à la naissance, Joy ? Des fois, ils meurent et ils n'ont même pas le temps d'être « gâchés » par la vie. Quant aux chanceux qui ne meurent pas, ils découvrent assez vite que la perfection n'est pas de ce monde, que l'existence est faite de vomi, de cancers, de migraines, de cicatrices, de verrues, de malheurs, d'anguilles, de guerres, de famine, de rougeole, de boutons, de constipation, de dents pourries, d'hématomes et de varicelle. Sans oublier la haine, les mensonges, la peur, les secrets, la jalousie, la colère… et les coups de ceinture.

— Tu vois ? rétorqua Joy. Mieux vaut rester parfaite et mourir plutôt que subir tout ça.

— Facile à dire pour toi.

— Non, justement pas ! s'énerva Joy en jetant son stylo. Tu ne sais pas ce que c'est de supporter les coups, de te faire hurler dessus, d'avoir peur chaque seconde de chaque jour, de te faire battre jusqu'au sang au point que des lambeaux de chair se détachent de ton corps ! J'aimerais mieux être morte, figure-toi. J'aimerais mieux être au Paradis avec Wendy Boscombe. Ou même en Enfer ! N'importe où tant que lui n'y est pas !

Ruth garda le silence. Les pensées et les images se bousculaient dans la tête de Joy : les Felicity, le sourire de Wendy Boscombe, l'entrée au lycée dans quelques semaines, Mark s'interposant pour la défendre après la fuite des furets, et les livres… ces milliers de livres qui n'attendaient qu'elle pour toutes les années à venir…

— D'accord, marmonna-t-elle. Je vais mettre un titre.

Elle réfléchit un moment, puis se lança.

— C'est ce que j'ai trouvé de mieux.

Elle appuya sur la couverture pour qu'elle repose bien à plat sur son bureau et s'appliqua autant que possible.

— On se fera peut-être une meilleure idée plus tard, commenta Ruth en découvrant le résultat.

Mes belles images

par Joy Henderson

— Mais ça te plaît ? demanda Joy.

Ruth hocha la tête.

— Mieux vaut être imparfaite que ne pas exister, lui dit-elle.

67

Joy et Shepherd

Février 1983

HENDERSON, George. Un voisin généreux qui s'est bien occupé de nous. Barbara et Colin Larsen.

Shepherd repartit vers sa voiture avant de se retourner. Joy l'observait, debout à côté de la benne contenant les affaires de son défunt père. Il hésita.

— Voyons, inspecteur, soupira-t-elle comme si le simple fait de parler sous une telle chaleur lui coûtait. J'ai envie d'en finir avec tout ça. Même vous, vous devez en avoir marre de ces interminables discussions.

— C'est vrai. Il me reste pourtant une dernière chose à faire. Ça ne me fait pas plaisir, mais je n'ai pas le choix.

— Seigneur. Ne me dites pas que vous allez me passer les menottes ?

Il se pencha dans l'habitacle de son véhicule et en sortit une enveloppe A4.

Joy haussa les sourcils.

— C'est comme ça qu'on arrête les gens, dans la vraie vie ? En leur remettant une enveloppe ?

Shepherd fit non de la tête.

— J'ai quelque chose à vous montrer, dit-il.

Il fit quelques pas vers elle en maudissant ce soleil – et la vérité.

— C'est grâce à ses empreintes, expliqua-t-il. Elles dormaient dans un dossier, au poste, depuis des années.

Joy parut perplexe.

— Vous avez découvert les empreintes de mon père sur les flacons de médicaments, et vous êtes enfin disposé à admettre qu'il s'est donné la mort ? Ou vous restez convaincu que c'est moi qui l'ai tué parce que mes propres empreintes y figurent aussi ?

— S'il n'y avait pas eu vos empreintes partout sur ces flacons, j'aurais été encore plus soupçonneux. Si tant est que ce soit possible. Mais non, il ne s'agit pas de ça. Je veux parler de Mark.

— Vous pensez que Mark a tué mon père ? C'est ridicule !

— Vous allez m'écouter, pour une fois ? Ce que j'essaie de vous dire, c'est que je me suis lancé à sa recherche.

Il lui tendit l'enveloppe. *Comme un rameau d'olivier*, songea-t-il.

— Quoi ?

— Pendant un très court instant, je me suis demandé s'il n'était pas revenu assassiner votre père, puisqu'il avait autant de raisons… que vous. Vous vous souvenez, pendant l'enquête sur la disparition de Wendy Boscombe, quand nous sommes venus relever les empreintes de tous les membres de votre famille ?

— Évidemment.

— Quand Vicki m'a dit que vous aviez un frère porté disparu, j'ai pensé qu'il y avait peut-être une trace de lui quelque part et qu'alors je serais en mesure de le localiser. Mais impossible de le retrouver où que ce soit en Australie – et croyez-moi, nous avons bien plus de ressources à notre disposition que les annuaires téléphoniques. Bien sûr, il aurait pu partir à l'étranger, mais il n'y avait pas la moindre trace de son départ non plus. J'ai donc contacté mes amis au bureau des empreintes. Et ils ont trouvé une correspondance.

— Hein ? Vous êtes sérieux ? Ce n'est pas une espèce de petit jeu tordu pour me piéger, au moins ?

Elle semblait à cran, désespéré.

Shepherd secoua la tête d'un air navré. Mais il était aussi un peu agacé par ses accusations. C'était surtout elle qui l'avait baladé avec ses petits jeux tordus.

— Où est-il ? Est-ce qu'il vit à Melbourne ? Vous lui avez parlé ?

— Joy…

— Je savais que je finirais par le retrouver. Il sait que notre père a passé l'arme à gauche ? Je dois absolument lui dire qu'il est mort et enterré ! Ou plutôt mort et incinéré. Enfin, bientôt.

Elle s'avança vers lui en tendant les bras. L'écart entre eux se réduisit, et l'enveloppe changea de mains. *Comme lors d'un échange d'agents sur le pont des espions à Berlin*, songea Shepherd, sauf qu'il n'allait rien récupérer en échange.

Il devait la prévenir avant qu'elle ouvre l'enveloppe.

— Attendez, dit-il en lui attrapant le poignet.

— Qu'est-ce qui vous prend ?

Elle dégagea sa main et commença à déchirer le rabat.

— Joy, il est mort.

— Ne soyez pas ridicule. Il n'est pas mort. Il s'est enfui. C'est mon père qui est mort. Et aussi ma mère. Et Ruth. Mais pas Mark.

Shepherd savait qu'il parlait vite, pourtant chaque mot semblait sortir de sa bouche comme une coulée de boue.

— Il est mort dans un accident de voiture.

— Non, c'est faux. Il s'est enfui.

Mais la voix de Joy se brisa.

Shepherd baissa les yeux vers les gravillons. Et ne dit plus rien.

— Je ne vous crois pas, dit Joy. C'est encore une de vos stratégies. Vous essayez de me faire dire quelque chose pour que…

Elle ne termina pas sa phrase.

Shepherd secoua la tête.

La jeune femme déglutit et murmura :

— Quand ?

— Il y a longtemps. En 1966. À Darwin.

— Non, non, non. Il ne vivait pas à Darwin, à l'époque. Moi si. Pas lui. J'ai vérifié.

— Il avait changé de nom. Il s'appelait Mark Harrison.

— Non, jamais il n'aurait fait ça. Comment aurais-je pu le retrouver, sinon ?

Shepherd baissa à nouveau les yeux.

— Il y a quoi, là-dedans ? demanda-t-elle d'un ton calme en lui tendant l'enveloppe, comme si elle n'en voulait pas.

— C'est une copie de son certificat de décès. Et un article de journal qui parle de l'accident. Je suis désolé. Sincèrement.

Elle tapa du poing sur la paroi de la benne.

— Tout ça c'est votre faute ! Pourquoi être venu me l'annoncer ? Pour m'arracher des aveux ? Me convaincre que je n'ai plus de raison de vivre ? Eh bien, vous vous trompez !

Pourquoi fallait-il que toutes les conversations avec cette femme se terminent par des hurlements ?

— Je voulais continuer à le chercher ! Je n'ai aucune envie de savoir qu'il est mort. Ça ne m'intéresse pas, compris ?

Elle voulut lui jeter l'enveloppe au visage, mais celle-ci avorta sa course et tomba mollement par terre à ses pieds.

Shepherd ne savait pas quoi dire.

— Allez-vous-en ! s'écria-t-elle. Reprenez votre putain de bagnole de flic, et foutez-moi la paix !

— Non, dit-il. Vous allez venir avec moi.

68

Joy et Ruth

Janvier 1961

Le vestibule dans lequel Felicity et Joy avaient l'habitude d'attendre après le cours d'étude biblique était à présent envahi de manteaux, de chapeaux, d'écharpes et de parapluies. Quand Joy passa une tête à l'intérieur de la cuisine, à l'autre bout du couloir, elle vit une bonne vingtaine de membres de l'Association des femmes rurales affairés autour de plats de sandwichs et de cakes, à tartiner des scones de confiture et de crème fouettée, à remplir deux énormes bouilloires électriques, à enfourner des tartes pour les réchauffer, et à faire semblant de protester quand on leur en apportait d'autres. Tous les habitants de la région dans un rayon de 150 kilomètres semblaient s'être passé le mot pour venir dire au revoir à Mr et Mrs Larsen. Joy soupçonnait la plupart d'entre eux de ne même pas les connaître, mais de n'avoir pas pu résister à la tentation de venir voir de leurs yeux ce couple qui faisait comme si de rien n'était mais dont tout le monde savait qu'il allait divorcer.

C'était le premier événement organisé dans la salle polyvalente de l'Église depuis la disparition de Wendy Boscombe, le père de Joy ayant insisté pour annuler le bal du nouvel an par respect envers les parents.

Les membres de son petit orchestre, Johnnie's 50-50 Good Time Band, étaient déjà sur scène en train d'accorder leurs instruments, mais son père ne jouerait pas avec eux puisqu'il était en charge de l'animation de la soirée. Debout près de l'entrée, il distribuait les consignes aux nouveaux arrivants : les femmes étaient priées d'apporter leurs assiettes de nourriture en cuisine, et les hommes de verser 2 shillings dans le pot commun afin de payer les musiciens et de participer au cadeau de départ des Larsen.

Ce n'était pas la première fois que Joy assistait à ce genre de réception. Chaque fois que quelqu'un se fiançait, quittait la région, fêtait ses noces d'or ou ses 21 ans, l'Association des femmes rurales et le comité de la salle polyvalente organisaient une soirée dansante.

Chacune de ces soirées ressemblait exactement à la précédente. Les gens, la musique, l'animateur, les cadeaux, les discours, la nourriture. Tout. À l'exception des invités d'honneur.

Le début des festivités était toujours prévu à 19 h 30, mais les gens commençaient à arriver une demi-heure avant pour se garer au meilleur endroit, s'asseoir à la meilleure place ou être sûrs de voir arriver les autres. À 19 h 30 tapantes, le père de Joy montait sur l'estrade, prenait le micro pour accueillir les invités et régalait l'assistance d'une petite boutade. Tout le monde riait et applaudissait, après quoi le meneur de l'orchestre, Johnnie B. Bad (Maurice Parsons de son vrai nom) annonçait la première danse, toujours une valse, « pour permettre à tout le monde de s'échauffer un peu ». Pendant une heure, les musiciens jouaient des airs populaires, jusqu'au moment de la pause, où les femmes de l'Association leur apportaient du thé et des biscuits, tandis que les convives parlaient des intempéries et de la boue. Puis les musiciens reprenaient leurs instruments.

Les invités d'honneur faisaient mine d'arriver discrètement à la fin de la pause, mais le père de Joy ne manquait jamais de les repérer et annonçait leur présence au micro pour que tout le monde puisse les applaudir. Puis il refaisait une ou deux blagues, par exemple « Comment se fait-il que tu sois si en retard, Fred, tu n'as pas lu l'annonce dans la *Gazette* ? » et tout le monde s'esclaffait pendant que le Fred en question secouait la tête, feignant l'embarras, et que son épouse levait les mains d'un air exaspéré, comme pour dire : *Voyez, on ne peut jamais compter sur les bonshommes*. Son père ajoutait : « Oh oui, nous savons tous qui porte la culotte dans cette maison ! » et les gens riaient de plus belle alors qu'ils entendaient la même boutade pour la centième fois. Après quoi Johnnie reprenait le micro pour annoncer le morceau suivant.

C'était toujours pareil. Excepté ce soir-là. Mr et Mrs Larsen firent une entrée sans fanfare, et Joy vit l'« heureux couple » se séparer presque aussitôt, Mr Larsen pour aller saluer des gens tout au fond de la salle, Mrs Larsen pour se précipiter en cuisine. Johnnie annonça le morceau suivant, et tout le monde se leva, histoire de se donner une contenance après ce flagrant moment d'embarras.

Joy se tourna vers sa mère et lui demanda tout bas :

— Maman, il est où, Colin ?

Elle espérait qu'il ne passait pas la soirée tout seul dans leur étrange maison de conte de fées.

— Mr et Mrs Boscombe lui tiennent compagnie, répondit sa mère avant de rejoindre la piste de danse avec son mari.

À 21 h 30, ce fut l'ouverture du buffet. En cuisine, les femmes de l'Association gérèrent toute l'opération telle une équipe de contrôleurs aériens, chorégraphiant le ballet des jeunes filles qui entraient et sortaient avec des assiettes de sandwichs et de cakes, et des jeunes garçons – dont Mark – chargés de transporter les gros paniers en osier remplis de vaisselle propre ou sale. Vinrent ensuite les membres du comité, munis d'énormes théières en aluminium, et une autre escadrille d'adolescents apportant des pichets de lait et des bols remplis de sucre dans lesquels étaient plantées des petites cuillères, comme les piquants d'un échidné.

À la fin de la ripaille, le père de Joy apporta deux chaises et alla récupérer le cadeau entreposé dans le vestibule. Il plaça les chaises côte à côte, dos à l'estrade, et Johnnie lui tendit le micro. Il réajusta sa cravate et réclama l'attention de l'assistance.

— Mes chers amis, bonsoir. J'appelle nos invités d'honneur à venir me rejoindre. Robert, Barbara !

La foule applaudit, et les Larsen vinrent s'asseoir sur leurs chaises. Robert souriait, comme toujours, les yeux brillants. Joy trouvait en revanche que le visage de Barbara évoquait le métal gris et lisse de la paroi intérieure des bidons de lait.

Le père de Joy commença son discours. Joy détestait ce moment de la soirée, parce qu'il parlait toujours trop longtemps et faisait des plaisanteries épouvantables, le plus souvent aux dépens de la coopérative de beurre, du gouvernement, et de sa femme.

— Eh bien, nous y voilà. Robert et Barbara, nos chers amis et voisins, nous quittent pour entamer une nouvelle vie à Melbourne. Et nous sommes tous venus leur dire au revoir. Ces dames sont toutes ravissantes, vous ne trouvez pas ? Dire qu'autrefois je considérais le maquillage comme un luxe inutile… jusqu'au jour où Gwen a oublié de s'en racheter. Depuis, croyez-moi, je surveille farouchement l'état de son stock !

Il parcourut l'assemblée du regard, la bouche ouverte en un éclat de rire silencieux, tandis que des gloussements retentissaient ici et là.

— Barbara est une vraie perle au cœur de notre communauté, enchaîna-t-il, et nous n'oublierons jamais les très beaux costumes qu'elle a fabriqués pour les récitals de Noël de l'école primaire. Quant à Robert, il a œuvré sans relâche en tant que membre de ce comité, mais aussi de l'Association de parents d'élèves et…

Il poursuivit sur le même thème, en vantant les nombreux mérites de Mr Larsen. Il évoqua le nombre incalculable de fois où Robert était venu en aide à son prochain, et raconta d'irrésistibles anecdotes sur sa difficulté à maîtriser les inventions du monde moderne comme la télévision ou les « extorqueurs » à incendie.

Son discours semblait interminable, mais Joy fut obligée d'admettre qu'il comportait des accents chaleureux et sincères, bien qu'il n'y eût pas la moindre allusion supplémentaire à Barbara.

Vint ensuite la remise du cadeau, dans un paquet de papier brun entouré de rubans. Quels que soient la personnalité des invités ou le motif de la fête donnée en leur honneur, il s'agissait toujours de la même chose.

— Robert et Barbara, nous vous souhaitons le meilleur pour vos nouvelles vies (Joy remarqua l'usage du pluriel). Prenez soin de vous et de ceux que vous aimez (Joy était certaine que son père n'avait jamais employé ces mots), et acceptez ce modeste souvenir en témoignage de notre reconnaissance pour votre contribution à cette communauté.

— Un discours, un discours ! lancèrent dans l'assistance des voix masculines.

Robert se leva et regarda autour de lui tel un veau à moitié expulsé du ventre de sa mère et ne sachant trop s'il voulait sortir ou retourner à l'intérieur.

— Ma foi, je ne suis pas habitué à être le centre de tension !

Joy observa la mine de Barbara, ses lèvres pincées, ses mains croisées sur ses genoux, et se dit que Mr Larsen s'était trompé de mot exprès.

— Merci pour ces gentils mots, George, et ces merveilleux antidotes, ainsi que pour ce beau cadeau, que nous sommes très émus d'excepter. Je suis touché de voir tant de monde réuni ce soir, et un peu triste de dire au revoir à tant d'amis. Mais les temps changent, et même s'il faut…

Robert se tut, et le silence envahit la salle.

Ça ne s'était jamais produit. Généralement, Johnnie devait crier « Le cadeau, le cadeau ! » pour interrompre le discours toujours trop long de l'invité d'honneur. Mais trois interminables secondes s'égrenèrent, et le père de Joy resta pétrifié comme une libellule prisonnière d'une flaque d'eau qui aurait gelé. Enfin, Johnnie se remémora son rôle. Il ne cria pas aussi fort que d'habitude, mais tout le monde s'esclaffa quand même. Sauf Barbara.

Robert se tourna vers le paquet, et dit :

— Je me demande ce que ça peut bien être !

Les gens rirent à nouveau – sauf Barbara. Robert tira sur les rubans pour défaire le nœud puis déballa le cadeau avant de s'exclamer, d'un ton faussement étonné :

— Ça alors, un lampadaire ! Quelle divine surprise ! Merci beaucoup, merci à vous tous.

Ce fut le signal qu'attendait l'orchestre pour lancer l'air de « Car c'est un bon camarade », dont tout le monde reprit les paroles en chœur. Puis le père de Joy lança « Hip, hip, hip », et tout le monde cria « Hourra ! ». Au bout de la troisième fois, il serra la main de Mr Larsen en lui tapant dans le dos.

Barbara se leva à côté de son mari. Mais, au lieu d'entamer la tournée de remerciements traditionnelle auprès des convives, le couple mit le cap vers la sortie comme s'il en avait déjà discuté plus tôt. Robert tenait le lampadaire d'une main, parallèle au sol. Joy vit son père récupérer le papier brun et les rubans avant de se redresser pour voir partir l'« heureux couple ». Alors que les Larsen s'approchaient de la porte, il s'adressa aux musiciens par-dessus son épaule :

— Une autre danse, les gars !

Johnnie annonça que la dernière danse, comme toujours, serait un quadrille. Robert posa son lampadaire par terre et se retourna. Mais Barbara continua à marcher droit devant elle.

Joy détestait le quadrille. Au bout de quatre mesures, les femmes pivotaient sur elles-mêmes pour changer de partenaire, si bien que tout le monde dansait au moins une fois avec tout le monde. Elle se retrouvait donc contrainte de danser avec de vieux bonshommes ou des adolescents boutonneux. Et même avec son père. Elle se leva pour se faufiler en cuisine, mais Mr Jones l'intercepta et lui tendit la main pour l'inviter. Réprimant un frisson de dégoût, Joy fut bien obligée de le suivre et de rejoindre les deux cercles de danseurs.

Au bout de quelques minutes, elle tournoya et se retrouva en face de son frère. Ils échangèrent un regard gêné en se prenant la main. Mark finit par lâcher :

— J'arrive pas à croire qu'il s'en aille.

— Il n'a pas le choix, répondit Joy. C'est pour son bonheur.

— Oui. Je suppose.

Ils dansèrent les deux mesures suivantes sans plus échanger un mot.

Trois partenaires plus tard, elle se retrouva cette fois face à Mr Larsen. Elle sentit que sa main était bien frêle dans la sienne et lui trouva le visage émacié, lui qui avait toujours été du genre grand et costaud, comme les gentils bûcherons des contes de fées. Le remarquait-elle seulement maintenant, parce qu'elle savait qu'il allait mourir ?

— Eh bien, ma belle, c'est mon soir de chance, décidément ! Non seulement on m'offre cette superbe lampe à laquelle je ne m'étendais pas du tout, dit-il avec un clin d'œil, mais je me retrouve à danser avec toi !

— Ne partez pas, Mr Larsen. S'il vous plaît. Continuez à venir chez nous pour téléphoner à Ber…

Elle s'interrompit aussitôt.

— Ne t'inquiète pas, ma belle. Je suis désolé, tu sais, mais je dois partir. Comme j'ai essayé de le dire tout à l'heure, avec cet affreux discours que je n'ai même pas réussi à finir, le changement est nécessaire, parfois. Même si cela signifie faire de la peine aux autres. Ou s'il faut se résoudre à quitter ceux qui vont nous manquer, comme toi. Quand tu iras en ville faire tes études, tu connaîtras un grand changement, toi aussi. Ça ne fera pas forcément plaisir à tout le monde, mais ce sera ton choix et ta vie. J'espère que tu passeras nous rendre visite, ajouta-t-il avec un petit sourire digne d'un espion. Et c'est moi qui te préparerai le thé, pour une fois… à condition que tu apportes du chocolat.

Les larmes aux yeux, Joy se contenta d'acquiescer. Le temps qu'elle soit en âge d'aller à l'université (il semblait bien sûr de lui), Mr Larsen serait déjà mort. Et, de toute manière, elle n'aurait aucun moyen de savoir où il vivrait avec Beryl. Avant qu'elle ait eu le temps de lui poser la question, il la fit virevolter dans les bras de son partenaire suivant, Lachlan Stewart, un garçon au visage grêlé d'acné. Pendant qu'ils évitaient soigneusement de se regarder, elle s'imagina en train de rendre visite à Mr Larsen quand elle aurait 18 ans, aussi gracieuse et sûre d'elle-même que Mrs Felicity. Elle frapperait à la porte de leur cottage et Beryl, gironde et souriante dans une tenue aux couleurs vives, viendrait lui ouvrir en disant : « Entre, ma chérie. Quelle joie de te revoir ! » Ils auraient une maison inondée de lumière, une cuisine avec des rebords de fenêtre garnis de géraniums et de plants de tomates dans des pots en mosaïque décorés par Beryl. Ils seraient à son image : généreux, uniques et pleins de couleurs.

Elle la suivrait jusque dans leur chambre, où Mr Larsen serait couché sous un drap d'un blanc immaculé. Tout serait lumineux, propre et joyeux. Joy prendrait place sur une chaise à côté du lampadaire.

« Bonjour, ma belle. Tu as pensé au chocolat ? »

Il aurait un large sourire aux lèvres, comme si c'était dimanche après-midi et qu'il agitait ses pièces de monnaie dans sa poche.

« Chocolat Noir Fourré à la Fraise, dirait-elle en sortant la tablette de son sac. Comme du temps où je vous prenais pour le Diable. »

Malgré le voile grisâtre qui semblerait assombrir son regard, ses yeux pétilleraient comme autrefois.

« Le Diable ?

— Oui. Je croyais que vous veniez nous soumettre à la tentation, avec votre chocolat.

— Ha ! J'irai peut-être en Enfer, mais je ne pense pas être le Diable. Je ne suis pas assez intelligent pour ça. »

Ils s'esclafferaient tous les deux, et il prendrait soudain un air triste.

« J'espère quand même que je n'irai pas en Enfer…

— Mais non, voyons. Aucun risque.

— Je le saurai bien assez tôt. En tout cas, une chose est sûre : si je monte au Paradis, nous finirons par passer beaucoup de temps ensemble. Et qui sait quelles variétés incroyables de chocolat on trouve là-bas ?

— Mon père me répète sans arrêt que j'irai en Enfer. Et que c'est un échec pour lui que Mark et moi ne le suivions pas au Paradis.

— Cela me surprend encore moins que la lampe. Tu t'en sortiras, tu verras. Mais assez parlé de choses sinistres. Comment ça se passe, à l'université ? Que veux-tu faire à la fin de tes études ?

— Je rêve de rédiger des dictionnaires.

— Ma foi, tu es la candidate idéale pour ce travail. »

Beryl entrerait alors dans la chambre et prendrait la main de Mr Larsen.

« Je suis désolée de vous interrompre, Joy, mais… Robert, il faut mourir, maintenant.

— Oui, mon amour, je sais. Eh bien, nous y voilà, ma belle. Mon ultime jour sur Terre. Je souhaiterais passer ces derniers instants avec Beryl, comme je viens de passer mes dernières années auprès d'elle. Laisse le chocolat sur la table pour que je puisse y goûter sans tarder. Quand je serai mort, je pourrai le regarder et penser à toi. »

Joy se lèverait, les joues ruisselantes de larmes.

« Au revoir, Mr Larsen. Au revoir, Beryl.

— Je crois que tu peux m'appeler Robert, ma belle. Et juste une chose : veille à installer un bon extincteur dans ta cuisine. Au revoir, Joy. »

Le groupe s'arrêta de jouer, et Joy s'aperçut qu'elle avait dû enchaîner cinq ou six partenaires différents depuis Lachlan Stewart.

Les gens commençaient à se dire au revoir. Les femmes allaient récupérer leurs plats vides en cuisine et leurs manteaux au vestiaire pendant que les hommes chargés de l'organisation empilaient les chaises pour aller les ranger dans la réserve.

Elle ne reverrait jamais plus Mr Larsen.

Plantée debout près de sa chaise, elle s'efforçait de comprendre l'histoire de ce couple et sa propre tristesse.

Son père vint récupérer la chaise, sourire aux lèvres, et posa une main sur son épaule pour lui parler tout bas.

— Je peux savoir ce que tu fais là, les bras ballants ? File en cuisine et tâche de te rendre utile.

Sur le pas de la porte, elle entendit Mrs Johnson discuter avec ses amies de l'Association des femmes rurales tout en nettoyant le buffet chauffant.

— Je crois qu'il a bien mérité un peu de bonheur dans la vie, après toutes ces années.

— Je ne sais pas, répondit Mrs Drake en lavant les tasses et les soucoupes dans l'un des éviers. Il a épousé Barbara, quand même. Je n'aurais jamais cru que ces deux-là étaient sœurs… J'en suis restée comme deux ronds de flan le jour où je l'ai appris !

— Moi, c'est surtout pour Barbara que j'ai de la peine, intervint Mrs Wallace en essuyant la vaisselle au sortir du bac d'eau savonneuse. Je me demande pourquoi elle est venue ce soir. Elle a décidé de rester vivre à la ferme, vous vous rendez compte ? Pendant que Robert et Beryl filent s'installer à Melbourne ! Comment va-t-elle le supporter ? Seule, là-bas, avec Colin ? Et comment va-t-elle faire pour s'occuper de lui quand son mari et sa sœur seront…

Elle se tut et soupira.

Joy était bien contente que Barbara et Colin restent vivre à la ferme, même si Barbara était une femme méchante. Elle les imaginait dans leur maison de conte de fées, les fenêtres et les portes fermées comme les trappes d'un piège à lapin afin que personne ne puisse plus jamais les voir. Assis seuls dans leur cuisine, effrayés parce que Mr Larsen avait emporté l'extincteur avec lui. Joy veillerait à se montrer d'une gentillesse toute particulière envers Colin quand il viendrait traire les vaches.

— Elle a le cuir solide, fit remarquer Mrs Drake. Imaginez, subir une situation pareille pendant tant d'années… Mariée à un homme qui aurait préféré épouser votre sœur ! Je suis bien d'accord avec toi, Susan. C'est Barbara qui est à plaindre, dans cette histoire.

Joy n'avait jamais songé à plaindre Mrs Larsen. En fait, elle n'avait même jamais pensé à ses sentiments. Mais Mrs Drake avait raison : qu'avait-elle pu ressentir durant toutes ces années, mariée à un homme amoureux de sa sœur ? Même si cet homme était Mr Larsen ?

— Pour sûr, fit Mrs Wallace en posant un plateau sur l'égouttoir. Mais ils ont quand même réussi à sauver les apparences. Robert a confié à mon Kevin qu'ils avaient fait beaucoup d'efforts pendant des années. Mais l'amour l'a emporté, comme on dit. Apparemment, ils se parlaient surtout au téléphone dans le dos de Barbara. Il n'a pas dû se passer grand-chose entre eux, sans quoi tout le monde l'aurait remarqué.

— Moi, je parie qu'il s'est passé des choses, rétorqua Mrs Johnson. Beryl encaissait notre argent pour les enclos à bœufs, mais elle encaissait autre chose de Robert, à mon avis !

Mrs Drake eut un soupir de dégoût mais d'autres femmes gloussèrent. Ce fut à ce moment-là que Joy laissa échapper un mot malgré elle :

— Quoi ?

Les femmes se retournèrent et la regardèrent comme s'il venait de lui pousser un troisième bras.

Elle avait dû mal entendre. Miss Boyle ne pouvait pas être Beryl. Barbara était maigre, pieuse et taciturne, alors que miss Boyle était une femme replète et impétueuse qui jurait comme un charretier. En outre, Mr Larsen passait toujours des appels « interurbains » lorsqu'il téléphonait à la mystérieuse Beryl, ce qui signifiait qu'elle vivait très loin d'ici. À moins qu'il n'ait inventé ce détail de toutes pièces pour mettre Joy et sa mère sur une fausse piste. Cette dernière était-elle au courant, d'ailleurs ? Était-ce la raison pour laquelle miss Boyle leur offrait toujours d'extravagants paniers de victuailles et de sucreries à Noël ? Joy n'y comprenait plus rien. Pourquoi Mr Larsen ne rendait-il pas visite à Beryl, si elle vivait si près de chez lui ? Pourquoi se contenter de lui téléphoner ? Et, surtout, comment pouvait-on baptiser son enfant Beryl Boyle ?

Aucune des femmes ne lui répondit. Elles retournèrent vaquer à leurs occupations, sauf Mrs Drake, qui lui désigna une pile de torchons à l'autre bout du plan de travail. Il y eut un silence gêné dans la pièce pendant que Joy commençait à essuyer les assiettes. Mais, après un moment, ces dames se remirent à parler de la tarte au citron de Mrs Truc ou des roulés à la saucisse de Mrs Machin. De toute évidence, elles avaient changé de sujet à cause de Joy. Cette dernière souleva une autre assiette humide pour l'essuyer en songeant que, malgré toutes leurs règles, leurs prières et leurs punitions, les adultes détenaient bien plus de secrets qu'elle.

69

Joy et Shepherd

Février 1983

> HENDERSON, George. Un membre respecté de notre Église et de notre communauté, qui s'est donné sans relâche aux autres. Enfin, le voilà dans le jardin de Dieu. Toutes nos condoléances, en espérant que vous nous pardonnerez. Victor, Genevieve, Barry et Felicity Armstrong.

Le temps avait semblé s'arrêter pour Shepherd pendant que Joy lisait enfin le contenu de l'enveloppe. Il n'osait même pas imaginer ce qu'elle devait ressentir.

Planté là, dans l'allée devant la ferme, il avait fini par se dire qu'il ne pouvait pas la laisser seule avec les bennes, son enveloppe et cette maison vide où flottait encore l'odeur de la peur. Le commissariat était un lieu trop officiel, trop froid, et l'unique café de la ville lui paraissait déprimant et inapproprié. Ils avaient donc atterri chez lui, dans sa cuisine, autour de sempiternelles tasses de thé.

— J'étais à Darwin en train de le chercher quand il est mort, déplora Joy en montrant la date de l'article. Pourquoi il a changé de nom ?

Le policier secoua la tête. Mais ils connaissaient tous deux la réponse.

— J'essaie de me rappeler si j'ai vu passer cet article, à l'époque…

Shepherd voyait que sa détresse était sincère. C'était une Joy Henderson très différente de celle qu'il avait interrogée quelques jours auparavant, avec le cadavre de son père dans la chambre du fond.

— Non, ça m'étonnerait, reprit-elle. Le nom m'aurait sauté aux yeux. Vous ne croyez pas ?

— Certainement.

— Comment ont-ils pu traiter ça comme un fait divers, relégué en page 5 ? s'indigna-t-elle. Et affirmer qu'il n'avait pas de famille… mais j'étais là, moi. J'étais là !

Il versa le thé pendant qu'elle poursuivait sa lecture.

— « Le véhicule a fait une sortie de route. » C'est idiot d'écrire des choses comme ça. Ce n'est pas la voiture toute seule qui décide, non ? Alors, est-ce qu'il…

— Son certificat de décès précise qu'il s'agissait d'un accident. Mais celui de votre père aussi. Il a très bien pu faire une embardée pour éviter un animal.

— Apparemment, c'était tard le soir, sur une route de campagne. Il n'y avait donc personne, aucun témoin.

Shepherd ne dit rien. Ils sirotèrent leur thé en silence.

— Vicki est un drôle de personnage, hein ? finit par lancer Joy en reposant sa tasse sur la table.

Shepherd laissa échapper un petit rire.

— Par *drôle*, vous voulez dire « agaçante » ? Bah, à sa décharge, je crois qu'elle a bon fond.

— Oui… certainement.

— Vous en doutez ?

— Avoir bon fond ne suffit pas.

— C'est-à-dire ?

— Prenez mon père, par exemple. Tout le monde disait de lui qu'il avait le cœur sur la main. Ça ne faisait pas de lui une bonne personne pour autant.

— Loin de moi l'idée de le défendre, compte tenu de ce qu'il vous a infligé, mais… il a fait beaucoup pour les autres.

— Et donc ? répliqua-t-elle avec mépris.

Il se dirigea vers un petit bureau croulant sous de périlleuses piles de dossiers et de classeurs, et prit l'une des chemises posées sur le dessus. Il revint s'asseoir à table, ouvrit le dossier et en sortit toute une liasse d'articles découpés dans la presse locale. Il y avait là des centaines de faire-part de condoléances, commençant tous par « HENDERSON, George ».

— Vous les avez lus ? lui demanda-t-il.

— Non. Et je n'en ai nullement l'intention. Je sais d'avance ce qu'ils disent : un homme pieux, généreux, merveilleux. Mais je connais la vérité. Et vous aussi, désormais.

Le silence retomba à nouveau.

— Je n'assisterai pas aux obsèques, dit Joy.

— Vraiment ?

— Non. Tous ces gens seront là, en train de chialer. Je serai censée faire quoi, prendre une mine tragique et sangloter dans leurs bras ? Hors de question. Et je ne pourrai pas non plus vider mon sac devant tout le monde. Alors mieux vaut que je n'y aille pas du tout.

— Je vois, répondit Shepherd.

Parler d'enterrement lui rappelait inévitablement celui de son propre père : le cercueil qui descendait dans le caveau, sa mère serrée contre lui, et lui qui ne pouvait s'empêcher de penser à l'affaire Wendy Boscombe.

— Vous savez comment on l'avait surnommé, Ruth et moi ? Mr Hyde.

Shepherd fronça les sourcils.

— Comme dans *L'Étrange Cas du Dr Jekyll et de Mr Hyde*, poursuivit-elle. Le citoyen modèle et le monstre redoutable, réunis dans une seule et même personne. La comparaison était tentante, vous ne trouvez pas ? En tout cas, je n'ai aucune envie de lire ce que tous ces braves gens disent de lui.

— Je comprends. Pour ma part, je les ai tous lus, vous pensez bien, en guettant particulièrement ceux qui versaient dans la grandiloquence ou, à l'inverse, exprimaient une froideur excessive. Parce qu'on y retrouve parfois la signature de l'assassin… Même si j'étais convaincu de connaître déjà la vérité.

Il étala les messages sur la table, et Joy vit qu'il avait entouré certains passages en rouge.

— Prenez celui-ci, par exemple. Je le trouve bien mystérieux. « Membre respecté de notre Église », OK… les banalités habituelles… Et puis : « Toutes nos condoléances, en espérant que vous nous pardonnerez. » Qui présente ses excuses dans ces circonstances, à moins d'avoir un poids terrible sur la conscience ?

Joy haussa les épaules avec indifférence.

— Vous connaissez ces gens ? Victor, Genevieve, Barry et Felicity Armstrong ?

Cette fois, elle lui arracha presque le document des mains.

— Ça veut dire oui, j'imagine ?

— C'est impossible, marmonna-t-elle. Ils vivent en Angleterre. Comment ont-ils pu savoir qu'il était mort ?

— Qui sont-ils ?

— Felicity était une de mes amies. Une véritable amie, avec un *A* majuscule. La seule, en vérité. Ses parents étaient adorables avec moi. Je les appelais Mr et Mrs Felicity… ce serait trop long à raconter. La pharmacienne m'a expliqué que le père, Victor, était mort et que toute la famille avait déménagé en Angleterre. Donc je ne sais pas pourquoi il est mentionné dans ce faire-part. Ni même comment ils ont appris la mort de mon père.

— La pharmacienne de Blackhunt ?

— Oui. Les Felicity, Mr et Mrs Armstrong de leur vrai nom, possédaient la pharmacie autrefois. La nouvelle propriétaire m'a expliqué que son prédécesseur était mort et que le reste de la famille était parti s'installer en Angleterre.

Shepherd fronça les sourcils.

— Ça ne tient pas debout. Les précédents pharmaciens s'appelaient Ian et Vera Duncan. Ian est mort dans son sommeil – une crise cardiaque, selon Vicki. C'était un type génial. Je jouais au squash avec lui. Quant à Vera, elle ne s'est pas installée en Angleterre, elle est partie à Liverpool, en Nouvelle-Galles du Sud. Elle a de la famille là-bas.

— Pourtant, la pharmacienne a bien évoqué l'Angleterre. Enfin, je crois… À moins qu'elle ait juste parlé de Liverpool ? J'étais un peu troublée, je venais d'assister à une scène – cette mère qui hurlait sur sa fille parce qu'elle avait fait tomber sa poupée… Tiens, à ce propos, je voulais vous dire…

Shepherd s'était retourné pour décrocher le combiné du téléphone.

— Qu'est-ce que vous faites ? lui demanda Joy.

Il lui fit signe de se taire.

— Allô, Derek ? Oui, ici Shepherd, du poste de police de Blackhunt. J'aimerais que vous me donniez le nom et l'adresse d'un particulier qui a fait paraître un message de condoléances hier. Pour George Henderson. Nous pensons que cette personne pourrait nous aider… dans le cadre d'une enquête en cours. J'ai remarqué que cette phrase faisait toujours son effet, souffla-t-il à Joy, la main sur le combiné… Allô ? Je patiente, oui.

Il y eut un long silence. Joy se leva pour aller remplir la bouilloire et resta le dos tourné pendant que l'eau chauffait.

— Victor et Genevieve Armstrong. Parfait. Vous avez leur adresse ? Et le numéro de téléphone, je vous prie. Merci, Derek. C'est parfait.

Il avait tout noté dans son calepin.

Quand Joy se retourna enfin, Shepherd vit qu'elle tremblait de tous ses membres.

— Voilà, le père est bien vivant. Et ils ne sont jamais partis s'installer en Angleterre, ajouta-t-il en lui tendant la page du carnet qu'il venait de déchirer. Ils habitent dans la grande banlieue de Sydney, à en juger par l'indicatif du numéro. On peut donc les rayer de la liste des suspects venus en pleine nuit pour assassiner votre père.

— Puis-je… ? fit Joy en désignant le téléphone.

Il acquiesça. Pendant qu'elle composait le numéro, il se retira dans le salon et ferma la porte. Il n'arrivait plus du tout à déterminer si elle était innocente ou coupable du meurtre – ou du suicide, ou de la mort accidentelle – de George Henderson. Il avait en revanche acquis la conviction que, à force de vivre dans la peur quotidienne des coups et de l'humiliation tout au long de son enfance, Joy s'était construit un mécanisme de défense secret qui se manifestait par une fausse bravade.

Il était fort possible que Vicki ait raison et que George Henderson se soit donné la mort, délibérément ou non. Mais, même si Joy était coupable et qu'il la plaçait en état d'arrestation, aucun tribunal ne la condamnerait. Quand bien même l'affaire donnerait lieu à un procès, le jury la déclarerait « non coupable ». Ce qui n'était toutefois pas la même chose qu'un acquittement…

Il comprit soudain que tout était fini. Pour de bon. En renonçant à arrêter Joy, il faisait économiser un paquet de temps et d'argent à tout le monde, évitait des journées d'audience pénibles et le psychodrame d'un procès. Il épargnait surtout à Joy un nouveau calvaire. *Décidément, je ne suis pas près de résoudre une affaire de meurtre,* songea-t-il avec regret. *Ni celui de George, ni celui de Wendy. Désolé, Ron. Désolé, Neil et Vi.*

Quand Joy entra dans le salon, il sursauta. Bon sang, elle était censée avoir peur de lui, et non l'inverse.

— Je n'en reviens pas. Ils veulent que je vienne à Adélaïde… Felicity vit là-bas, elle aussi, lui apprit-elle.

Avant d'éclater en sanglots.

Il lui tendit une boîte de mouchoirs.

— Je leur ai parlé de Mark, et Mrs Felicity a fondu en

larmes. Mr Felicity a pris le téléphone et m'a dit de venir tout de suite, qu'ils s'occuperaient de moi jusqu'à ce que j'aille mieux.

Shepherd hocha la tête.

Joy promena son regard autour d'elle.

— Bien, il est temps que j'y aille.

— Oui. Allez-y.

Dans le court silence qui suivit, le policier se souvint qu'il était censé la reconduire jusqu'à la ferme.

Pendant le trajet, Joy lui raconta qu'elle admirait les Felicity quand elle était petite et qu'ils formaient une famille très heureuse.

— J'imagine qu'ils traversaient aussi des moments difficiles, vous ne croyez pas ? objecta Shepherd. Comme toutes les familles, après tout.

— Sans doute, oui. Mais je n'ai jamais eu cette impression. Je pense qu'ils savaient ce qui se passait chez nous. Je m'en étais confiée à Felicity, une fois, et elle m'avait dit qu'elle en parlerait à ses parents, mais ils n'ont jamais rien fait pour me venir en aide. J'ai compris que je ne pouvais compter que sur moi-même.

Lorsqu'ils arrivèrent à l'entrée de l'allée, Shepherd arrêta la voiture.

— Je vous laisse ici, dit-il. On dirait que vous avez gagné.

Ils échangèrent une poignée de main qui se prolongea quelques secondes de trop au goût de Joy.

— Ce n'était pas un concours, inspecteur. J'ai juste fait ce que j'avais à faire. Et, croyez-moi, je n'ai rien gagné du tout. Mes cicatrices, quelle que soit leur nature, en sont la preuve.

Shepherd sentait sa conscience le tirailler. Tout ça à cause de cette maudite famille Henderson. Il ne pouvait s'empêcher d'espérer une ultime confession de la jeune femme, sans savoir ce qu'il en ferait si ce miracle se produisait. Vicki et Joy avaient raison : George Henderson était un monstre qui avait bien mérité de mourir – et de souffrir.

— Au revoir, Joy Henderson.

— Au revoir, monsieur l'agent.

70

Joy et Ruth

Janvier 1961

Joy n'avait pas encore fini sa compotée de pommes lorsqu'elle entendit la chaise de son père racler le lino. Elle releva brusquement la tête en même temps que son frère.

— Lequel de vous deux va avouer ?

Ses anguilles s'agitèrent. *Avouer quoi ?* Elle se repassa le film de la journée dans sa tête et ne vit pas ce qu'elle avait bien pu faire de répréhensible. Ce devait être Mark. Elle eut beaucoup de peine pour lui mais, plus encore, elle se sentit soulagée.

Sa mère rangea la sauce tomate dans le placard et partit s'enfermer dans son atelier, consciente de ce qui allait arriver ensuite.

— Mercredi dernier, ça ne vous dit rien ?

Mercredi. Joy pensait pourtant que l'affaire était passée inaperçue, et elle savait que Mark aussi. Elle se demanda depuis combien de temps leur père était au courant. Avait-il attendu exprès pour leur faire croire qu'ils s'en étaient tirés ?

Cet après-midi-là, Mark avait apporté une cagette remplie de camélias dans l'atelier de leur mère pendant que Joy nettoyait le sang d'une Ruth dans l'évier de la buanderie. En ressortant de la maison, il s'était arrêté pour lui dire : « Salut, tu fais quoi ? » Juste comme ça. Comme s'ils vivaient dans une maison normale. Comme s'ils étaient une fratrie normale. Ou peut-être parce qu'ils étaient dans le même bateau désormais, tout aussi terrifiés l'un que l'autre par le raclement de la chaise de leur père sur le lino.

« Bah, mes corvées habituelles, avait-elle répondu en se redressant. Au fait, ça te dirait de m'accompagner chez les Felicity après le cours d'étude biblique, demain ? »

Il avait acquiescé, avant de se rétracter en faisant une grimace.

« Ah, flûte. Je peux pas. Il m'a déjà demandé de l'aider à réparer la pompe, demain après-midi. Mais la prochaine fois sans faute. Sauf si je suis déjà parti à Darwin… »

Ils avaient rigolé. Comme s'ils constituaient une famille normale.

Tout en rinçant les parois intérieures de l'évier, elle lui avait raconté qu'elle avait imité Mr Jones et Mr Felicity et que tous les autres membres de la famille avaient ri encore plus fort que d'habitude. Joy savait que son frère mourait d'envie de l'accompagner chez eux et de rire de ses imitations.

« Montre-moi », lui avait-il demandé.

Elle avait posé son chiffon, tendu un doigt vers lui et déclamé :

« Tu sais ce que tu es ? Je vais te le dire, moi. Une immonde petite pécheresse qui va pourrir en Enfer, voilà ce que tu es !

— On s'y croirait, avait dit Mark en riant. Tu devrais faire du théâtre, je t'assure ! »

Joy en avait rougi d'embarras.

« Viens avec moi ! » avait-il ajouté.

Il avait traversé la cuisine et était entré dans le salon sans la moindre hésitation. Et elle l'avait suivi, malgré les anguilles qui gigotaient dans son ventre.

« Regarde-moi ça, avait-il dit en ouvrant l'une des portes du buffet.

— T'es fou ? avait murmuré Joy.

— Ne t'inquiète pas. Il est dans l'un des enclos de derrière avec une vache malade. Il attend le vétérinaire.

— Mais maman est dans son atelier !

— Non. Elle est partie chercher des nénuphars. Elle ne sera pas de retour avant un bon moment. Et si jamais elle revient je trouverai un truc. »

Joy avait senti son cœur se serrer. Depuis la disparition de Wendy, son père ne les laissait plus aller seuls où que ce soit. La fillette savait que ce n'était pas seulement par crainte d'un mystérieux kidnappeur d'enfants. Il y avait des serpents partout. Et si l'un d'eux mordait sa mère ? Si elle titubait et périssait, seule, engluée dans la boue de l'étang, comme une vache ? Sans personne pour entendre ses cris ? Elle avait pris la binette, mais pourquoi n'avait-elle pas laissé Joy l'accompagner ? La fillette aurait pu surveiller les serpents alentour pendant que sa mère se penchait au-dessus de l'eau, la binette tendue à bout de bras pour attraper un nénuphar. Joy savait qu'elle s'efforcerait d'en cueillir une trentaine ou une quarantaine, le plus vite possible et sans abîmer les fleurs. Elle serait trop occupée pour guetter la présence des serpents, qui pourraient surgir et la mordre sans crier gare. Si Joy avait été là pour monter la garde, elle aurait pu crier « Attention, un serpent ! » et lui sauver la vie.

Elle avait été tentée de courir la rejoindre, mais elle s'était sentie stupide. Et puis, elle appréciait de passer du temps avec Mark. Celui-ci fouillait l'intérieur du buffet, et Joy était curieuse de savoir ce qu'il tenait tant à lui montrer. Elle s'était assise à côté de lui et l'avait vu sortir une bouteille opaque surmontée d'un bouchon doré qu'il avait agitée sous son nez. Elle avait lu ce qui était marqué sur l'étiquette.

OLD ABBEY

LIQUEUR D'ABRICOT

« À ton avis, lui avait demandé Mark, lequel des deux boit en cachette ? Papa ou maman ?

— Quoi ? »

Joy ne pouvait croire que ses parents possédaient une bouteille d'alcool.

« C'est forcément papa, avait dit Mark. C'est pour ça qu'il est si… enfin, c'est pour ça qu'il fait ce qu'il fait.

— C'est peut-être un cadeau de miss Boyle ? »

Son frère avait haussé les sourcils. Joy avait compris qu'il n'y avait même pas pensé.

« Peut-être. Mais elle a été ouverte et entamée. Donc quelqu'un en boit. »

Joy avait examiné la bouteille. Il lui était impossible d'imaginer l'un ou l'autre de ses parents consommant de l'alcool. Ils ne buvaient que du thé ou du Passiona, et son père veillait constamment à leur rappeler que l'alcool était la boisson du Diable. Mais, s'il buvait de la liqueur, Mark avait raison de dire que cela expliquait sans doute ses crises de rage incontrôlables.

Sauf qu'il restait toujours parfaitement maître de lui-même. Même quand il les battait, c'était avec méthode et précision.

« Tu l'as trouvée comment ? avait-elle chuchoté.

— Peu importe. »

Joy avait acquiescé. Chacun des murs et des sols de cette maison était imprégné de secrets. Si Mark en avait découvert un de plus, elle n'avait pas à lui demander des comptes.

« Qu'est-ce qu'on va faire ?

— On va y goûter, pardi. »

Il avait dévissé le bouchon.

« Non. Tu peux pas faire ça !

— Je vais me gêner », avait-il dit en soulevant la bouteille une fois celle-ci ouverte.

Une étrange odeur avait envahi les narines de Joy. Cela lui avait vaguement évoqué quelque chose, mais elle avait été incapable de se rappeler quoi. Un souvenir confus, lointain et agréable.

« S'il le fait, on peut bien se le permettre nous aussi. Tu veux qu'il nous dise quoi ? Que c'est un péché ? Pff ! »

Il avait rejeté la tête en arrière et versé une rasade de liquide dans sa bouche… pour aussitôt tousser et cracher.

« Pouah, c'est infect ! »

Joy s'était écartée pour éviter les postillons de son frère, et son épaule avait heurté le buffet. Le meuble, qui semblait pourtant en bois massif, avait brinquebalé violemment vers l'arrière, avec un petit bruit de verre cassé. Joy avait ouvert la porte et ils avaient découvert ce qui se trouvait à l'intérieur : le cadeau de mariage de leurs parents. Les verres à pied raffinés ornés d'un anneau doré. Ceux que leur père ne sortait qu'une fois l'an, au moment de Noël. *Jouez hautbois, résonnez musettes.*

L'un d'eux gisait sur l'étagère du haut, brisé. Avec mille précautions, Joy avait ramassé un large morceau de verre orné de grappes de raisin dorées et observé les autres, petits et tranchants.

Elle avait l'impression de revivre l'histoire des furets.

« Nom de Dieu, avait juré Mark, blême. OK. Pas de panique. On va tout ramasser. Vite. »

Joy ne savait pas ce qui était pire : le fait que les gouttes de liqueur tombées sur le tapis ressemblent à des taches de sang, que Mark vienne à nouveau de blasphémer, ou qu'ils – non, elle – viennent de casser un verre.

Tremblante, elle avait glissé une main dans le meuble pour récupérer les morceaux un par un. Elle avait peur de se couper, mais elle était encore plus terrifiée à l'idée que ses parents entrent dans le salon à l'improviste. Mark avait essayé de frotter les taches sur le tapis avec la manche de son pull, mais son geste semblait n'avoir qu'aggravé les choses.

En contemplant les bris de verre au creux de sa paume, Joy avait repensé au Passiona, aux paniers de miss Boyle (il n'y en aurait plus jamais), aux biscuits sablés, aux tourtes à la viande et au pudding de Noël.

Mais oui. Le pudding de Noël !

« Mark, ce n'est pas lui. Il ne boit pas de cette liqueur.

— Quoi ? Alors tu penses que… c'est maman ? »

En récupérant un autre morceau, elle s'était coupée sans le faire exprès. La douleur lui avait arraché un petit cri étouffé, et le sang s'était mis à couler.

« Va chercher un torchon, avait-il dit, et aussi la balayette. Vite. Avant qu'ils reviennent. »

Elle s'était précipitée dans sa chambre, avait pansé son doigt blessé avec la vieille serviette dont elle se servait pour s'essuyer après les coups de ceinture, et était allée chercher la balayette sous l'évier de la cuisine. Mark avait ensuite ramassé tous les fragments de verre qui restaient et les avait déposés sur la serviette que Joy avait laissée, grande ouverte, sur le tapis. Sans même que son frère ait besoin de le lui dire, elle avait roulé le tout en boule et était allée le jeter dans le portail de l'Enfer.

En se retournant, elle avait distingué au loin les silhouettes minuscules de son père et du vétérinaire, tout en bas de la colline, dans l'un des derniers enclos. Il ne serait pas de retour avant un long moment. Elle avait jeté un coup d'œil en direction de l'étang et aperçu sa mère penchée au-dessus de l'eau. Ils n'avaient plus qu'un quart d'heure environ avant qu'elle revienne, voire un peu moins selon le nombre de nénuphars qu'elle rapporterait. Joy s'était empressée de regagner la maison.

Mark était en train de frotter le tapis avec de l'eau et du bicarbonate de soude. Il avait levé les yeux, alarmé, avant de s'apercevoir que c'était elle.

« Bon, écoute. J'ai mis les autres verres devant. Nous ne recevons jamais plus de deux ou trois visiteurs à la fois, donc avec un peu de chance il ne remarquera rien. Pas avant qu'on se soit tous les deux tirés loin d'ici. À Darwin. »

Il lui avait souri pour la rassurer, mais elle était incapable de l'imiter.

« Maman arrive bientôt », avait-elle dit.

Il avait refermé la porte du buffet et examiné le tapis. Les taches étaient à peine visibles, mais l'odeur restait tenace.

« OK. Il faut que j'aille me changer et me brosser les dents pour cacher mon haleine. Fais en sorte qu'elle ne mette pas les pieds ici. »

Joy avait opiné, mais elle n'avait pas la moindre idée de ce qu'elle ferait si le téléphone sonnait ou si sa mère voulait se rendre dans sa chambre.

Ils avaient refermé la porte derrière eux. Alors qu'ils traversaient la cuisine, Mark lui avait dit soudain :

« Interdiction d'en parler. À qui que ce soit. Compris ?

— Bien sûr », avait répondu Joy.

Sauf à Ruth, évidemment. Elle lui disait toujours tout.

Elle avait couru jusqu'à la porte de derrière pendant que Mark allait dans la salle de bains. Leur seul espoir était que l'odeur et les traces humides s'estompent avant que l'un de leurs parents entre dans la pièce, sans quoi c'en serait fini pour eux.

Son frère était ressorti de la salle de bains en criant « OK ! » avant de filer dans sa chambre. Mais qu'allait-il faire de son pull qui empestait l'alcool ? *Pitié, mon Dieu. Je t'en supplie.*

Joy était allée dans la sienne et avait ouvert la bible sur son bureau. Elle avait regardé fixement les mots sans les lire quand la porte s'était ouverte dans son dos. Elle avait sursauté.

« Comment sais-tu que ce n'est pas lui qui boit ? avait demandé Mark. Je sais que maman a la vie dure, mais je ne crois pas qu'elle boive. Et, si c'était le cas, pourquoi laisserait-elle la bouteille comme ça, dans le meuble ? »

Joy n'avait même pas relevé ce qu'il venait de dire à propos de leur mère.

« C'est pour le pudding de Noël.

— Quoi ?

— Maman met de la liqueur dedans. C'est l'un des ingrédients de la recette. Elle l'a barré dans le livre, mais j'ai bien reconnu l'odeur en reniflant la bouteille. Je sais que c'est ça. Chaque année, quand on prépare les puddings, juste avant d'ajouter les fruits secs dans la pâte, elle me demande toujours d'aller voir s'il n'y a pas des œufs frais dans le poulailler. Quand je reviens, une odeur bizarre flotte dans la cuisine et, avant même que j'aie le temps de lui demander quoi que ce soit, elle m'explique qu'elle vient d'ajouter de la cannelle et de la noix de muscade. Je me suis toujours doutée qu'il y avait autre chose, mais je ne savais pas quoi. Aujourd'hui, j'ai compris. C'est de la liqueur d'abricot.

— Très bien. Mais alors, pourquoi… »

Des bruits de pas avaient résonné dans la cuisine, et Mark avait aussitôt changé de sujet.

« On discutera plutôt des douze apôtres demain pendant le trajet en bus. »

En entrant, leur père leur avait jeté un regard suspicieux. Puis il avait pointé Mark du doigt.

« Toi. À la laiterie pour aider Colin. Les vaches n'ont pas que ça à faire, d'attendre Son Altesse. »

L'adolescent avait hoché la tête et s'était dirigé vers la sortie. Son père en avait profité pour lui assener une claque sur l'oreille.

Joy avait baissé les yeux vers sa bible.

« Et toi, je peux savoir ce que tu fais là ? »

Elle avait senti sa langue se coller à son palais.

« Tu as vu l'heure ? »

Il n'y avait jamais de bonne réponse à ses questions.

« Tu devrais être en train d'éplucher les pommes de terre. »

Elle s'était levée et était repartie vers la cuisine. *Je préférerais encore que tu sois un alcoolique qui ne se contrôle plus quand il a trop bu. Au moins, ça expliquerait les choses.*

Voilà donc ce qui s'était passé ce fameux mercredi. Maintenant, il attendait que l'un d'eux se dénonce.

— Mercredi dernier ? Ça ne vous évoque rien ?

Joy savait ce qui allait arriver. Elle pourrait très bien admettre qu'elle avait cassé un verre et épargner une punition à son frère, comme il l'avait fait pour elle au moment de l'affaire des furets. Mais comment justifierait-elle sa présence dans le salon et la maladresse qui lui avait valu de bousculer le meuble ? Impossible.

Son père finit de reculer sa chaise. Joy sentit le bruit lui perforer les tympans, son corps en tension dans l'attente de ce qui allait suivre.

Quand les mots « Dans ta chambre » explosèrent en rouge écarlate dans la cuisine, tout le poids de la fureur paternelle s'abattit sur elle.

Elle alla se déshabiller et monta sur son lit, les genoux relevés et les bras croisés en travers de sa poitrine, étreignant ses avant-bras déjà striés de cicatrices. Elle savait que son père s'était rassis à table pour faire durer leur peur plus longtemps.

Une ou deux minutes plus tard, elle entendit à nouveau sa chaise racler le lino.

Je t'en supplie, mon Dieu, fais qu'il ne... Mais elle s'arrêta. Dieu n'exauçait jamais ses prières. Il s'en fichait complètement. Et leur mère ne viendrait pas les sauver non plus. Elle disparaîtrait dans son atelier, entourée de ses fleurs et de ses couronnes mortuaires.

Son père se rendit d'abord dans la chambre de Mark. Elle s'allongea sur son lit et pressa son oreiller sur sa tête. Cela ne l'empêcha pas d'entendre les cris et les sanglots, mais au moins elle n'avait pas l'impression d'être indiscrète. Quand ses pas résonnèrent dans la cuisine et se rapprochèrent de sa chambre à elle, elle s'empressa de se rasseoir et remit son oreiller en place.

Il ouvrit la porte. Elle baissa les yeux vers le sol. Obéissante. Comme toujours.

Ruth ferma les siens et se détourna.

Elle hurla comme un animal sauvage quand la ceinture déchira sa peau nue. Elle n'essaya même pas de se contenir, parce qu'elle voulait qu'il sache à quel point elle souffrait. Il faisait chaud dans la pièce, malgré le froid qui régnait dehors, et bien qu'elle ait la figure écrasée contre son matelas, elle le visualisait parfaitement derrière elle, haletant, crachant et récitant sa litanie habituelle à mesure qu'il levait son bras, encore et encore, pour fouetter l'air de sa ceinture. Elle voyait les cornes rouges qui jaillissaient de son front, la queue fourchue qui fouettait le sol au rythme des coups. Elle voyait ses canines jaunes, sa bouche noire et caverneuse qui s'ouvrait de plus en plus jusqu'à ce qu'un gros serpent argenté s'en échappe et s'enroule autour de lui, ronronnant et léchant sa peau écarlate.

Au bout du huitième coup de ceinture, sa tête se balança violemment en arrière et elle rendit son ragoût d'anguilles sur le lit.

— Arrête ! beugla-t-il en lui écrasant le visage dans la flaque malodorante.

Elle vomit à nouveau. Cette fois, il s'interrompit.

— Tu es répugnante.

Il sortit de la chambre. Joy releva enfin son visage et l'entendit entrer dans l'atelier de sa mère en aboyant :

— Elle est malade. Va me nettoyer tout ça, Gwen.

Cette dernière s'exécuta et elles défirent le dessus-de-lit sans un mot, puis Joy s'essuya la bouche dans une serviette et but le verre d'eau que sa mère lui avait apporté.

— Tâchez de faire plus attention, ton frère et toi, lui dit-elle en posant une main sur son épaule. Vous ne devez pas le mettre en colère comme ça. Soyez sages. *S'il vous plaît.*

À travers le mur, elles entendirent alors résonner les premiers accords de « You Are My Sunshine » à la guitare, et sa voix qui chantait par-dessus.

Plus tard, Ruth chuchota à l'oreille de Joy :

— Tout va s'arranger. Je te le promets.

Cette nuit-là, dans ses rêves, tout s'arrangea en effet. Joy se rendit à pas de loup dans la cuisine, ouvrit le placard, vida le flacon de cachets contre la migraine au creux de sa main et se cacha derrière le canapé pour voir la suite. Il entra dans la cuisine, les yeux exorbités et injectés de sang, le front martelé de l'intérieur par une pulsation atroce, ses cornes rouges visibles sur son front. Il s'empara du flacon et voulut verser des cachets dans sa main, sans succès. Il le renversa au-dessus de sa bouche, comme pour boire, mais rien n'en sortit. Il poussa un gémissement sonore et secoua le flacon vide avec frénésie. Puis il s'écroula par terre, l'écume aux lèvres, et mourut. Joy sortit de sa cachette, remit les cachets dans le flacon et le rangea dans le placard, derrière la cannelle et le bicarbonate, avant d'aller se coucher. Au matin, ils le trouveraient là, gisant sur le sol, et tout le monde croirait qu'il n'avait pas pu prendre ses médicaments à temps.

71

Joy et Shepherd

Février 1983

> HENDERSON, George. Bienveillant et généreux voisin de mon cher Robert durant tant d'années. Puissiez-vous reposer en paix dans les nombreuses prairies du Seigneur. Beryl Boyle.

Immobile, je regarde Shepherd faire demi-tour et repartir en direction de la ville puis commence à remonter l'allée vers la maison. Il flotte dans l'air une odeur de fumée. Je n'ai jamais supporté le lent brasier de ce maudit incinérateur me rappelant sans cesse la puanteur et les supplices de l'Enfer.

J'essaie de remettre un peu d'ordre dans mes idées. Ruth était ma sœur jumelle, Mark est mort, mais j'ai retrouvé les Felicity. Ou, pour être exact, Shepherd les a retrouvés pour moi. Et il va enfin me laisser tranquille.

Je devrais remercier Vicki, j'imagine. Même si je ne suis pas trop sûre de savoir pourquoi.

Je passe devant les 42 camélias de ma mère, séparés par des centaines de coquelicots rouge vif en pleine floraison, et je pense à toutes les fleurs qu'elle a plantées, nourries, choisies et assemblées durant tant d'années. Son refuge.

Je me penche pour cueillir un coquelicot. Sa tige ramifiée comporte sept fleurs. Ce geste nous était interdit, autrefois, car cela empêchait la fleur de repousser. Je me sens soudain envahie par une tristesse immense pour ma mère. Elle qui a cultivé ces fleurs et travaillé d'arrache-pied pour arrondir nos fins de mois. Je l'aurai à peine connue, au milieu du tourbillon de terreur et de rage dans lequel nous vivions. *Je suis désolée, maman. Désolée de ce qu'il t'a fait, désolée qu'il n'y ait eu personne pour t'aider.*

Moi, au moins, j'avais Ruth.

Mais qui sait ? Ruth était peut-être présente aussi pour ma mère, d'une façon ou d'une autre. Après tout, elle avait baptisé toutes les poules comme elle, ce qui devait prodigieusement agacer mon père. Était-ce un acte de vengeance, une façon de lui rappeler ce qu'il avait fait ? Surtout lorsqu'il en prenait une pour lui trancher la tête ? Peut-être avait-elle d'autres petites façons de se venger, à sa manière. Si ça se trouve, elle mettait aussi du bicarbonate dans ses cachets contre la migraine. Je l'espère.

Ruth Poppy Henderson. J'espère que maman est enterrée à son côté. Quand j'irai les voir, demain peut-être, je mettrai des coquelicots tout autour de leurs tombes. Par centaines.

Les bennes encombrent encore l'allée. J'ai tout jeté, à l'exception du bazar entreposé dans le cabanon. Et de la tête de poupée.

Debout devant la malle, je me félicite de n'avoir pas vendu la mèche à Shepherd. Mon histoire sera encore plus crédible quand je lui expliquerai qu'après avoir fini de vider la maison j'ai décidé de m'attaquer au cabanon, en commençant par cette malle, et que je suis tombée sur la poupée. *Vous ne devinerez jamais ce que j'ai retrouvé.*

Shepherd pourra alors annoncer aux Boscombe et à toute la région que mon père a tué Wendy, et la vérité éclatera enfin : cet homme était un monstre et un assassin. Ça me révolte qu'il n'ait jamais été jugé et jeté en prison, mais sa réputation sera ruinée. Et, cerise sur le gâteau, il l'aura su avant de mourir. C'est ce qu'on appelle un lot de consolation.

Pour la première fois depuis longtemps, j'ai envie de croire que l'Enfer existe et d'imaginer que c'est là que se trouve mon père, hurlant au supplice pour l'éternité.

Je fais défiler mes souvenirs à la recherche de moments heureux. Il y en a bien quelques-uns : le soir où nous avons recouvert mes manuels scolaires de film plastique, la maison des Felicity, la rédaction de mon dictionnaire, Mark riant à mes imitations. Mais les souvenirs les plus marquants sont ceux de la ceinture. Qui trône toujours en ce moment même sur la paillasse de la cuisine, rangée dans son sachet judiciaire, avec les documents que j'avais mis de côté pour les montrer à Mark. Les lettres de l'armée, le certificat de mariage, l'avis de décès de Ruth. Et le clou de la penderie, posé juste à côté.

Il est temps de donner un coup de pouce à la roue de la justice.

Cette maison vide me fout les jetons. Heureusement que je ne crois pas aux fantômes, sinon je risquerais d'en croiser quelques-uns.

Je dépose le clou et les documents sur le siège avant de ma voiture, mais j'emporte le sachet judiciaire avec moi dans le cabanon, je récupère la hache et marche jusqu'au billot à côté du poulailler vide. Je renverse le sac pour faire tomber la ceinture. Elle tente de s'échapper, mais je la coince sous mon pied et la ramasse pour l'enrouler autour de sa boucle, tel un serpent. Prudemment, je l'installe sur le billot.

Elle a l'air innocente, comme ça. Mais, croyez-moi, les apparences sont trompeuses.

Œil pour œil. Grâce à tous mes cours d'étude biblique, je sais qu'il s'agit d'une citation du Livre de l'Exode et du Lévitique. Dieu devait vraiment y tenir, apparemment.

Je brandis la hache et frappe le plus vite et le plus fort possible pour empêcher la ceinture de filer. Aussitôt, je vois du sang suinter du vieux cuir. Du sang d'enfant. Il est marron, épais, et il sent la peur.

Mon père n'avait besoin que d'un seul geste pour tuer une Ruth, mais je n'en suis pas encore là. J'abaisse à nouveau la hache, et j'entends cette fois les hurlements de douleur de Mark. Des éclairs rouges jaillissent. Mark. Mark. Mark. Je frappe encore et encore, suffocante et pantelante, à mesure que des lambeaux de cuir jaillissent dans tous les sens et que les hurlements s'échappent les uns après les autres vers la lumière bouillante et aveuglante du ciel. Pour moi, il ne fait aucun doute que mon père a aussi tué Mark.

Je récupère les morceaux de ceinture, les replace sur le billot, et je recommence. Le sang gicle à présent, et les cris se mêlent en un hurlement interminable. Mes bras me font mal, mais je continue. Sous mes tempes, mon pouls bat violemment, mais je continue. Mes pieds sont enflés, mais je continue.

À présent, le sang de la ceinture ruisselle le long du billot comme une cascade débordant d'une falaise. Il forme une flaque au pied du bloc de bois et coule sur mes chaussures. De vieilles plumes blanches de Ruth flottent à la surface. Le sang gagne du terrain et continue de s'étendre jusqu'à ce qu'il recouvre la ferme entière, que les hurlements rouges emplissent le ciel et que les gens se demandent si c'est l'apocalypse.

Enfin, quand la ceinture n'est plus qu'une bouillie de cuir ensanglanté et que le calme est enfin revenu dans ma tête, je m'assois par terre et jette la hache au loin. Elle heurte le sol avec un bruit mat.

C'est alors que j'aperçois la boucle triangulaire oubliée sur le billot. Elle brille tranquillement au soleil et se moque de moi, certaine de son immortalité. Je me relève et récupère la hache en la tenant à la base du manche. Puis je me penche au plus près de ma cible, la lame pointée en direction des cris qui s'évaporent dans le ciel brûlant.

Je l'abats d'un geste vif et suis aussitôt récompensée par un bruit métallique, quand je sens une vive douleur me déchirer la mâchoire. Je lâche mon arme et j'agrippe mon menton à deux mains.

Du sang me dégouline dans le cou et le long des poignets, mêlé à ma sueur. J'ai peur d'ouvrir la bouche au cas où le rebond de la hache m'aurait fracassé l'os de la mâchoire. Je le palpe délicatement pour m'assurer qu'il n'est pas brisé. Je me risque alors à ouvrir et fermer la bouche, puis laisse échapper un soupir de soulagement – et de colère devant ma stupidité.

Je récupère la hache et contemple la pièce de métal sur le billot. Elle est encore en un seul morceau, mais elle est salement amochée.

Il faudra bien que je m'en contente.

De retour dans le cabanon, je décroche un sac en jute suspendu à l'un des clous rouillés, le secoue et le piétine dans tous les sens, histoire d'écraser les veuves noires à dos rouge qui s'y cacheraient, puis le retourne pour m'assurer qu'il est bien vide. Je jette tous les morceaux de ceinture à l'intérieur, ainsi que la boucle déformée, et je fais un nœud au sommet, bien solide et bien serré, pour que rien ne puisse ressortir.

En route vers les pompes funèbres, je répète dans ma tête le dialogue que j'ai imaginé tant de fois, et savoure d'avance ma réplique préférée.

Ça ? C'est le dernier clou pour son cercueil.

72

Joy et Ruth

Janvier 1961

— Jamais plus je ne mangerai le pudding de Noël.

Mark avait prononcé ces mots sans s'énerver, mais Joy voyait bien les bulles de colère rouges s'échapper de sa bouche pendant qu'ils attendaient le bus au bout de l'allée pour se rendre à leur cours d'étude biblique.

— Moi non plus.

Elle faillit lui demander pourquoi il n'avait pas pris son cartable et d'où sortait cet autre sac, mais son dos lui faisait tellement mal à cause des coups reçus la veille qu'elle pouvait à peine réfléchir et n'avait pas très envie de parler. Peut-être le Révérend avait-il donné aux « jeunes adultes chrétiens » un sac spécial pour leur groupe. Elle haïssait son père encore plus pour lui avoir ordonné – sans raison aucune – de rentrer directement à la maison après le cours, et de ne pas aller chez les Felicity.

Alors qu'ils descendaient du bus à Blackhunt, Mark lui donna une bourrade et Joy se tourna vers lui, incrédule.

Elle savait qu'il l'avait fait exprès. Mais il la regarda droit dans les yeux.

— Pardonne-moi, Joy, dit-il. Je suis vraiment désolé.

Elle lui en voulait, mais elle lui pardonna presque en le voyant lui adresser un petit signe de la main, tout sourire, au moment où elle entrait dans la salle polyvalente.

Après le cours, pendant que Felicity et elle attendaient dans le vestibule, Joy expliqua qu'elle n'était pas d'humeur à faire des imitations aujourd'hui et que son père lui avait ordonné de rentrer à la maison directement. Felicity tenta de lui remonter le moral en lui racontant les dernières bêtises de Snowy, mais Joy ne rit pas. Elle resta assise en fixant ses chaussures et en imaginant dans son dos les zébrures qui palpitaient, enflaient et se solidifiaient en une nouvelle série de cicatrices.

— Allez, Joy, ne fais pas la tête. Ce n'est pas grave, dit Felicity. Je suis sûre qu'il te laissera venir jeudi prochain.

Joy la dévisagea et eut envie de se sentir en colère contre cette fille qui ignorait tout de la douleur, des cris et du raclement d'une chaise sur le lino. Mais elle n'y était pour rien, et elle avait au moins le mérite d'inviter Joy chez elle pour lui offrir quelques moments de bonheur. Surtout, c'était sa seule Amie.

Dans cette pièce étroite où elles avaient plutôt l'habitude de rire ensemble, Joy, sa chair lacérée encore à vif dans le dos, raconta à Felicity ce que son père leur faisait subir, à Mark et elle.

La réaction scandalisée de la fillette lui mit bien plus que du baume au cœur. Vint alors le miracle que Joy espérait, la seule raison pour laquelle elle s'était confiée à son Amie. Felicity déclara :

— Je vais le dire à mes parents. Ils l'obligeront à arrêter.

Une fois que la voiture des Felicity se fut éloignée, Joy resta sur le porche de l'Église pour attendre son frère. Au bout de quelques minutes, les autres élèves sortirent, mais elle ne le vit pas parmi eux.

Quand le Révérend Braithwaite sortit à son tour, elle lui demanda où était Mark.

— J'allais te poser la même question. Nous pensions qu'il était malade.

De peur que Mark ne se fasse punir à nouveau si le Révérend téléphonait à son père, Joy partit d'un éclat de rire et rétorqua :

— Oh, mais oui, suis-je bête ! Il a dû rester à la ferme pour aider papa ce matin. J'ai tellement l'habitude de l'attendre ici que j'avais oublié !

Le Révérend insista pour l'accompagner jusqu'à l'arrêt de bus. Joy comprit que c'était à cause de la disparition de Wendy Boscombe : tout le monde redoutait qu'un autre enfant ne se fasse kidnapper. Joy craignait que Mark n'y soit déjà et que le Révérend comprenne en le voyant qu'elle lui avait menti, mais non. Comme d'autres adultes attendaient le bus, le Révérend lui dit au revoir et repartit vers l'Église. Joy balaya nerveusement la rue du regard des deux côtés, à présent certaine que son frère avait séché le cours et qu'il allait surgir d'une minute à l'autre pour rentrer avec elle.

Mais non.

Pendant toute la durée du trajet, elle regarda la pluie grise derrière la fenêtre tandis que les anguilles grossissaient et sifflaient dans son ventre. Elle essaya de mobiliser le sentiment qu'elle éprouvait lorsqu'elle écrivait ses mots préférés avec leurs images, pour obliger les anguilles à se transformer en Chocolat Noir Fourré à la Fraise, mais elle ne pouvait s'empêcher de se faire du mouron pour son frère.

Leur père était peut-être venu à l'Église juste après que Joy était entrée en cours pour ramener Mark à la ferme, parce qu'il avait besoin d'aide pour réparer les clôtures ? Cela paraissait peu probable, mais quelle autre explication y avait-il ?

Et s'il y avait vraiment un assassin à Blackhunt, et qu'il avait enlevé Mark pour le tuer ? Une pensée bien pire s'insinua alors en elle : et si Mark avait séché le cours et que leur père s'en était aperçu, et si Mark était à présent couché sur son lit, nu et frigorifié, frappé non pas quinze fois mais cinquante ? Ou cent ? Fouetté, littéralement, à mort ?

Lorsqu'elle s'engagea sur l'allée de la ferme, les anguilles commençaient à lui remonter le long de la gorge, si bien qu'elle avait du mal à déglutir. À deux reprises, elle crut entendre le pas de son frère derrière elle mais ne vit rien que la terre humide et le crachin. L'allée déserte lui fit penser aux poupées de Wendy Boscombe. La fillette ne s'était pas évaporée dans les airs, songea-t-elle, mais dans la boue.

Mark n'était pas une fillette de 9 ans. Il ne disparaîtrait pas dans la boue comme Wendy. Et il était trop malin pour se faire prendre la main dans le sac s'il avait décidé de sécher le cours. Peut-être avait-il fait semblant d'être malade, trouvé une bonne âme pour le ramener en voiture, et il attendait son retour pour se moquer d'elle, tranquillement couché dans son lit, content de son astuce pour échapper au cours. À moins qu'il ne soit réellement malade à cause du ragoût d'anguilles d'hier soir, comme elle l'avait été.

Mais, lorsqu'elle entra dans la chambre de Mark, il n'y était pas. Elle resta là sans bouger en espérant qu'il allait surgir de son placard pour lui coller la frousse, comme il l'avait fait des années auparavant. Au bout de quelques secondes, elle ouvrit la porte d'un coup, s'attendant à ce qu'il s'exclame « Bouh ! » et éclate de rire. Mais il n'y avait là que six cintres vides. Prise à la gorge par un lourd bleu marine, elle se tourna vers sa commode et ouvrit son tiroir à chaussettes, où il avait le droit de ranger son livret d'épargne. Son père les obligeait à économiser chacun des billets de 1 livre que tante Rose leur faisait parvenir pour leurs anniversaires, ainsi que les 100 livres héritées de la grand-tante de leur mère, peu après la naissance de Joy. L'an dernier, au moment de donner à son père son billet de 1 livre pour qu'il le verse sur son compte, Joy avait demandé à Ruth pourquoi il les autorisait à garder cet argent. Ruth avait ouvert de grands yeux : « S'il vous le prenait, ce serait du vol, non ? Imagines-tu notre saint père enfreindre l'un des dix commandements ? »

Avec des gestes frénétiques, elle fouilla parmi les chaussettes de son frère. Le livret d'épargne avait disparu. Tout comme la loupe que tante Rose lui avait offerte à Noël, et le petit guide de poche des capitales du monde qu'elle lui avait envoyé l'année précédente.

Joy se retourna. Tout semblait comme avant, et pourtant tout avait changé.

Le bleu marine s'était répandu dans son corps entier, et son crâne lui donnait l'impression d'être écrasé dans l'étau de l'établi du cabanon.

Elle courut jusqu'à sa chambre.

— Il est parti, dit simplement Ruth.

— Non, c'est impossible. Impossible !

Mais Ruth secoua la tête.

— Il le fallait.

— Pourquoi n'as-tu pas essayé de le retenir ?

— Je ne pouvais pas, et tu le sais bien, dit-elle avec tristesse.

Joy comprenait maintenant pourquoi il lui avait demandé pardon à la descente du bus, pourquoi il avait emporté un autre sac et pourquoi il n'avait pas assisté au cours.

Elle devait l'annoncer à ses parents pour qu'ils le retrouvent le plus vite possible.

— Il faut que je leur dise !

— Attends, souffla Ruth.

— Attendre quoi ?

— Laisse-lui un peu de temps. C'est important. C'est pour son bien.

Joy ne savait pas quoi faire. Elle observa Ruth, si calme, si détachée. Puis elle alla s'asseoir à son bureau, sans un mot, juste remplie d'effroi.

— Attends encore un peu, insista Ruth.

Joy fit non de la tête.

— Il sera plus heureux, loin d'ici.

— C'est faux.

— Accepte sa décision, Joy. Il avait besoin de partir. Comme Mr Larsen.

Joy posa sa tête sur son bureau et éclata en sanglots. Ruth l'entoura de ses bras, mais leur contact était comme de la gaze {les ailes d'un ange mort}.

— Allez-vous-en ! cria-t-elle aux images qui se déployaient derrière ses yeux.

Quand ses sanglots s'apaisèrent enfin, elle se leva, le visage rouge et bouffi, et essuya ses larmes.

Plus tôt elle en parlerait, plus tôt on retrouverait son frère pour le ramener à la maison. Et tout reviendrait à la normale. Il serait puni, bien sûr. Battu comme jamais il ne l'avait été. Il serait sans doute incapable de marcher pendant des jours. Elle frissonna à cette pensée. Mais ce serait bien fait pour lui : il n'avait pas à l'abandonner ainsi.

Pouvait-elle lui faire ça ?

— Il trouvera un lieu sûr, murmura Ruth. Et, un jour, quand notre père sera mort, il reviendra.

Joy se tourna vers sa sœur parfaite.

— C'est faux, siffla-t-elle. Je ne le reverrai plus jamais. Mais pour toi tout va bien. Tu ne t'es pas fait battre jusqu'au sang hier soir, pas vrai ?

Ruth ignora ses accusations.

— Si tu ne lui laisses pas assez de temps, ils le retrouveront et il ne te le pardonnera jamais. Son existence deviendra pire encore.

— Et moi, dans tout ça ?

Elle réfléchissait à toute allure. Il avait dû prendre le train pour la grande ville, puis un autre pour rejoindre l'aéroport, si bien qu'il devait déjà être en route pour

Darwin. La police là-bas n'aurait qu'à le cueillir à sa descente de l'avion.

Il avait promis de l'emmener avec elle. Il aurait dû l'emmener avec elle.

Elle se leva. Elle suivrait son frère. Elle prendrait le train pour Melbourne et l'avion pour Darwin. Peu importe si elle laissait Ruth derrière elle. Leur père n'élevait jamais la voix contre elle. Tout ça à cause de l'accident dont personne n'avait le droit de parler.

— Joy, dit Ruth d'une voix douce, tu ne peux pas prendre l'avion toute seule. Mark a 16 ans, tu n'en as que 12. Ils te ramèneront de force chez toi. Tu dois rester. Du moins, encore un peu.

Joy ne supportait pas que Ruth puisse lire la moindre de ses pensées.

— Alors je dois leur dire.

— Non, attends. Accorde-lui encore un peu de temps.

Elle songea à ce que son père ferait à Mark s'il était contraint de rentrer. Puis elle pensa à ce que son père lui ferait à elle s'il apprenait qu'elle leur avait caché la vérité.

Tout ce qu'elle voulait, c'était une famille normale et heureuse. Était-ce vraiment trop demander ? Une famille normale, sans disparitions d'enfants qui viennent tout gâcher ? Elle revit Mr Felicity parlant, riant et mangeant en même temps, Snowy savourant un morceau de poulet rôti et ronronnant sur les genoux de Felicity, Barrington commentant ses lectures, et l'énorme tarte au citron meringuée de Mrs Felicity.

Elle savait que Ruth avait tort, pour une fois. Mark pouvait revenir à la maison sans que leur père le batte à mort. Parce que Felicity allait parler à ses parents, et que tout allait cesser grâce à eux.

Ignorant les protestations de Ruth, Joy sortit en trombe de sa chambre et s'écria :

— Maman, maman ! Où es-tu ? Mark s'est enfui !

73

Joy et Shepherd

Février 1983

> HENDERSON, George. Un homme dévoué à sa communauté, et qui lui a tout donné. Blackhunt sera bien triste sans sa présence. Condoléances à la famille. Brigade des pompiers de Blackhunt.

Mr Dunne ne m'a pas déçue. Jusqu'au frisson qui l'a parcouru lorsqu'il a récupéré le sac en jute. Comme s'il savait qu'il contenait la ceinture de mon père – souillée de sang d'enfants et de cris magenta.

De retour à la maison, il ne me reste plus grand-chose à faire.

Le plus important, c'est de me rendre à l'étang. Plus j'y pense, plus je me dis qu'il a dû s'assécher. Et, si j'ai raison, tous les éléments vont finir de se mettre en place. Si je me trompe, alors je retournerai voir Shepherd pour lui parler de la poupée. Je n'ai pas vraiment hâte de découvrir le spectacle auquel je m'attends, mais je sais que Shepherd me remerciera.

J'ai jeté la binette, alors je reprends la hache. Le premier serpent qui voudra s'en prendre à moi aujourd'hui aura la tête tranchée d'un coup net et précis.

Mais ceux qui guettaient au sol le passage d'un tendre morceau de chair rose ont dû être bien effrayés par mes coups de hache en travers des hautes herbes sèches et par le martèlement hargneux de mes pas.

À l'approche de la berge, la vision de la couche d'argile fendillée qui recouvre le sol me rassure sur un point : le fond du bassin sera tout aussi sec. L'œil aux aguets à cause des serpents, je me penche par-dessus le rebord, sachant d'avance que je m'apprête à découvrir, entre autres, un sac en jute renfermant de tout petits ossements.

Je l'entends encore me tancer : « Lance-le, dépêche-toi. Jette-le. » Et j'entends aussi les coups de griffes du chaton à l'intérieur du sac, ses miaulements pleins de promesses d'affection. Je l'entends miauler pendant que le sac décrit un arc de cercle avant de crever la surface de l'eau… et puis, silence.

Oui, je le haïssais. Oui, j'avais décidé de le tuer. *« Décidé » de le tuer, inspecteur, ce qui ne signifie pas que je l'ai fait. Les médicaments de Vicki ont fait le boulot à ma place, comme l'a prouvé l'autopsie.*

Je constate que j'avais raison. Au fond du cratère de boue craquelé ne reste qu'une flaque d'eau sale d'à peine 1 mètre de diamètre. Je reconnais le petit canot, couché sur le côté, et m'étonne que le bois n'ait pas pourri depuis tout ce temps. Autour gisent des ossements, des cages thoraciques reliées à des colonnes vertébrales, elles-mêmes reliées à des crânes triangulaires : les restes des vaches assoiffées qui se sont engluées dans la boue poisseuse, ont paniqué et se sont brisé les pattes en tombant, avant de mourir noyées. J'ai toujours eu de la peine pour elles.

Je vois de nombreux sacs en jute et je n'ai pas la moindre idée de ce qu'ils contiennent, hormis celui du chaton. Je me demande de quoi d'autre mon père s'est débarrassé. La moitié d'un tracteur rouillé gît sur le flanc, le reste submergé sous la vase séchée. Je distingue des fragments d'outils que je ne parviens pas à identifier. Six ou sept pneus de tracteurs jetés là comme d'énormes beignets ronds à l'anis. Des centaines de racines et de tiges de nénuphars gisent sur la terre craquelée, inertes et tristes.

Il y a aussi le vieux bidon rouillé de 200 litres.

Je grimpe sur le rebord, puis me laisse glisser le long de la pente du bassin, qui doit faire 6 mètres de profondeur (et non « 15 mètres pour l'éternité », comme disait mon père), en faisant bien attention de ne pas déraper. Je suis toujours sur le qui-vive à cause des serpents, bien qu'il fasse sans doute trop chaud pour qu'ils soient de sortie aujourd'hui.

Quand j'atteins le fût métallique, je me sens frissonner malgré la température infernale. Je ne suis pas sûre d'avoir le courage nécessaire, mais j'entends Ruth me chuchoter à l'oreille : *justice et vengeance.*

Je pose la hache par terre, m'assois à côté du bidon et détache une à une les cinq pinces qui ferment le couvercle. Quand celui-ci se détache, je le laisse tomber sur le sol.

Ça, c'était la partie facile. Je passe ma langue sur mes lèvres en maudissant cette chaleur, et j'ose regarder à l'intérieur.

Là, tout au fond, est posée une pierre. Ainsi qu'un tas d'ossements. Des ossements humains. Pas très grands. Un squelette d'enfant.

Wendy Boscombe.

Je vois déjà Shepherd annoncer à ses parents effondrés, mais soulagés, que la pierre a servi à lester le bidon afin qu'il coule plus vite et disparaisse sous la surface de l'eau. *Pour l'éternité, amen*. Parce que personne, en 1960, n'aurait jamais pu imaginer qu'un étang de la région viendrait un jour à s'assécher.

Je suis encore plus remuée que je ne l'aurais cru, et un violent haut-le-cœur fait remonter tout le contenu de mon estomac.

Pauvre Wendy.

Je m'essuie la bouche d'un revers de main. Je suis tentée d'aller ramasser un peu d'eau saumâtre pour me laver le menton, mais j'ai trop peur de déranger un serpent tapi dans la flaque.

Je m'oblige à regarder de nouveau dans le fût. À regarder ce qu'il reste de la pauvre Wendy Boscombe. Des ossements et une paire de sandales en plastique jaunes.

Puis je me lève et récupère la hache. *Justice et vengeance.*

Je regagne la maison d'un pas vif en agitant la lame brillante devant moi dans les hautes herbes. Je me souviens encore de ce qui s'est passé quand Bell et Shepherd sont venus nous interroger, après la disparition.

D'abord, mon père a dit qu'il n'avait pas quitté la ferme, puis ma mère l'a gentiment contredit en lui rappelant – devant les policiers – qu'il n'y était pas resté toute la journée. Mon père a eu un petit rire nerveux et il a répondu, tout en frottant le dossier de sa chaise, qu'il avait emprunté la piste du tracteur pour aller réparer les clôtures du fond. La piste qui séparait notre propriété de celle des Boscombe. Puis il a dit qu'il avait pris le tracteur, et non la camionnette, parce que celle-ci n'était pas adaptée au sentier bourbeux. Mark avait nettoyé la camionnette de fond en comble le soir même, et Bell avait probablement repéré le véhicule étincelant de propreté garé à proximité de la hache. Mon père avait prétendu n'avoir vu personne sur Wishart Road, avant de changer d'avis pour déclarer qu'il avait aperçu une voiture bleue. Mais il n'avait pu fournir aucun autre détail sur le véhicule ou ses passagers. Après quoi il avait pris la peine d'informer Bell qu'il se rendait chez les Boscombe pour prier avec eux.

Le jeune Shepherd avait-il noté tout cela dans son carnet en jouant les apprentis détectives ? Relirait-il ses notes en pensant « Mais oui, c'est vrai, George Shepherd avait eu un comportement suspect ce soir-là » ?

Pourtant, je doute qu'ils l'aient jamais suspecté. L'instinct professionnel de Ron Bell devait être brouillé par le statut respectable dont jouissait mon père. Et aucune preuve ne les avait mis sur sa piste.

Désormais, ce ne sont plus les preuves qui manquent. Les restes de Wendy gisent au fond de la retenue d'eau de George Henderson, et la tête de sa poupée est cachée au fond d'une malle dans le cabanon à outils de George Henderson. Couverte de ses empreintes digitales.

Le moment est enfin venu de tout dire à Shepherd.

74

Joy et Ruth

26 janvier 1961[1]

Joy ne quitta pas sa chambre durant deux jours, tandis que les gens des services sociaux, l'inspecteur Bell et le Révérend Braithwaite défilaient à la maison. Le Dr Neighbour fit lui aussi le déplacement pour apporter une ordonnance à sa mère. C'était comme être coincée sous la surface d'un immense étang gelé. Joy était incapable de manger et pouvait à peine parler. Mais, dans sa chambre, elle avait son beau livre de mots et d'images. Et Ruth.

Quelques semaines à peine s'étaient écoulées depuis la disparition de Wendy, mais sa photo ne faisait déjà plus la une. C'était de l'histoire ancienne, et plus personne n'avait le cœur d'en parler. Place, plutôt, à la Foire agricole qui devait bientôt se dérouler pour la première fois à Blackhunt.

---

1. Le 26 janvier est le jour de la fête nationale australienne. *(N.d.l.T.)*

La famille, ou ce qu'il en restait, était sous le choc. Sa mère avait les yeux rougis à l'intérieur et bleu-marron à l'extérieur. Le visage de son père était cramoisi en permanence.

Colin assurait seul les deux séances de traite quotidiennes. Il apportait toujours un seau du lait frais de Maisie, mais Joy constata que celui-ci n'était qu'à moitié rempli, puisque Mark n'était plus là pour boire ses trois verres de lait à table, et plus encore entre les repas.

Le soir de la fugue, l'inspecteur Bell vint à la maison et les interrogea à tour de rôle, séparément, dans le salon.

— As-tu la moindre idée de l'endroit où il aurait pu aller ? demanda-t-il gentiment à Joy.

Elle leva vers lui ses yeux gonflés de larmes. Ruth et elle savaient que le policier lui poserait cette question, et quelle réponse il fallait lui donner. Joy déglutit et acquiesça. Mais elle avait la voix si frêle, le cœur si serré et la gorge tellement envahie par les anguilles que Bell dut lui demander de répéter.

Elle toussa pour s'éclaircir la voix, sécha ses larmes et reprit la parole avec un peu plus d'assurance.

— Oui, dit-elle en reniflant. Je sais où il a pu aller.

Elle se sentait coupable, la plus immonde pécheresse de l'Enfer, comme Judas, mais Ruth et elle s'étaient bien mises d'accord. Elle laissa échapper un sanglot.

— Il disait toujours… balbutia-t-elle, se demandant si elle serait capable d'aller jusqu'au bout. Il disait toujours qu'un jour il partirait…

Sa voix se brisa à nouveau. L'inspecteur Bell dut se pencher pour mieux l'entendre.

— Il disait toujours qu'il rêvait d'aller à Hobart.

Là-dessus, elle fondit en larmes.

L'inspecteur Bell lui tapota l'épaule.

— Bravo, fillette.

De retour dans sa chambre, elle envisagea de coucher sur le papier certaines de ses plus belles images, mais même celles-ci étaient devenues molles et grises comme du carton mouillé. Elle finit par s'endormir en rêvant de Mark étendu sur une plage ensoleillée à Darwin, avec sa loupe, son guide des capitales et son livret d'épargne posés à côté de lui. « Je suis désolé, Joy », lui chuchotait-il.

Le lendemain, elle ne quitta sa chambre que pour faire une apparition dans la cuisine à l'heure du déjeuner et du souper. Chaque fois, elle se contenta de prendre l'un des sandwichs à la salade et aux œufs durs apportés par Colin, et de repartir dans sa chambre tel un spectre. Son père ne l'obligea pas à revenir à table et ne la traita pas une seule fois d'ingrate en hurlant. Mais le Révérend Braithwaite était là à midi, et l'inspecteur Bell était présent lorsqu'elle émergea à l'heure du souper. Il ne pouvait donc pas y avoir de cris, d'injures ou de punitions. De toute manière, son père semblait abattu.

Alors qu'elle mettait son sandwich sur une assiette, l'inspecteur Bell se leva en disant :

— Le problème, George, Gwen, c'est que comme Mark a 16 ans et qu'il a fug… enfin, qu'il a quitté le domicile familial de son plein gré, nous ne sommes pas en mesure d'ouvrir une enquête ou de lancer des recherches. J'ai averti nos collègues de Hobart, mais ils n'ont pas de temps à consacrer à des adolescents fugueurs, hélas. J'ai un ami sur place au commissariat qui m'a promis de garder l'œil ouvert.

— C'est tout ? s'indigna le père de Joy.

— Je sais, George, mais ils n'ont pas assez de moyens pour en faire davantage, s'excusa Bell. Écoutez, reprit-il après un silence, je n'ai parlé de… l'aventure de Mark… à personne. Et je ne vois pas l'intérêt de répandre des ragots et des rumeurs. En fait, les seules personnes au courant sont les services sociaux, votre médecin de famille et le Révérend. Je leur ai bien rappelé à quel devoir de discrétion ils étaient tenus. Si j'étais vous, George, je dirais que Mark a fait son baluchon pour aller chercher du travail en ville, et tout le monde n'y verra que du feu.

Son père regarda fixement l'inspecteur, qui se pinça les lèvres.

— Je ne le dirai même pas au jeune Shepherd, mon collègue. Il s'est absenté pour assister aux obsèques de son père et il est déjà assez bouleversé comme ça par la disparition de cette pauvre Wendy. Inutile d'en rajouter avec cette histoire, d'autant qu'elle n'a rien d'inquiétant ou de suspect en soi. Juste un gamin qui se sentait à l'étroit dans une petite bourgade tranquille comme la nôtre. C'est l'histoire que je raconterais, si j'étais vous. Ça n'a rien de honteux, George. Ni pour vous ni pour votre famille.

Mais Joy savait que son père avait honte et que sa réputation était tout pour lui. Elle ne fut pas étonnée de le voir prendre la lettre du lycée de Blackhunt vantant les résultats de Mark pour la jeter dans la cheminée, là, dans la cuisine, devant l'inspecteur Bell et le reste de sa famille. Une fois que le papier fut réduit en cendres, il se tourna vers Joy et sa mère, et déclara :

— Le nom de cette personne ne sera plus jamais prononcé sous ce toit.

Quand Joy entendit ses parents se coucher, en ce deuxième soir après le départ de Mark, elle ressortit *Mes belles images*, et aussitôt des mots et des visions éclatèrent dans son esprit comme l'eau d'un barrage qui lâche, bouillonnants de colère et de haine. Des mots comme *ceinture, chaud, mort, Enfer, Paradis, anguilles, hache, cicatrices, hurlement, fureur, mensonges, peur, boue, piège, Satan, furets, père, Église, noyade, pluie, tuer.* Les images conjurées par ces mots étaient baroques et folles. Des ciels noirs et des océans profonds, des nains et d'autres créatures bizarres surgies du tréfonds de l'Enfer, des langues et des cornes, des volcans et des soleils explosifs, des corps suppliciés, des squelettes hurlants, des sorcières et des poupées sans tête, des anguilles et des serpents hargneux, des enfants, des veaux mort-nés, des barbelés et des billots de boucher, des gants noirs, de la fumée rouge, du verre brisé et du sang.

Chacune d'elles puait la rage, le désespoir et la noirceur. Joy avait du mal à croire ce qui sortait de son cerveau et de ses mains à mesure que son écriture fébrile recouvrait la page, mais elle savait qu'elle devait laisser les mots percer la membrane intérieure de son esprit, car derrière cette membrane grondait la menace de ténèbres infinies contre lesquelles elle était impuissante. Son père ne fit pas irruption dans sa chambre pour lui hurler d'éteindre la lumière, et elle put ainsi continuer à écrire, écrire, écrire.

Quand sa main lui fit mal et qu'elle sentit la migraine l'assaillir, elle posa son stylo et reparcourut à l'envers tout ce qu'elle avait écrit, stupéfaite d'avoir déjà noirci 20 pages de ses pattes de mouche. En retombant sur la toute première, elle pouffa au souvenir de ses efforts pour bien s'appliquer, et aussi de son désespoir suite à l'intrusion de son père qui avait gâché le mot *nectar*. Puis elle tourna encore une page et tomba sur le verso de la couverture où elle avait inscrit le titre : *Mes belles images.*

Elle pressa la couverture bien à plat sur son bureau, comme elle l'avait fait ce premier soir, il y avait un siècle et pourtant juste deux semaines auparavant, avant de prendre une longue inspiration, son stylo rouge à la main. Elle biffa ces trois mots stupides et trop sages, appuyant de plus en plus fort jusqu'à ce qu'ils soient complètement illisibles. Puis elle écrivit un nouveau titre qui prenait toute la page, en grosses lettres agressives sur lesquelles elle repassa plusieurs fois pour les rendre plus épaisses et solides, gravées dans le papier pour l'éternité. Ruth approuva d'un sourire.

DICTIONNAIRE D'UNE PÉCHERESSE
Par Joy Henderson

Beaucoup mieux. Elle reprit là où elle s'était arrêtée et continua à écrire, cette fois en gardant son stylo rouge. Le flot ininterrompu de mots et d'images lui inspirait fureur, fièvre et vigueur. Oublié, le Chocolat Noir Fourré à la Fraise. Elle se sentait à présent telle la flamme sombre de la colère. Ses anguilles se réfugièrent dans un recoin de son ventre, minuscules et apeurées.

À mesure que la noirceur se répandait dans ses veines tel le venin du Diable, elle sut dans son cœur qu'on ne retrouverait jamais Mark Henderson.

Ni Wendy Boscombe.

75

Joy et Shepherd

Février 1983

> Henderson, George. Dieu rappelle à Lui les âmes auxquelles Il tient le plus. George fut l'un de nos premiers clients, et un vrai gentleman. Arnold et Marilyn Paterson.

Assise par terre dans le salon, à côté du téléphone, j'ai l'impression de voir les taches de liqueur que Mark a renversées sur le tapis il y a vingt ans. Et même un minuscule éclat de verre. Mais ce doit être le fruit de mon imagination. Et je ne peux pas me permettre de la laisser me jouer des tours. Pas maintenant.

J'appelle les renseignements, en regrettant soudain d'avoir jeté le répertoire téléphonique à la benne, et leur demande de me passer le commissariat de Blackhunt avant que je change d'avis. Shepherd m'a donné les Felicity, je lui donne Wendy en échange. Ou, pour être exacte, ses ossements et la personne que je sais être coupable de sa mort. C'est un marché honnête. Ce n'est que justice.

Pendant que les tonalités s'égrènent dans le combiné, je répète ce que j'ai l'intention de dire. Quand la ligne bascule sur répondeur, je suis un peu désarçonnée, mais le message que je laisse me semble tout de même cohérent et convaincant. Je compose à nouveau le numéro des renseignements et demande à parler à l'obséquieux Derek, à la rédaction de la *Blackhunt Gazette*. À sa décharge, je le trouve bien plus sincère cette fois-ci.

Toujours assise sur le tapis du salon, je me repasse tous les éléments dans ma tête pour m'assurer que je n'ai rien fait de travers. Si je mélangeais des conversations ou des événements ? J'ai lu quelque part que notre cerveau transformait nos souvenirs pour nous empêcher de nous détester nous-même. Chaque fois qu'on se remémore un événement, ou une interaction, on se revoit sous un jour plus flatteur. Au lieu d'avoir été paralysé par le trac, on a ainsi l'impression d'avoir été brillant et sûr de soi. Ou d'avoir tendu la main à un vieillard tombé par terre pour l'aider à se relever, au lieu de l'avoir contourné d'un pas pressé, impatient de rentrer afin de ne pas rater son feuilleton préféré. Et c'est la version que nous raconterons à nos amis, parce que nous sommes nous-même convaincu que c'est la vérité.

J'ai donc un peu peur que ma mémoire me joue des tours. Mais plus j'y pense plus je suis sûre de me souvenir de tout avec exactitude. De chacun des mots prononcés par mon père et des gestes qu'il a effectués ce jour-là. Et aussi de chaque coup de ceinture.

Il est temps que je parte d'ici.

Quand je monte en voiture, les lettres et le certificat de mariage – ces documents que je ne pourrai jamais montrer à Mark – sanglotent à côté de moi sur le siège avant. L'avis de décès de Ruth, lui, est silencieux. Autant tout brûler. Ainsi, le passé sera vraiment derrière moi.

Je vais chercher une boîte d'allumettes dans le cabanon et me rends jusqu'à l'incinérateur. Au sommet du petit escabeau de bois, je plonge mon regard dans ce que je prenais jadis pour le portail de l'Enfer. Les décennies d'ordures et de cendres forment un amoncellement si haut qu'il a presque atteint le bord. Je froisse les feuilles en un seul long cône effilé, mets le feu à une extrémité et balance le tout dans l'incinérateur.

C'est si bon.

Tellement bon, même, que je sors une autre allumette, la gratte et la remets délicatement à l'intérieur de la boîte pour jeter celle-ci avec le reste. Je commence à redescendre les marches lorsque j'entends les 48 pointes rouges s'embraser et siffler les unes après les autres, tel un chœur de serpents en colère.

De retour dans ma voiture, le volant m'ébouillante les mains. Je regretterais presque la boue et la pluie. Ça alors…

En tournant en bas de l'allée pour me rendre chez les Boscombe, je réalise que je vais devoir témoigner, ou faire ce qu'on est censé faire quand la police s'efforce de prouver qu'un homme mort a tué une fillette de 9 ans plus de deux décennies auparavant. Mon séjour à Adélaïde attendra sans doute un peu.

Avant même d'avoir atteint l'allée des Larsen, je remarque que le vent s'est levé et qu'il souffle fort. Il est même particulièrement violent – et très chaud.

Un quart d'heure plus tard, quand je bifurque sur Bullock Road pour rejoindre Wishart Road, une odeur de fumée flotte dans l'air. Quelque chose me dit que je n'aurais peut-être pas dû craquer une allumette pour la jeter dans l'incinérateur. Encore moins une boîte pleine d'allumettes.

76

Joy et Shepherd

Février 1983

> HENDERSON, George. Un homme doux, dont la compassion et les prières étaient sans pareilles. Sincères condoléances à la famille. Neil et Viola Boscombe.

La jalousie est comme un coup de poignard dans les tripes, songea Shepherd avec ironie alors qu'il s'éloignait de la ferme des Henderson.

Bientôt, Joy serait en route pour Adélaïde, où elle retrouverait les Felicity pendant qu'il resterait coincé ici comme une vache engluée dans la boue d'un étang. Hanté jusqu'à la fin de ses jours par la disparition de Wendy Boscombe et l'overdose « accidentelle » de George Henderson.

De retour au poste, il abattit un peu de paperasse et fit du rangement sur son bureau, histoire de penser à autre chose. Mais, plus il s'efforçait de chasser les Henderson et les Boscombe de son esprit, plus ces deux affaires l'obsédaient. Ron lui manquait beaucoup. Il aurait aimé avoir quelqu'un qui lui dise qu'il avait bien fait de laisser Joy, ses souvenirs et ses cicatrices filer en toute liberté à Adélaïde.

Au moment de se lever pour ranger un dernier papier dans son armoire à dossiers, tout en se demandant si ce n'était pas une odeur de fumée qui venait de frapper ses narines, il eut soudain l'idée d'appeler Vicki Cooper. Amusé, il l'imaginait déjà lui dire : « Allons, Shep, vous n'aviez aucune preuve ! Bien sûr que vous deviez la laisser partir. Et, j'ai beau être médecin, sous serment d'Hippocrate et tout le bazar, soyons honnêtes une seconde : ce type méritait une mort lente et douloureuse. »

Shepherd revenait vers son bureau quand le téléphone sonna. Résigné, il tendit le bras machinalement vers son carnet de rendez-vous pour les examens du code de la route. Une voix familière résonna au bout du fil.

— Alex ? Ici Nev Potter, de la caserne des pompiers de Blackhunt.

— Salut, Nev. Quoi de neuf ?

— Vous en avez certainement entendu parler à la radio, mais d'importants incendies ravagent actuellement l'Australie-Méridionale et le vent nous apporte un nuage de fumée et de cendres. Aucune raison de s'alarmer pour le moment, mais nous restons sur nos gardes.

— Ça explique l'odeur que j'ai sentie en arrivant au poste… Aucun incident à signaler dans les environs ?

— Juste une petite seconde…

Shepherd l'entendit parler à quelqu'un d'autre. Il pianota impatiemment sur son bureau. La discussion semblait interminable.

— Alex ? Je viens justement de recevoir une alerte. Sur Johnson's Road. Nos unités sont déjà en route. Je vous préviendrai en cas de besoin, mais ça devrait aller.

Shepherd appuya sur le bouton-poussoir pour raccrocher, avec l'intention d'appeler Vicki. Mais, quand son doigt relâcha le bouton, au lieu de la tonalité classique, il entendit résonner de longs bips dans le combiné, signe qu'il avait un message en attente sur son répondeur. Il composa le 101 et écouta, se demandant s'il n'était pas en train de rêver.

Elle était pantelante et s'exprimait à un débit bien trop rapide pour qu'il comprenne tout du premier coup, même s'il saisit quand même deux mots à la volée : *Wendy Boscombe*. Encore sous le choc, il entendit soudain la voix automatique du répondeur annoncer : « Pour réécouter ce message… »

Sans attendre, il appuya sur la touche 2, préparé cette fois à mieux tendre l'oreille et à noter le plus d'éléments possible dans son carnet. Il avait encore du mal à tout saisir et déplorait notamment que le message ait été coupé avant la fin, en plein milieu d'une phrase.

Il se repassa de nouveau le message en reconstituant peu à peu les passages qui lui manquaient. Puis il l'écouta une quatrième fois pour s'assurer qu'il avait bien tout retranscrit dans son intégralité : « Shepherd, c'est moi. Venez me retrouver chez les Boscombe le plus vite possible. Mon père, c'était lui l'assassin. La poupée de Wendy Boscombe était cachée au fond d'une malle, dans le cabanon, et j'ai retrouvé son corps dans les… »

— Merde ! s'exclama-t-il en jetant son carnet sur le bureau. Dans les quoi, Joy Henderson ?

Il relut ses notes et réfléchit à toute vitesse.

Se pouvait-il qu'elle dise la vérité ? Le mystère de la disparition de Wendy Boscombe allait-il enfin être résolu grâce à Joy Henderson – que Shepherd soupçonnait toujours d'avoir tué son père ?

77

Joy et Ruth

Février 1961

Plus que deux jours à attendre avant que Joy entre au lycée. Sa pile de livres était déjà rangée dans l'ancien cartable de Mark, dont le nom, inscrit à l'intérieur, avait été rayé d'un gros trait de marqueur noir et remplacé par celui de sa sœur. Ses livres de seconde, dont *Orgueil et Préjugés*, avaient déjà été revendus à la bourse aux livres du lycée.

Le dimanche, après le cours de catéchisme, Felicity annonça à Joy qu'elle avait parlé des coups de ceinture à ses parents et qu'elle était certaine qu'ils en discuteraient avec son père. Joy lui répondit qu'il ne l'avait pas frappée depuis le départ de Mark.

— Tu vois ? fit Felicity, rayonnante de fierté.

Joy n'en était pas si sûre, cela dit. Felicity avait peut-être raison. Ou alors son père était encore sous le choc de la fugue.

La fillette n'était pas retournée en cours d'étude biblique ni chez les Felicity depuis que son frère était parti. Elle ne savait pas si elle oserait se retrouver à nouveau face à eux, mais elle savait qu'un jour, quelques semaines ou quelques mois plus tard peut-être, elle dirait à Felicity pendant le catéchisme : « Est-ce que je peux venir chez toi aujourd'hui ? », que Mr Felicity demanderait la permission à son père, comme il l'avait fait la première fois, et que ce dernier ne pourrait pas refuser. Mais, d'ici là, elle préférait rester chez elle et se consacrer à l'écriture.

Elle avait presque entièrement rempli son cahier et ne savait pas trop ce qu'elle ferait une fois parvenue à la dernière page. Les soirs où elle ne pouvait pas écrire, elle se sentait frustrée et agitée, comme si les os de son squelette n'étaient pas bien alignés. Parfois, elle pensait que c'était la seule chose qui l'empêchait de réaliser l'un de ses rêves et de tuer son père. Ou de se tuer elle-même.

Parfois, elle se contentait de relire ses mots et leurs descriptions, et c'était presque aussi bon que d'en écrire de nouveaux.

Couchée dans son lit, elle se demandait ce que Mark pouvait bien faire sous le soleil de Darwin ; elle se consolait en pensant que ses dernières paroles avaient été : « Je suis désolé. »

À d'autres moments, dans le noir, elle entendait ses hurlements résonner depuis sa chambre vide.

Quand ce n'était pas à son frère qu'elle pensait, c'était à cette pauvre Wendy. Les gens n'en parlaient plus depuis longtemps, mais Joy continuait à s'inquiéter. Un soir, Ruth lui avait dit : « À mon avis, on ne pourra jamais la retrouver », et Joy avait répondu en soupirant : « Je crois que tu as raison. Sinon, ne serait-ce pas déjà fait ? »

En relisant les mots qu'elle avait griffonnés durant cet accès de colère rouge sang qui l'avait saisie après le départ de Mark, Joy eut le sentiment que le monde avait deux facettes, comme le Dr Jekyll : un côté sombre et menaçant, dans lequel elle vivait, et un autre joyeux et ensoleillé, celui des Felicity et de Mark, à présent.

Un jour, elle s'enfuirait et partirait à la recherche de son frère. Elle referma son cahier et le pressa contre son cœur, les bras croisés en travers de sa couverture crème et chocolat.

Quand la porte de sa chambre s'ouvrit, elle leva les yeux et découvrit son père sur le seuil. Il avait maigri, et son teint était grisâtre. En voyant ses yeux rougis, Joy comprit que quelque chose allait changer. Son ventre se serra et une bouffée d'émotion la submergea, du recoin où étaient tapies les anguilles à la pointe de son crâne, comme un élan de tendresse né de ce qu'elle partageait désormais avec son père : une triste et viscérale absence. Des années de colère et de peur absurde pour en arriver là.

Il va me dire qu'il m'aime. Qu'il est désolé. Que le temps de la ceinture est révolu.

Puis, en un instant crépitant d'étincelles jaune et orange, elle comprit : il allait lui annoncer que la police avait retrouvé Mark ! *Il va franchir le seuil d'un instant à l'autre, le sourire jusqu'aux oreilles ! Tout est pardonné, et les jolis verres sont déjà remplis de Passiona.*

Un rose frisson d'impatience la parcourut au moment où son père ouvrit la bouche. Mais les mots qui en sortirent n'étaient pas ceux qu'elle espérait. Désignant le cahier qu'elle serrait contre sa poitrine, il demanda d'une voix calme :

— Qu'est-ce que c'est que ça ?

Lorsqu'il en eut fini avec la ceinture, il la frappa en plein visage avec le cahier puis agita celui-ci en l'air, une écume venimeuse aux lèvres.

— Je vais brûler cette cochonnerie, tu m'entends ? À compter d'aujourd'hui, tu n'as le droit de lire que la Bible.

Il éteignit la lumière et claqua la porte.

Elle resta assise dans le noir, paupières serrées, la bouche en sang. Elle le supplierait quand il rentrerait à la maison. *Frappe-moi autant que tu voudras, mais rends-moi mon dictionnaire, je t'en supplie.* Elle ferait tout ce qu'il lui demanderait. Tout.

Une toute petite idée noire s'enroula dans sa tête. *Si tu me le rends, je te dirai où est Mark.*

Mais Ruth chuchota :

— Non, tu ne peux pas faire ça.

Joy savait que sa sœur avait raison. En plus du reste, il lui faudrait avouer qu'elle avait menti à propos de Hobart.

Elle entendit la porte de derrière claquer. Il se rendait à l'incinérateur. Bientôt, il grimperait les marches en bois vermoulu de l'escabeau. Il jetterait son cahier par-dessus le bord pour qu'il rejoigne des années de détritus accumulés – pelures d'oranges moisies, conserves de soupe rouillées, carcasses de Ruth, têtes de rats et d'anguilles, lambeaux et cendres. Il enflammerait une chandelle de papier journal qu'il jetterait à son tour. Elle décida d'attendre qu'il aille se coucher, et de se précipiter au-dehors pour récupérer son cahier. La pluie l'empêcherait de brûler et il l'attendrait bien sagement, humide et effrayé, en l'appelant dans le noir, comme les poupées de Wendy. Tant pis si l'encre bavait et que les pages se détachaient. Il fallait qu'elle aille le sauver. Elle était même prête à sauter dans le tas d'ordures puantes si c'était nécessaire.

Je t'en prie, mon Dieu, fais qu'il…

La voix de Ruth résonna, aussi tranchante que du verre brisé :

— Pourquoi tu pries ? À quand remonte la dernière fois où Dieu a exaucé tes prières ? Tu peux dire adieu à ton cahier, Joy. Il l'a balancé au feu, et tu ne pourras pas aller le sauver.

Les flammes du papier journal se répandaient avec une joie avide. L'une d'elles léchait les coins du dictionnaire et Joy la vit prendre la forme rouge et malveillante du Diable. Il sautait à pieds joints sur sa création en ricanant, l'air menaçant, et recourbait son long doigt pour inviter d'autres flammes à rejoindre la danse et parachever son œuvre de destruction. Sous forme de nains orange, celles-ci bondirent vers lui. Le Diable ouvrit alors le dictionnaire pour révéler le titre griffonné à l'intérieur :

DICTIONNAIRE D'UNE PÉCHERESSE

Tels des enfants soufflant des bougies d'anniversaire, tous les nains rejetèrent la tête en arrière et crachèrent du feu. Les lettres se calcinèrent et se détachèrent du cahier en flottant. Les nains passèrent ensuite à la première page et se moquèrent des descriptions de Joy, prêts à souffler d'autres flammes pour embraser les pages.

— Stop ! gronda une voix caverneuse venue du ciel.

Les nains se réfugièrent aussitôt dans un coin de l'incinérateur.

— C'est Lui ! murmura l'un d'eux, et ils se blottirent les uns contre les autres.

Mais le Diable ne se laissa pas impressionner. Il leva la tête et répondit d'un ton tout aussi tempétueux :

— Seigneur, nous voulions seulement aider Ton serviteur, George Henderson, à détruire le dictionnaire de la pécheresse. Nous ne faisons qu'exaucer Tes souhaits, ô Maître de l'Univers !

— Mensonge. Rendez-lui immédiatement son cahier.

Les nains, indécis, guettèrent la réaction du Diable, mais celui-ci se recroquevillait comme un pleutre, la tête entre les mains.

— Tout de suite ! insista Dieu.

Les nains se jetèrent sur le dictionnaire et aplanirent les pages de leurs mains rouges en essayant d'empêcher les lettres de s'envoler dans les airs.

— C'est trop tard, Seigneur, dit l'un d'eux.

— Trop tard, reprirent les autres en chœur avant de se terrer dans le coin où le Diable s'était réfugié en gémissant.

— Excellent ! tonna la voix venue du ciel.

— Je ne vois pas ce qu'il y a d'excellent ! s'emporta Joy. Mon dictionnaire a été détruit, mon père continue à me battre et Mark est parti. Pourquoi laissez-vous toutes ces horreurs m'arriver ?

— Tu ne comprends pas, Joy. Ce n'est pas facile d'être Dieu !

— Mais c'est absurde. Vous êtes censé être omniscient, omniprésent et omnipotent !

— Mais il y a tant d'individus et tant de pécheurs ! Tant de péchés et tant de prières !

On aurait dit une comptine qu'elle aurait pu chanter avec Wendy à la récréation, à peine six semaines auparavant.

Un gros nœud noir commença à se desserrer dans l'esprit de Joy. Si dieu (qui ne méritait dorénavant plus son *D* majuscule) était omnitout, pourquoi avait-il peuplé la Terre d'individus dotés de leur libre arbitre, sachant que des milliards d'entre eux finiraient en Enfer ? Pourquoi ne pas laisser tous les humains vivre au Paradis dès le premier jour de la Création ? Et pourquoi ordonner aux multitudes de le vénérer alors que, de toute évidence, cela constituait un grave péché d'orgueil ? Il y avait tant de choses qui ne collaient pas dans cette histoire qu'on lui racontait depuis toujours, à commencer par sa sidérante et soudain évidente absence de logique.

— Vous n'êtes pas omniscient, n'est-ce pas ? dit-elle calmement. Ni omnipotent ni omniprésent. Vous n'êtes omni-rien du tout. En fait, vous n'êtes… rien.

Dieu ouvrit la bouche pour protester, mais aucun son ne sortit.

Immobile dans le silence et la pénombre, Joy laissa le nœud noir continuer à se desserrer. Le matin à l'église (qui ne méritait dorénavant plus son *É* majuscule), ils avaient tous répété comme des moutons : « Heureux les doux, car ils posséderont la Terre. » En y repensant, Joy n'éprouvait qu'un violent sentiment de mépris. Les douces Joy Henderson de ce monde ne posséderaient jamais la Terre. Elles se faisaient briser et fouler aux pieds, précisément pour leur douceur. Et dieu, par l'entremise du révérend (qui ne méritait dorénavant plus son *R* majuscule), leur répétait, leur exhortait, leur *commandait* de rester douces en leur faisant miroiter d'impossibles récompenses, tout en protégeant le règne des non-doux, les George Henderson de ce monde.

Mais cette douce personne en avait assez des mensonges, de la trahison et de la duplicité. Joy Henderson avait décidé de rendre les coups. Non pas comme un boxeur se déchaînant sur le ring dès le premier round. Oh non : cela aurait été une grossière erreur, car son père avait le pouvoir, la force et la loi de son côté. Elle allait plutôt jouer un tour à la duplicité. Elle deviendrait en apparence la plus vertueuse, la plus pieuse, la plus obéissante des jeunes filles, alors qu'à l'intérieur la vraie Joy serait la plus déviante, la plus impie et la plus fourbe qui soit. Pendant que le révérend proclamerait ses mensonges depuis sa chaire, elle afficherait un sourire si angélique que même le Diable s'y tromperait. Ainsi que son père. En fait, elle surpasserait la duperie de son père.

Si personne ne venait à son secours et qu'elle ne pouvait pas s'enfuir pour chercher Mark avant des années, elle trouverait le moyen de survivre dans sa prison de barbelés.

Que son père fasse irruption dans sa chambre. Qu'il la tire hors de son lit, la déshabille et la fouette jusqu'au sang.

Elle aurait…

Une image violente creva la membrane à l'intérieur de sa tête. {Une balle rouge et brûlante dévalant une colline, de plus en plus grosse et de plus en plus brûlante.}

Elle aurait sa vengeance.

PARTIE IV

78

Joy et Shepherd

Février 1983

> Henderson, George. Membre respecté de notre association d'enseignants et de parents d'élèves pendant de nombreuses années. Toutes nos pensées vont à ses proches. Le directeur et l'équipe du lycée de Blackhunt.

Shepherd relut une bonne dizaine de fois la retranscription du message téléphonique de Joy. Sans doute un autre de ses petits jeux de manipulation. En même temps, il venait de renoncer à lancer des poursuites contre elle. Pourquoi se serait-elle obstinée à compliquer les choses ?

Il retourna dans la petite pièce du fond et rouvrit une armoire ne contenant rien d'autre que les vieux dossiers liés à l'affaire Wendy Boscombe. Il avait consacré – perdu ? – des heures à se plonger dans ces milliers de pages au hasard, à examiner les photos des poupées de Wendy, de sa chambre, de l'allée de la ferme familiale, et à relire les interrogatoires de centaines d'habitants de la région, en espérant chaque fois qu'un indice – rien qu'un tout petit détail, pour l'amour du ciel – lui sauterait aux yeux.

Mais c'était comme si Wendy avait été aspirée par un trou noir.

D'un geste vif, conscient du temps qui s'écoulait depuis que Joy l'avait appelé, Shepherd sélectionna le dossier intitulé « INTERROGATOIRES A-H » et en sortit le sous-dossier « HENDERSON ». Il l'ouvrit et relut chaque ligne, cette fois avec les mots de Joy bien en tête. « Mon père, c'était lui l'assassin. »

D'après les documents étalés sous les yeux du policier, George Henderson travaillait près de la ferme des Boscombe au moment de la disparition de Wendy. Il avait déclaré être au volant de son tracteur, ce qui signifiait qu'il n'avait pas pu kidnapper la fillette. Mais Ron et Shepherd avaient tous deux remarqué que ce jour-là sa camionnette avait été lavée de fond en comble. George avait d'abord prétendu n'avoir vu personne sur Wishart Road, avant de se raviser et d'affirmer qu'il avait vu passer une voiture bleu foncé. Sans plus de détails.

Et Shepherd avait récemment découvert que George Henderson pouvait se montrer d'une extrême violence envers les enfants.

Il devait absolument téléphoner à Vicki.

— Allô, ici Shepherd. J'aimerais que vous m'accompagniez de toute urgence chez les Boscombe. Je vous expliquerai en route.

Il l'attendit au poste en pianotant nerveusement sur son bureau. Cette maudite famille Henderson ! Et cette maudite Vicki, qui lui avait promis d'être là dans cinq minutes.

Enfin, elle arriva et le gratifia de son plus beau sourire.

— Vous avez entendu parler de ces incendies qui ravagent l'Australie-Méridionale ? dit-elle. Il paraît qu'une pluie de cendres s'est abattue sur Melbourne, et j'ai bien l'impression qu'on va être les prochains.

Lorsqu'ils sortirent, ils furent assaillis par la chaleur, le vent et une piquante odeur de fumée. Shepherd sentit soudain une fatigue immense peser sur lui. Il s'appuya contre un mur et passa une main sur son front.

Vicki l'observa, lui arracha les clés de la voiture et s'installa d'autorité derrière le volant. Mon Dieu, que cette femme était agaçante ! Il contourna cependant le véhicule sans broncher et prit place côté passager. De toute manière, ce n'était pas comme si ses supérieurs s'intéressaient à ses agissements.

— Il faut quarante minutes pour aller là-bas. Vous connaissez un raccourci ? demanda-t-il.

— Ha ha ! Je n'habite peut-être pas dans le coin depuis aussi longtemps que vous, mais je connais toutes les petites routes comme ma poche… ou l'emplacement des verrues de Clarice Johnson ! ajouta-t-elle, la mine réjouie.

Il ne sourit même pas.

— Que se passe-t-il ? voulut-elle savoir.

— Il y a le feu vers Johnson's Road.

Les traits de Vicki s'affaissèrent.

— Merde. Ils ont pourtant dit à la radio que les incendies ne touchaient que l'Australie-Méridionale.

Ils gardèrent le silence pendant que Vicki descendait l'avenue principale vers la sortie de la ville. Lorsqu'elle s'engagea sur la route de terre battue en direction de la ferme des Boscombe, elle reprit enfin la parole.

— Au fait, pourquoi allons-nous chez Neil et Viola ?

— Joy Henderson m'a appelé pour me demander de la rejoindre là-bas. Elle affirme que son père a tué Wendy.

— Quoi ?

Vicki se tourna vers lui, sous le choc.

Shepherd acquiesça d'un air sombre.

— Elle prétend aussi avoir retrouvé le cadavre de la petite. Et sa poupée.

— Seigneur, murmura Vicki avant de marquer une pause. Quelle poupée ?

— L'une des poupées de Wendy avait disparu avec elle, expliqua-t-il, comprenant qu'il était obligé de lui raconter toute l'histoire. Les Boscombe sont arrivés de Mildura pour s'installer ici quand Wendy avait 6 ans. Ils voulaient fuir la chaleur. Ils aimaient le froid, apparemment, et les collines verdoyantes.

— Pff, lâcha Vicki avec sarcasme.

— À Mildura, Wendy avait une demi-sœur plus âgée, qui avait elle-même un bébé. Wendy l'adorait. Mais ici c'était une petite fille solitaire.

— Je suis passée par là.

— Ah bon ?

Bizarrement, Shepherd s'était toujours imaginé que Vicki Cooper venait d'une famille nombreuse et animée. Il enchaîna :

— Neil, toujours du genre à faire les choses en grand, avait fabriqué pour Wendy toute une collection de poupées. Il avait enroulé des morceaux de tissu autour de vieux piquets de clôture, Viola leur avait confectionné des vêtements, et Neil avait peint leurs visages. Bon, je ne dis pas qu'il avait le talent de Vermeer… Je ne suis pas complètement inculte, vous savez, se défendit Shepherd en surprenant le coup d'œil étonné de Vicki. Bref, leurs yeux n'étaient pas symétriques et leurs bouches rouges souriaient un peu trop. Un peu comme vous, ajouta-t-il avec malice.

— Très drôle, commenta Vicki. Continuez.

— Wendy était en train de jouer dehors avec ses poupées quand elle a disparu, mais l'une d'elles manquait. Nous avons donc toujours considéré que le jour où nous retrouverions Wendy, nous retrouverions aussi la poupée… et vice versa.

Vicki hocha la tête.

— Nous avons fait savoir qu'il manquait « une poupée », sans jamais donner sa description. Parce que celle-ci était différente des autres : ce n'était pas Neil qui l'avait fabriquée. La demi-sœur de Wendy la lui avait envoyée de Mildura. Comme ça, si un témoin disait avoir vu Wendy et sa poupée, ou même l'avoir tuée – tous les fous sont dans la nature, croyez-moi –, nous aurions pu lui demander : « Et à quoi ressemblait la poupée ? » C'est le b.a.-ba dans le cadre d'une enquête. Quelques cinglés se sont présentés à nous, dont un médium qui nous a expliqué que Wendy vivait dans une ville quelque part en Tchécoslovaquie. Et vous savez quoi ? Tous ces timbrés nous ont affirmé que, oui, ils avaient vu la poupée, mais aucun d'eux n'a été capable de la décrire correctement. Tous ont décrit une poupée qui ressemblait aux autres, celles fabriquées par Neil, dont les photos avaient été publiées dans la presse.

Vicki s'engagea sur une route que Shepherd ne connaissait pas.

— Et Joy l'a retrouvée ?

— Juste après mon départ de chez elle. C'est ce qu'elle affirme, en tout cas. À ce propos, je voulais vous annoncer que Mark Henderson est mort. Dans un accident de voiture, à Darwin, il y a des années. Merde, elle a oublié le certificat de décès chez moi, d'ailleurs.

Vicki l'interrogea du regard.

— Oui, c'est une longue histoire, et Joy est bien venue chez moi. Disons que vos inquiétudes concernant son bien-être ont fini par m'atteindre. Et pour finir je n'en sais rien, OK ? J'ignore si elle a tué son père ou non. De toute manière, et je suis sûr que ça va vous faire plaisir, je ne peux pas l'inculper. Il n'y a aucune preuve, n'est-ce pas ? Tout ça grâce à vous !

Vicki ne réagit même pas.

— Enfin bref. J'ai raccompagné Joy chez elle et, peu après mon départ, elle m'a appelé. Manque de bol, j'étais déjà en ligne avec Nev Potter à propos des incendies, si bien qu'elle m'a laissé un message.

— Pour vous dire quoi ?

— Que son père avait assassiné Wendy, qu'elle venait de retrouver la poupée… et le corps.

Vicki fronça les sourcils.

— Quoi ? Vous pensez que Joy Henderson m'aurait menti ?

— Nous sommes tous des menteurs, Shep. La question n'est pas de savoir si nous mentons, mais quels mensonges nous choisissons de raconter. Et à qui.

Shepherd se demandait bien quels mensonges Vicki Cooper avait choisi de raconter.

— On a rendez-vous avec elle chez les Boscombe, c'est ça ? demanda-t-elle.

— Oui.

— Et George Henderson a tué Wendy ?

— C'est ce qu'elle a dit. Mais elle peut très bien m'avoir raconté des bobards.

Le silence retomba jusqu'à ce qu'ils atteignent Wishart Road et tournent à droite. Vicki n'attendit pas que Shepherd lui crie « Plus vite ! » pour mettre le pied au plancher.

Ils étaient encore à plusieurs centaines de mètres de la ferme quand ils virent sa cheminée de brique se dresser tel un soldat solitaire et incrédule sur un champ de bataille. Elle semblait sur le point de s'effondrer au milieu des ruines. Le toit en tôle rouillée s'était écroulé, et les murs de la maison avaient disparu. Depuis la route, ils aperçurent au loin des éléments d'électroménager carbonisés. Des flocons de cendre flottaient encore dans l'air brûlant. Quatre pompiers étaient à pied d'œuvre avec leurs lances. Quand le véhicule s'engagea dans l'allée des Boscombe, Shepherd repensa au landau miniature et aux poupées couchées dans les flaques de boue.

— Mon Dieu… J'espère que Neil et Viola s'en sont sortis, dit-il.

Un pompier vint à leur rencontre et leva sa main gantée pour leur demander de s'arrêter.

Ils descendirent du véhicule et Shepherd passa en mode automatique :

— Alex Shepherd, police de Blackhunt. Madame est médecin, ajouta-t-il en désignant Vicki. J'ai besoin de m'entretenir avec les propriétaires. Vous savez où ils se trouvent ?

— Le mari est gravement brûlé, l'informa le pompier. Nous sommes arrivés juste à temps. L'ambulance est déjà partie pour l'hôpital. Apparemment, sa femme faisait une course en ville quand le feu s'est déclaré. On cherche encore à la localiser. Écoutez, je sais que vous êtes de la police, mais les arbres sont dangereux, dit-il en pointant du doigt les silhouettes carbonisées qui bordaient l'allée. Et il y a peut-être encore d'autres incendies ailleurs. Je vais devoir vous demander de partir.

— Je comprends, dit Shepherd. Nous allons vous laisser faire votre travail. Mais pourrez-vous venir ensuite au poste ? J'aimerais savoir ce qui s'est passé ici.

— Entendu. Au fait, ce n'est pas la seule ferme qui a cramé dans les environs. Une autre unité vient de nous prévenir par radio que la propriété des Henderson avait été ravagée par les flammes. Et aussi celle des Larsen, juste à côté. Compte tenu de la direction du vent qui a soufflé tout l'après-midi, je pense que c'était le même incendie, et qu'il a démarré chez les Henderson.

Shepherd reçut un coup au cœur.

— Vous pensez que c'est un accident ou que quelqu'un a mis le feu délibérément ?

— Il est encore trop tôt pour le savoir. On n'a pas envie de se dire que ces choses-là sont possibles, mais en réalité… Si le feu a pris chez George, c'était sans doute à cause d'une ligne à haute tension ou quelque chose dans ce goût-là. C'est triste qu'il soit mort. C'était un type bien, très actif. J'irai à son enterrement, comme beaucoup de gens d'ici, c'est sûr.

Lorsqu'ils regagnèrent le bout de l'allée, Vicki se tourna vers Shepherd d'un air interrogateur, le doigt en suspens au-dessus du clignotant. Il acquiesça, et elle tourna à droite au lieu de repartir vers la gauche. La route était bordée d'arbres noirs encore fumants. De toute évidence, le feu était passé par là.

— Où Joy peut-elle bien être, à votre avis ?

— Aucune idée, Shep. Si elle a deux sous de jugeote, elle se trouve déjà très loin d'ici. C'est surtout pour Mrs Boscombe que je m'inquiète.

Quelques minutes plus tard, à la sortie d'un virage, Vicki freina brutalement.

Un autre véhicule était immobilisé sur la chaussée, à environ 5 mètres devant eux, réduit à l'état de coquille carbonisée et déformée. Ils descendirent de voiture et se précipitèrent en espérant sans trop y croire que les occupants avaient réussi à s'échapper.

Shepherd fut le premier à l'atteindre, même si ces quelques secondes lui semblèrent interminables. Il ouvrit la portière et se brûla aussitôt la main en poussant un chapelet de jurons. Lorsqu'il regarda à l'intérieur, il tituba vers l'arrière, frappé d'horreur, et se pencha pour vomir avant de se laisser tomber par terre. Il n'avait jamais vu de corps calciné et ne s'attendait pas à découvrir une scène tout droit sortie de l'enfer. Quand Vicki eut regardé à son tour, elle marcha vers lui, décomposée. Il se doutait qu'elle avait déjà vu un paquet de cadavres au cours de son existence, mais celui-ci la hanterait probablement longtemps.

Il posa la main à plat sur la terre noirâtre. Jamais il n'aurait imaginé que le sol puisse brûler la peau.

79

Joy et Ruth

1961-1964

Portée par les encouragements de sa sœur, Joy commença à se venger par petites touches, derrière son masque de dévotion.

Son premier geste fut de trafiquer les médicaments. Sur les conseils de Ruth, elle prit une gélule dans le flacon marron caché derrière le paquet de bicarbonate et l'observa attentivement. Puis elle dévissa les deux moitiés en plastique mou, vida la poudre blanche dans l'évier et inséra à la place deux pincées de bicarbonate. Elle eut d'abord du mal à revisser les deux moitiés, jusqu'à ce qu'elle comprenne qu'il lui suffisait de pincer l'une pour que l'autre s'insère à l'intérieur. Elle répéta cette opération avec deux autres gélules, puis retourna dans la buanderie. Quand ses parents arrivèrent, elle étendait des serviettes humides sur la corde à linge dans la cour. Au fil des semaines, elle prit l'habitude de trafiquer une ou deux gélules chaque fois que l'occasion se présentait. Elle parvenait même à reconnaître celles qu'elle avait déjà modifiées grâce à la petite indentation sur la partie qu'elle avait pincée.

Ruth avait des tas d'autres idées, mais les deux sœurs convinrent qu'avant de les mettre à exécution Joy devait peaufiner son image de jeune fille modèle. Lentement, histoire de ne pas éveiller les soupçons, elle devint une bonne chrétienne, de plus en plus pieuse et obéissante. Lorsqu'elle ne priait pas avec ferveur (pour Wendy et tous les païens d'Afrique) dans le périmètre auditif de son père, qu'elle ne récitait pas le bénédicité à table ou ne chantait pas de tout son cœur – mais pas trop fort non plus – à l'église, elle lui obéissait à la lettre. Pour cela, il lui fallait lire la Bible encore et encore et mémoriser les versets qu'elle récitait silencieusement en même temps que le Révérend Braithwaite (auquel elle redonna même son *R* majuscule). Comme elle l'avait prédit, il ne fut pas très difficile de convaincre son père que ses lectures obligatoires du livre sacré, ainsi que ses années de punitions et d'endoctrinement religieux avaient fini par payer. Sa duplicité était extraordinaire, comme le fit observer Ruth.

L'hiver approchant, elles décrétèrent que Joy pouvait recommencer à trafiquer les gélules sans prendre de risques. Et, quand son père fut de nouveau assailli par une crise de migraine, elle se fit une joie de lui apporter son flacon de médicaments.

Au fil des mois et des années qui se déroulèrent comme une bobine de fil de fer barbelé, Joy se soucia peu de sa poitrine naissante, du sang qui se mit à couler entre ses cuisses et des répugnantes protections Kotex qu'elle transportait, enroulées dans du papier journal, pour les jeter dans l'immonde incinérateur. Elle se soucia peu de la pluie qui tombait sans fin et des corvées interminables, ou encore de la longue désolation marron de son existence. Elle se soucia peu de ses cours au lycée, devenus à peine plus pour elle qu'une interruption forcée du projet de vengeance conçu par Ruth et exécuté par ses soins. La seule chose qui lui importait, c'était de leurrer son père chaque jour davantage.

Mais elle avait beau se montrer pieuse et sage, il lui était impossible d'échapper à la rage de George. Les punitions continuèrent, ses plaies et ses cicatrices devinrent aussi tendues, boursouflées et violacées que la marque de naissance de Ruth.

Il fallait nettoyer et pailler les plates-bandes, mais gare à elle si elle oubliait des mauvaises herbes ou arrachait par erreur une des fleurs de sa mère. Les camélias, les roses, les télopéas, les gypsophiles, les tulipes, les coquelicots, les œillets et les chrysanthèmes devaient être cueillis avec délicatesse puis transportés dans des cageots jusqu'à l'atelier, mais gare à elle si elle en abîmait un seul. Les fruits devaient être cueillis, lavés, épluchés, cuits et mis en bocaux, mais gare à elle si elle en gâchait un seul. Les œufs devaient être ramassés, enduits de paraffine et cuits en omelette pour le petit déjeuner de son père, mais gare à elle si elle en cassait un seul. *Car le Christ silencieux verrait la moindre de tes infractions, et le malheur s'abattrait sur toi pour t'être montrée stupide ou insouciante.*

Et son père avait beau continuer à la punir, chaque petit geste de vengeance lui paraissait plus savoureux que le précédent, encore meilleur que le Chocolat Noir Fourré à la Fraise.

Un soir, alors qu'elle soignait sa peau meurtrie, Joy se demanda pourquoi il n'avait pas écouté Mr Felicity. Ce dernier avait forcément dû lui parler et lui dire d'arrêter. À moins qu'il ait décidé de garder le silence ? Non, c'était impossible : cela aurait signifié qu'il était presque aussi mauvais que son père.

En se glissant dans son lit, elle se dit qu'il n'y avait pas que les Larsen qui cachaient leur intimité. Tout le monde était pareil. Même les Felicity ne montraient que ce qui les arrangeait. Elle se souvenait de cette petite phrase lue au dos du livre de Mr Felicity, à propos de ses « tourments personnels ». Et de la fin d'une conversation un peu houleuse qu'elle avait entendue malgré elle alors qu'elle s'apprêtait à pousser la porte de leur bibliothèque, un dimanche après-midi : « Jamais il ne m'écoutera, voyons ! avait lâché Mrs Felicity avec irritation.

— Et moi, que veux-tu que je lui dise ? C'est un bon chrétien, Genevieve. Le Seigneur le guidera.

— On ne peut pas dire qu'Il l'ait bien guidé jusqu'à présent. »

Même derrière la porte, Joy avait senti leur colère onduler dans le silence, jusqu'à ce que Mr Felicity reprenne : « Toi-même, j'imagine que tu pries pour obtenir Son pardon et Ses conseils ?

— Ce que je voulais dire, justement, c'est qu'il ne suit pas les conseils de Dieu. »

Lorsqu'elle en avait parlé à Ruth, celle-ci lui avait répondu :

« Ils parlaient de notre père, tu sais.

— Pas du tout.

— Oh, d'accord. Alors de quoi ? avait rétorqué Ruth de sa petite voix douce et soyeuse.

— Je n'en sais rien. Mais pas de notre père. »

Un beau matin, à 15 ans, alors qu'elle étendait ses draps tachés de sang à cause des coups de ceinture reçus la veille au soir parce qu'elle n'avait pas bien fait le ménage dans la salle de bains, elle se demanda quel âge elle devrait atteindre avant qu'il juge malséant de voir son corps nu et penché devant lui sur le lit, et encore plus malséant de la battre. Un peu plus tard, Ruth lui chuchota :

— Tu as remarqué qu'il ne te punit jamais quand tu as tes règles ?

Apparemment, ses allers-retours jusqu'à l'incinérateur avec ses petits paquets emballés dans du papier journal suffisaient à lui faire comprendre qu'elle avait ses menstruations, et il la laissait tranquille. Ruth sourit, et ajouta :

— Dommage qu'elles durent si longtemps ce mois-ci… Et tous les mois, à partir de maintenant !

Si la plupart des suggestions de Ruth avaient pour objectif d'agacer son père et de le faire tourner en bourrique, son idée d'abîmer les photos n'était motivée que par sa soif de vengeance. Joy n'eut pas le moindre scrupule lorsqu'elle ouvrit le vieil album rempli de clichés granuleux de mariages, de bébés et de gens morts pour la plupart, les coins à peine maintenus en place par de petits triangles de papier collés aux lourdes pages noires. La photo du mariage de ses parents occupait toute la couverture. Armée de sa rugueuse gomme à stylo bille,

Joy frotta doucement le visage de son père, effaçant ses traits de manière à imiter un simple phénomène d'usure naturelle.

— C'est parfait, murmura Ruth.

Quelques semaines plus tard, Joy gomma presque entièrement l'un de ses yeux, ainsi qu'une partie du décor et de ses chaussures, afin que l'usure semble frapper de façon aléatoire. Puis, tournant la page, elle s'attaqua à une photo plus ancienne, celle du mariage des parents de son père, ainsi qu'à un portrait de lui en famille avec oncle Bill, en prenant soin de ne pas toucher ce dernier. Elle passa ensuite aux trois photos de bébés – Mark, Ruth et elle. La gomme au-dessus de son propre visage, elle hésita… et se ravisa. Elle ne toucherait pas à ces visages innocents, pas même au sien.

Durant les trois années qui suivirent, Joy n'épargna aucune des images de l'album, à l'exception de ces portraits de bébés. Un jour, inquiète à l'idée que son père trouve étrange que le visage d'oncle Bill soit resté intact, elle gomma même légèrement ses traits en chuchotant « Pardon » à mesure que son sourire d'écolier disparaissait, ainsi que ses jambes.

Nerveuse, elle dévissa et souleva la poignée de l'énorme baril de diesel rangé près du tracteur, y versa un seau d'eau et veilla à bien le refermer. Il s'écoula encore deux semaines avant que le tracteur tombe en panne, mais ça valait vraiment le coup d'attendre, parce que son père se trouvait dans un enclos du côté de Wishart Road et qu'il dut revenir à pied sous le crachin.

Grisée par le succès, elle n'hésitait pas à patienter des jours, des semaines ou des mois pour savourer le résultat de ses sabotages, d'autant moins qu'elle n'avait plus alors à feindre la surprise.

Connaissant l'amour de son père pour les pavlovas, Joy vida ainsi un bidon de désherbant non dilué autour des fruits de la passion et le remplit d'eau jusqu'à ras bord. Elle aussi adorait ces fruits, mais elle était prête à faire ce sacrifice.

Elle ôta une corde du jeu de rechange qu'il gardait dans son étui à guitare, la roula en boule dans sa poche et se rendit jusqu'à l'incinérateur avec ses petits paquets de papier journal. Là, réprimant un haut-le-cœur à cause de l'odeur, elle gravit les marches de l'escabeau et jeta le tout à l'intérieur. Un instant, les anguilles remuèrent dans son ventre parce que son père était assez grand pour jeter un œil par-dessus le rebord et reconnaître sa corde de guitare, intacte au milieu des flammes, mais il était peu probable qu'il se donne cette peine. Un soir, des mois plus tard, pendant le souper, il raconta qu'il avait appelé Alfred, le patron du magasin de musique à Tallangung, pour lui demander de virer l'employé incompétent qui travaillait pour lui. Joy se sentit navrée pour ce pauvre adolescent boutonneux, mais elle ne pouvait pas se laisser distraire par les conséquences de ses actes.

Elle coupa trois fils sur la poignée de la mallette qu'il prenait pour ses réunions au conseil paroissial. Bien des semaines plus tard, juste au moment où elle commençait à se dire qu'elle devrait donner d'autres coups de ciseaux, la poignée finit par lâcher. La mallette heurta le sol et s'ouvrit en grand, répandant son contenu – une bible et un carnet – dans la boue. Ruth la félicita pour l'expression de désespoir qu'elle avait feinte et pour ses efforts aussi généreux qu'inefficaces pour nettoyer les fines pages roses de la bible.

De nouvelles idées insidieuses {un rat furtif aux dents acérées} de vengeance ne cessaient de jaillir dans l'esprit de Ruth. Plus Joy jouait les jeunes filles modèles, plus elle avait les moyens de les mettre à exécution. Et plus les idées de Ruth devenaient tordues.

Des mesquineries les plus infimes (comme couper quelques fils pour imiter un trou de mite dans le dos de son pull préféré) aux tortures ambitieuses (le bicarbonate dans ses gélules), c'était Ruth le cerveau. Elle n'avait pas de cicatrices, n'avait jamais hurlé la tête enfoncée dans son dessus-de-lit ni saigné sur ses draps, mais elle était aussi assoiffée de vengeance que Joy. Et elle se montrait d'une ingéniosité remarquable lorsqu'il s'agissait de le faire souffrir.

Inspirée par l'idée la plus audacieuse de sa sœur, Joy fit couler le petit canot qu'il venait d'acheter pour faciliter la pêche aux anguilles et la cueillette des nénuphars à l'étang. Dans la pénombre de la nuit, elle perça dix trous au fond de l'embarcation à l'aide de sa perceuse sans fil, puis mit le canot à l'eau et le regarda sombrer lentement, tout en allant et venant une bonne vingtaine de fois entre le bassin et la piste du tracteur afin de piétiner les hautes herbes en d'erratiques trajectoires.

Elle récupéra ensuite une plaque de tôle rouillée qui jonchait la berge, la traîna jusqu'à la piste pour faire croire que quelqu'un avait traîné le canot, puis la rapporta au bord de l'étang. Elle entra d'un pas hésitant, en priant pour que le niveau de l'eau ne dépasse pas le sommet de ses bottes en caoutchouc, et lâcha la plaque à la verticale au-dessus de la surface. Ainsi, tout le monde croirait au vol du canot par des maraudeurs.

Mais, le lendemain, alors qu'il ne restait plus que cent quarante-sept jours avant qu'elle atteigne son seizième anniversaire et que plus personne ne puisse la retenir ici, Joy entra dans la cuisine au retour du lycée et le trouva assis à table. Il la dévisagea, et elle comprit qu'il savait pour le canot. Elle sentit sa façade extérieure se disloquer pour révéler son moi profond et maléfique. Il allait la tuer. Elle le sut avec autant de certitude qu'elle connaissait les dix commandements.

À la place, il grogna et enfonça sa tête entre ses bras.

— Médicaments.

La porte du salon était ouverte et elle entendit sa mère au téléphone, occupée à prendre une commande.

Joy lui sourit et, de sa voix la plus douce, répondit :

— Je te les apporte.

Elle glissa quelques gélules bleues au creux de sa paume et en choisit deux qu'elle avait trafiquées.

Trois jours s'écoulèrent avant que son père puisse enfin quitter le lit, et deux autres encore avant qu'il se rende jusqu'à l'étang pour pêcher des anguilles et s'aperçoive alors de la disparition du canot. Furieux, il appela la police. L'inspecteur Bell se rendit sur place, examina les traces laissées dans l'herbe et en conclut qu'un ou plusieurs individus avaient volé l'embarcation. Il promit de mener l'enquête, mais la disparition du canot demeura un mystère. Comme celle de Wendy Boscombe.

80

Joy et Shepherd

Février 1983

> Henderson, George. Un fermier travailleur qui a toujours veillé sur les siens et sur ses bêtes. Condoléances à sa famille. Fred et Jinny Pollard, et leurs enfants.

Les jours suivants, les journaux furent remplis d'articles et de témoignages sur les terribles incendies qui avaient ravagé les États d'Australie-Méridionale et du Victoria. En pleine vague de canicule, la plupart d'entre eux avaient été provoqués par la foudre ou des phénomènes de combustion spontanée puis attisés par des vents violents, mais certains étaient d'origine criminelle, et d'autres encore dus à des actes de négligence, comme l'abandon d'un mégot par la vitre d'une voiture ou l'usage d'incinérateurs à ciel ouvert.

L'incendie de Blackhunt, qui avait détruit plusieurs fermes le long de Bullock et Wishart Road, était l'un des premiers à s'être déclarés dans la région. Celui sur Johnson's

Road s'était révélé une fausse alerte : Clarice Johnson avait craint le pire en sentant la fumée venue du sud.

Mais beaucoup d'autres n'avaient pas eu cette chance. En une des journaux s'étalaient des photos de squelettes de maisons calcinées, de bétail carbonisé dans des enclos noircis, d'enfants et d'adultes traumatisés agrippant de maigres effets personnels – un fouet de cuisine, un ours en peluche, la photo d'un chiot désormais mort –, étrangement rescapés des flammes.

Chacune de ces images était restée gravée dans l'esprit de Shepherd, mais c'était l'occupante du véhicule isolé sur Wishart Road qui revenait hanter ses cauchemars lorsqu'il parvenait à rentrer chez lui pour dormir quelques heures. Dans ces cauchemars, il la voyait piégée à l'intérieur de sa voiture, encerclée par les flammes, la chaleur et la fumée, incapable d'avancer. Au réveil, il avait l'impression de sentir l'odeur de la chair grillée et de revoir ses mains fondues sur le volant, la tête tournée vers le ciel, la bouche ouverte en un hurlement éternel.

Agenouillée à côté de lui sur la terre brûlante, dans le silence sinistre, Vicki avait dit d'une voix douce : « Peut-être priait-elle pour demander pardon. »

Il avait relevé la tête d'entre ses mains et répliqué d'un ton sec : « Pardon pour quoi ? »

Au sortir de sa première vraie nuit de sommeil, une fois les derniers incendies circonscrits par les pompiers ou éteints d'eux-mêmes, il regarda sa montre. Huit heures 40. Il se demanda si c'était le soir ou le matin. En entendant du bruit dans la cuisine, il ouvrit brutalement la porte, pas vraiment d'humeur à affronter des cambrioleurs à la petite semaine.

— Bonjour, lui lança Vicki. Thé ou café ?

Il la dévisagea.

— On va dire café, poursuivit-elle.

— Thé, marmonna-t-il en allant s'asseoir à table, la tête entre les mains.

Maintenant qu'il avait à nouveau le temps de réfléchir, son esprit le ramenait à Joy et à son dernier message. Au milieu du chaos de ces derniers jours, Nev l'avait informé que la maison des Henderson n'était plus qu'un tas de cendres et de débris ; la malle contenant la poupée de Wendy avait sans doute été détruite, ainsi que les restes de la fillette. Et Joy n'était plus là pour lui apporter d'autres explications.

Sur la table, devant lui, Vicki avait étalé les journaux du week-end : Le *Sun* et la *Blackhunt Gazette* avaient tous deux sorti une « Édition spéciale incendies ».

Il parcourut d'un air hébété les photos en noir et blanc illustrant la tragédie d'une famille en première page du *Sun*. Quatre enfants dont la mère avait péri dans les flammes, leur père en soins intensifs à Melbourne, et la cheminée de brique qui, comme chez les Boscombe, était tout ce qui restait de la maison familiale. Sur la photo, la petite fille lui rappelait curieusement Wendy, à cause de la poupée qu'elle tenait dans sa main. Il commença à lire l'article mais s'arrêta avant la fin de la première phrase, trop bouleversé pour continuer.

Vicki posa une tasse de thé et un sandwich toasté sur la table, avant de tourner les pages de la *Blackhunt Gazette* jusqu'à la rubrique nécrologique. Shep fit non de la tête et repoussa le journal. Il mordit dans son sandwich. La sauce tomate trop chaude lui brûla la langue.

— Vous devriez jeter un œil à ça, Shep, suggéra Vicki.

À contrecœur, il se pencha sur le faire-part de condoléances qu'elle lui désignait.

> HENDERSON, Mark. Frère courageux et bien-aimé de Ruth et Joy. Tant d'années passées loin de toi, tant de moments que nous n'aurons pas partagés. Que le soleil brille toujours sur toi.

Il relut le texte en songeant à toutes les questions qui resteraient sans réponse.

Puis il passa au faire-part suivant. Puis au suivant. Et à celui d'après. Tous à la mémoire de personnes différentes. Même pas classés par ordre alphabétique. Quel chaos en l'espace de quelques jours ! Il connaissait la plupart de ces gens, mais il découvrit aussi beaucoup de noms inconnus. Il repensa au jeune policier naïf de 23 ans qui s'imaginait connaître bientôt tous les habitants de la région. Il croqua à nouveau dans son sandwich, sans plus sentir cette fois la brûlure de la sauce tomate.

Quand son regard tomba sur le nom des Larsen, il en oublia de mâcher.

> LARSEN, Barbara. La mère la plus aimée et la plus aimante au monde. RIP.

Et, juste au-dessous :

> LARSEN, Runty. Le chat le plus aimé et le plus aimant au monde. RIP.

Shepherd se frotta les tempes en se remémorant la caresse de Colin à son chat avant de monter en voiture avec lui.

Vicki grimaça.

— Apparemment, Barbara et Colin sont sortis de la maison en voyant les flammes, mais Barbara est retournée à l'intérieur pour… sauver le chat, soupira-t-elle. Lorsqu'elle est ressortie, l'animal dans les bras, une branche lui est tombée dessus. Ils sont morts sur le coup. Le pire, c'est que la maison a plus ou moins été épargnée. Ils auraient tous survécu s'ils étaient restés à l'intérieur. Mais ils ne pouvaient pas le savoir, bien sûr.

— Mon Dieu… Et où est Colin ?

— Il a passé la nuit à l'hôpital mais, en gros, il va bien, donc ils l'ont laissé sortir. Ils ont besoin des lits, précisa-t-elle d'un ton amer.

— Et où est-il maintenant ?

— Il est rentré à la ferme.

— Quoi ? Il ne peut pas rester tout seul, voyons !

— Viola Boscombe est avec lui. Elle s'est installée là-bas provisoirement, puisqu'elle n'a plus de maison. Et Neil les rejoindra dès sa sortie de l'hôpital. Elle a dit qu'elle veillerait sur lui aussi longtemps qu'elle le pourrait, qu'ils ont tous les trois perdu des êtres chers et ont besoin de se serrer les coudes. Ils reconstruiront leur maison et Colin pourra venir vivre avec eux s'il le souhaite.

— Voilà une très bonne nouvelle. Si tant est qu'on puisse employer une telle expression après une tragédie pareille. Tous ces faire-part de condoléances ne font que remuer le couteau dans la plaie.

— Vous vous trompez, Shep. Il ne s'agit pas d'exacerber la douleur, mais de reconnaître qu'elle existe. Et de l'exprimer.

Il la regarda, déstabilisé par le fait que, pour une fois, elle ne se montrait pas désinvolte.

— Et qui a reconnu la douleur de Joy Henderson ? Celle de Mark ? De Ruth ? Et de Gwen ? demanda-t-il.

Vicki secoua la tête.

— Je l'ignore. Vous, peut-être ? En la laissant repartir, vous avez sans doute reconnu qu'elle et sa famille avaient assez souffert comme ça ?

— Et George ? Je sais que c'était une ordure, mais je ne peux pas m'empêcher de me demander ce qu'il a subi pour devenir l'homme qu'il a été.

— Nous ne le saurons jamais, Shep. Mais – et je parle de façon purement théorique, bien sûr, ajouta-t-elle en baissant la voix –, si son dossier médical venait accidentellement à atterrir sur votre bureau, que vous l'ouvriez par inadvertance et lisiez, sans le vouloir, qu'il était sujet à des troubles délirants et sous antidépresseurs depuis des décennies…

— Bon sang, Vicki ! C'est une manie, chez vous, d'enfreindre le secret médical ?

— Pas du tout, Shep. Je vous jure, assura-t-elle en posant sa main droite sur son cœur d'un air solennel, que le dossier médical de George Henderson n'atterrira jamais sur votre bureau, que ce soit par accident ou non, et que je ne révélerai jamais à qui que ce soit qu'il souffrait de troubles délirants et de dépression… Ou pas. Quelle que soit la vérité.

Shepherd soupira.

— J'imagine que ça explique certaines choses, mais il y a aussi des tas de gens dépressifs qui ne battent pas leurs enfants au point de leur laisser des séquelles à vie. Sans parler d'assassiner la gamine du voisin.

Peut-être ai-je reconnu les souffrances de Joy en la laissant partir, songea-t-il. *Ne devrais-je pas en rester là ?*

Il aurait juste voulu savoir quoi faire à propos du message vocal.

— Joy m'a dit qu'elle avait localisé les restes de Wendy et sa poupée, Vicki. Je ne peux pas rester les bras croisés.

— Qu'est-ce que vous comptez faire ?

— Je vais me rendre à la ferme.

— Ce n'est plus qu'un tas de cendres, Shep… Vous ne trouverez rien là-bas !

Le policier prit ses clés et se tourna vers elle.

— Vous venez, oui ou non ?

81

Joy et Shepherd

Février 1983

> Henderson, George. Extraordinaire bienfaiteur de notre club et de notre communauté, son inlassable énergie va beaucoup nous manquer. Rotary Club de Blackhunt.

— Joy ne mentait pas, lâcha Shepherd dans un souffle.

Il prit un mouchoir et l'enroula autour d'un stylo, qu'il inséra ensuite dans la tête de la poupée pour l'extraire de la malle.

— C'est donc bien la poupée de Wendy ? demanda Vicki. Du moins… sa tête ?

Le policier acquiesça. Il emporta la pièce à conviction jusqu'à sa voiture et la jeta dans un sachet judiciaire.

— Bon sang, Shep, j'étais sûre qu'on allait découvrir le squelette de Wendy là-dedans… pas seulement une tête de poupée flippante ! lui cria Vicki depuis le cabanon, les yeux rivés au fond de la vieille malle tordue et en partie fondue.

Ils avaient dû l'ouvrir avec le pied-de-biche rangé dans le coffre de Shepherd.

Il la rejoignit.

— On analysera la tête de la poupée pour voir s'il y a des empreintes dessus, évidemment. Mais je ne me fais pas trop d'illusions. Pour être honnête, il y a des années que ma principale activité consiste à délivrer des permis de conduire. Je ne suis même pas sûr de savoir combien de temps les empreintes digitales restent sur les objets.

— Mais comme il y a des années que je ne me contente pas de prescrire des antibiotiques, il se trouve que j'ai la réponse à cette question, répondit Vicki en croisant les bras d'un air victorieux.

Shepherd attendit en vain et dut la relancer :

— Alors, j'écoute ?

— Avant de m'installer à Blackhunt, je travaillais à…

— Vicki ! Avons-nous une infime chance de retrouver des empreintes sur cette foutue poupée, oui ou non ?

— OK. La réponse est oui. La porcelaine est une surface qui conserve bien les empreintes, et vous avez donc toutes les chances de retrouver celles des dernières personnes à avoir manipulé l'objet, même si c'était il y a vingt ans. Sauf si la personne portait des gants. Hum… et à l'exception de Wendy, car les empreintes digitales des enfants s'estompent très rapidement. Mais les siennes ne comptent pas, de toute manière ?

— Non. C'est parfait.

Il promena le regard autour du cabanon, renifla et se tourna à nouveau vers Vicki.

— Bon, OK. Racontez-moi comment vous en êtes venue à savoir ces choses-là.

— Bah, disons que j'ai appris deux ou trois trucs au cours de ma carrière, Shep. Notamment dans le domaine de la médecine légale… en tant qu'assistante du coroner.

— Ah. Je vois, répondit Shepherd, soudain penaud.

— Bon, et maintenant ? demanda-t-elle pour le sortir de l'embarras.

— À part relever des empreintes sur cette poupée, je n'en sais rien. J'espérais surtout dénicher Wendy, ou ce qu'il en reste, se désespéra-t-il en contemplant autour d'eux le paysage calciné. Joy m'a bien dit qu'elle l'avait retrouvée, mais tout ce qui pouvait dissimuler un corps d'enfant a été détruit par les flammes.

— Vous savez, les pompiers sont à peu près certains que le feu a démarré près d'un incinérateur à ciel ouvert dans l'enclos devant la maison. Joy a peut-être essayé de brûler une preuve accablante pour son père ?

— Pourquoi aurait-elle voulu la faire disparaître ? Au contraire, elle aurait tout fait pour la conserver et incriminer son père. Je vous le répète, elle affirmait dans son message avoir retrouvé Wendy.

— Rappelez-moi ce qu'elle disait.

Le policier soupira.

— Elle me disait de la retrouver chez les Boscombe parce qu'elle avait découvert la poupée dans la malle et savait que son père avait tué Wendy.

— Mais elle n'a jamais dit qu'elle avait retrouvé Wendy, juste que son père l'avait tuée.

— Si. Justement. Elle disait : « Venez chez les Boscombe… mon père a tué Wendy, j'ai retrouvé sa poupée dans la malle et Wendy… ailleurs. »

— OK. En effet, c'est clair. Mais où ça ?

— Aucune idée. Le message a été interrompu. À cause de l'incendie, sans doute, qui a coupé la ligne téléphonique. Retournons en ville et voyons s'il y a des empreintes sur cette poupée.

Ils remontèrent en voiture et commencèrent à rouler le long de l'allée. Vicki observait les enclos qui s'étendaient presque à perte de vue autour de la ferme détruite.

— Shep, dit-elle soudain, vous êtes sûr que son message était incomplet ?

— Sa dernière phrase est incompréhensible. Elle n'a pas pu finir, c'est certain : « Son corps est dans les... »

— Rien de plus ? Une syllabe une lettre ?

— Non. Rien du tout. J'ai écouté ce foutu message en boucle. Et j'ai dû le relire une bonne cinquantaine de fois.

— Le relire ?

— Oui. Je l'ai retranscrit dans mon carnet.

— Et ce carnet, où est-il ?

Il lâcha le volant d'une main, sortit le petit carnet à spirale de sa poche de poitrine et le lui tendit.

— Le voilà. C'est à la page cornée en bas.

Vicki parcourut le message en silence, regarda défiler le paysage au-dehors, puis relut le texte et se tourna à nouveau vers sa vitre.

— Stop ! s'écria-t-elle soudain.

Shepherd enfonça la pédale de frein, et la voiture dérapa sur les gravillons avant de piler.

— Merde, Vicki, qu'est-ce qui vous prend ?

— Regardez dehors, de votre côté. Vous voyez quoi ?

— Une terre brûlée. Des enclos carbonisés, de la cendre... comme après un incendie, quoi.

— Exactement. Maintenant, jetez un œil de mon côté. Qu'est-ce que vous voyez, cette fois ?

Le policier haussa les épaules.

— Des hectares d'herbes sèches. Et alors ?

— Le feu n'est donc pas allé de ce côté. Écoutez-moi bien… dit-elle en reprenant le carnet. « La poupée de Wendy Boscombe était cachée au fond d'une malle dans le cabanon, et j'ai retrouvé son corps *dans les…* » Vous voyez ce qu'il y a là-bas, au loin ? fit Vicki en désignant la retenue d'eau à sec. Vous avez la première syllabe du dernier mot, Shep. Joy Henderson était en train de vous dire qu'elle avait retrouvé Wendy *dans l'étang*. Wendy est là-bas, Shep !

Son expression triomphale se ternit presque aussitôt.

— Joy a retrouvé Wendy Boscombe au fond de l'étang. Et comme rien n'a brûlé de ce côté-là, je pense qu'elle y est encore.

82

Shepherd

Février 1983

> HENDERSON, Joy. Fille bien-aimée de George (†) et de Gwen (†), sœur bien-aimée de Mark (†) et de Ruth (†). Avec ma profonde tristesse, Alex Shepherd.

Le policier tendit une feuille de papier à Vicki. Il avait rédigé quatre brouillons successifs avant de taper la version définitive sur le formulaire officiel, qu'elle était maintenant en train de lire.

Résumé de rapport d'enquête

Date : mercredi 16 février 1983

Objet : Enquête sur la disparition et l'homicide probable de Wendy Kathleen Boscombe (née le 4 novembre 1951), âgée de 9 ans le 27 décembre 1960, jour de sa disparition.

<u>Les faits :</u>

Les ossements humains retrouvés dans un gros

baril de 200 litres au fond de la retenue collinaire asséchée située sur la propriété de George Henderson (†) sont ceux de la victime, Wendy Boscombe. Des sandales en plastique, également retrouvées sur les lieux, correspondent à la description (même taille, même couleur) donnée par les parents de la victime au moment de sa disparition. Un choc sur la partie arrière du crâne indique que la victime a reçu un coup à la tête, mais le médecin légiste précise qu'il ne s'agit probablement pas de la cause du décès. En effet, la forme du traumatisme épousant celle du rebord du baril, celui-ci a pu être occasionné pendant que la victime, inconsciente ou déjà morte, était placée à l'intérieur du fût.

Le 11 février 1983 à 14 h 38, Joy Henderson (†), fille de George Henderson (†), a téléphoné au poste de police de Blackhunt depuis la propriété familiale pour laisser un message affirmant que son père était l'assassin de la victime. Elle précisait que la dépouille se trouvait dans l'étang, où l'agent Alex Shepherd et le Dr Victoria Cooper ont ensuite retrouvé son squelette. Miss Henderson affirmait également avoir retrouvé la poupée disparue de la fillette au fond d'une malle rangée « dans le cabanon », où l'agent Shepherd et le Dr Cooper ont bien découvert une tête de poupée en porcelaine. La malle en question appartenait à George Henderson qui, d'après de nombreux témoignages, la gardait verrouillée en permanence en raison de la prétendue valeur des outils qui étaient rangés dedans.

Un incendie a détruit la majeure partie de la propriété de George Henderson, y compris le cabanon abritant la malle, avant que l'agent Shepherd ait le temps d'étudier les allégations de miss Henderson ; toutefois, la tête de la poupée était intacte. D'après le rapport d'autopsie, bien que les feux de bush brûlent jusqu'à 750 °C, la porcelaine peut supporter des températures extrêmes pouvant aller jusqu'à plus de 1 000 °C, ce qui confirme qu'elle pouvait très bien se trouver dans la malle avant le début des incendies.

Les témoignages des parents de la victime, ainsi qu'une photo de la poupée manquante, ont confirmé à la police que cette tête en porcelaine appartenait bien à la poupée disparue, clairement reconnaissable en raison de son absence d'œil gauche.

Les empreintes digitales relevées sur la tête de la poupée ont pu être analysées et correspondent à celles de George Henderson. Comme on pouvait s'y attendre, celles de la victime n'y figurent pas, car les empreintes des enfants s'effacent plus vite que celles des adultes. Aucune autre empreinte n'a été relevée.

Joy Henderson a trouvé la mort dans un feu de bush le jour où elle a laissé son message téléphonique, et avant que la police ait pu l'interroger. Malheureusement, elle n'a pas fourni d'explications concernant le déroulement du meurtre supposé de la victime par son père.

<u>Éléments attestant du tempérament violent de George Henderson :</u>

De nombreux habitants de la région ont confié qu'ils soupçonnaient George Henderson de violences conjugales envers Mrs Gwen Henderson (†), son épouse pendant trente-huit ans. D'après certains témoignages, Mrs Henderson portait souvent d'épaisses couches de fond de teint sur le visage, les bras et le cou, à l'exception ou presque de tout autre type de maquillage. Plusieurs femmes des environs ont affirmé qu'elles « savaient » que Mrs Henderson dissimulait des hématomes laissés par les coups de son mari. L'un des proches voisins de la famille, Mr Colin Larsen, a déclaré que Mrs Henderson lui avait confié que son mari l'avait poussée dans l'escalier durant son huitième mois de grossesse. Il est impossible de vérifier cette information. Le rapport médical de l'hôpital, lui, indique que la mort du bébé est due à une « chute accidentelle ».

De nombreux habitants des environs, ainsi que la belle-sœur de George Henderson (Mrs Rosemary Henderson), ont tous confirmé - sans exception, et à contrecœur - que « tout le monde savait » que George Henderson battait sévèrement ses enfants.

Miss Henderson a montré les séquelles (nombreuses cicatrices sur le dos et les épaules) de ces sévices corporels à l'agent Shepherd au cours d'un interrogatoire à la ferme Henderson, le mercredi 9 février. Elle a affirmé que ces cicatrices résultaient des violentes et fréquentes séances de coups de ceinture que lui infligeait son père quand elle était enfant.

<u>Preuves supplémentaires à l'appui :</u>

– Un dossier médical daté du 14 juillet 1960 indique que Mr Mark Henderson (défunt fils de George Henderson et frère de Joy Henderson) présentait de graves cicatrices sur le torse, le dos, les bras et les jambes alors qu'il était âgé de 15 ans.

– Un dossier médical daté du 29 septembre 1963 indique que miss Henderson présentait de graves cicatrices sur le torse, le dos, les bras et les jambes alors qu'elle était âgée de 14 ans.

Aucun des médecins n'a rapporté ces mauvais traitements aux autorités, le signalement obligatoire n'ayant pas encore été instauré par la loi à l'époque. Le policier chargé de l'enquête est entré en possession de ces documents via une source anonyme.

Il n'existe aucun rapport de police ni témoignage attestant du comportement violent de George Henderson en dehors du cercle familial. Toutes les personnes interrogées ont déclaré qu'il était un citoyen modèle et un membre hautement respecté de la communauté (comme l'ont confirmé les plus de 700 faire-part de condoléances parus dans le journal local à l'annonce de son décès), et le pasteur de son église, le révérend Alistair Braithwaite, a parlé de lui comme d'un chrétien exemplaire.

Conclusion :

Les éléments matériels et médico-légaux en présence (squelette de Wendy Boscombe retrouvé dans la retenue collinaire de la propriété de George Henderson, empreintes digitales de George Henderson sur la tête de la poupée également retrouvée sur sa propriété), ainsi que la violence attestée de George Henderson envers ses enfants, désignent indubitablement ce dernier comme coupable probable du meurtre de Wendy Boscombe et de la dissimulation de sa dépouille.

Recommandations :

- Compte tenu du décès du principal suspect et de la très faible probabilité de retrouver d'autres preuves en raison de l'incendie qui a en partie détruit la propriété des Henderson ainsi que la ferme des Boscombe, que l'enquête sur la disparition et le meurtre de Wendy Boscombe soit officiellement clôturée.
- Qu'il soit clairement porté au dossier que le jeudi 27 décembre 1960, George Joshua Henderson, pour des raisons inconnues, et dans des circonstances inconnues, a délibérément ou accidentellement tué Wendy Kathleen Boscombe puis dissimulé son cadavre et la tête de sa poupée pour cacher son crime.

Vicki lui rendit le document en hochant la tête.

— De quoi faire changer d'avis les habitants de Blackhunt sur leur citoyen modèle préféré ! Ça, et l'article d'hier paru en une de la *Gazette*.

— Mouais, répondit mollement Shepherd.

— Eh bien, quel enthousiasme !

— J'ai l'impression qu'il manque toujours une pièce du puzzle…

— Si vous regrettez encore de ne pas avoir passé les menottes à Joy, nous en avons déjà parlé : vous n'aviez aucune preuve contre elle.

Shepherd lui jeta un regard noir dans lequel elle crut lire une accusation. À croire que c'était sa faute.

— Non, il y a autre chose. Un détail me chiffonne, sauf que je n'arrive pas à mettre le doigt dessus… c'est lié au message téléphonique de Joy.

Il avait de nouveau l'impression que les rouages de son cerveau étaient embourbés dans de la vase, et leur lenteur le rendait dingue.

Il alla chercher le dossier HENDERSON, Joy dans son armoire de classement.

Vicki en profita pour aller faire bouillir de l'eau. Lorsqu'elle revint avec la théière, Shepherd avait déjà étalé toutes sortes de documents sur la table et surligné certains mots en rose et orange.

— Alors, ça avance ?

— Je crois… Je n'en mettrais pas ma main au feu, mais j'ai l'impression que Joy savait depuis longtemps que son père avait assassiné Wendy. Et qu'elle est revenue pour l'obliger à avouer ou, du moins, pour le faire souffrir. Elle a dû se dire qu'il était temps de crever l'abcès. Je vous rejoins donc sur un point, Vicki : elle disait bien la vérité en affirmant qu'elle n'avait pas l'intention de tuer son père, parce qu'elle voulait qu'il soit puni pour le meurtre de Wendy. Mais il est mort tout seul, et elle…

— Wow, minute ! l'interrompit Vicki. Qu'est-ce qui vous fait penser qu'elle savait pour son père ?

— Le jour de la disparition de Wendy, Ron et moi sommes allés interroger les Henderson, et j'ai demandé à Joy de me parler de sa camarade, expliqua Shepherd, reprenant l'une des feuilles posées devant lui. Elle m'a dit, je cite : « Elle *avait* une demi-sœur. » Au passé.

— Je ne vois pas où vous voulez en venir…

— Puis elle a ajouté : « … qui *a* un bébé ». Au présent, cette fois. Parce que la demi-sœur, elle, était toujours en vie. Elle doit l'être encore, d'ailleurs.

Vicki secoua la tête.

— Et alors ? Joy avait quoi, 11 ans ? 12 ans ? Elle s'est emmêlée dans les conjugaisons après avoir appris la disparition d'une camarade. Ou alors c'est vous qui avez mal retranscrit ses propos.

— Non, pas du tout, contesta-t-il, consultant à nouveau ses notes. Tenez, je lui ai même demandé pourquoi elle parlait de Wendy au passé.

— Et qu'a-t-elle répondu ?

— « Parce que je ne vais plus dans cette école, peut-être. »

— Ça se tient.

— Certes. Mais ce n'est pas tout. Quand je lui ai rapporté cette maudite ceinture, l'autre jour, et qu'elle m'a un peu raconté son enfance, la terreur dans laquelle elle vivait, elle m'a confié que les choses n'avaient fait qu'empirer… jusqu'au jour où elle avait vraiment cru que son père allait la tuer. La veille de la disparition de Wendy Boscombe. De toute évidence, George avait du mal à contenir sa colère.

— Ça fait beaucoup de suppositions, quand même, objecta Vicki, quoiqu'il lise dans son regard qu'elle prenait ses propos au sérieux.

— C'est vrai. Mais je vais vous avouer ce qui me chiffonne vraiment, dit-il en tapotant son front. Comment Joy a-t-elle eu l'idée de rechercher la gamine au fond de l'étang ? Qu'est-elle allée faire là-bas ? Et, surtout, comment a-t-elle su qu'il s'agissait du squelette de Wendy ? Certes, les ossements sont petits, mais il aurait pu s'agir d'un enfant mort il y a un siècle. Ou il y a deux mois.

Vicki s'apprêta à répondre, mais Shepherd était lancé.

— Pour finir, une question essentielle : personne ne savait à quoi ressemblait la poupée manquante de Wendy.

Pourtant, quand Joy a ouvert cette malle, elle l'a reconnue sans hésiter.

— Bref, vous êtes en train de dire que la seule raison pour laquelle elle savait toutes ces choses…

— … c'est qu'elle avait vu son père tuer Wendy. Ou, du moins, se débarrasser du corps et cacher la tête de sa poupée.

— Mon Dieu, Shep. C'est affreux ! Pas étonnant qu'elle ait eu si peur de lui.

Le policier s'était replongé dans ses notes.

— Je lis ici que Joy s'était rendue à l'étang ce jour-là pour cueillir des nénuphars et les rapporter à sa mère. Elle a dû voir George mettre le corps de Wendy dans le baril et le faire disparaître sous l'eau.

Vicki semblait horrifiée.

— Quand Ron et moi étions à la ferme des Henderson, poursuivit Shepherd, la petite paraissait terrifiée. Nous avons cru qu'elle était bouleversée par la disparition de son amie mais, quand Ron a emmené George dehors pour lui dire que nous pensions à un enlèvement, Joy m'a demandé si son père était en état d'arrestation. Comme je l'ai dit, j'ai trouvé sa réaction naturelle, compte tenu des circonstances, mais depuis nos récentes découvertes… soyons honnêtes, est-ce vraiment la première question qui viendrait spontanément à l'esprit d'une fillette de son âge ? À moins qu'elle ne sache que son père avait de bonnes raisons de se faire arrêter ?

Vicki fronça les sourcils.

— Mais pourquoi avoir attendu toutes ces années pour en parler ?

— Sans doute par peur que son père ne la tue aussi. Elle a gardé le secret et quitté la maison dès qu'elle en a eu la possibilité, en se jurant de ne plus jamais y remettre les pieds – comme Mark. Puis vous l'avez appelée un beau matin en lui expliquant que son père était mourant, et elle a dû y voir une occasion inespérée de venger Wendy. J'imagine qu'elle a eu une ou deux discussions franches avec lui, à la suite de quoi il a peut-être avalé ces cachets lui-même pour se donner la mort, parce que – autre supposition – elle l'avait menacé de tout raconter à la police.

— Cette histoire est épouvantable, soupira Vicki. Mais je crois que vous avez raison.

Il rangea les feuilles dans le dossier pendant qu'elle leur servait du thé.

— Vous voilà devenu le héros local, à présent.

— Pas vraiment. Je n'ai rien fait, vous savez. C'est Joy qui m'a dit où aller et quoi chercher. Mais j'avoue que j'ai le sentiment d'avoir enfin gagné mes galons.

Il agrafa son résumé aux 10 pages du rapport complet et glissa le tout dans une enveloppe A4.

Vicki sourit.

— Ce que vous avez fait, c'est que vous n'avez jamais renoncé, Shep. Vous êtes allé chercher cette gamine morte et sa poupée au milieu d'une mer de cendres. Et je crois que Blackhunt vous en est reconnaissant. Vos supérieurs aussi, sans doute. Toujours partant pour assister aux obsèques de ce salopard ?

— Oui. Je serais curieux de voir combien de gens vont venir.

Le révérend Braithwaite, toujours énergique malgré son grand âge, contempla les membres de l'assistance venus rendre un dernier hommage à George Henderson. Il était parfaitement conscient que le défunt avait été le plus ancien serviteur de cette église, qui jouxtait la salle polyvalente dans laquelle, des décennies durant, ce même homme avait souri, plaisanté et consolé ses concitoyens comme s'il était l'un des anges parfaits du Seigneur.

Les dernières vingt-quatre heures avaient été éprouvantes pour le révérend. La veille, au moment de déjeuner, il avait découvert avec stupeur la une du journal local et aussitôt appelé Shepherd. Il avait passé le reste de la journée enfermé dans son bureau, à faire et refaire le brouillon de son oraison funèbre tout en priant pour implorer la providence et la sagesse du Seigneur. Il était près de minuit quand il avait enfin posé son stylo, sans trop savoir si les mots et les versets de la Bible qu'il avait choisis étaient appropriés. Et puis, durant la matinée, il avait tout réécrit à la hâte, ne gardant que les psaumes de sa version précédente – il aurait été compliqué de tout changer pour l'organiste et le chœur. À présent qu'il se dirigeait vers la chaire, il regrettait d'avoir agi dans la précipitation et sous le coup de l'émotion, encore hanté par la photo noir et blanc de la pauvre Wendy Boscombe, souriante et disparue à jamais. L'introduction qu'il avait réécrite n'allait pas du tout, mais il était trop tard : il avait l'esprit trop confus pour improviser autre chose, et il était franchement sidéré par le nombre de personnes présentes dans l'assistance.

Il leva les bras vers les voûtes du plafond et sa voix chevrotante résonna à travers l'église, bien loin des accents tempétueux qui retentissaient ici du temps où Joy l'écoutait parler, assise au premier rang, terrifiée par son père, le Diable et la damnation éternelle.

— « Que Son nom soit célébré car il est saint ! Le Roi, dans Sa toute-puissance, aime la justice. Tu as instauré l'équité ; tu as accompli la droiture et la justice. »

Il marqua une pause, inquiet de ce que l'assemblée risquait de penser de son choix, mais poursuivit quand même.

— « Car, nuit et jour, ta main pesait sur moi ; ma vigueur s'est desséchée comme sous la chaleur de l'été. »

Shepherd et Vicki échangèrent des regards choqués en se demandant ce qui allait suivre. Ils étaient arrivés de bonne heure et, soucieux de se montrer discrets, pour ne déranger personne, s'étaient glissés sur un banc dans le fond de l'église.

Mais ils n'auraient pas davantage fait tache s'ils étaient venus avec les ossements de Wendy Boscombe. Hormis le révérend Braithwaite, ils étaient les seuls individus présents aux obsèques de George Henderson. Même l'organiste avait décidé de les boycotter.

Tout en lisant ses notes, le pasteur se demanda combien de scones et de rondelles de citron son épouse et lui seraient humainement capables d'avaler au cours des prochains jours, avant de rayer dans sa tête les trois quarts de la cérémonie et de redescendre de sa chaire au bout de dix minutes seulement.

83

Joy et Wendy

Mardi 27 décembre 1960

Joy leva la binette, la tendit en direction d'une feuille de nénuphar et la plongea dans l'eau, juste au-dessus de la fleur. Lorsqu'elle l'eut enfoncée d'une trentaine de centimètres, elle trancha la tige d'un geste vif, ramena lentement la fleur d'un blanc immaculé jusqu'au bord de l'étang et la mit de côté avec celles qu'elle avait déjà cueillies.

— Tu es très habile, fit une voix derrière elle.

Joy sursauta et grimaça de douleur sous l'effet des plaies encore fraîches laissées par les coups de ceinture. Comment avait-elle pu se montrer si idiote ? Comment avait-elle pu laisser ces saletés de furets s'échapper de leur enclos alors qu'elle savait pertinemment de quoi son père était capable ? Elle aurait peut-être dû laisser Mark se faire punir à sa place. La veille au soir, son heure était venue ; désormais, le reste de sa vie serait ponctué par les coups de ceinture.

Elle se retourna et aperçut Wendy Boscombe. Celle-ci se tenait à 1 mètre environ, vêtue d'une robe jaune citron au col carré et de sandales en plastique de la même couleur. Elle souriait en pointant la binette du doigt.

C'est une invention de ma mère. Non, je ne parle pas de la binette, ça s'achète partout – elle a inventé une nouvelle manière de s'en servir pour cueillir les fleurs de nénuphar qui ornent ses couronnes funéraires. Elle est très intelligente, tu sais. Voilà ce que Joy eut envie de dire à Wendy. Mais elle avait peur d'ouvrir la bouche et que d'autres mots sortent à la place, des mots comme : *Mon père a failli me tuer, hier soir. Il a inventé une nouvelle manière d'utiliser sa ceinture pour punir ses enfants. C'est un assassin, tu sais.* Résultat, elle garda le silence et se contenta de lui adresser un sourire gêné.

Wendy poursuivit, toujours aussi animée :

— Je suis passée par les enclos pour venir jusqu'ici. Je n'habite pas très loin, en fait, expliqua-t-elle en réponse à une question que Joy ne lui avait pas posée. On rentre tous juste de nos vacances à la plage, et je voulais te montrer ma nouvelle amie !

Elle brandit une poupée qui aurait pu être très belle s'il ne lui avait manqué un œil.

— J'ai laissé les autres dans notre allée. Elles sont toutes sales parce que j'ai glissé et que le landau s'est renversé. J'ai imaginé qu'elles avaient eu un accident de voiture et je les ai couchées face contre terre, comme si elles étaient mortes, ajouta-t-elle en éclatant de rire devant une Joy déconcertée qui ne voyait pas ce qu'il y avait de drôle. Mais je m'en fiche d'elles, continua Wendy. J'ai Jessica, maintenant.

Joy ne possédait aucune poupée, et encore moins toute une collection qu'elle aurait pu abandonner par terre dans la boue en rentrant de vacances de rêve à la plage. Elle effleura l'une de ses fesses, qui lui faisait atrocement mal, et se dit qu'elle n'avait même pas envie d'imaginer ce que son père lui ferait si elle laissait traîner ses poupées par terre dans la boue. Les seuls jouets qu'elle possédait, elle les avait récupérés de son frère, qui les avait lui-même récupérés de Colin. Malgré la laideur de cette poupée borgne, Joy sentit un frisson de jalousie blanche et brillante lui glacer la nuque à l'endroit précis où naissait parfois sa bulle de haine violette. Toutes ces poupées, et un père qui se fichait bien de savoir ce qu'elle faisait – ou ne faisait pas – avec.

— Tu vois ? Son visage est en perce-laine. Papa dit qu'elle vaut une fortune !

— Une fortune ? répéta Joy.

Son père possédait des outils qui valaient eux aussi une fortune, au point qu'il les gardait dans une malle toujours fermée à clé. Jamais il ne les aurait laissés à des enfants pour qu'ils s'amusent avec. L'horrible Jessica ne devait pas coûter si cher que ça, analysa Joy. Mais, après tout, que connaissait-elle à la valeur des poupées et ce genre des chose ? Tout ce qu'elle savait, c'est que Wendy avait bien de la chance de posséder une poupée vêtue d'une jolie robe de dentelle et de souliers vernis, même s'il lui manquait un œil. Et aussi d'avoir des parents souriants et une grande sœur, même si ce n'était qu'une demi-sœur. Et aussi d'avoir droit à des vacances au bord de la mer et à des milk-shakes au chocolat.

— Il était bon, ton milk-shake ?

— Lequel ? répondit Wendy en caressant la robe en dentelle de sa poupée.

— Celui que tu es allée prendre en ville le dernier jour d'école, fit Joy en se demandant combien de fois déjà Wendy avait eu l'occasion de manger des milk-shakes dans sa vie.

— Il était délicieux. Glacé, crémeux et très chocolaté. J'adore les milk-shakes, pas toi ? Surtout ceux au chocolat !

Joy opina. Sauf qu'elle n'avait jamais goûté de milk-shake. Sa famille n'avait pas les moyens de s'offrir ce luxe, avec le gouvernement, la boue et la coopérative de beurre qui faisaient toujours tout pour leur gâcher la vie. Elle se demanda pourquoi les Boscombe étaient si riches, pourquoi ils avaient autant d'argent pour se payer des milk-shakes et des vacances à la plage, alors que leur ferme n'était pas plus grande que celle de ses parents. Parce que Wendy était fille unique, peut-être ?

— Tu veux jouer ? proposa la fillette.

— D'accord, fit Joy en contenant l'agacement que lui inspiraient Wendy et tous ses milk-shakes. Mais, d'abord, je dois encore cueillir huit nénuphars.

Pendant qu'elle s'affairait au bord de l'étang et posait les fleurs l'une après l'autre par terre dans la boue (*un peu comme les poupées de Wendy*, songea-t-elle), son amie joua avec Jessica en faisant semblant d'être sa mère et de boire un milk-shake avec elle sur la plage. *Les Boscombe doivent être la famille la plus riche de toute la région*, se dit Joy.

Chaque fois qu'elle en avait fini avec un nénuphar, elle jetait un coup d'œil à Wendy, occupée à siroter un milk-shake imaginaire et à prendre une voix d'adulte pour parler à sa poupée : « Quel est ton parfum préféré, ma chérie ? Chocolat ou fraise ? » La mère de Wendy devait sans doute s'adresser à elle de la même manière.

Quand Joy, d'un geste las, déposa le dernier nénuphar à côté des 24 autres déjà ramassés, elle déclara :

— OK, j'ai terminé !

— Super ! s'exclama Wendy en se levant. Alors jouons à cache-cache !

— À cache-cache ? répéta Joy, qui s'imaginait plutôt qu'elles joueraient avec la poupée. Tu n'as pas envie de jouer avec Jessica ?

— Non, j'ai envie de faire une partie de cache-cache, décréta Wendy en posant la poupée borgne par terre, à côté des fleurs. Tu comptes jusqu'à cinquante pendant que je vais me cacher. Et interdiction de regarder !

— D'accord, fit Joy en se couvrant les yeux et en se tournant dans l'autre sens. Un, deux, trois…

Elle allait vite, non pas pour tricher, mais parce qu'elle savait qu'elle devait rapporter les nénuphars à sa mère et commencer à éplucher les pommes de terre.

— Sept, huit, neuf… égrena-t-elle avant d'accélérer, parce qu'elle aurait de gros ennuis si les patates n'étaient pas cuites à temps. Dix-huit, dix-neuf, vingt…

Elle se mit à marmonner, sauta deux dizaines puis reprit d'une voix forte :

— Quarante-huit, quarante-neuf, cinquante ! Ça y est, j'arrive !

Et elle se retourna. Son regard parcourut les vieux outils rouillés et le bric-à-brac qui jonchaient la berge tandis qu'une onde de peur jaune la traversait. Elle n'avait vraiment pas le temps de jouer. Il fallait qu'elle rentre à la maison, où ses corvées l'attendaient. Pourquoi avait-elle accepté cette stupide partie de cache-cache ?

Elle ne voyait Wendy nulle part derrière les amas de ferraille, mais elle était certaine que la fillette l'observait depuis sa cachette. Ce qui voulait dire qu'à l'approche de Joy elle pourrait se déplacer discrètement pour ne jamais entrer dans son champ de vision, et que Joy mettrait une éternité à la retrouver.

Elle sentit ses anguilles lui mordiller le ventre.

— Wendy, je n'ai pas le temps de jouer. Sors. Je dois rentrer chez moi.

Seul le silence lui répondit.

Joy s'éloigna du bord de l'eau et remonta jusqu'en haut de la berge, espérant ainsi apercevoir la fillette. En vain.

— Wendyyyy, Wendyyyy ! Où es-tu ?

Toujours pas de réponse.

— Allez, sors de là ! s'écria-t-elle. Je dois rentrer chez moi.

L'exaspération la gagna peu à peu. Où cette gamine était-elle passée ?

— Il faut que j'y aille ! insista-t-elle en élevant la voix.

En parcourant à nouveau la berge du regard, elle eut la vision furtive d'une tache jaune citron qui filait derrière l'énorme pneu d'un tracteur, de l'autre côté de l'étang, et disparaissait derrière un vieux fût rouillé. *Ha ha* ! songea Joy. *Elle vient de se cacher dans ce tonneau !*

Elle s'avança en direction du pneu, de plus en plus agacée contre Wendy. Ce n'était pas parce qu'elle avait le droit d'engloutir tous les milk-shakes du monde, de traiter ses poupées comme de vulgaires morceaux de chiffon et qu'elle n'avait pas un père qui la fouettait à coups de ceinture pour avoir laissé s'échapper les furets qu'elle pouvait faire sa princesse quand Joy lui disait qu'elle devait rentrer chez elle.

Elle ne sait pas ce que c'est de vivre des choses horribles. Elle est pourrie gâtée.

Joy était tentée de se glisser sans bruit jusqu'à sa cachette pour la surprendre et lui faire peur. Juste un peu. Parce que dans la vie il n'y avait pas que des milk-shakes au chocolat et des poupées en « perce-laine ». Ça ne lui ferait pas de mal d'avoir une petite frayeur. Elle marchait sur la pointe des pieds, en retenant sa respiration pour que Wendy ne l'entende pas arriver.

À 5 ou 6 mètres du pneu, elle bifurqua vers le haut de la berge pour contourner le baril par-derrière. Celui-ci était couché face à l'eau, son couvercle gisant dans la boue juste à côté.

Elle s'immobilisa, attendant de voir Wendy tendre le bras pour récupérer le couvercle et le remettre en place. C'est à ce moment qu'elle bondirait en criant « Je t'ai eue ! », histoire de lui coller la frousse.

Alors qu'elle redescendait vers la berge, un mouvement attira son attention sur la gauche : ce n'était qu'une anguille qui ondulait dans l'eau peu profonde au bord de l'étang. Elle n'était pas très grosse, certainement pas assez pour finir au fond d'une marmite. Un bébé anguille, peut-être, tellement fin qu'il n'avait pas encore de nageoires. Il n'allait pas tarder à passer juste devant l'ouverture du baril et Joy se demanda si Wendy serait effrayée par son apparition, persuadée que les Boscombe ne pêchaient pas d'anguilles pour en faire du ragoût. À vrai dire, songea-t-elle avec un pincement de mépris rose vif, Wendy n'avait sans doute jamais vu d'anguilles de sa vie, et encore moins goûté leur chair.

Sauf s'il existait des milk-shakes chocolat-anguille. À tous les coups, elle y aurait déjà goûté.

Joy regardait l'animal se tortiller à la surface de l'eau. Quand il se trouva à une trentaine de centimètres du baril, elle sentit son cœur s'arrêter. Ce n'était pas une anguille. C'était un serpent. Ça ne faisait aucun doute à cause de la forme de sa tête. Pas étonnant qu'il n'ait pas de nageoires. Et qu'il ait des rayures – comme un serpent tigre.

Joy resta immobile et regretta de ne pas avoir pris la binette. Elle se demanda aussi pourquoi son père lui disait toujours « Prends la binette ou un bâton » sans jamais lui expliquer comment s'en servir si elle tombait sur un serpent.

Mais il n'y avait pas de raison de s'inquiéter. De toute évidence, il s'agissait d'un bébé serpent : il était si petit ! Et il allait simplement passer devant l'ouverture du baril sans prêter attention à Wendy, recroquevillée tout au fond pour mieux se cacher.

Sauf s'il cherchait un abri pour dormir. Et que son choix s'était justement porté sur le tonneau.

Comme s'il lisait dans les pensées de Joy, le serpent dessina une courbe à la surface de l'eau et mit le cap droit sur la cachette de Wendy.

Ce n'est qu'un bébé, pensa Joy. *Il ne lui fera pas de mal. Et puis c'est bien connu : les serpents ont plus peur des humains que le contraire. Il va sans doute se glisser sous le tonneau, et non dedans.*

Je devrais peut-être quand même appeler Wendy pour la prévenir.

Mais le frisson de jalousie blanche rejaillit alors du creux de sa nuque et se répandit à travers son corps. *Elle ne sait pas ce que c'est de vivre des choses horribles. Avoir peur d'un bébé serpent lui donnera peut-être une bonne leçon. Rien qu'une toute petite. Rien qu'un aperçu d'une chose horrible, histoire qu'elle comprenne l'effet que ça fait. Parce que c'est injuste.*

Le serpent ondulait dans l'eau à 15 centimètres de l'entrée du baril.

C'était le moment où Joy aurait dû crier : « Attention, Wendy, il y a serpent qui vient vers toi ! »

Mais sa langue resta collée à son palais, et les mots ne sortirent pas de sa bouche.

L'animal se rapprocha. Joy était toujours muette.

Soudain, il souleva sa tête hors de l'eau et Joy vit sa langue frétiller. Elle savait que c'était sa manière de sentir les odeurs, et elle se demanda s'il sentait la chair de Wendy. Ou sa peur. Ou les deux.

Puis Joy se souvint de la fois où Mr Larsen leur avait raconté, à sa mère et à elle, comment Colin avait tué un bébé serpent près de chez eux parce qu'il savait que les bébés étaient encore plus dangereux que les adultes. En voyant la mine étonnée de Joy, il avait ajouté : « Eh oui, ma belle : quand un bébé serpent vous mord, il crache tout son venin d'un seul coup. Les adultes, eux, en gardent un peu en stock, au cas où. S'ils crachaient tout d'un coup, ils se retrouveraient comme une vache après la traite. Un bébé serpent, ma belle, est beaucoup moins prudent, car il n'a pas encore appris que sa réserve de venin est imitée. » Joy avait vu sa mère réprimer un petit sourire quand il avait dit « imitée » à la place de « limitée ».

Elle aurait vraiment dû prévenir son amie, à présent. « Attention, Wendy, il y a un bébé serpent qui vient vers toi ! » Elle aurait dû dire quelque chose. Avant qu'il soit trop tard.

Que disait toujours son père ? *Les serpents adorent l'eau. Et les enfants.*

Joy observa le serpent nager de plus en plus près de l'ouverture du baril, et son frisson de jalousie disparut, soudain remplacé par une peur jaune et épaisse.

Elle ouvrit enfin la bouche, à l'instant même où le visage souriant de Wendy apparaissait, sa main tendue vers l'eau.

— Joy ! Coucou ! Je suis…

Et, alors que Joy criait enfin pour la prévenir, Wendy posa sa main sur le serpent.

Pétrifiée, Joy vit le reptile se cabrer et Wendy tourner la tête pour comprendre ce qu'elle venait de toucher. Elle hurla et ôta sa main, mais le serpent fonça vers elle et planta ses crocs dans sa peau nue, juste au-dessus du col de sa robe.

Wendy hurla à nouveau, eut un violent mouvement vers l'arrière, et son crâne heurta la bordure du tonneau dans un bruit sourd.

Soudain, Joy sut ce qu'elle devait faire avec la binette. Elle retourna en courant vers l'endroit où elle l'avait laissée, chacun de ses pas la mettant au supplice à cause de ses blessures. Elle ramassa l'outil en pleurant sous l'effet de la douleur, puis cala le manche sur son épaule, inspira un grand coup et repartit aussi vite qu'elle le put en direction du baril, histoire de prendre le serpent par surprise. Lorsqu'elle l'aperçut à 1,50 m environ du tonneau, en train de se prélasser au soleil, elle ralentit et s'avança jusqu'à lui sur la pointe des pieds avant de brandir la binette et de l'abattre d'un coup sec sur sa tête. Elle vit alors qu'il était blessé, mais pas mort, et recommença, plus fort cette fois, lame pointée vers le bas, en hurlant toujours de douleur. Lorsqu'elle sentit que la lame heurtait le sol, elle laissa échapper un petit cri de soulagement mais souleva à nouveau l'outil, consciente qu'un serpent décapité pouvait toujours mordre. Elle recommença donc à frapper, encore et encore, jusqu'à ce que la tête du reptile ne soit plus qu'une bouillie blanc et marron, avant de s'attaquer au reste de son corps longiligne qui continuait de se tortiller. Parcourue de haut-le-cœur et de sanglots, elle le découpa en 10, en 20, en 30 millions de morceaux.

Enfin, une fois certaine que le serpent était incapable de lui nuire, elle jeta la binette par terre, s'assit et pleura toutes les larmes de son corps, à la fois de dégoût et de soulagement. Elle ignorait combien de temps s'était écoulé lorsqu'elle repensa à son amie.

— Wendy !

Elle se retourna pour voir si la fillette allait bien et la vit, inerte, le visage dans l'eau.

— Wendyyyyy !

Joy se rua vers elle et s'agenouilla pour lui secouer l'épaule, en lançant des regards éperdus autour d'elle.

— À l'aide ! À l'aide !

Mais personne ne l'entendit.

— À l'aide ! hurla-t-elle à pleins poumons, encore plus fort que la veille au soir sous les coups de ceinture de son père.

Elle secoua à nouveau la fillette. Mais Wendy restait lourde et immobile, la tête enfoncée dans l'eau. Joy ressortit de l'étang à reculons.

Pourquoi Wendy ne disait rien ? Elle ne pouvait pas être morte, quand même ! Les morsures de serpent mettaient des heures à tuer les gens. Pas vrai ? Combien de temps avait-il fallu à Joy pour récupérer la binette et exterminer ce serpent ? Cinq, dix minutes ? Et pourquoi était-elle ensuite restée assise par terre à pleurer ?

Les paroles de Mr Larsen revinrent comme un écho dans sa tête. « Si tu te fais mordre le bras ou la jambe, ma belle, tout se passera bien à condition que tu ne t'agites pas comme un taureau qui n'a pas vu une vache depuis six mois. Mais si tu te fais mordre à la poitrine… »

— Wendy, Wendy ! Allez, s'il te plaît ! Il faut que je rentre chez moi. Je dois mettre les pommes de terre à bouillir.

Joy roula alors Wendy sur le dos, surprise par sa petite taille et sa légèreté, et s'assit par terre. Elle ne savait pas quoi faire. La tête entre les mains, en proie à la terreur et au désespoir, elle entendit le ruban de cuir fendre l'air au-dessus d'elle avant de s'abattre sur son corps nu. Et, tout en sanglotant, elle regretta que Wendy, ses poupées et ses milk-shakes aient jamais existé. Ou que son père ne soit pas mort à sa place.

Comment la punirait-il lorsqu'il découvrirait qu'elle avait laissé Wendy se faire mordre par un serpent avant de la laisser mourir ?

Elle connaissait la réponse. Il la fouetterait jusqu'à ce qu'elle ne soit plus qu'une bouillie sanguinolente, comme le serpent qu'elle venait de massacrer, et que les anguilles noires et gluantes jaillissent de son ventre et s'échappent de l'amas de chair rouge et rose qu'était devenue Joy Henderson. Il jetterait ensuite ses restes dans l'incinérateur, d'où elle tomberait directement en Enfer. Il avait déjà tué Ruth, battu Mark au point qu'il n'en restait plus qu'une épaisse peur jaune moutarde, et maintenant il allait l'assassiner, elle.

Assise dans la boue à hurler sa détresse, un torrent de larmes sur les joues, elle se mit à prier. *Je t'en supplie, mon Dieu, fais que Wendy ne soit pas morte. Pardonne-moi. Fais que ça ne lui arrive pas. C'était un accident, mon Dieu, je t'en prie. Car c'est à toi qu'appartiennent le règne, la puissance et la gloire, pour l'éternité. Je t'en supplie, mon Dieu. Amen, amen, amen.*

Mais elle savait que personne, pas même Dieu, n'écouterait ses sanglots ou ses prières.

Alors elle entendit Ruth lui murmurer à l'oreille.

— Il est trop tard pour sauver Wendy, mais tu peux encore te sauver toi-même. Inutile d'en parler à qui que ce soit. Ce n'était qu'un accident. Souviens-toi de ce qu'a dit notre mère. Ne pas dire n'est pas mentir.

Joy cessa de pleurer et releva la tête. Puis elle déglutit. Et elle acquiesça aux paroles de sa sœur.

— Nous savons toi et moi qu'il te tuera si tu lui avoues la vérité. Résultat, il nous aura tuées toutes les deux.

Et c'est ainsi que, suivant les instructions de sa sœur, Joy Henderson repoussa le petit corps de Wendy Boscombe à l'intérieur du tonneau. Elle y ajouta ensuite une grosse pierre, remit le couvercle en place et ferma les cinq crochets sur le pourtour.

Le visage toujours inondé de larmes, elle voulut faire rouler le tonneau dans l'eau. Mais il était trop lourd, il y avait plein de boue, et ses bras tremblaient. Elle se souvint alors de la manière dont elle avait refermé la porte du sous-sol de la maison quand elle avait espionné la conversation téléphonique entre Mr Larsen et Beryl. Elle s'assit par terre et poussa le tonneau avec ses pieds, malgré la douleur atroce que lui causaient ses plaies à l'arrière des cuisses. Le tonneau roula un peu, et elle entendit la pierre glisser à l'intérieur. Elle répéta l'opération à plusieurs reprises jusqu'à ce que le tonneau roule par-dessus le rebord boueux.

Il resta d'abord à flotter dans l'eau. Une affreuse poignée de secondes, Joy eut peur que la pierre ne soit pas assez lourde, que le couvercle soit parfaitement étanche, ou encore qu'il ne s'agisse pas du vieux tonneau troué. Puis le fût commença à couler, de plus en plus vite, et Joy comprit que le trou était maintenant sous la surface de l'eau et que le tonneau se remplissait.

Elle laissa échapper un dernier gros sanglot puis pencha la tête. Ne venait-elle pas d'entendre des coups à l'intérieur du tonneau ? Un petit cri ? « Joy » ?

Mais non. Ce n'était que la pierre qui glissait à l'intérieur. Pas vrai ?

— Tu ne crains rien, lui chuchota Ruth. Personne ne le saura jamais.

Elles continuèrent à regarder jusqu'à ce que le baril disparaisse complètement, conscientes qu'il tombait jusqu'au fond boueux et infesté d'anguilles du bassin, 15 mètres plus bas. Joy se releva et se dirigea vers le cadavre du serpent. Du bout de la binette, elle le poussa dans l'eau et l'enterra dans la vase, où personne ne le verrait jamais, avant de remettre encore un peu de boue par-dessus.

— Vite, dit Ruth, rapporte les nénuphars à maman et va éplucher les pommes de terre !

Joy courut récupérer les fleurs et tomba sur Jessica, dont l'œil borgne était braqué sur elle.

Elle ramassa l'affreuse poupée et s'apprêtait à la jeter dans l'étang elle aussi quand Ruth l'en empêcha juste à temps.

— Non. Elle ne coulera pas.

Les anguilles tourbillonnaient rageusement dans son ventre, et elle tremblait comme une feuille. Qu'allait-elle faire de cette poupée ?

L'incinérateur. Elle n'avait qu'à la jeter dans la cuve et y mettre le feu. Elle tapota la tête en « perce-laine ». *On dirait de l'os*, songea-t-elle, épouvantée. *Le reste brûlera, mais pas la tête.* Si son père avait le malheur de regarder par-dessus le rebord, il risquait de la voir, gisant parmi les déchets.

Réfléchis, réfléchis, se dit-elle en rassemblant les 25 nénuphars. Elle fourra la poupée au milieu, où personne ne pourrait la voir. Arrivée à hauteur de la remise, elle comprit que son père devait encore être occupé à réparer les clôtures puisque le tracteur n'était pas là. Elle posa donc la poupée par terre, sur le ciment, alla prendre la hache dans le cabanon et lui trancha la tête d'un coup net.

Lorsqu'elle jeta le petit corps décapité dans l'incinérateur après l'avoir enflammé, il se consuma rapidement pour ne laisser qu'un tas de cendres.

Ça, c'était la partie facile.

Il ne lui restait plus qu'à cacher la tête.

Épilogue

Joy et Ruth

Février 1983

HENDERSON, George. Époux de Gwen (†), père de Mark (†), de Ruth (†) et de Joy.

Je sentais déjà l'odeur de la fumée depuis un bon moment mais, à présent, j'entends aussi un grondement {un kaléidoscope rempli de morceaux de verre aux formes délirantes}. L'image est vivante, parfaite.

Jamais je n'ai eu aussi peur de ma vie. Même pas quand les furets se sont enfuis, ni quand Wendy est morte, ni quand j'ai passé la ceinture autour du cou de mon père pour serrer de toutes mes forces.

Je n'ai nulle part où aller. Il est trop tard pour échapper aux flammes : cette fois, c'est la fin. Mon plus grand regret est de ne pas avoir vu la réaction des Boscombe quand ils ont appris que mon père était l'assassin de leur fille. À cette heure, ils ont déjà dû l'entendre de la bouche de Shepherd. Je me demande juste si…

— Ne t'inquiète pas, me dit Ruth. Il trouvera la poupée. Et Wendy.

Je me retourne, surprise.

— Je te croyais partie pour toujours.

Elle hausse les épaules.

— Je ne pouvais quand même pas te laisser seule dans un moment pareil !

C'est seulement la seconde fois que nous nous retrouvons ensemble hors de la maison. La première fois, bien sûr, c'était au bord de l'étang, avec Wendy et sa poupée.

— Tu crois que Shepherd va piger ? lui dis-je, consciente que mes lèvres sont pourtant immobiles.

— Ma foi, tu t'es montrée on ne peut plus claire en lui disant que la poupée était dans la malle et le corps dans l'étang.

— Les Boscombe vont pouvoir cesser de se torturer l'esprit à propos du sort de leur fille. Ils trouveront enfin la paix. Et ils pourront lui organiser de vraies obsèques, avec son squelette dans un cercueil.

Ruth acquiesce.

— Je parie qu'il y aura bien plus de monde à son enterrement à elle.

— Dommage que maman ne puisse pas faire les couronnes funéraires.

La fumée s'insinue maintenant à l'intérieur de ma voiture, et le grondement terrible, le kaléidoscope délirant, se rapproche. Je me tourne vers Ruth.

— Et maintenant ?

Elle pince les lèvres, pensive, et sa tache de naissance s'étire.

— Je crois que ça y est, dit-elle en regardant les flammes qui remontent la colline. Si on en profitait pour se féliciter d'avoir pu compter l'une sur l'autre, d'avoir eu Mark dans notre vie, ainsi que les Felicity ?

— Ils seront si tristes !

— Oui. Mais on ne peut pas dire qu'ils se soient beaucoup bougés pour nous aider, pas vrai ? Au final, ils étaient comme les autres.

En vérité, je ne saurai jamais s'ils ont essayé de nous sauver ou non. Ou si Felicity leur a vraiment parlé de ce qui se passait. Mais ça n'a plus d'importance, désormais.

La fumée gris cendre envahit l'habitacle, m'arrachant une quinte de toux. Le temps semble s'arrêter, exactement comme quand notre père repoussait sa chaise sur le lino de la cuisine.

Ça martèle dur à l'intérieur de mon crâne, mes poumons hurlent leur manque d'oxygène mais n'obtiennent que de la fumée, mon cerveau s'effrite et des milliers d'images éclatent à travers la membrane.

— Ça va aller, me dit Ruth d'une voix éraillée et lointaine. Tout le monde sait maintenant que c'est un meurtrier. C'était notre objectif. Ils ne se sont peut-être pas souciés de votre sort, à Mark et toi, mais ils seront horrifiés d'apprendre qu'il a tué Wendy. Et jamais Shepherd ne…

Je n'entends plus très bien. J'ai mal à la tête, et quand j'essaie de respirer…

Shepherd va-t-il vraiment tout piger ?

— Bien sûr que non, résonne une autre voix. Ne t'inquiète pas pour ça.

Mark est assis devant moi, souriant, à côté de Ruth, le *Dictionnaire d'une pécheresse* à la main. La fumée a disparu, et nous nous trouvons tous les trois dans la Bibliothèque infinie, entourés de rayonnages de livres qui s'étendent… eh bien, à l'infini.

Tout va pour le mieux. Ruth, Mark et moi dans la Bibliothèque infinie. Je suis à ma place, désormais.

Remerciements

J'ai le privilège d'avoir été secondée chez Penguin Random House Australia par une remarquable équipe ayant fait des miracles avec mon manuscrit. Je ne remercierai jamais assez mon éditrice, Beverley Cousins, et son assistante, Catherine Hill, deux personnes extraordinaires qui ont travaillé avec enthousiasme et diligence à mes côtés, du concept à la virgule, en mobilisant non seulement la gamme infinie de leurs compétences mais aussi leur savoir inné de la façon dont faire marcher ce roman. J'ai appris tant de choses de vous deux et apprécié chaque minute en votre compagnie. Merci à Claire Gatzen pour ses excellents talents de relectrice ; à Justin Ratcliffe pour le soutien et le management en coulisse ; à Lou Ryan pour son flair, son énergie et ses conseils ; aux membres de l'équipe commerciale qui n'ont pas ménagé leurs efforts ; à Tom Langshaw et à son équipe pour le superbe livre audio ; son Adam Laszczuk pour sa couverture époustouflante ; et à Lucy Ballantyne et Emily Hindle pour leur énergie, leur enthousiasme et leur créativité. Je n'ai rencontré chez PRH que des personnes de talent, investies et drôles… un auteur ne pourrait rêver mieux ! Un vendredi soir, en février 2019, l'agente littéraire Jacinta di Mase a lu mon manuscrit dans un avion et, quelques minutes avant minuit, m'a envoyé un email qui allait changer ma vie. Entre autres mots inoubliables, il y avait ceux-ci : « Je veux vous signer. » Et c'est ainsi que tout a commencé. Merci, Jacinta (à toi et ton équipe) d'avoir cru en mon travail et de l'avoir défendu avec autant d'enthousiasme.

Ce manuscrit a cessé d'être un simple rêve grâce à Antoni Jach et aux écrivains de ses master classes. Merci, Antoni, pour tous ces défis intellectuels et créatifs, et pour avoir été « de mon côté » depuis notre première rencontre. Ce que tu fais pour les auteurs en herbe est extraordinaire. Remerciements éternels aux écrivains si investis et généreux de MC et SG pour leur enthousiasme, et pour m'avoir aidée à affiner tant de passages (longue vie au QFL !). Mention spéciale à Jeweline Barrile, Maggie Baron, Deb Crabtree, Nick Gadd, Moreno Giovannoni, Susan Hurley, Karen McKnight, Janine Mikosza, Ellie Nielson, Phillip Schemnitz, Jane Sullivan, Honeytree Thomas et Aisla Wild. Et plus particulièrement à Marion Roberts pour m'avoir supportée durant ce « chemin vers la publication ».

Gracias especiales, Marina Alamo, non seulement pour ta chaleur, l'intelligence de ton amitié, mais aussi pour les innombrables théières, les crayons bien taillés et ce « lieu à soi » au Mexique où j'ai séjourné durant un mois et rédigé quantité de ces pages.

Ce roman a été longuement relu et peaufiné grâce à une résidence d'écriture subventionnée, la Varuna Residential Fellowship, en janvier 2020. Je tiens à remercier la Eleanor Dark Foundation, Vera Costello, Carol Major, Veechi

Stuart et l'incomparable Sheila Atkinson de m'avoir fait bénéficier de ce temps précieux dans un lieu aussi serein et bénéfique, unique à bien des égards. Et à mes camarades de résidence – Paris Floyd, Ella Jeffery, Audrey Molloy, Vanessa O'Neill, Janet Saunders et Lucie Stevens – dont le travail m'a tant impressionnée : merci pour les discussions, les lectures (wow !) et l'amitié fidèle.

Merci, Alex Davie (pour tes connaissances techniques sur le feu et les techniques de combat contre les incendies), Stacey Stewart (pour tes précieuses compétences de sage-femme qui m'ont permis d'accoucher la vérité à propos de Ruth), Pam Cupper, Phil Taylor et Dr Xavier Fowler (pour avoir accepté d'être enrôlés au titre de sources d'information officielles sur la Seconde Guerre mondiale et la conscription), Tracy Weir et Stuart Andrew (vos conseils sur tout ce qui touche à la police m'ont permis de faire le bien). Toute erreur ou omission relative à ces sujets est de mon seul fait.

Merci, Adam Bartlett, Tony Birch, Kevin Brophy, Karen Corbett, Eddie Paterson, Sari Smith, Philip Salom et Arnold Zable pour votre générosité quand j'étudiais la création littéraire à l'université de Melbourne. Votre sagesse et vos encouragements m'ont aidée à aller de l'avant pendant des années, et notamment au cours des périodes de doute.

Merci aux membres du Lovely Ladies Book Club d'avoir lu pas seulement une, mais deux premières versions du manuscrit à un an d'écart, et de m'avoir convaincue que les lecteurs intelligents comme vous trouveraient des choses à apprécier dans ce texte. C'est une stratégie que je recommande à tous les auteurs ! Merci, Viv Barrett, Belinda

Bickerton, Deborah Burbidge, Sawsan Howard, Leena Johnson, Nicole Knothe, Lyn LoMoro, Deirdre Ochoa, Shikha Parmar, Sarah Timms et Stephanie Wenlock.

Merci, Kirsten Alexander, Liam Pieper, Jock Serong, Benjamin Stevenson et Jane Sullivan de m'avoir gracieusement consacré un peu de votre temps et de vos esprits affutés en lisant ce roman avant sa publication – pendant que je tremblais dans mon coin. Votre soutien envers une autrice inconnue incarne l'esprit de générosité qui anime la communauté littéraire australienne.

Merci pour votre soutien et vos contributions uniques, Fotini Agrotis, Megan Bailey, Viv Barrett, Frances Brooks, Ken Chau, Lindy Cowan, Carmelina di Guglielmo, Anita di Mase, Liselle D'Souza, Quinn Eades, Eva Eden, Alicia Eldridge, Ali Fulcher, David Green, Foong Ling Kong, Lauren Marshall, Beatrice Matthews, Carol Middleton, Marilyn Miller, Sarah Monaghan, Brontë Seidel, Maha Sidaoui, Karyn Siegmann, David Smith, Shane Thomas, Natalie Vella (et le Memoria Podcast), Robyn Wallace-Mitchell, Megan Walton, Deanne Weir, Carol Wulfsohn et Miriam Zolin.

À ma sublime équipe de « maestras » de l'intrigue, Rosemary Bunnell, Prudence Davie, Tiffany Plummer et Ruth Shepherd, vos brillants esprits ont offert à ce livre certains de ses meilleurs coups de théâtre et rebondissements, et ma gratitude envers vous est bien plus profonde que l'étang des Henderson.

À mes super camarades d'écriture, je vous suis éternellement reconnaissante pour vos relectures impitoyables, vos questions pertinentes et votre amitié précieuse. Merci du fond du cœur à Stella Glorie, Russ « Red Pen »

Hogan, Jane Leonard, Tiffany Plummer, JP Pomare, Glen Thomson et tous les C du MYWC. (Et ne t'inquiète pas, JP : relecture gratuite !)

Pour finir, parce qu'il faut toujours garder le meilleur pour la fin, remerciements infinis à Alex et Prudence, Ella et Xav, qui m'ont non seulement apporté une joie éternelle mais leur soutien indéfectible tout au long de cette aventure. Merci pour tout ce que vous m'avez donné, surtout les éclats de rire (et les boucles d'oreilles).

Composition : Facompo, Rouen

CET OURVAGE
A ÉTÉ ACHEVÉ D'IMPRIMER
SUR ROTO-PAGE
PAR L'IMPRIMERIE FLOCH
À MAYENNE EN DÉCEMBRE 2022

N° d'impression : 101620
Imprimé en France